을유세계문학전집·92

이상한 물질

을유세계문학전집·92

이상한 물질

SELTSAME MATERIE

테레지아 모라 지음 · 최윤영 옮김

을유문화사

옮긴이 최윤영

서울대 독어독문학과와 대학원을 졸업하고 독일 본대학에서 문학 박사 학위를 받았다. 현재 서울대 독어독문학과 교수로 재직 중이다. 독일 사실주의 소설, 현대 소설, 이민 문학과 비교 문학에 관한 논문을 다수 발표했다. 주요 저서로 『사실주의 소설의 침묵하는 주인공들』, 『한국문화를 쓴다』, 『서양문화를 쓴다』, 『카프카 유대인 몸』, 『민족의 통일과 다문화사회의 갈등』 등이 있으며 역서로 『에다』(공역), 『개인의 발견』, 『목욕탕』, 『영혼 없는 작가』, 『훔볼트의 대륙』 등이 있다.

을유세계문학전집 92

이상한 물질

발행일 · 2018년 1월 25일 초판 1쇄
지은이 · 테레지아 모라 | 옮긴이 · 최윤영
펴낸이 · 정무영 | 펴낸곳 · (주)을유문화사
창립일 · 1945년 12월 1일 | 주소 · 서울시 마포구 월드컵로16길 52-7
전화 · 02-733-8150~3 | FAX · 02-732-9154 | 홈페이지 · www.eulyoo.co.kr
ISBN 978-89-324-0474-5 04850 978-89-324-0330-4(세트)

차례

이상한 물질

어떻게 그 일이 일어났는지 아무한테도 말하지 마. 그리고 이곳에 대해서도 아무 말도 하지 마.

남동생이 걱정을 한다. 우리 변소의 똥을 갖다가 밭에 거름으로 주자. 그러기엔 너무 늦기는 했지. 해가 바뀐 지도 한참 되었고 변소에서 나른 무거운 똥들은 봄까지 퇴비로 썩지도 않을 텐데. 그래도 해 보자. 우리는 지난밤에 그렇게 하기로 결정하고 오늘 아침 아직 날이 어둑할 때부터 벌써 일을 시작했다. 동생이 삽으로 똥을 퍼 손수레에 옮기면 내가 그걸 밭으로 끌고 갔다. 그다음 내가 고랑마다 옮겨 놓으면 동생이 삽으로 파 넣었고 그러면 내가 다시 나서서 흙으로 덮었다. 나는 대답하지 않았고 우리는 말없이 일만 했다. 내 머리카락은 아직 여기저기가 5센티미터도 채 되지 않았다. 머리카락은 마치 봄이라도 온 듯, 포플러의 솜털이 내 머리에라도 붙은 듯 바람에 흔들렸다.

머리카락은 일요일에 자른 것이다. 우리가 병원 차로 엄마를 이송한 다음 우리 집 마당에 이웃 사람들이 한가득 왔는데 내가 집시 플로리안과 둘이서 돌아오니 아버지가 아무도 보지 않을 때 내 머리카락에 불을 확 붙여 버렸기 때문이다. 그러고 나서 남자들이 플로리안을 붙잡아 마당 닭장의 똥 속에 처넣었고 플로리안은 그들의 팔에 꼭 잡혀 아프다며 비명을 질러 댔다. 나는 아무것도 느끼지 못했다. 엘라 아줌마가 바로 옆에 있어서 내 머리에 붙은 불을 자기 머릿수건 끝으로 꺼 주었다. 머리카락은 반 정도 타 버렸다. 머리카락이 옥수수수염처럼 그 자리에 우수수 땅에 떨어져 내렸고 곱슬머리들은 희한하게 끝은 타지 않고 위쪽만 탔다.

엘라 아줌마는 달걀을 스무 개 남겨 주고 갔다. 뭐 큰 도움이 되지는 않을 거야, 라고 말했다. 올해는 겨울이 너무 따뜻하구나. 이게 꼭 좋은 일은 아닌데, 라고도 말했다. 짐승에게도 그렇고 채소도 그렇고 사람에게도 좋은 게 아냐. 모두 다 너무 시들시들해지지. 꽤 많이 미치거나 죽게 될 거야—우리 아버지나 엄마처럼. 그렇지만 나는 아직 살아 있고 건강해서 동생과 함께 밭에 거름을 준다. 나는 미적지근한 바람에 머리를 내맡긴다. 바람은 우리 밭 거름 똥내를 이웃집까지 날라 간다. 바람은 보통 때에는 나무 타는 쓴 냄새와 아틸라 호르나크가 베란다에서 기르는 스컹크 냄새를 우리 집에 날라 온다. 우리도 그렇게 해야 돼, 라고 동생이 말한다. 그러면 떼돈을 벌게 될 거야.

나는 거름을 준 뒤 누군가의 이름 철자가 새겨진 세숫대야에서 동생의 머리를 감겨 주고 그다음에 내 머리를 감는다. 동생은 머리에 수건을 얹고 앉아서 나를 바라본다. 우리는 속옷을 입고 몸을 씻는다. 동생은 젖은 머리카락 위에 할아버지에게 물려받은 모자를 쓰고 할아버지의 겨울 외투를 입는다. 우리가 페른 거리의 버스 정류장으로 가는 동안 바람은 영화에서처럼 동생의 겨울 외투 자락을 날린다. 동생은 우유처럼 흰 피부를 가졌고 여리여리한 외모를 지녔다. 많은 사람들이 동생을 바보라고 하지만 그 말은 맞지 않는다.

우리는 트랙터 길을 피해 들판을 가로질러 걸어간다. 원소들. 길을 걸어가는 동안 내 머리에 떠오른 단어. 원소들.

동생은 학교에 다닐 때 멘델레예프의 주기율표를 외웠다. 그 표는 내 침대 위에 걸려 있었다. 나도 배워야 했다. 그러나 동생은 물이나 헬륨 같은 원소들의 본래 이름은 잘 몰랐고 거기에 쓰여 있는 하 헤 리 베 비 체 같은 약어만 알았다. 가끔 동생은 이 표를 노래로 불렀다. 멜로디는 없고 리듬만 있는 노래로 말이다. 하-헤-리-베-베-체-네오-페-네, 라고. 미심쩍은 눈으로 바라보는 머릿수건을 쓴 아줌마에게 동생은 이건 과학에서 쓰는 말이에요, 우주인들은 우리에게 이런 식으로 말해요, 라고 말하면서 하늘을 가리켰다. 머릿수건을 쓴 아줌마가 나를 쳐다보았고 나는 아주 진지한 말투로 동생에게 말했다. 나-마알-시프! 그러면 아줌마는 가 버렸고 동생은 웃으면서 말했다. 아우-하게-텔레-페-비-포? 나는 동생에게 이제 그만하라고, 계속 그러면 사람들이 너를 바보라고 생각해, 라고 말했다.

나중에 나는 학교에서 낙제 점수를 맞았다. 질문을 받았을 때 원소 주기율표를 노래로밖에 말하지 못했기 때문이다. 하-헤-리-베. 그 바람에 우리 반 전체가 오랫동안, 미친 듯이 웃어 댔다. 너희들은 모두 병원에 가야 돼, 너희 집안사람들 전부 다 말이야, 라고 여선생님이 말했다.

그걸로 가발을 짜도 되겠네, 라고 막달라 아줌마가 말한다. 우리 모두 마당에 쌓여 있는 노란 더미를 바라본다. 내 머릿속에서는 그걸로 물이 새는 수도관을 막아도 되겠다는 생각이 든다. 나는 어깨를 움찔한다. 우리는 머리카락을 밭에 묻는다.

아무도 누나 말을 믿지 않을 거야. 그렇다니까, 라고 동생이 말한다. 우리가 걸어온 밭은 질척거렸다. 자연 그대로다. 엄마한테 배운 교훈은 시내에 갈 때 깨끗한 신발로 다니고 싶으면 여벌의 신발을 더 가져가라는 것이다. 그래서 나는 지금 내 것과 동생 것까지 챙겨 갈색과 파란색 신발을 배낭에 넣어 메고 간다. 동생은 말한다. 차라리 성에서 왔다고 해.

어릴 때 나는 자주 그 옛 성에 놀러 갔었다. 머리카락을 잡아채는 박쥐가 무서웠지만 그럼에도 불구하고 지붕 아래 방까지 올라갔었고 동상 뒤편을 오르락내리락하며 들락거렸다.

엘라 아줌마는 우리의 금발 머리가 백작의 유산일 거라고 생각했다. 너도 백작 부인 마리아의 초상을 한 번만 보면 알 거야, 하면서 말이다. 옛날엔 금발 머리 하녀들도 많았는데 얼굴도 여주인과 다 같은 한통속에서 나온 것처럼 보이더라, 라고 엘라 아줌마가 말했다. 하녀들은 크레스첸츠, 레오니 아니면 아마릴리스 같은 이름을 가졌었지. 러시아 사람들이 와서 트랙터를 1층 공연장의 하얀 대리석에 대 놓기 전에는 하녀들도 각자 정당한 유산 상속분을 가지고 있었단다. 우리 역시 F. N. E.라고 이름 철자가 쓰인 세숫대야 하나를 가지고 있었다. 대야와 한 세트인 물병은 다른 사람이 가져갔다. 그가 누구인지는 우리도 모른다.

이제 관광객들 때문에 사람들은 성을 다시 개관하려 한다. 그리고 온 사방에서 가구와 양탄자, 도자기를 날라 온다. 엘라 아줌마 말이 사람들이 성에서 사라진 물건들을 찾으러 다니는데 우리 집에도 올 거라는 것이다. 숙모의 침실에는 베네치아의 거울이 있었는데 늘 검은 천으로 가리고 있다. 만약에 그 사람들이 오면 나는 세숫대야를 마당에 묻어 버릴 거야, 라고 동생이 말한다.

나는 오늘도 성에 대한 꿈을 꾼다. 나는 안개가 낀 듯한 텅 빈 방들과 실험실을 지나간다. 더 이상 갈 수 없는 곳까지 간다. 계단들이 사라지고 문들을 살짝 열어 그 틈새로 안쪽을 들여다볼 순 있지만 들어갈 수는 없다. 한번은 꿈속에서 성 전체가 내 주위에서 확 쭈그러들어 내가 온 사방에 긁혀 상처를 입었는데 창문이 작아 빠져나오지 못하고 성과 같이 쭈그러들 뻔했다. 누나는 바보야, 사람들은 다 그전에 잠에서 깨거든, 이라고 동생이 말한다. 가끔은 동생 말이 맞다. 하지만 이번에는 아니다. 나를 아는 어느 누구도 나와 같은 꿈을 꾼 적이 없다.

선생님이 한번은 내가 유성음 발음을 시범으로 해 보마, 라고 말하더니 곧바로 어떻게 에스(S) 발음을 하는지 보여 주었다. 혀를 이 뒤에 갖다 대거라. 그리고 선생님은 덧붙였다. 이 아(A) 발음은 일생 동안 네가 못 벗어날 거야, 라고. 나는 동생에게 내가 다른 곳 출신이라고 말해도 별 도움이 되지 않을 거야, 라고 말한다. 사람들은 결국 억양을 들으면 내가 어디 출신인지 알게 될 테니까.

페른 거리는 멀리에서도 잘 보인다. 사람들은 한 시간 전에 떠난 버스를 볼 수 있지만 자기가 탈 버스는 보지 못한다. 언제쯤 가는 게 좋은지도 알 수 없다. 어떨 때는 버스가 아무 이유 없이 안 오기도 하기 때문이다. 우리에겐 그런 소식을 알려 주는 사람도 없고, 사라진 버스에 대해 어디 가서 물어봐야 되는지도 모른다. 동생은 이 똑바로 난 기다란 길 어디에선가 버스들이 진짜로 사라졌는데 누구도 물어보지 않아서 아무도 모르는 사건이 되었다고 말한다. 때로 우리가 길가에 서 있는데도 불구하고 버스는 우리 옆을 그냥 지나가 버린다. 우리가 어떨 때는 보이지 않을 수도 있다고 동생이 말한다.

마침내 우리가 버스 안에 앉았을 때 동생은 버스 문이 열릴 때마다 보이지 않는 사람들이 몇 명이나 올라탔는지 그 숫자를 큰 소리로 센다. 그리고 동생은 도대체 그 사람들이 얼마 동안 거기에 서 있었는지를 묻는다.

도시에는 사람들이 나무둥치에까지 아스팔트를 깔았다. 나무뿌리는 보도까지 튀어나와 있어서 걸어갈 때 숲속에서처럼 늘 조심해야 한다. 그렇지 않으면 걸려 넘어질 수도 있다. 우리는 갈색과 파란색의 반장화를 신고 간다. 동생은 모자를 쓰고 나는 털모자를 쓰고 있다. 우리 목덜미로 비가 내린다. 비는 조용히 오고, 길게 소리도 없이 마치 실처럼 내려온다. 나중에는 내가 집에서 꾸는 꿈처럼 비가 온다. 나는 비가 올 때 걸어간 이 길에 대해 오랫동안 꿈을 꿀 것이다. 그래서 우리가 진짜로 지금 여기에 있는지, 우리가 진짜로 여기에서 걸어가고 있는지, 아니면 내가 나중에 꾸는 꿈처럼 그냥 꿈인지 더 이상 알 수 없을 정도였다.

우리는 사진사가 있는 광장을 지나 돌아서 간다. 사진사는 사촌 마르타의 사진을 자기 쇼윈도에 걸어 놓았다. 벌써 두 달 전부터. 마르타는 딱 한가운데에 있다. 마르타는 인형처럼 보인다. 우리의 금발은 천사의 곱슬머리로 말려 있고 우리의 파란 눈은 마르타에게는 유리구슬처럼 둥글다. 나는 가족 중에서 광대뼈가 아주 높이 올라가 몽골 사람처럼 눈이 옆으로 찢어진 유일한 사람이다. 남동생과 나, 우리는 서로 많이 닮았다. 그러나 남동생은 예쁜 소년이고 나는 그렇지 않다. 너희들은 작은 천사들 같아 보인다, 라고 막달라 아줌마가 말한다. 우리 둘 다 아버지를 닮았다. 그러나 아무도 우리 아버지를 천사와 비교하지는 않을 것이다.

우리 아버지는 애들이 많다. 동생과 내가 모르는 이복형제들도 많다. 그렇지만 우리는 그들을 만나면 누구인지 다 알아볼 수 있다. 그들도 우리를 알아본다. 우리는 한때 머리카락이 없는 아기들이었다. 그러다가 우리에게 황금빛 머리카락이 자라나면 엄마들과 아줌마들은 고데기로 이 머리카락을 돌돌 만다. 때로는 고데기 때문에 목에 빨간 물집이 잡히기도 한다. 낯선 사람들은 우리 앞에 서서 우리가 입은 인형 옷과 유리구슬 같은 눈을 보고 놀라지만 우리는 이름을 말해 주지 않는다. 우리는 초코바를 받으면 주먹 안에서 꾹꾹 눌러 갈색의 긴 덩어리로 만든다. 이 덩어리에는 알루미늄 포장지와, 가끔 그 속에 숨겨 놓은 동화 그림들도 들러붙어 있다.

병원에서 우리는 모자를 벗지 않는다. 엄마는 지금 내가 머리카락이 없다는 것을 알아채지 못한다. 엄마는 할아버지 외투를 입은 자기 아들이 얼마나 근사해 보이는지 칭찬해 준다. 엄마 침대 아래에는 사각형 모양의 종이 붕대가 놓여 있는데 마치 까만 자동차 기름으로 더럽혀진 것처럼 보인다. 나는 엄마가 어디가 아픈지 모른다. 또 엄마가 진짜 우리 엄마가 맞는지도 모른다. 엄마는 너무 말랐고 머리카락은 너무 검기 때문이다. 엄마는 도대체 어떻게 우리가 자기 자식인 줄 알아볼까? 우리는 엄마에게 먹을 것을 아무것도 챙겨 가지 않았다. 사과 간 것이나 케이크 같은 것 말이다. 밖으로 나왔을 때, 꽃이라도 사 갔어야 했는데, 라고 동생이 말한다. 병원 문에서 어떤 촌부(村婦)가 국화꽃을 팔고 있었다. 마치 묘지에서처럼 말이다.

누나는 멀리 떠나가면 안 돼, 라고 동생이 말한다. 누나가 떠나가면 나는 켈레멘처럼 자전거를 가지고 다닐 거야. 켈레멘은 펠트 천으로 만든 모자를 쓰고 눈이 반밖에 없어서 자전거를 탈 수 없다. 하지만 그가 녹슨 자전거 없이 다니는 것을 본 적이 없다. 그는 늘 자전거를 끌면서 밭고랑 사이를 다니고 페른 거리도 다니고 죽은 고양이와 개와 노루와 닭 옆을 지나간다. 마치 지팡이를 써야 하는데 그걸 인정하지 않으려는 할머니들이 지팡이를 그냥 들고 다니듯 말이다. 켈레멘은 들판지기인데 항상 술에 취해 있다. 그는 여름이면 이 지방을 찾아오는 자전거 여행객들에게 8월 초에는 다 익은 열매들이 어디에 숨어 있는지를 가르쳐 준다. 여행객이 자기들끼리만 있으면 그 장소를 찾지 못하기 때문이다. 들판지기 켈레멘은 여행객들에게 푹 빠져 있고 여행객들을 툭툭 건드리며 윙크를 하곤 한다. 여행객들은 대개 외국어를 사용한다. 그러나 내 동생은 켈레멘처럼 되지 않을 것이다. 남동생은 예쁘게 생겼다. 여자아이들이 동생을 먹여 살릴 것이다. 동생은 애를 여덟은 낳을 것이다. 황금빛 머리카락을 가진 애들을.

만약에 그들이 나에게 물으면 나는 그 어느 곳 출신도 아니고 그 누구도 모른다고 대답할 것이다. 나는 그냥 나로 존재하는 것이다. 나는 노래를 할 수도 있다. 『마적』에 나오는 사라스트로의 아리아를 부를 것이다. 나는 남자 역할도 여러 차례 연습해 두었다. 열한 살이 된 후로 나는 그 위대한 로물루스의 닭 이름도 안다. 도미티아누스는 나쁜 황제였다.

누나는 집을 나가면 창녀가 될 거야, 라고 동생이 말한다. 동생은 창녀들을 싫어한다. 동생은 좋아하는 것과 그렇지 않은 것을 하나하나 꼽는다. '좋아하는 것'에는 호랑이, 고양이가 제일 먼저 등장하고 그다음이 나다. '싫어하는 것'에는 학교 사감인 ㅂ 선생님과 ㅅ 박사님이 타의 추종을 불허한다. 동생은 미신 때문에 그 사람들의 끔찍한 이름을 절대로 자기 입에 올리지 않고 나에게도 못하게 한다. 그다음으로는 목동과 창녀와 버스 운전사를 싫어한다. 경찰은 '좋아하는 것'에 속한다.

버스 정류장에서 망가진 신 한 짝을 손에 든 노숙자가 지팡이를 짚고 있다. 그 앞에는 경찰이 서서 신분증을 제시하라며 소리를 지르고 있다.

엘라 아줌마가 우리에게 달걀 스무 개를 주었다. 우리는 집에 오면 동생과 내 몫으로 달걀 프라이 두 개를 만든다. 일주일이 지나자 동생은 더 이상 달걀 프라이를 먹으려 하지 않는다. 우리는 방에 걸려 있는 소시지를 먹어도 되는지 안 되는지를 잘 몰랐다. 아버지나 엄마가 나중에 소시지 어디 갔느냐고 물으면 뭐라 말해야 될지 걱정되어서다.

동생은 콩처럼 보이는 하얀 조약돌을 빤다. 동생은 능숙해서 그

돌을 삼키지 않는다. 동생은 미국 삼촌이 여자아이들에게 페퍼민트 껌을 선물했다고 말한다. 이 껌은 절대 없어지지 않는다. 여자아이들은 동생 말을 철석같이 믿고 신기한 듯 돌을 바라본다. 나도 동생의 분홍색 혀 위에서, 이 사이에서 그렇게나 예뻐 보이는 돌을 하나 갖고 싶다. 그렇지만 찾지 못한다.

우리는 돼지기름을 먹는다. 내 피부는 여기저기 전부 다 터져 나간다. 나는 그게 기름 때문인지, 아니면 이제는 먹지 않고 얼굴에 문지르기 시작한 달걀흰자 때문인지를 잘 몰랐다. 달걀노른자는 손등과 입술에 바른다. 집이나 마당이나 온 사방에 말라서 부스러진 달걀노른자 조각들이 널려 있다. 나는 카카오 떡과 폴렌타,* 그리고 건조채소들이 둥둥 떠다니는 인스턴트 굴라시 수프를 만든다. 우리는 이 음식을 아주 뜨겁게 만들어 먹는다. 혀를 데어서 물집이 생겼어, 라고 동생이 나중에 말한다. 적어도 오늘은 아무것도 먹고 싶지 않아.

누나는 누나가 못생긴 건 알아, 라고 동생이 내게 말한다. 누나는 갈 필요 없어. 그 사람들은 예쁜 애들만 뽑거든.

막달라 아줌마가 나에게 잿빛 페피타* 원피스를 선물한다. 원피스는 무릎까지 내려오는데 내 살찐 넓적다리를 두드러지게 한다. 그리고 목둘레와 팔 끝과 소매에는 검은 레이스가 달려 있다.

어렸을 때 막달라 아줌마는 자기 집 서랍장 위에 나를 세워 놓고 「너는 꽃 같구나」라는 노래를 부르게 했다. 그러고는 매번 울었다. 나는 아줌마에게 이 노래를 내가 인터뷰 목록에 올렸다는 말을 하지 않는다. 아줌마는 내가 배우가 되려는 것에 놀라지 않는 유일한 사람이다. 심지어 아줌마는 내가 배우가 될 수 있다고 굳게 믿는 것 같다. 병원에 있는 엄마는 사람들이 나를 다시 돌려보내도록 기도하겠다고 말했었다.

막달라 아줌마가 어제 우리 아버지를 마을에서 보았다고 이야기해 준다. 이미 어제부터 식당에 죽치고 앉아 카드를 치고 있다는 것이다. 나는 창문에 내 모습을 비추어 보며 헤어 커터를 대고 머리를 반듯이 자른다. 커터는 옛날에 할아버지가 서독에 다녀올 때 사다 준 유일한 선물이다. 너무 짧기는 했지만 나는 아버지가 결혼식 때 입었던 밤색 양복을 입고 시험을 보러 간다.

시내에서 아스팔트는 나무들의 껍질에까지 입혀져 있다. 나는 파란 신을 신고 뿌리 주위를 돌아서 간다.

우리 대기실에는 불이 없다. 벽면은 어두운 나무로 장식되어 있고, 벽난로가 하나 있는데 창백한 장밋빛 대리석으로 되어 있다. 마치 성 같다. 나는 한 손을 벽난로 턱에 올려놓는다. 딱 들어맞는다. 우리는 서 있다. 우리 주변에 다른 사람들이 있다. 그들은 움직이고 있다. 어두운 바닥이 그 사람들 몸 아래에서 끼익 끼익 소리를 내고 있다.

다른 소녀들이 나의 머리를 뚫어지게 바라본다. 거의 보이지 않는 금발 솜털들이 내 머리를 덮고 있다. 내 두 귀, 그 방의 유일한 빛줄기가 내 귀로 떨어진다. 남자아이들은 나를 보지 않는다. 그들은 몸을 돌린다. 그들은 나 때문에 창피해하고 있다.

시험을 볼 때 아(A) 발음에 신경을 쓰면서 나는 최대한 입을 크게 벌려 발음을 한다. 심사 위원들 중 한 사람이 결국 입을 연다. 사투리를 쓰네요. 예, 라고 내가 말한다. 왜 배우가 되고 싶나요? 저는 시골 출신입니다, 라고 내가 말한다. 그 남자들은 아무런 반응도 보이지 않는다. 다른 남자 한 명이 내 목록을 보더니 물어본다. 원소 주기율표요? 나는 고개를 끄덕인다. 나는 내 사라스트로 폐에 공기를 불어넣고 노래한다. 하-헤-리-베-베-체-네오-페-네-나-마알-시-페-제-카아르…….

분명하게 발음하자, 단어 하나하나. 감정을 세게 불어넣지 말자. 삼키지도 말자. 뭉개지도 말자. 분명하게 발음하자, 단어 하나하나.

도시에서 온 사람들이 버스에서 내다보면 내 고향 마을은 모든 것이 다 뭉개져 발효된 재료처럼 보인다. 우리 모직 옷의 털처럼 갈색이고 그걸 떼어 낼 수 없다. 아버지 옷을 입고 밭 가운데 서서 거리를 돌아보니 불과 1분쯤 전에 버스가 누런 황혼 속에 나를 내려놓았는데 버스도 길도 없어져 버린다. 갑자기 동생 말이 맞았다는 것을 안다. 우리가 보이지 않는 사람이 되는 시간들이 여기에 진짜로 때때로 있었던 것이다.

밝은 색깔의 내 머리는 마치 낮은 달처럼 시골 풍경 한가운데를 굴러간다. 나는 보이지 않는 들판 위를 돌아다닌다. 나는 내가 배우가 될 거라고 생각한다. 배우가 되면 아(A) 발음을 조심해야 하고, 보이지 않는 사람이 되지 않게 조심해야 한다고 생각한다. 나는 무대를 생각하고 파도 무늬가 있는 창문을 생각하고 서랍장을 생각한다. 카카오 떡과 기름을 생각한다. 동생과 나를 생각한다. 밭에서 퇴비가 되어 가는 내 머리카락도.

들판지기 켈레멘은 음식점에서 하모니카를 분다. 아버지는 벌써 연금 석 달 치를 잃어버렸다. 나를 빼놓고 이곳에는 모두 남자들뿐이다. 내가 페피타 옷을 입고 들어갔을 때 이미 모두 취해 있다. 플로리안이 거기에 있다. 그는 우리 아버지를 무서워하면서도 켈레멘에게 폴카를 불어 달라고 했고 우리는 입구 앞 사각형 모양의 빈자리에서 춤을 춘다. 아버지는 카드에서 눈을 떼지 않는다.

동생은 켈레멘 옆의 나무 의자에 앉아 있다. 째진 눈은 과일주 때문에 새빨개졌고 얼굴은 석회처럼, 거미줄처럼 하얗게 되었고 머리카락은 노랗다. 나는 플로리안과 폴카를 춘다. 조심해, 개 집시야, 라고 동생이 말한다. 그게 뭐 어때서, 라고 내가 말하는데, 바닥은 먼지투성이이고 먼지도 우리 발밑에서 뛴다. 누나는 창녀가 될 거야, 라고 동생이 낮은 목소리로 말한다. 그게 뭐 어때서, 라고 내가 말하고는 플로리안과 다리를 걸고 빙빙 돈다. 폴카는 내가 좋아하는 춤이다.

하-헤-리-베!

고요한 밤, 거룩한 밤

여기는 아주 깜깜하다. 그리고 조용하다. 사람들은 소리를 모두 다 들을 수 있다. 그 소리를 듣는다. 그들이 오는 소리 말이다.

그들이 어떻게 알았는지 나는 모른다. 그러나 그들은 안다. 어쩌면 그들이 그걸 모를 가능성도 있지만 어찌 되었거나 그들에게는 상관없는 일이다. 그럴 것이다. 그들에게는 상관없는 일이 분명하다. 그렇지 않았으면 그들은 전혀 시도조차 안 했을 것이다. 그들 스스로 말한다. 우리와는 아무 상관이 없다고, 밤은 타르 칠한 벽을 가진 큰 통이고 저 멀리 높은 데까지 있다. 그리고 우리는 그 안에 서 있다. 그들은 그 안에서 물장구를 친다. 때로 하늘도 한 조각. 석회처럼 허연 들판 길. 한쪽에는 숲이 있고 다른 한쪽에는 수확을 끝마쳐 온통 파헤쳐진 옥수수밭이 있다. 숲 뒤로는 산이 있고 도시가 있다. 옥수수밭 뒤에는 늪이 있다. 사람들은 아무것도 보지 못한다. 작전 팀에는 야간 투시 장치가 없다. 그들이 어떻게 알게 되었는지 나는 모르지만 그들은 알고 있다. 우리는 2백미터 간격으로 서 있어 서로를 보지 못한다. 들판 길은 커브들이 많고 국경은 안으로 굽어서 마을을 감싸고 있다. 마치 우리가 바구니 안에 들어앉은 것처럼, 또는 모자 속에 들어간 것처럼 말이다. 우리는 귀 기울이는 것밖에는 할 수 있는 일이 없다. 세심하게 귀를 기울인다.

가지들이 나무에서 떨어진다. 사람들은 그 소리를 듣는다. 가지들이 떨어지는 그 나무들이 여기에서 멀리 있다는 걸 나는 안다. 그럼에도 그게 나뭇가지 소리라는 것을 나는 안다. 사람들은 그냥 소리를 모두 다 듣는다. 나는 여름에 나뭇잎들이 서로 비벼 대는 소리를 듣고, 옥수수 잎사귀 끝이 서로 부딪칠 때 나는 칼 가는 듯한 소리를 듣는다. 그러나 지금은 옥수수에 잎이 없다. 모든 것이 무사통과이다. 바람의 연주 같은 나뭇가지는 메아리가 없다. 모든 것이 축축함 속에 있고, 무겁다.

그리고 그들은 갈대가 소리를 낸다는 것을 안다. 그들은 나무들이 소리를 내는 것도 안다. 완전히 축축 처지는 잎사귀들, 백향나무, 우엉꽃. 그들은 수확이 끝난 밭에서는 젖먹이의 쩝쩝거리는 소리가 난다는 것을 안다. 그들은 물웅덩이가 있는 것도 안다. 오로지 석회를 깐, 구부러진 길만 안전해 보인다. 언제부터인가 모두 그 길만 택한다. 나는 길옆에 서 있다.

그가 내게로 오는 소리를 듣는다. 왼쪽에서 온다. 한 명뿐이다.

젖은 석회가 그의 신발에 묻어 있다. 그는 빠른 걸음으로 온다. 겁이라곤 하나도 없는 사람처럼. 어쩌면 무기가 있을지도 모른다.

서! 그는 서지 않는다. 나는 엄지손가락으로 손전등을 켠다. 암호는?

잠깐 뭐라 뭐라 하더니 침을 탁 뱉고는 말한다. 물고기 두 발에서 비린내가 난다.

나는 손전등을 끈다. 물고기라니, 너 미쳤니, 라고 말한다.

물고기는 자기가 한 농담에 대해 계속 웃고 있다.

나는 그에게 바보라고 말한다. 나는 그를 쏠 수도 있었다.

왜? 라고 그가 묻는다. 암호, 나는 알고 있거든. 그리고 다시 웃는다.

물고기는 요즘은 조용해졌다고 확언한다. 크리스마스 전에는 언제나 아주 조용하지, 올해는 정말 못 견디게 더웠어, 라고 말하고는 웃옷 단추를 풀더니 무릎을 흔들거린다. 나는 그에게서 땀 냄새를 맡는다.

겨울이 실종되었어, 라고 물고기가 말하는데, 이미 세 번이나 그랬다고 말한다. 사람들이 미쳐 간다. 그들은 날씨를 하나의 징표로 생각한다.

그 말에 그는 키득거린다. 날씨가 하나의 징표라니. 잠시 후 손바닥만 한 구름 구멍 사이로 달이 나타난다. 물고기의 목과 뺨이 번쩍 드러나는데 땀으로 뒤덮여 있고 벌겋다. 그다음에 그는 다시 사라진다. 그렇지만 나는 그의 소리를 계속 듣는다.

그저께는 열 명이었다. 그리고 모두 이 길을 따라 왔다. 비가 엄청 와서 호수에 물이 가득 차 있었다. 작년에는 진흙 늪이 다 말라버릴 거라고까지 생각했는데 이제는 호수 물이 곧 이리로 와서 우리의 두 발을 핥을 참이다.

그리고 그것 때문에 물고기는 틀림없이 또 웃을 것이다. 우리의 두 발을 핥는다니.

네 위치로 돌아가, 라고 내가 물고기에게 말한다. 만약 지금 누구 한 사람이 건너가고, 그리고 저쪽에서 사람들이 그를 잡으면 우리는 골치깨나 썩을 것이다.

물고기는 움직이지 않는다. 그의 외투 날개가 어둠 속에서 펄럭인다. 그의 어깨 위에서 총이 덜거덕거리는 소리를 듣는다. 나는 그에게 조심 좀 하라고 말한다.

사람들이 그에게 이미 그런 말을 해 주었다고 한다. 내가 그런 사람 가운데 하나라고. 나는 물고기의 말을 듣는다. 머리끝까지 화가 날 때에도 규정을 지키는 사람 가운데 하나, 라고 말하면서 물고기는 손짓을 한다. 비록 아무도 그를 보지 못하지만 말이다.

맞아, 라고 나는 최대한 건조하게 말했다. 나는 사람들이 물고기라고 부르는 이 사람을 전혀 모른다. 내가 왜 이 사람과 엮여야 할까.

그러나 물고기는 나에 대해 알고 있다. 그가 왜 학교를 그만두었지? 라고 내게 묻는다.

나는 귀를 기울인다. 어디에선가 뭔가 가는 듯한 소리가 들린다.

그냥 갈대 소리야, 라고 물고기가 말한다.

그래도 우리는 한동안 귀를 기울인다. 그다음에 나는 어깨를 움찔한다. 그곳에서 뭔 일이 있는지 나는 모르겠다고 말한다. 나는 그 말들이 무슨 말들인지 알아듣지 못했다, 라고. 모든 게 혼란스럽다. 내 머릿속에 들어오지 않는다.

나는 외국에서 산 적이 있다고 그에게 말한다. 내가 역에 왔을 때, 아버지가 여기로 나를 다시 데려왔을 때, 모국어를 못 알아듣는 느낌을 받았다고 이야기한다. 나는 5개 국어를 말한다. 그런데도 한 언어를 못 알아들었다. 그리고 나는 포기했노라고 조금 있다가 말한다.

물고기도 조금 있다가 이해해, 라고 말한다.

물고기는 내가 이 두더지 부대에서 뭘 하려는지를 묻는다. 내가 있을 자리는 저 안의 난민 자리인데, 그리고 도대체 무엇 때문에 외국어는 그렇게 많이 하는지, 나는 그들이 데리고 있는 통역관보다도 분명히 일을 더 많이 할 수 있는데, 라고 말한다. 그는 마치 자위하는 사람 얼굴을 하고 있다. 저 안은 적어도 따뜻하기나 하지, 라고 물고기가 말하고 웃는다.

나는 아무 말도 하지 않는다. 나는 무기 달린 내 허리띠를 제대로 점검한다. 나는 솜 외투 안에서 온기가 어떻게 움직이는지를 느낀다. 물고기는 아직도 자기 자리로 돌아가지 않고 있다.

*

한나는 예쁘다. 내 여자 친구다. 예쁘다.

나는 운이 좋다. 모든 게 다 한곳에 있다. 군대, 국경 그리고 하나. 집에 갈 때만 버스를 탄다. 버스는 매 시간마다 온다. 아버지는 당신의 시대에는 젊은 사람들이 집에서 되도록 멀리 나가려고 애썼다고 말한다. 그런데 요즘은 안 그런다는 것이다. 모두 다 약해빠졌다.

나는 다른 쪽 국경, 동쪽 국경은 어떨까 하고 상상해 본다, 이상하게도 그곳이 나는 어둡게만 상상되었다. 밤이나 낮이나 어둡고, 다른 냄새가, 트럭, 기차역, 술 그리고 공포의 냄새가 난다. 그런데 여기에서도 나는 국경을 거의 밤에만 본다. 그러나 여기는 다르다. 이곳은 다른 쪽 국경인 것이다. 녹색이다.

다음 주 출동 명령과 관련된 회의가 끝났기 때문에 나는 외출해도 된다. 나는 집으로 가는 마지막 버스를 본척만척한다. 운전사는 정류장에서 버스 문을 열어 놓은 채 한참을 기다리고 있는데 나는 버스 옆 거울로 운전사의 눈을 본다. 그가 나를 알아보고 기다린다. 하지만 나는 그에게 등을 돌린다. 마침내 운전사가 알아챈다. 문이 닫힌다. 버스는 모욕당한 자의 신음 소리를 내고 만(灣)에서 기어 나간다. 나는 한나에게로 간다.

놋으로 만든 조각품. 한나의 다리에서는 빛이 난다. 우리는 방 안에서 불을 켜지 않는다. 나는 바깥의 햇빛이 방 안으로 들어와 한나의 다리를 비추는 것을 보고 싶어 불을 켜지 않고, 한나는 자기 부모님이 유리 사이로 우리의 그림자 움직임을 지켜보는 게 거슬려서 불을 켜지 않는다. 그런 이유 말고도 한나는 원래부터 불 켜는 것을 좋아하지 않는다. 한나는 책상다리를 하고 침대 위에 앉아 있는데 두 다리에서 빛이 난다. 한나는 내가 보기에 참을성이 없다. 그녀는 벌써 눈 위로 내려온 어두운 색깔의 머리카락을 참을성 없이 흔든다. 나는 바구니 의자에 앉아 제복 냄새를 맡으며 무슨 일인데 하고 묻는다.

벽의 그림자 속에서 한나가 집에 가고 싶지 않아? 라고 내게 묻는다.

나는 아니, 라고 대답한다.

한나가 언제 마지막으로 집에 갔는데? 라고 묻는다.

나는 이젠 잘 모르겠어, 라고 대답한다.

한나는 밤에 잘 수가 없다고 말한다. 부엌 식탁에서 달그락 소리가 나면 잠에서 깨어나는 것이다. 그녀는 자신이 발각되기를 기다린다. 열쇠 없이 이 집에서 말이다.

나는 우리가 그걸 잊어버린 것처럼 할 수도 있다고 그녀에게 말한다. 마치 내가 집에 가는 것을 잊어버린 것처럼 말이다. 그녀의 집에서 나를 잊어버린다. 그녀 가족의 집에서 나를 잊어버린다. 많은 사람들이 그런 식으로 눌러앉았다.

한나가 어둠 속에서 말한다. 그렇게는 안 돼.

그래서 나는 간다. 가족들은 내가 건네는 인사에 말없이 고개를 끄덕이는 것으로 답한다.

창문들이 아주 낮아서 넓적다리가 창턱에 닿지 않고도 다리를 창턱 위에 올려놓고 흔들 수 있었다. 나는 어떻게 하면 아무 소리도 내지 않고 있을 수 있는지를 안다. 좁은 침대 속에 나는 안쪽으로 누워 있었다. 나는 아무런 움직임 없이 누워 있다. 내 아래의 침대도 아무 소리를 내지 않는다. 나는 옆으로 누워 한나의 넓은 어깨를 두 손으로 잡는다. 한나는 납작하게 엎드려 숨을 쉰다. 나는 한나를 뒤에서 잡아 침대에서 굴러 떨어지지 않도록 잡고 있다. 나는 그녀의 납빛 어깨에 이마를 대고 누른다.

그녀가 말할 때 나는 그 소리를 마치 금속을 통해서 듣는 것처럼 듣고 있었다. 나는 그 소리가 그녀의 어깨를 통해 내 이마 속으로 들어와 중얼거리는 것을 듣는다. 한나는 만약 자기가 나를 배신하면 어떻게 하겠냐고 묻는다.

나는 한나를 감싸 안은 손가락들을 움직이면서 아무 말도 하지 않는다. 나는 아무것도 모른다.

나도 왜 그런지 몰라, 하고 한나의 어깨가 소리를 내더니 자기는 가끔 스스로 도발적이기를 바랄 때가 있어, 라고 말한다. 도발적이기를. 한나는 진짜 그렇게 말했다. 소동 일으키기라고 말했다. 움직임들. 그래서 두드려 맞기. 한나는 내가 그걸 나쁘다고 생각하는지 묻는다.

나는 생각해 본다. 그러나 나쁘다는 게 무슨 뜻인지 정확히 모르겠다.

어깨가 움직인다. 침대가 삐거덕거린다. 방 안은 춥다.

어찌 되든, 이제 나는 그녀의 숨결을 이마에 느낀다. 어찌 되든 나는 그것도 좋다고 말할 거야, 라고 화가 난, 그 뜨거운 숨결이 말한다. 나는 그 숨결이 피부에 어떻게 내려앉는지를 느낀다. 숨결의 축축함이 어떻게 국경 감시인의 냄새들을 다시 부활시키는지. 나 자신의 냄새. 나는 너를 총으로 쏠 거야, 라고 말한다.

집 안에서 뭔가 움직인다. 우리는 귀를 기울인다. 납작하게 숨을 쉬면서, 심장이 뛰는 소리를 들으면서, 이마를 어깨에 대고서. 주위가 다시 조용해졌을 때 나는 우리가 예전에 강가의 갈대밭에 누워서 조금도 움직이지 않고 누가 오는지 귀 기울여 듣고 있었던 것을 생각한다. 우리는 아직까지 이 침대에서는 한 번도 그렇게 해 본 적이 없다. 내가 열쇠 없이 이 집에 있었던 적이 한 번도 없기 때문이다. 도발적이기.

한나가 잔다. 나는 그녀를 안는다. 거실 쪽 문의 유리가 달그락거린다.

*

통역관에게 뭔가 일이 생겼다고 사람들이 나에게 말해 준다. 그래서 내가 가야 한다는 것이다.

기다란 복도 양옆에 문들이 있다. 감옥은 늪지 앞 우리 초소보다 국경 쪽에 더 가까이 있다. 창문들은 조그마하고 천장 바로 아래 달려 있어 감방 안에서는 밖을 내다볼 수 없다. 죄수들에게 최근에 새로운 권리가 부여되었는데 고통받지 않을 권리도 그중 하나이다. 하지만 국경이 그처럼 가까이에서 보이면 그게 바로 고통이다. 그러나 물론 모두가 그것을 안다. 그들은 이송되면 모두 다

저 너머를 뚫어지게 쳐다본다. 입구에서 건너편 국경 쪽 사람들을 본다. 최근에는 그들이 담뱃갑을 공중에 던지고 받는 놀이를 한다.

오늘은 감방 안에 아무 일도 없다. 묻지도 않는데 뚱뚱이가 이야기를 한다.

처음에 그 남자는 아주 조용했지. 진술을 거부했고 서류도 없었어. 그래서 사람들이 그가 누군지를 알아낼 때까지 그는 감방에 있어야 해. 사람들은 그 남자의 몸과 옷 그리고 모든 것을 조사했어. 그런데 몸에 지닌 것이 없어. 담배뿐이었는데, 그것은 가지고 있어도 된다고 허용해 주었지. 그러자 그가 감방 안에서 담배를 피우기 시작하고, 그래서 우리가 감방에서는 금연이라고 가르쳐 주었지. 자기 방에서 나와도 되고 문들이 열려 있으니 뒤쪽 복도로 가서 담배를 피우라고. 아무 반응이 없었어. 그런 사소한 일로는 통역관에게 보내지 않으니까. 그러자 나와 같이 근무를 서던 소년이 손짓, 발짓으로 대화를 시도했지. 그동안 나는 바깥 창살 뒤에 앉아 있고. 안전상의 이유 때문에. 주위가 이미 조용해지고 감방 전체가 다 조용해졌어. 다들 이제 무슨 일이 벌어질까 귀를 기울이는 거지. 그 남자는 소년을 한 번도 쳐다보지 않아. 그래서 소년은 그에게 가서 담배 피우는 팔을 잡고는 '금연' 그리고 '복도'라 말하면서 저쪽을 가리켰어. 그 남자는 완전히 돌아간 눈으로 그쪽을 보고는 손을 흔들더니 아직 불도 제대로 붙지 않은 담배를 발밑 감방 바닥에 던지고 불을 비벼 끄곤 복도 밖으로 나가.

소년이 헤이, 하고 부르며 돌아와 담배를 주우라고 하지만 그 남자는 손짓으로 거절하지. 담배는 나중에 가져간다고. 그런데 감방에서 나간 그 남자가 소년에게 몸을 돌리는데 입 주위에 피가 묻어 있는 거야. 손에는 면도날 반쪽이 있고. 소년이 무언가를 하기도 전에 그 남자가 자기 나라 말로 소리를 지르더니 물과 피를 한가득 쏟아 내고는 칼로 팔을 두 번 그어 버렸어. 마치 스테이크에 착착 칼집을 내듯 말이야. 나는 정신병자처럼 창살에 매달려 있었지만 문을 열 수가 없었어. 소년이 이미 그를 꽉 붙잡고 있는데 그 남자가 소리를 지르고 소년도 소리를 지르고 있었어. 나더러 통역관을 데려오고 인력 지원을 해 달라고. 그때 그랬었다니까, 라고 뚱뚱이가 말한다. 소년이 그 남자를 꽉 붙잡고 있을 때 나는 갇힌 죄수들과 같이 소리를 질렀지. 모두 감방 속에 머물러, 라고. 그리고 면도날을 빼앗으려 했지만 그 남자는 믿을 수 없을 정도로 긴 팔로 그걸 흔들면서 공중에 대고 휙휙 그었어. 그래서 나는 몸을 멀찌감치 수그리고 있어야 했어. 안 그랬으면 나를 덮쳤을 거야. 내가 뒤에서 그 남자를 잡으려고 그 남자 팔 아래로 몸을 굽히고 다가갈 때 통역관이 자기 얼굴을 그 남자 앞에 바싹 갖다 대고 아주 센 목소리로 말하기 시작했어. 그때 통역관은 동시에 소리를 지르지 않을 수 없었어. 모든 게 너무 시끄러웠기 때문이지. 통역관은 머리카락이 희고 물고기 눈을 가진, 한 덩치 하는 사람이었지. 큰 소리로 말하느라 목에 힘줄이 불끈 솟아올랐고 얼굴은 완전히 벌게졌지. 그는 벌게진 얼굴을 그 남자에게 갖다 댔어. 그 남자는 계속 면도날을 휘둘러 댔고. 팔이 원숭이 팔처럼 길었는데 허공에 휘둘러 대다가 통역관의 얼굴을 사선으로 그은 거지.

우리는 모두 멍하니 서 있었고 죄수들도 그랬고 막 도착한 추가 지원 인력들도 그랬지. 그리고 통역관의 얼굴을 보니 얼굴이 열리는데 마치 꽃 같았어, 장미꽃이 속을 갑자기 뒤집어 보이는 것 같았다니까. 면도칼은 통역관의 입술을 그었는데 위 가장자리 쪽이었어. 너, 입술이 완전히 빨갛게 나타나기 전에 그 안쪽은 흰색이라는 걸 알아?

뚱뚱한 남자는 머리를 흔들며 아주 빨간 입술을 빤다.

그 미친 남자가 자해한 칼자국은 그리 깊지 않았어. 그의 피가 온 사방에 튀어 있었고 벽에도 돌바닥에도 있었지만 정맥이 아니라 살만 건드려서 의사는 간단히 휴지 두 장을 팔에 감고 그를 감방 안에 앉혔지. 그러자 그 남자는 다시 조용해지고 더 이상 광란을 벌이지 않았어. 그는 마치 아무 일도 없었다는 듯 그곳에 앉아 손수건으로 자기 손을 꾹 누르고 있었어. 두 손가락 사이에 담배가 있었는데 누군가가 그것을 잘 들고 있었어.

나는 그 복도를 바라본다. 그때의 흔적과 튄 피를 찾아보지만 감방은 타일과 유성 페인트로 되어 있어서 마치 병원에서처럼 아무 흔적도 없이 모두 다 씻어 낼 수 있다. 그래서 들어오고 나가는 것들은 아무 흔적을 남기지 않는다.

취조실은 아직 청소가 되어 있지 않았다. 젖은 잎사귀들과 진흙이 방 가운데 의자에까지 이어지고 있다. 그 자국들에서 그 남자가 절뚝거린다는 것을 알아볼 수 있다. 오른편에는 잎사귀들이 있고, 왼쪽 편에는 진흙이 있다. 담당자인 대위가 손으로 나를 가리키면서 통역관이라고 말한다. 의자에 앉은 그 남자는 검은 발가락 위로 나를 바라본다. 피난민의 눈빛이다.

중요한 문제들은 사람들이 이미 다 물어보았고 지금 이것은 오로지 위신 때문에 하는 것이다, 라고 담당자가 말하는 것을 듣는다. 나는 내 운을 시험해 봐야 한다.

나는 그 남자의 발가락을 뚫어지게 바라본다. 나는 물고기를 생각한다.

물고기는 물웅덩이 안에 서서 두 발로 바닥을 긁는다. 마치 무용수가 하듯 옆으로 긁는다. 한 번은 오른쪽으로, 한 번은 왼쪽으로 물을 건드린다. 그는 발가락에 대해 이야기한다. 처음에 그는 그걸 전혀 이해하지 못했다. 그런 것을 한 번도 본 적이 없기 때문이다. 그는 웅덩이 옆에 서서 곰곰이 생각하며 말한다. 나는 뭐 이런 이상한 신발이 다 있나 했었지. 그리고 그는 난생처음으로 그것을 보았다. 하얀 눈 위의 검은 신을. 신발 주위로 하얀 테두리가 얼어 있었고 모든 게 얼어 버렸다. 호수 위에는 눈덩이가 피라미드처럼 쌓여 있는데 얼음이 혈관처럼 갈라지면 갈대숲까지 치는 천둥소리처럼 사람들이 그 소리를 들을 수 있었다. 혈관은 곧게 수직으로 나 버렸다고 물고기가 말한다. 그만큼 추웠다. 그리고 그 남자가 신은 신발은 발가락 쪽에 가죽을 대 주름이 지는 곳 앞쪽으로 비스듬하게 터져 있었다. 물고기가 그 남자를 데려올 때 새끼 발가락이 그 터진 틈으로 삐져나왔다. 까맣구나, 라고 물고기가 말한다. 석탄처럼 까맣네. 제기랄! 이라고 물고기는 말하고 앞의 웅덩이를 쳐다본다. 그는 앞으로 가기를 멈추었다. 사람들은 그가 잇새로 침 돌리는 소리를 들었는데 내뱉지는 않았다. 그는 삼켜 버렸다. 그 남자는 나흘 동안 걸어왔는데 첫째 날이 지나자 갑자기 겨울처럼 추워져서 그는 돌아가기 어려웠을 거야, 라고 물고기가 말했다.

그러고 나선 침을 뱉었다.

그 남자는 찢어진, 한때는 흰색이었을 운동화 위로 나를 바라본다. 왼쪽 신발에서 엄지발가락이 천을 뚫고 나왔는데 그 발가락은 특이하게도 위쪽을 향해 있었고, 뻣뻣해 보였다. 발가락은 완전히 진흙투성이였다. 검은 진흙.

봉주르! 라고 나는 말한다. 통역관인데요, 이름이 뭐죠? 라고 프랑스어로 말한다.

그 남자는 잠깐 망설이다가 대답을 한다. 피난민의 눈빛이다. 그는 우리를 똑바로 바라보지도 않고, 우리 가운데 있는 것 같지도 않고, 아직도 자신의 놀람 속에 갇혀 있거나 아니면 저 바깥 육지 어디 뒤쪽이나 그 바깥 어디에 있는 것 같았다. 그는 뭔가 가능성을 찾고서 웅덩이를 돌아가 무덤에 몸을 감춘 듯 보인다.

몰라요, 라고 그 남자가 무덤에서 나와 말한다.

무슨 말인지 못 알아듣겠다면서 그 남자가 심드렁하게 말한다. 난 루마니아어밖에 못해요.

그는 작지만 심드렁한 소망을 품고 나를 바라본다. 루마니아 사람이에요?

나는 고개를 흔든다. 말이 비슷해요. 내가 천천히 말하면 알아들을 수 있을 거예요.

난 루마니아어밖에 못해요, 라고 그 남자가 말한다.

나는 다시 그의 발가락을 보아야만 한다. 뻣뻣하게 위쪽을 향해 있는 엄지발가락. 흰 운동화 위에 빨간 글씨로 단어가 쓰여 있었는데, 한 번도 못 들어 본 이름이다. 나는 무슨 뜻인지 알아낼 수가 없다. 엘(L)로 시작하나? 아니면 아(A)로 시작하나?

그가 뭐라고 하고 있지? 라고 담당자가 묻는다.

우리 그럼 영어로 이야기해 볼까요? 하며 내가 시도해 본다. 그 남자는 머리를 흔든다. 통역관도 같이 흔든다. 나는 얼굴이 빨개진다. 담당자는 내게서 시선을 떼지 않는다. 나는 그에게 등을 돌린다. 어디에서 왔어요? 라고 물으며 나는 생각한다. 그러면서 의자에 앉은 그 남자의 얼굴을 바라본다. 나는 이탈리아어로 생각한다. 그리고 혹시나 해서 스페인어로도 말해 본다. 마침내 내가 말을 할 때 목소리가 떨린다. 그가 할 수 있는 유일한 언어를 내가 할 수 없었기 때문이다. 카크 바스 자부트(이름이 뭐예요)? 라고 러시아어로.

그 남자는 눈썹을 높이 쳐들더니 증오가 가득한 눈길로 나를 한 번 본다.

저자는 러시아 사람이 아니야, 라고 담당자가 내 등 뒤에서 말한다. 그가 답답하다는 듯 말했다. 나는 뒤돌아보지 않았다.

당신은 루마니아에서 왔군요, 라고 내가 프랑스어로 그 사람에게 말한다.

루마니아요, 맞아요, 라고 그가 말한다.

나는 그에게 불법으로 국경을 넘으려는 그의 시도가 실패했다고 말한 뒤 두 손으로 뭔가 자르는 제스처를 한다. 그 남자는 나를 바라보는데 입 주위가 잠깐 움찔한 것 외에는 아무런 움직임이 없다. 무덤의 얼굴. 다 끝났다고요, 라고 내가 말한다. 다 끝났어요. 찬스가 없다고요. 나는 찬스를 일부러 영어로 말한다. 본인의 신분을 밝히지 않으면 상황은 절대로 좋아지지 않을 거예요, 라고 프랑스어로 말한다. 신분이 밝혀질 때까지 그는 이곳에 구금되어 있을 것이며, 이제까지의 경험으로 보면 그의 신분은 빠르든 늦든 어찌 되었거나 알아낼 것이다. 나는 두 팔을 벌려 그에게 감방을 가리키고 나서 그를, 그의 가슴을, 그의 정체를 가리킨다. 모든 사람에게, 라고 나는 프랑스어로 말하며 손으로 원을 하나 그린다. 모든 것은 시간문제일 뿐이다. 이 마지막 말을 나는 얼굴색 하나 바꾸지 않고 확실하고 분명하게 말한다. 나는 심각한 표정을 지어 보인다. 내 말을 알아들었다고 생각해요, 라고 내가 말한다. 그는 얼굴을 찡그리지만 아무 말도 하지 않는다. 그 남자가 펼친 손가락들은 발가락만큼이나 더럽다. 그는 의자 아래에서 이제 바닥 위를 발가락과 신발로 질질 끌고 있다.

저자가 알아들었나요? 라고 담당자가 형식을 강조하면서 말한다. 규정에 따르면, 나는 그 남자에게 그 질문을 통역해 줘야 하지만 그러지 않는다. 그가 이 질문에도 대답하지 않으면 나로서는 뭘 어떻게 해야 할지 모른다. 나는 이미 얼굴이 붉어지는 것을 느끼지만 그 남자에게서 담당자 쪽으로 몸을 돌리고 그의 색깔 없는 두 눈을 보면서 예, 라고 대답한다.

담당자는 나를 본다. 그리고 우리 나라 사람이 아닌, 그 발가락을 가진 남자를 보고 나를 다시 또 본다. 그다음에 그는 손을 휘젓는다. 이 일은 사실 원칙적으로는 이미 끝난 일이다, 그 말은 이미 했다. 이 일은 그에게는 이래저래 별 상관이 없다.

운 좋게 그 남자도 더 이상 아무런 질문을 받지 않고 감방으로 안내된다. 마치 그도 기대한 게 없는 것처럼. 아니면 그가 그 말을 알아들은 것처럼. 누가 알겠는가, 그가 알아들었을 수도 있다. 나는 그의 눈을 더 열심히 살펴봐야 했다.

담당자가 내 눈을 본다. 우리는 당신이 필요 없어, 라고 말하듯이.

나는 몸을 떤다. 그냥 거기에 앉아서 떤다. 어디에라도 앉아야 했다. 몸이 너무 떨려 두 다리로 서 있을 수가 없다. 이 모든 게 내 잘못은 아니다. 나는 5개 국어를 하지만 루마니아어는 거기에 속하지 않는다. 또 내가 루마니아어를 할 수 있다고 주장한 적도 없다. 나는 여기에 오고 싶지도 않았다.

너의 임무는 끝났어, 라고 뚱뚱한 남자가 말한다. 뭐 할 말 있어?

아니요, 라고 내가 말한다.

*

크리스마스이브의 마지막 버스는 오후 5시에 떠난다. 우리는 인원이 많았다. 일곱 아니면 여덟. 우리는 벌거벗은 포플러 옆에 있는 진흙탕과 어두침침한 땅을 지나 마을로 가야 한다. 바람은 모든 것을 무사통과한다. 우리는 서두르지만 그래도 해가 지는 것보다 일이 느리게 진행된다. 나는 뒤에 처져 발에서 흙이 떨어질 시간을 준다. 흙은 새까맸는데 여기선 모두 그런 색이었고 밝은 색의 모래들이 씨처럼 흩뿌려져 있었고 그것들은 장화 아래에서 사각거리는 소리를 낸다. 나는 뒤에 서서 그것을 바라보고 있고 다른 사람들은 서두른다. 그들의 모습이 구름과 땅 사이에서 보인다. 외투를 입고 있는데 아주 작고 넓적하다. 특히 다리들이 짧다. 마치 땅의 난쟁이들 부대 같다. 빵 껍질을 쓰고 싸우는 난쟁이들. 부지런하고 작은 땅의 난쟁이들. 그들은 곧 도착할 터인데 나는 혼자이다.

언덕 발치의 숲에서부터 제빵사 아이들이 내 앞에서 길을 간다. 그 애들은 크리스마스트리를 질질 끌고 내 앞에서 간다. 나는 그 끝을 따라 집으로 간다.

로스앤젤레스 타워 에이에이 에잇 투 원 파이널 스리 원. 에이에이 에잇 투 원 착륙 준비 완료. 남동생은 착륙한다. 그는 부조종석에 있는 안경을 집어 들어 다시 쓴다. 그의 두 눈은 관자놀이까지 흐른다. 파랗다. 뭔가 뛴다. 핏줄이다. 남동생은 비행할 때 언제나 안경을 벗는다. 남동생은 그 항로를 잘 안다. 눈을 감고도 이 끝에서 저 끝까지 비행한다. 뉴욕에서 로스앤젤레스까지. 남동생이 안경을 위로 밀고 말한다. 로스앤젤레스에서 휴일을 보내기로 정했다고. 저쪽의 날씨가 드디어 좀 나아졌다. 뉴욕은 지금 영하 4도이고 눈이 왔다. 남동생의 손에는 벤 자국들이 있고 노루를 자를 때 생긴 멍도 있다. 남동생은 나의 시선을 알아챈다. 일은 다 했고, 라며 남동생은 진지하게 말하고 조종석을 떠난다. 남동생은 부엌으로 사라진다. 나는 부조종석에 앉아 있다. 내 동생의 항로는 두 그루의 호두나무 사이를 통과하게 되어 있다. 사람들이 두 눈을 한 번 꾹 감았다 뜨면 훨씬 분명하게 보인다. 더 밝아지고 빛이 스러지면 사람을 확 사로잡아 저 건너로 보낸다. 이 끝에서 저 끝까지 거의 장님처럼 말이다.

여동생이 카드를 한 장 보냈다. 작은 소녀의 다리 주위에 은색의 별 무리가 감겨 있다. 두 다리에는 뭔가가 떨어져 내리는데 그게 뭔지는 알아보기 힘들었다. 그림은 흑백이었다. 그리고 거기에 쓰여 있었다. 고요한 밤, 거룩한 밤.

텔레비전 속의 피아노 연주자는 열정적으로 연주하고 있었지만 무음으로 되어 있다. 크리스마스 생선은 마치 재 속에 담가 두기라도 한 것처럼 잿빛이다. 그리고 쓴맛이 난다. 쓸개 맛이 너무 세네, 라고 아버지가 말한다. 내 탓이다. 아버지는 용서를 구하듯 손을 들어 올린다. 아버지는 검지와 중지 사이에 칼을 잡고 있다.

너희 여동생은 너희들과는 달라. 아버지가 형과 나에게 말한다. 너희 여동생은 시간을 헛되이 쓰지 않아. 아버지는 건강한 손에 에스프레소 잔을 들고 있고 굽어 버린 다른 손은 벌써 들어 올려 그 옆에 놓인 술병을 잡고 있다. 아버지는 언제나 여러 가지 일을 동시에 하는데 마치 시간을 헛되이 쓰면 안 된다는 듯 그렇게 한다. 마치 어딘가 급히 가야 하는 듯 보이지만 아무 데도 가지 않는다. 굽어 버린 손에는 엄지손가락이 있고 그에 대응하여 커다란 발가락이 있는데 마찬가지로 굽었고, 잔은 검지와 중지 사이에 들고 있다. 아버지는 그때 외에는 술을 전혀 마시지 않는다. 아버지는 공사장 구조물에서 너무 여러 번 추락했는데 새로운, 그리고 오래가는 부상을 입을 때 늘 술에 취해 있었다는 말은 사실이 아니다. 왜냐하면 손만 다친 것이 아니기 때문이다. 아버지는 부상을 많이 입는다. 키는 작지만 억센 아버지의 몸은 흉터투성이다. 아버지는 이에 대해 말하는 것을 좋아한다.

아버지의 이마는 오른쪽 위에서 완전히 사각형 모양으로 한 조각이 부족하다. 모르는 사람이 맥주잔을 던졌는데 그게 아버지를 맞힌 것이다. 아버지는 전쟁이 나서 원자 폭탄이 터졌다 생각했고 대피 훈련 때 한 것처럼 식탁 아래 누워서 보호하려고 눈을 가렸고 두 귀는 막고 있었다. 그리고 피. 두개골 조각.

그때 나는 진짜 이게 우리 모두의 종말이구나 하고 생각했었지, 라고 아버지가 말한다.

온몸의 흉터는 아버지가 여행에서 가져온 유일한 것이다. 20년간 세상을 헤집고 다닌 후에 아버지는 자기가 떠났던 곳으로 다시 돌아온다. 고향 마을로 말이다. 아버지는 자기의 옛집에 산다. 아버지는 멀리 가고 싶다고 생각한다. 어쩌면 지금도 마찬가지일 것이다. 그게 생각일 뿐이고 증명할 수는 없다 해도 말이다. 아버지의 흉터를 빼곤 말이다. 이 손으로 말이야, 라고 말하면서 아버지는 식탁 위에 손을 올려놓는다. 내가 너희들을 다 먹여 살린 거야. 내가 죽으면, 아버지는 말하기를, 너희들은 아무것도 가진 게 없는 거지. 연금은 내 몸과 연결된 거니까.

나는 아버지의 엄지손가락을 바라본다. 엄지손가락을 다시 본 것은 오랜만이다. 식탁 위에 있는 보호자의 엄지손가락을. 손가락은 남자의 것이다. 그 몸에 연결되어 있다. 내가 어릴 때 언젠가 마지막으로 이 엄지손가락을 내 어깨 위에서 본 이후 엄지는 점점 더 어두운 색으로 변한 것처럼 보인다. 아버지가 다시 돌아와 나를 붙잡을 때까지 나는 아버지란 사람을 거의 잊고 있었다. 엄지손가락은 아버지처럼 그사이에 색이 변한 것같이 보였다.

아버지의 몸은 여러 색깔이다. 보라와 노랑, 녹색, 갈색. 아버지가 다닌 여행의 지도라 할 수 있다. 많은 것이 사고가 날 때 아버지 피부에서 하나씩 생겨났다: 분비물, 무기물, 이물질, 반점, 하얀 각질. 식중독에 걸렸을 때에는 피부가 아주 퍼레졌다고 한다. 마치 자두처럼.

변색은 아버지의 도피와 함께 시작되었다. 처음 색깔은 보이지 않는데 아버지가 멈추었던 풀밭에서 왔다. 아버지는 초원에 서서 그때는 아직 굽지 않았던 손의 손가락으로 파란 꽃들을 비볐다.

꽃들은 쉽게 부서졌고, 거의 먼지가 되어 버렸다. 파란 꽃의 먼지. 눈처럼 하얀 아버지의 바지에, 아버지가 서 있는 풀밭 위에 먼지가 소복소복 내렸다. 그리고 무릎이 진흙처럼 갈색이 되고 풀처럼 초록이 되고 흙처럼 빨개지고 바지도 색이 변했다. 그렇지만 이렇게 물이 든 색깔들은 빨면 다 없어졌다. 아버지는 옷을 깨끗이 빨아 입었고 몸 전체로 일했다. 그리고 사고가 나기 시작했다. 처음에는 그다지 많지 않았고 경험이 없어서 그랬다. 그다음부터는 사고가 자주 났다. 그리고 점차 크게 났다. 뭔가 이상했다. 아버지는 술에 취한 적이 없었다.

나는 아버지가 작업대 맨 위에 서 있는 것을 본다. 그리고 한번은 아버지가 미리 계산한 듯 천천히 두 눈을 감더니 두 손을 공사장 골조에서 떼고 두 팔을 옆으로 죽 펴면서 뒤의 허공에 기대려는 듯 보인다. 아버지는 무슨 일이 일어날지는 한번 해 봐야 알겠다는 듯 보인다. 그러고는 추락한다. 자신이 떨어지도록 놓아둔다.

아버지는 한 손이 덮개 포장 사이에 매달려 있게 되었고 머리를 들지 않는다. 이번에도 아버지는 살아남았고 여기로 돌아왔다.

아버지는 형과 나를 바라보는데 만족스럽지 않은 표정이다.

*

크리스마스 연휴 두 번째 날에 어떤 할머니가 우리 집에 온다. 할머니는 나와 이야기하고 싶어 한다. 할머니가 말하기를, 손자가 크리스마스에 왔었단다. 내가 그 손자를 분명히 알 거라면서 할머니가 손자 이름을 말해 준다. 하지만 나는 그를 모른다. 나는 할머니도 모른다. 할머니는 자기가 우리 집에 온 것을 손자는 모른다고 이야기한다. 방 안을 둘러본다. 아버지, 엄마 그리고 형이 앉아서 말없이 나를 바라본다. 나는 모두 아주 비밀스러운 일을 하고 있는 듯한 인상을 받는다. 이 할머니랑 내가 도대체 무슨 상관이 있단 말인가? 할머니의 손자는 크리스마스이브에 국경을 넘어갔는데 그건 5시 조금 전이었고 손자는 5시에 늘 초를 켜기 때문에 뭔가 서두르는 것 같아 보였다고 한다. 할머니는 잠시 말을 끊고 쉰다. 뭔가 의미심장하다. 5시에 초를 켠단다. 마치 그게 무슨 의미인지 내가 아는 것처럼 말이다. 하지만 나는 모른다.

할머니는 결국 이야기를 계속 이어 간다. 손자에게는 자동차 통과 서류에 도장이 없어서 세관원들이 통과시키려 하지 않았다고. 그들은 한동안 실랑이를 벌였다고 한다. 그다음에 세관원이 말했다고 한다. 손자가 할머니네 집에서 저녁을 먹고 싶어 하는 것처럼 국경에 있는 자기들 세 명도 맛있는 저녁을 먹을 권리가 있다고. 할머니가 말을 이으며 눈물이 글썽거리는 눈을 나에게서 떼지 않는다. 우리 손자는 국경의 시세를 잘 몰랐어. 그래서 너무 많이 준 거지. 세 가족이 크리스마스 저녁을 사 먹을 정도의 돈을 주었어. 손자는 부패한 돼지들이 탈선하는 걸 본 것으로 충분해서 자기가 얼마를 주었든 상관없다고 말했어. 그러나 할머니에게는 그렇지 않았다. 할머니는 국경의 젊은 세관원을 부패한 돼지라 부르고 싶지도 않고, 또 그의 몫은 자기도 인정해 주겠다고 덧붙인다. 그래도 돈이 너무 많았다는 것은 우리도 이해해 주어야 하고, 내가 크리스마스이브에 근무를 섰던 그 세관원들의 이름을 말해 주면 할머니는 그들에게 가서 돈의 일부를 돌려 달라고 말해 보겠다는 것이다. 그들도 자기 할머니뻘 되는 노인이 와서 간청하면 분명히 이해해 줄 것이라고도.

지나친 것은 지나친 것이다. 우리 엄마가 애용하는 말이기도 하다. 이번에는 엄마가 이 말을 하지 않는다. 내가 뭔가를 말해야 했다. 모두들 나만 쳐다보고 있다.

내가 국경에서 일하는 사람들을 모두 다 아는 게 아닌 데다 세관원들은 더더욱 모른다고 할머니에게 말한다. 나는 거짓말할 때 얼굴이 벌게지는 걸 느낀다. 그리고 나라고 모든 사람을 다 아는 건 아니고요, 라는 말을 해서가 아니라 할머니의 손자를 멈추게 한 사람은 세관원들이 아니라 국경 감시인이라고, 즉 우리 중 한 명이고 아마도 내가 아는 사람일 거라고 정정하지 않아서다.

할 수 있으면 한번 빼 보라고 통제부의 여드름 난 녀석이 말한다. 그는 나에게 언제냐고 묻는다. 나는 크리스마스이브, 라고 말해 준다.

크리스마스이브, 라고, 아이고.

나는 그에게 기뻐하라고 말해 준다. 물고기와 내가 송년의 밤에는 24시간 당직 근무라고 말해 준다.

그거야, 라고 그가 말하더니 그때는 원래 자는 사람이 없잖아, 라고 덧붙인다.

작년에는, 이라고 물고기가 말한다. 한 명이 송년의 밤에 건너

갔어.

그들 중 한 명이지, 라고 여드름 난 사람이 말한다. 우리 중 한 명이 아니잖아.

나는 낯선 할머니에게 그 남자가 누구인지 몰라요, 라고 말한다. 저는 세관원이 아니라 범죄 담당이에요.

여기 사람이 많아? 라고 할머니가 열심히 묻는다.

이번 겨울에는요, 라고 내가 말한다. 날이 눅었잖아요.

그다음에는 내가 왜 그런 말을 할머니에게 했는지 어리둥절해 입을 다문다. 나는 한동안 침묵하다가 할머니에게 다시 한 번 그 세관원을 몰라요, 라고 말한다. 저는 그가 누군지 알아볼 수도 없어요. 그건 위험한 일이거든요. 그건 업무상 기밀이에요. 제가 그 일로 상관에게 불려 가면 안 되잖아요. 그리고 할머니 손자는 도장을 다 받았는지 다음번에 확인을 하고 가야 한다.

할머니가 나를 바라본다. 할머니는 뻣뻣한 발톱처럼 나를 뚫어지게 본다. 형의 입 주위에서 침이 방울져 내리고 그는 찢어진 휴지로 침을 닦는다. 그는 안경을 옆에 내려놓는다.

나는 산책을 나간다. 보슬비가 길거리의 잡초들을 누르고 있다. 나는 기침을 한다. 나는 골목을 돌아가는 할머니의 등을 본다.

*

파시스트들, 이라고 그가 말한다. 똥구멍이나 핥는 놈들, 이라고 그가 말한다. 너희들은 뭐야? 너희들은 자신들이 어떤 사람이라고 생각하는 거야? 내가 알지. 너희들은 파시스트들이다. 똥구멍이나 핥는 놈들이다. 너희들 모두. 너희 엄마, 내 말 알아들어? 너희 엄마는 썩은 냄새가 진동하는 창녀야. 그리고 너도 그렇고. 너희 나라 여자들은 모두 다 창녀야. 스타킹 하나. 옛날에는, 스타킹 하나. 내가 아는데, 스타킹 하나에도 몸을 팔았다니까. 너. 여자 스타킹 하나에 말이야. 여자 보지처럼 냄새가 난다. 언제나 냄새가 나지. 파시스트들. 언제나 그렇지. 앞으로도 그럴 거야. 내가 안다니까.

그게 그가 우리 나라 말로 할 수 있는 전부였지. 그리고 그는 도대체 멈추려 하질 않았어.

그러면 너희들은 다 같이 그를 두드려 패는 거지. 한나가 거기에 앉아 있다. 침대 위에는 작고 어두운 점이 하나 있다. 번쩍거리는 두 다리를 스웨터 아래로 잡아당긴 채. 너희들이 그래도 될 권한이나 있니?

우리가 그러면 안 되지만 그럴 수밖에 없다고 내가 그녀에게 말한다. 규칙 때문이다. 우리가 일을 하지 않으면 언젠가는 우리도 그 자리에 앉아 하루 종일 감방에서 나오는 욕설이나 듣고 살아야 한다. 세상에 그런 걸 참는 사람이 있을까.

네가 참는 게 있기는 해? 라고 그녀가 묻는다. 두 입술은 경멸하는 듯 약간 아래로 내려가 있다. 그 여자의 입술 색깔은 어둡다. 마치 나무딸기 색깔처럼.

그 사람들이 저주받은 그 남자에게 조처를 취했을 때 나는 거기 없었다고 말한다. 사람들이 나에게 이야기해 준 것뿐이다.

조처를 취했다, 라고 여자가 말한다.

너는 그게 도발적이라고 생각하지 않니? 라고 내가 묻는다. 나는 미소를 짓는다. 그녀는 미소를 짓지 않는다. 너 알아, 거기서 있었던 일은 차라리 내게 하나도 말하지 마, 라고 그녀가 말한다. 나는 사람들이 물고기에게 여기 남아서 직업 교육을 받겠는지 물어보았다고 이야기해 준다. 무선 통신 같은 것. 그러나 물고기는 원치 않았다. 물고기는 불평쟁이이다. 그 외에 그는 남의 말을 전혀 듣지 않는다. 내 생각에 그가 항상 내 초소로 오는 것은 야간 조명 장치가 없어서 아무것도 모르기 때문이라고 한나에게 말해 준다.

사람들이 그걸 내게도 제공해 줄지.

안 줄 거야, 라고 내가 말한다. 그러나 물어볼 수는 있지.

한나는 물어보지 마, 라고 한다.

모든 일에는 나름의 질서와 필연성이 있는데 필연성에 신경을 써야 해, 우리 자신이 말이야, 라고 내가 한나에게 말한다. 그게 내가 아는 거야.

내가 아는 게 도대체 뭐냐고 한나가 묻는다.

바로 그거야, 라고 말하고 싶다. 아니면 도대체 무슨 뜻이냐고 그녀에게 묻든지. 그러나 한나는 그보다 빠르다. 만약 네가 물어보면 너랑 헤어질 거야, 라고 한나가 말한다.

그렇지 않아도 너 나랑 헤어질 거잖아, 라고 내가 말한다.

어깨를 움찔한다. 좋을 대로.

우리는 침묵한다. 내 심장 뛰는 소리가 목까지 올라온다. 방 안에서 누군가가 사각거린다. 문 옆에서.

직업 교육을 안 받아도 괜찮겠냐고 내가 물어본다.

안 돼, 안 괜찮아, 라고 그녀가 말한다.

나는 그럼 그녀도 같이 배우라고 그녀에게 말한다.

자기는 괜찮다고 그녀는 말한다. 그러나 다른 사람들은 그러면 안 된다고.

한나가 잠깐 쉬었다가 말한다. 사람들이 뭘 하든 나와는 상관없어.

*

암호?

수탉이 자기 육즙에서 끓는다, 라고 내가 말한다.

물고기는 점잖게 웃는다. 그는 평소보다 더 슬퍼 보인다. 도대체 왜 내가 여기에 있는지.

사람들이 나에게 그것 말고는 해 준 말이 없어, 라고 내가 말한다. 그리고 나는 그게 아주 기뻐. 다시 작전 중이다. 그건 분명하다. 이번에도 야간 조명 장치가 없다. 그리고 어쨌든 지금은 낮이고.

따라와 봐, 라고 물고기가 말한다. 너에게 보여 줄 게 있어.

동굴은 칠흑같이 깜깜했고 오줌 냄새가 났다. 서 있는데 갑자기 무서운 기분이 들었다. 우리는 간이 변소에 온 것일 수도 있고, 그래서 한 걸음만 더 나아갔다간 사람 키만 한 똥통에 빠질 수도 있었다. 나는 어떻게 된 일인지 생각해 보았는데 동굴은 정확히 국경에 있고 이곳은 사람들이 아무도 안 오는 곳이다. 이쪽이든 저쪽이든 모두. 그런데 여기가 온통 오줌 천지이니 도대체 어떻게 된 일인지. 어쩌면 짐승들이 그랬을까.

혹시 여기에 짐승들이 있어? 라고 내 앞에 서 있지만 보이지 않는 물고기에게 물어본다.

물고기가 손전등을 켜고 자기는 모른다고 말한다. 그의 생각에 따르면, 사람 냄새가 나는 것은 분명하지만 겁먹을 필요는 없다고. 아니면 무슨 뜻으로 한 말이냐고.

손전등 불빛에 비추니 전혀 동굴이 아니었음이 보인다. 그냥 작은 토굴일 뿐이고 두 사람이 간신히 들어간다. 그리고 그 안에는 아무것도 없었는데 돌멩이 하나 없었다. 오로지 검은 땅바닥만 축축했다.

성스러운 장소인가?

그들은 그렇게 말한다고 물고기가 말해 준다. 그 신의 이름은 미트라스라고. 로마인이 오기 전의 일이다.

물고기가 전등을 껐다. 우리는 한동안 침묵했다. 흙냄새와 오줌 냄새가 났다. 로마인들이 오기 전에 뭐가 어쨌다고?

이윽고 물고기가 다시 말한다. 독수리는 민중이 여기 모여서 다 함께 무슨 소원을 빌었는지 알기나 할까. 이 지방에는 특별한 것도 없고 좋은 것은 더더욱 없고 있는 것이라곤 돌멩이뿐이고, 이

끼도 끼고 비도 엄청 오고 석회와 진흙탕에 벌레뿐이다. 숲에도 아무것도 없고 동물도 없고 고슴도치도 유골도 없고 여기는 국경이 있든 없든 간에 어찌 되었든 세상의 끝이다.

그리고 다시 그가 잇새로 침 거품을 내는 소리를 듣는다. 그러나 침을 뱉지는 않는다. 나는 좀 더 기다렸다가 그런 건 생각해 본 적이 없다고 말한다. 하지만 그건 사실이 아니다. 나는 세계 지도를 자기 피부에 새기고, 이제는 집으로 돌아온 아버지를 생각한다. 나는 그러기엔 이미 너무 늦었다고 말할 것이다.

넌 원래 생각이라곤 안 하고 살잖아, 라고 물고기가 말한다.

나는 그에게로 몸을 돌린다. 그러나 물고기는 동굴의 어두운 모퉁이에 앉아 있어 보이지 않는다. 나는 이 낯선 목소리의 주인인 얼굴을 알아볼 수가 없다. 물고기가 갑자기 나에게 적대감이 생겼나? 그러나 곧바로 물고기는 나에게 적대감이 없지, 라고 혼잣말을 내뱉는다. 물고기는 그냥 별난 사람이다. 그건 모두가 아는 사실이다.

그다음에 물고기는 나를 지나쳐 입구로 가더니 대낮의 바깥 햇빛 속에 머리를 내밀면서 말한다. 어쩌면 이 지방은 신이 만들었고 일종의 시험지라 할 수 있다. 사람들은 여기서 저 건너편으로 가기 전에 최악의 상황을 이겨 내야 한다.

그는 나를 바라보며 미소를 짓는다. 그때 문득 물고기가 원래는 아주 예쁜 청년이었네, 라는 생각이 든다. 아마도 평상시라면 물고기랑 연관시켜서는 하지 않을 생각이다. 나는 그가 미소 짓는 것을 한 번도 본 적이 없다. 나도 미소를 지어 보인다. 그리고 우리는 여기에 있자, 라고 말한다. 이 안에. 우리는 최악의 상황을 결코 버텨 낼 수 없을 것이다.

나는 그 말을 하면서 이미 이게 딱 맞는 말로 들리지는 않는다는 것을 알고 있었지만 물고기에게 내가 때로는 생각도 한다는 것을 보여 주고 싶다.

그래, 라고 그가 말하더니 자기 앞의 젖은 흙 얼룩에 대고 침을 뱉는다.

우리는 나가기 전에 동굴에 오줌을 눈다.

*

24시간. 아침. 밤. 아침. 떠들썩한 들판 길.

돌아가, 라고 나는 말하면서 총으로 방향을 가리킨다. 그들은 웃는다. 그들은 갈대 짚단을 마치 깃발인 양 앞으로 들고 있다. 나는 오랫동안 들판에서 그 꼭대기가 춤추는 것을 본다. 주의가 산만해져서는 안 된다, 라고 생각한다.

우리는 가까이 서 있고 나는 물고기와 워키토키로 연락을 하거나 경적 혹은 트럼펫으로 큰 소리를 낸다. 대충 하지 마, 라고 물고기가 소리를 지른다. 바람이 그의 목소리를 이리저리 때려 나는 두 번째 음절들만 듣는다. 유혹에 넘어가지 마, 라고 그가 말했을 수도 있다. 나무들은 서로 팔락거리고 갈대는 마치 타작한 짚들 같다. 그리고 맙소사, 그들은 전망대 위에 서 있다. 저기 반대편에! 그리고 그들은 내 쪽을 가리킨다. 나는 어둠 속에 있다. 탑의 여자들 중 한 명은 하얀 털모자를 쓰고 있다. 그 여자는 반짝이 장식물로 그 위를 장식했음에 틀림없다. 여기까지 번쩍거렸다. 유혹에 넘어가선 안 된다.

나는 한나 생각을 한다. 여동생 생각도 한다. 내 생각이라곤 조금도 하지 않는, 나보다 성격이 더 급한 여동생. 저 건너 멀리 있다. 연구원이다. 뭐라고 인사했더라. 여동생의 말들. 그것들은 내 머릿속에 들어가지 않는다. 그리고 아버지. 너희들에게 실망했어, 라고 세계 지도 몸을 가진 아버지가 아들들에게 말한다. 너 같은 사람들, 이라고 아버지가 내게 말한다. 너 같은 사람들.

헤이, 하고 물고기가 부르는 소리를 나는 듣는다. 탑에서 그들은 로켓을 쏘아 올린다. 그리고 누군가가 숲으로 조명탄을 쏜다. 네 명은 이제 더 이상 전망대 위에 있지 않다. 그들은 어디로 갔을까? 헤이, 하고 물고기가 부른다. 헤이, 거기 물러서!

회칠한 길에서 나는 소리에 귀를 기울인다. 아무것도 움직이지 않는다. 나는 물고기와 그 네 명이 아주 멀리 떨어져 있음을 듣는다. 그들은 나를 유혹에 넘어가게 할 수 없다. 샴페인 병을 끼고 시시덕거리면서 국경을 넘을 수는 없다. 나는 조명탄을 만지작거린다.

괜찮아, 괜찮아, 라고 그 네 명이 성소에서 말한다. 그리고 물고기가 되돌아온다.

남자들은 이별을 하러 동굴로 올라가 그 밑에 오줌을 깔긴다. 여자들은 무리를 이루고 있다가 놀라면서 화를 낸다.

네 명은 이미 한참 전에 사라졌고, 그 뒤에 물고기와 나는 다른 두 사람을 체포한다, 불법으로, 또 샴페인도 없이 회칠한 길을 넘어가는 한 쌍이다. 나는 그들을 초소로 데려온다.

그들은 마리아와 요셉이라고 말한다.

당직자가 그들에게 주둥아리를 한 방 얻어맞고 싶냐고 묻는다.

그러나 신분증에는 그들의 말이 사실이라고 쓰여 있다.

착하신 하느님이라고 당직자가 말한다. 당신들이 나를 돌게 만드네.

그들은 얼굴을 찌푸린다.

오, 이런 이런, 하고 물고기가 말한다. 쟤들이 오늘 전기를 다 틀었네. 빛. 초소 전체가 전기 속에 서 있는 것처럼 보인다. 보통 때에는 네온 색깔 퍼런 막사들이 여기저기 밝은 빛을 내고 있어서 마치 하얀 얼룩 속으로 사라진 것처럼 보인다. 창문의 금속 테두리가 번쩍거려서, 누군가가 부끄러워하며 장식한 몇몇 파랗고 빨간 전구들은 전혀 광이 나지 못하고 있다.

자, 가자. 우리가 사라져 주자, 라고 물고기가 말한다.

가기 전에 나는 초소 입구에 서 있는 통역관을 본다. 그는 코에 반창고를 붙이고 있다. 멀리 떨어진 데에서도 그 양 끝으로 아직도 빨갛게 베인 흉터를 볼 수 있다. 그는 내가 자기를 뚫어지게 보는 것을 느끼고 있다. 그도 마찬가지로 나를 뚫어지게 본다. 그는 창백하고 불안한 표정이다. 두꺼비눈이 하얀 두 눈썹 사이로 째려본다.

너 저 사람 봤어, 라고 내가 물고기에게 물어본다.

응, 이라고 물고기가 말한다. 그쪽 보지 마.

그리고 침을 뱉는다.

근무를 마친 뒤 우리가 다시 돌아왔을 때에는 이미 날이 환해져 있고 복도의 인공조명은 빛이 바랬다. 그 사이로 몇 대의 자동차들이 굴러간다. 창문에서 사람들은 새해라고 소리를 지른다.

그 안에서 그들은 좁은 창문도 없는, 보기 흉한 리놀륨이 깔린 공간에 앉아 있다. 텔레비전은 무음으로 켜져 있고 탁자 위에는 끈적거리는 무알코올 맥주, 그리고 의자와 담요 아래에는 맥주가 있다. 나는 탁자에 앉아 자고 있는 사람에게 간다. 그리고 텔레비전 프로그램을 본다.

화면 아래쪽에 막 자막이 나온다. 산살바도르. 술집에는 파티 회사가 와 있다. 거의 다 남자들뿐이다. 그들은 춤을 춘다. 탁자 위에도 한 명 올라가 있다. 배를 드러내고 빙글빙글 돈다. 그다음에 화면과 자막이 바뀐다. 차 한 대가 오스텐더* 항구의 정박소에 줄 서 있다가 천천히 배 안으로 들어간다. 물가에는 웃는 사람들. 서치라이트. 샴페인 병 하나가 물로 던져진다. 화면 속 사람들이 흔들리는 카메라에 그들의 이빨을 보여 준다. 카메라는 공기 방울 속에서 춤추는 샴페인 병을 다시 보여 준다. 그다음은 모스크바다. 지하철 운전사. 50초마다 한 역. 그다음에는 야자수와 여자들이다. 그리고 누군가가 텔레비전 앞에 서 있다. 대머리 군인이 작은 집에 있다. 트럭이 그의 얼굴 앞에서 지나간다. 이제 마침내 나는 그곳이 어떤 곳인지를 본다. 그곳은 여기보다 작고, 더 어둡다.

군인이 충혈된 눈으로 카메라를 본다. 그 뒤에 텔레비전이 한 대 있다. 영화가 흘러가고 있다. 배우들에게서 그들이 뭔가를 연주하는 것을 보고 있다. 무음으로 그것을 본다. 그리고 야자수들. 폴리네시아의 뚱뚱한 여자들. 그들의 소리 없는 얼굴 표정. 그들은 교활해 보인다. 탁자에서 자는 남자는 이 모든 것에도 깨어나지 않는다. 나는 다시 밖으로 나간다.

복도에는 통역관이 서 있다. 못 보던 소녀도 한 명 같이 있다. 은색 스타킹을 신고 있다. 소녀는 유성 페인트칠을 한 벽에 기대 있고, 통역관은 여자 귀 옆으로 한 손으로 벽을 편안하게 받치고 있다. 내가 서 있는 곳에선 그의 얼굴을 볼 수 없다. 나는 반창고 아래에서 나오는 콧소리 섞인 그의 목소리를 듣는다.

맨손으로 칼날에 맞섰다고 그가 말하는데 반창고를 하고서는 웃고 있다. 엄청 아팠겠네요. 흔적이 남았나요? 라고 소녀가 묻는다.

아마 그럴 거야, 라고 그가 말한다. 그는 담배를 꺼내 든다.

맙소사! 라고 소녀가 말한다. 저라면 그렇게 침착할 수 없을 거예요.

그는 바닥에 재를 턴다. 여자라면, 그가 말한다, 그땐 사정이 다르지.

그는 엄지손가락을 그녀의 입술 위에 놓고 입술이 완전히 뒤틀려 언청이처럼 보일 때까지 잡아당긴다. 소녀가 웃는다. 그런데 소녀는 나를 보더니 웃음을 이빨 뒤로 잡아당긴다. 소녀는 은색의 긴 다리를 포갠다. 통역관이 반창고 위로 붉은 눈을 하고 나를 본다. 적대적이다.

자위하는 놈. 나는 다시 밖으로 나간다.

*

한나는 속치마만 입고 있다. 다리 한쪽을 의자 위에 세우고 허리는 반쯤 거울 쪽으로 돌리고 있다. 한나의 젖꼭지. 플래시가 거울 속에서 터지며 한나의 어두운 몸매를 비춘다.

나는 이 사진들이 뭐가 좀 될 것 같으냐고 물어본다. 거울 속의 플래시.

한나가 조바심을 내며 어깨를 움찔한다. 여기가 이렇게 어두운데 내가 뭘 어떻게 해.

네가 빛이 나, 라고 말하고 웃는다.

한나는 사진사가 되기로 결심했다. 한나는 산이나 큰 건물들을 찍고 싶어 한다. 수력 발전소, 태양 에너지 시설. 나는 한나가 여기에 없는 것만 바란다고 이야기해 준다. 사진을 찍으러 여기를 떠나려고 말이다.

한나는 골을 낸다. 도대체 너는 그걸 말이라고 하니.

나는 옷을 홀딱 벗는다. 나를 찍어 봐, 라고 말한다. 한나는 망설이면서 문 유리 쪽을 보고 나서는 셔터를 누른다. 한 번, 두 번.

됐어, 라고 한나가 말한다. 필름을 좀 남겨 두어야 해. 콩쿠르 때문에.

덮개에는 '문학과 자연 보호 잡지'라고 쓰여 있다.

나는 그게 뭐냐고 물어본다.

한나가 대답한다. 문학과 자연 보호 잡지.

어떻게 그런 조합이 나왔냐고 내가 묻는다.

그게 바로 문화야, 라고 한나가 말한다.

한나는 어차피 내가 그걸 못 알아듣는다고 생각하는 듯 말한다. 나는 옷을 입지 않는다. 나는 벌거벗은 채 침대에 눕는다.

나는 한나에게 혹시 미트라스를 아는지 물어본다.

모르는데. 옷 입어, 라고 한나가 말한다.

*

여기는 어둡다. 달도 없고 별도 없다. 구름뿐이다. 2미터 정도의 높이에 깊고 검다. 땅은 새까맣다. 축축하고 답답하다. 메아리도 없다.

물고기? 라고 밤 속으로 말하지만 그리 크지는 않다. 누군가가 속삭인다. 남자다. 물고기? 속삭이는 쉿소리는 다른 소리와 혼동할 수가 없다. 누군가가 말하고 있다. 물고기, 바보 같은 짓을 그만둬, 라고 말한다. 그도 갑자기 그만둔다. 그만둔다. 끊임없이 내리는 비는 최악이다. 퍼붓는 빗소리가 모든 소리를 압도한다. 어쩌면 속삭임도 없었을 것이다. 나는 빗물이 나를, 내 웃옷을 통과해 가면서 방울 만드는 소리를 듣는다. 그러고는 오랫동안 아무 소리도 나지 않는다.

아무 소리도 나지 않는다. 비의 속삭임. 내게 방울져 내린다.

거의 반 시간 뒤에 나는 그 이상했던 속삭임을 벌써 잊어버렸는데 말 그대로 그가 내 팔로 달려들어 왔다. 그는 작고, 너무나 어두워서 램프가 있었지만 얼굴에서 그의 눈만 비출 수 있었다. 그는 물고기와 나 사이를 지나가려 했다. 물고기가 그의 얼굴을 비추었다.

그의 얼굴은 달려오는 바람에 벌겠다. 눈썹과 코에는 빗방울이 맺혀 있었다. 그는 흔들어 그것을 떨궈 버렸다. 어둡고 작은 남자는 우리 사이에 아무 소리 없이 앉아 있었다.

저기 뭔가 더 있어, 라고 내가 말한다.

아무 소리도 안 들려, 라고 물고기가 말한다. 그는 무전기를 손으로 만지작거린다.

하지만 저기에 뭔가 더 있다니까, 라고 말하는데 내 목소리가 떨리는 것을 어쩔 수 없다. 나는 그 어두운 남자의 팔에서 손을 뗀다. 그는 물고기를 보고 나를 보더니 다시 물고기를 본다. 움직이지 않는다. 물고기가 무전기를 끈다. 그때 우리는 들었다. 빗소리 뒤에서 나는 젖먹이 비슷한 소리. 배고픈 젖먹이가 빠르게 입맛 다시는 소리. 어둡고 작은 남자는 나를 보고 물고기를 보고 다시 나를 본다. 그리고 뛰어서 달아난다.

미끼야, 라고 물고기가 말하는 것을 듣고, 그가 제기랄! 하고 욕할 때에는 이미 내 등 뒤에 있다. 그리고 우리는 서로 반대 방향으로 뛰어간다. 나는 손으로 그 어두운 남자의 옷깃을 움켜쥐지만 그만 놓쳐 버리고 그는 잔걸음으로 서투르게 방향을 바꾸다 비틀거리고 그러고는 내가 다시 그를 잡는다. 우리는 길에서 수확이 끝난 밭 쪽으로 넘어지고 그는 내 몸 아래에 깔려 있다. 나는 그의 무릎을 잡아 내 무릎 사이에 꼭 끼우고 얼굴을 움켜쥔 채 땅에서 잡아 올린다. 나는 그의 이빨 사이에서 흙덩이가 튀어나오고 캑캑거리는 소리를 듣는다.

닥쳐, 라고 내가 말하고, 입 닥쳐, 라고 외치며 그를 무릎으로 누른다. 그러나 심장이 너무 빨리 뛰어 다른 소리가 들리지 않는다. 물고기의 조명탄이 우리 뒤에서 소리 없이 올라가는데 머뭇거리며 높이 올라갔다가 곧 다시 떨어진다. 그러고 나서 나는 총소리만 듣는다. 우리 편 소리가 아니다. 나는 작고 어두운 남자를 밭으로 밀쳐 버리고 뛰어나간다.

완벽한 어둠. 작전 팀은 야간 투시 장치가 없다. 그 길은 나지막하게 내려가는 길이다. 아무 소리도 들리지 않는다. 나는 그들을 모른다. 나는 비틀거린다. 나는 뛰어간다. 그때 누군가 비에 대고 지르는 소리를 듣는다. 동작 그만! 동작 그만! 나는 그들과 아주 가까이 있음을 느낀다. 그들의 귀 아주 가까이에 대고 소리 지른다. 동작 그만! 이라고 물고기가 내 옆에서 말한다.

처음에는 그 총소리가 무슨 소리인지 알지 못했다. 그 소리는 바로 내 옆에서 났고 믿을 수 없을 정도로 컸다. 그러고는 나를 바로 맞혔다. 따뜻하고 축축하고, 그리고 내 귀를 찰싹 쳤다. 진흙처럼, 똥처럼, 냄새만 달랐다. 그것은 내 귀를 멀게 했다. 그러나 나를 강하게 맞힌 것이 아니어서 나는 넘어졌지만 곧 다시 몸을 일으켜 내던질 수 있었다. 바닥에 납작하게. 그때 내 갈비뼈가 방아쇠 위에 떨어졌다. 나는 다른 사람의 몸 앞에 떨어졌다. 귓속이 울린다. 처음에는 아무것도 들리지 않는다. 그다음엔 뭔가가 가까이에서 바스락거린다. 마치 불이나 공기가 뭔가에서 빠져나가듯이 말이다. 그다음에는 그들이 단호하게 벌판으로 사선형을 이루어 진입한다. 거기 남아 있는 옥수수 뿌리들, 갈대가 그들 발밑에서 부서진다. 수가 많았다. 동작 그만, 이라고 나는 생각하며 일어난다. 그때 다시 어디에선가 총소리. 우리 편 중 한 명이다. 그렇지만 나는 그럼에도 다시 몸을 내던진다. 다시 총 위로. 그제야 비로소 내가 총을 가지고 있다는 것을 알아차리지만 나는 계속 거기에 누워 심장이 뛰는 소리를 듣는다. 귓속이 먹먹하다가 사각거리는 소리를 듣는다. 나는 내가 겁먹고 있다는 것을 안다. 나는 이제 얼굴을 땅 위에 대고 들리지 않는 귀를 진흙에 박고 한참 동안 그렇게 누워 있을 거라고 생각한다. 나에게는 그럴 권리가 있다. 사람들이 방금 전에 나를 쏘지 않았는가.

물고기, 라고 내가 말한다. 옥수수밭에 조명탄 두 개가 높이 올라간다. 그 빛 속에서 나는 물고기가 내 곁 아주 가까이에 누워 있는 것을 본다. 그는 옆으로 누워 자기의 둥근 등을 보여 준다. 물고기, 라고 내가 말한다. 물고기는 대답이 없다. 그는 도통 아무 소리도 내지 않는다. 온갖 야단법석에도, 비도 엄청 오고, 행진을 하고, 조명탄을 쏠 때에도, 계속 아무 소리도 내지 않는다. 이제는 저쪽에서도 총을 쏜다. 그러나 물고기는 여전히 아무 소리도 내지 않는다. 나는 바스락거리는 소리조차 듣지 못한다. 나는 귀를 잡는다. 손가락에 진흙과 핏기가 있다. 물고기, 라고 내가 말한다. 제기랄! 네 끔찍한 피가 내 귀에 묻었잖아.

호수

크리스마스이브 전날 밤에 어떤 남자가 우리 집에 온다. 그는 아름다운 갈색 구두를 신고 있지만 한 짝뿐이다. 구두 속의 발에 양말도 없다. 우리 부엌의 노란 점이 박힌 타일 위에 서 있을 때 오른쪽 맨발은 진흙이 마르면서 아주 하얗게 보인다. 그는 가재 개울에서 신발 한 짝을 잃어버렸다. 이미 국경을 넘었다고 그는 생각한다. 그는 여러 나라 말을 마구 섞어서 말하지만 그러나 모두 다 서툴러 보인다.

호수에 지금 물이 너무 많아, 라고 할아버지가 말한다.

크리스마스예요, 라고 엄마가 말한다. 아버지가 저 건너로 데려다주세요. 아니면 뭘 어쩌겠어요.

하지만 어떻게, 라고 아버지가 말한다. 이제 저 사람 가진 게 없잖아. 신발도 한 짝밖에 없는데. 그에게 개울을 따라 내려가라고 말했던 사기꾼들이 그가 가진 것을 죄다 빼앗은 것이다.

낯선 남자가 부엌 식탁에 더 가까이 다가와서 입을 연다. 램프 불빛 아래에서 그는 금니를 보여 준다. 입 안 저 뒤 깊숙이, 아래쪽에. 하지만 엄마는 손을 내저으며 그의 두 손을 바라본다.

크리스마스예요, 라고 엄마가 할아버지에게 말한다. 그냥 아버지가 저 남자를 저 건너로 데려다주세요. 결혼반지만 받으세요.

할아버지는 대답이 없다.

그 남자가 신 한 짝만 신고 우리 집에 왔을 때는 벌써 아침이 다 되었을 무렵이다. 우리는 막 빵 화덕의 재를 치우고 있다. 그 밤에 우리는 잠을 자지 않는다. 우리는 자정이 되면 크리스마스 빵을 구울 생각으로 자지 않고 침대에 누운 채 깨어 있다.

아버지는 제빵사이다. 이전에 아버지는 일주일에 두 번씩, 어떨 때는 세 번씩 빵을 구웠다. 아버지의 빵은 겉이 금색이고 안은 하얗고 솜처럼 가벼웠다. 여기 사람들이 좋아하는 식이다. 아버지는 빵을 구울 때면 집 문 앞에 있는 칠판에 분필로 하얗게 썼다. '오늘 빵 나옴.' 아버지는 마을의 가게와 계약을 맺어 매일 빵을 납품할 수도 있었다. 아버지는 마을 전체에 빵을 대 줄 수 있었고 시내의 빵이 들어오지 않게 할 수도 있었다. 아버지는 그 일로 우리 식구를 먹여 살릴 수 있었다. 심지어 부자가 될 수도 있었다. 그러나 아버지는 마을 사람들을 위해 매일 빵을 구울 수는 없다고 말했고 한 번도 그렇게 하지 않았다. 아버지는 일주일에 두 번, 가끔은 세 번씩 빵을 구웠고 마을 사람들은 저 미친 제빵사가 빵을 구웠는지 알아보려고 언덕 아래로 내려와 보고 빵이 없으면 다시 언덕을 올라 가게에 가야만 했다. 그러다 아버지가 결핵을 얻었다. 그리고 다시 빵을 굽기 시작했을 때 아버지의 빵을 사려는 사람은 없었다. 결핵을 앓은 제빵사니까.

그건 그게 전부가 아니다, 라고 아버지가 말한다. 진실은 사람들이 나를 시기해서 그런 것이라고 한다. 그 사람들은 다 농부이고, 우리는, 아버지가 아주 자랑스럽게 말했는데, 수공업자 아니냐. 게다가 어부도 있고. 아버지는 할아버지를 한 번 힐끗 쳐다보고 이 이야기를 했는데 할아버지는 늘 그렇듯 아무 말이 없었다.

우리는 네 시간 동안 빵 화덕에 불을 지핀다. 오늘처럼 크리스마스 때 비가 와도 괜찮도록 우리는 헛간에 이미 몇 달 전부터 땔나무를 쟁여 두고 말린다. 이 동네는 1년에 열 달은 비가 온다. 항상 미적지근한 비가 내렸는데 늘 같은 정도로 보슬보슬 온다. 나뭇가지들은 이스트처럼 부드러워서 손가락만으로도 껍데기를 벗겨 낼 수 있었다. 우리의 빵 화덕은 1년 중 거의 대부분의 날들에 우리 동네에서 가장 건조한 곳이라 할 수 있다. 우리는 네 시간 동안 빵 화덕에 불을 지피고 그사이 반죽을 젓는다. 아버지는 이스트 빵에 건포도를 뿌린 다음 재빠르고 가벼운 동작으로 반죽을 머리채처럼 꼰다. 오빠들과 나는 빵틀에 반죽을 채운다. 우리는 화덕에서 뻘건 재를 치우고 꼬아 놓은 빵과 동그란 빵을 빵틀에 같이 집어넣는다.

빵 화덕은 마당 맨 뒤 훈연실과 화장실 옆에 있었는데 석회 담장과 붙어 있다. 화덕은 우리 집을 마을과 두 방향에서 분리시키고, 악취가 나는 작은 가재 개울을 마당과 분리시킨다. 우리 집은 마을에서 가장 아래에 있고, 언덕과 호수가 만나는 아주 좁은 곳에 있어 마을 사람들이 부르듯 제일 끄트머리 집이다. 우리 집 뒤의 개울은 이미 오래전부터 더 이상 여기에 살지 않는 가재를 따라 이름 붙여졌다. 개울은 우리 집 담장을 둘러싸고 흐르다가 그 다음에 구부러져 호수로 흘러간다. 우리가 빵을 굽거나 훈연을 하거나 화장실에 앉아 있으면 우리 집 아래로 흘러가는 개울물 소리를 들을 수 있다. 신발을 한 짝만 신은 남자는 이 개울로 온다. 그는 어두울 때 담장을 넘어 빵 화덕으로 기어 올라온다. 우리는 빵 반죽 부스러기를 치우다 말고 귀를 기울인다. 그 남자의 보이지 않는 발아래에서 담장의 돌멩이들이 묵직하게 떨어진다.

그 남자는 자기가 지금 어디에 와 있는지를 모른다. 밀가루투성이인 사람들이 아직도 자기가 잘못 알고 있는 그 나라* 사람들인 줄로 생각한다. 아니, 한술 더 떠서 그는 그 나라에 와 있다고 착각한다. 우리는, 오빠와 나는 부엌 전등 아래에서 어깨를 맞대고 그를 노려보는데 우리 쪽의 수가 더 많다. 그는 경악해서 어차피 잘하지도 못하는 외국어를 더듬는다. 완전히 횡설수설하다가 조용해진다. 그는 우리를 뚫어지게 바라만 보고 있다. 흔들리는 잿빛 늑대의 시선. 오랫동안 침묵이 흐른다.

이것 참! 하면서 아버지가 침묵 속에 들어온다. 할아버지는 고개를 들지 않는다. 엄마는 전등 불빛 테두리 바깥에 서 있다. 엄마의 얼굴은 보이지 않는다.

아니면 뭘 어쩌겠어요, 라고 엄마가 이제 말한다.

신발이 한 짝뿐인 남자는 진흙 묻은 손가락을 입에 넣어 자기 결혼반지를 이빨로 깨물어 보여 준다.

그는 다른 모든 사람들처럼 호수에 가고 싶어 했다. 누군가가 개울이 합쳐지는 곳까지만 가면 거기가 목적지라고 그에게 말해 주었다. 그런데 개울이 너무 일찍 끝나 버린 것이다. 한 걸음 한 걸음 뗄 때마다 개울은 점점 더 많은 갈대와 수초로 덮였고 우리 집 뒤로, 완전히 늪 같은 지하로 사라져 버렸다.

호수는 긴 혀처럼 국경에 걸쳐 있었다. 비록 그 호수의 가장 아래 끄트머리만 우리 쪽에 속해 있고 이제는 더 이상 호수도 아니고 그냥 진흙과 갈대뿐이지만 그래도 우리는 호수라고 부른다. 갈대 자르는 사람들은 해마다 점점 더 깊이 운하로 들어간다. 그들은 긴 배들의 열(列)을 짓고 갈대로 만든 노로 저어 운하를 통과한다. 운하들은 해마다 다시 막힌다. 갈대 지대가 끝나면 저쪽에는 열린 물과 돛단배가 시작된다. 우리 집에 오는 낯선 사람들은 모두 그리로 가고 싶어 한다. 많은 사람들이 물의 흐름을 잃어버린 다음에야 온다. 그들은 이미 할아버지에 대해 알고 온다.

할아버지는 60년 전부터 낚시와 어살을 갈대 속에 놓아두었다. 뱀장어들은 엄지손가락 두 마디 굵기였고 갈대 자르는 사람들의 모터보트 기름 냄새가 났다. 그러나 이 뱀장어가 언제나 구할 수 있는 유일한 생선이었다. 살아 있는 뱀장어는 조각조각 잘려 붉은 반점이 있는 밀가루 반죽을 입고 기름 속에서 구부러진다. 잉어나 그 비슷한 것이 잡히면 팔았다. 그리고 창꼬치는 이 호수에는 살지 않았다. 가시고기도 메기도 없었다.

불평하지 마라, 라고 아버지가 말한다. 호수가 우리 밥줄이야. 어찌 되었든 간에.

아버지가 빵을 굽지 않으면서부터 할아버지가 낯선 사람들을 저 너머로 데려다준다. 할아버지는 그들을 데리고 숨겨진 개울물을 따라 갈대밭을 헤쳐 간다. 앞이 훤히 트인, 물소리가 들리는 곳까지 가서는 그들이 자기 갈 길을 가도록 놔주고 돌아온다. 할아버지는 그들에게 별을 가리키며 물이 나올 때까지 별을 따라가고 가능한 한 물속에서 잠수해서 가야 하며 물이 굽이치면서 그들을 저 너머로 데려다줄 것이라고 말한다.

할아버지는 이제 그 길을 다니지 않지만 길을 잊어버리지는 않았다. 수십 년 동안 바깥에서 이 마을로 온 사람은 거의 없었다. 통과증은 어린이용에는 푸른 줄이, 성인용에는 붉은 줄이 그어져 있었다. 나머지는 모두 이제 쓸모가 없다는 듯 이 줄은 첫 장을 넘어 통과증 전체에 그어졌다. 국경 감시인은 우리 마을 사람들을 잘 알고 있지만 갈 때마다 한 명 한 명 모두 검사했다. 아버지가 말하기를, 처음에는 할아버지가 잡아 온 생선의 배까지 갈라 보았단다. 누가 알겠는가, 그 안에서 뭐가 나올지. 할아버지는 언제나 혼자서 갈대밭에 갔고 아무 말도 하지 않았다. 그 누구와도. 그리고 말을 할 때에는 사투리를 썼다. 할아버지의 모국어*는 저 건너에서도 쓰는 말이다. 그 때문에 할아버지는 의심을 받았다. 사람들은 불고기 배를 갈랐지만 아무것도 발견하지 못했난다. 너신 쓸개 빼고는. 그것도 이미 오래전 일이었다. 그렇지만 누가 알랴, 그 말이 맞는지. 할아버지는 거기에 대해 아무 말도 하지 않는다.

얼마 전부터 마을로 가는 길이 다시 열린다. 국경 감시인들은 초원과 늪으로, 보이지 않는 곳으로 물러간다. 통과증 없는 낯선 사람들이 점점 더 많이 담장을 넘어 우리 빵 화덕으로 기어 올라온다. 그들에게는 여기가 국경이다. 그 낯선 사람들은 초원을 지나 육로로 갈 수도 있다. 그렇지만 모두들 다 할아버지와 함께 호수를 거쳐 가려 한다. 모두에게 그리고 모든 방향에서 동일하게 전체가 보이지 않고, 또 그래서 위험하다. 밤에는 동물 소리가 시끄럽고 그러면 호수를 통해 사람들은 종달새나 뱀장어처럼 스며들어 갈 수 있다.

그 남자는 우리 집의 밥줄이다. 이렇게 저렇게.

낯선 사람들은 값을 두둑이 지불한다. 엄마나 아버지나 손가락에는 결혼반지가 여럿 끼워져 있다. 반지에는 이름이 새겨져 있다. 베셀라 또는 마리아, 라고.

우리 집은 마을에서 '저 끄트머리 집'으로 알려져 있다. 금발 머리에 반지들과 금빛 코를 가진 사람들이 사는 집. 아버지가 웃으면서 소금을 넣은 빵 반죽에 황금 건포도를 섞는다.

우리 집 사람들은 키가 작고 머리가 둥글고 금발에 파란 눈을 가졌다. 우리는 모두 아버지를 닮았다. 엄마만 우리 친엄마가 아닌 것처럼 키가 크고 날씬하고 얼굴 빛깔이 어둡다. 마을에서는 우리를 보고 다른 집에서 훔쳐 온 애들이라 불렀다. 오빠들과 나는 유리 빛깔의 어린 옥수수를 따고 끈적거리는 자두와 알이 작은 블라우프랑켄 포도도 땄다. 우리는 만성절(萬聖節)에 다른 사람들의 무덤에서 예쁘고 굵은 초들을 가져다 우리 집 무덤에 갖다 놓았다. 우리는 집 식구만을 위해 빵을 굽긴 하지만 가난해서 훔치는 것은 아니다. 그것은 습관이고 재미였다. 그 때문에 들판지기는 우리만 보면 욕을 해 대고 때린다. 자기가 들판을 감시하지 않거나 우리가 훔치지 않아도 그렇다. 우리가 가게에서 쿠폰을 내면 그의 마누라는 쉬어 버린 우유를 준다.

그들은 시기하는 거야, 라고 아버지가 말한다. 우리는 항상 밥줄이 있기 때문이다.

아버지는 어렸을 때 늘 배를 곯고 빵 공장에서 소금과 밀가루를 집어 먹고 커서 키가 작다고 이야기한다. 아버지는 자기의 빈 손을 보여 주고, 소금을 쥔 손도 보여 준다. 그 손은 작고 갈색이다. 아버지는 그 손을 내 뺨에 얹고 내 눈을 보면서 말한다. 내 딸. 나는 아버지가 그런 동작으로 그 말을 하면서 무슨 생각을 하는지 모른다.

오빠들은 한 번도 나를 내 여동생, 이라고 부른 적이 없다.

나는 남자 형제가 여덟 명이다. 네 명은 나보다 나이가 많고 네 명은 나보다 어리다. 나는 남자 신을 신고, 남자 운동복을 입고,

허리의 고무줄을 당겨 매듭을 묶는 남자 바지를 입는다. 남자 형제들 중 가장 나이 많은 오빠가 가장 예쁘게 생겼다. 그래서 나는 예쁜 오빠라고 부른다. 오빠는 나를 보고 예쁘다거나 여동생이라고도 부른 적이 없다. 오빠는 나를 바보라고 부른다. 오빠는 내 가슴에 손을 납작하게 대고선 나를 팍 밀쳐 버린다.

예쁜 오빠는 갈대 자르는 일을 한다. 오두막 공장은 갈대가 우거진 운하의 십자로에 있다. 늘어진 깃털을 가진 호수의 새들은 들판이나 지붕에 앉는다. 세상 모든 일에, 우리 같은 사람이 옆에 있는지에 신경을 쓰지 않는다. 여름에 우리들, 남자 형제들과 나는 맨발로 뛰어다닌다. 작은 새 무리가 발바닥 아래에서 부드럽게 밟힌다. 갈라진 판자 다리는 삐거덕 소리를 내면서 뜨거워지고 나뭇가지들 사이의 틈에 우리는 발가락 끝을 떨어낸다. 피와 새똥, 호수 바닥의 회색 진흙이 발에 달라붙는다. 우리는 판자 위에 앉아 손가락으로 발가락 사이에 달라붙은 때를 밀어 물속에 흘러가게 둔다. 조각 하나가 내 발에 박히자 예쁜 오빠는 새똥과 진흙 사이의 발에서 그것을 빨아 낸다. 나에게 바보라고 말하면서 피와 조각을 물속에 뱉어 낸다. 물집이 그네처럼 이리저리 움직인다.

땅바닥이 말라 갈라지는 여름은 이곳에서 아주 짧다. 비도 오지 않고 모든 것이 조용한 시기이다. 백내장으로 뒤덮인 눈처럼 하늘은 텅 비어 있고 매끈하다. 갈대를 자르는 오두막의 기둥은 배 위로 사람 두 명 정도 높이로 솟아 있다. 그 아래 있는 물은 액체

콘크리트처럼 회색이고 무겁다. 여러 해가 지나자 이제는 아이 무릎 정도의 깊이밖에 안 되고 물이 잔잔할 때에는 사람들이 저 건너까지 걸어서 건너갈 수도 있다. 발은 새까매진다. 그리고 거의 젖지도 않는다. 그래도 여기 사는 사람은 아무도 그러질 않는다.

갑자기, 이 평평한 땅에 바람이 불어와서—어디서 오는지 사람들은 모른다—새들을 난간 위로 쫓아 버린다. 새들은 까맣고 하얀 분비물을 오두막집과 판자 위에 떨어뜨리고 사람들은 분비물을 갈대밭과 물로 다시 나른다. 바람이 물러간 다음에는 비가 온다. 각목 아래의 무거운 빗물은 몇 분도 채 지나지 않아 오두막 바닥으로 차오르고 갈대 묶음을 실은 배와 짐칸을 분리시킨다. 우리는 오두막에 앉아 떨면서 귀를 기울이고 있다. 배를 대는 판자 다리 아래쪽으로 내동댕이쳐진 거북이 등딱지가 안달하며 두드린다.

그다음에는 모든 것이 그만큼 빠르게 지나간다. 몰려온 바람이 물러가고 그와 더불어 물도 물러간다. 진흙이 다시 높이 올라오고 구멍이 뚫리면서 햇볕에 마르는데 따뜻하고 톡 쏘고 살아 있었다. 사람들은 이제 저 너머까지 걸어갈 수 있다.

여기 이 고장에서는, 하고 아버지가 말한다. 아무것도 믿을 수가 없어. 여러 해 동안 계속 비가 오더니 그다음에는 모든 게 다 증발할 때까지 햇볕만 내리쬔다. 농부들은 드러난 호수 바닥으로 가서 진흙탕에 토지 구획선을 긋기 시작한다. 그들은 물고기의 뼈를 캐내고 비료를 주고 무릎까지 빠지는 진흙탕에 소들을 동원해 죽은 거북이 등딱지와 조개들을 가지고 들판의 경계를 만든다. 그러고 나선 비를 기다리지만 오지 않는다. 마침내 비가 올 때는 사람들이 기대하듯 위에서 오지 않는다. 비는 다시 아래로부터 온다. 물이 다시 올라와 모든 것을 빨아들인다. 진흙탕이 된 논, 싹이 트지 않는 씨들, 연체동물들과 뼈들. 늪은 마을을 다시 집어삼키고 진흙 냄새와 뱀장어들은 마당까지 기어오르고 축축한 침실에서는 갈대가 벽으로 튀어나온다. 그런 다음 여러 달 동안, 여러 해 동안 이곳에는 가을이 온다. 묵직한 11월, 우리 빵 가게만 건조하고 가볍다. 모든 것이 가볍다. 빵 반죽, 공기, 아버지의 빵을 꼬는 동작들. 나는 잠을 잘 때에만 이 세상에서 가장 건조한 장소를 떠난다.

내 딸, 하고 아버지가 나에게 말하면서 작은 빈손을 밀가루가 묻은 내 뺨에 댄다. 아버지는 내가 아버지가 아니라 호수 이야기를 하는 걸 모른다.

나는 아버지를 오랫동안 믿지 않았다. 이러나저러나 말이다.

바보, 라고 예쁜 오빠가 말한다. 뭐가 겁이 나는데?

오빠는 나를 비웃는다. 그의 친구인 선원도 같이 웃는다.

선원은 먼지투성이 외투를 입고 있다. 외투의 외피와 털은 잿빛이다. 외피와 털은 하늘로 향해 있다. 그는 우리 배 옆에서 잠수하다 떠올라 허연 가장자리가 있는 눈과 해골바가지 색깔의 이빨로 웃는다. 그가 일어서면 갈대 운하는 배꼽 높이까지 왔는데 배를 흔들면서 소리쳤다. 너희들 잡혔어. 야, 이 난쟁이들아, 인간들아, 내가 온다, 너희들 잡으러 왔어, 가진 돈들 모두 내놔. 나랑 배에 타고 있는 예쁜 오빠는 그와 같이 웃는다.

선원이 운하에서 우리 배를 조종한다. 그는 노래한다. **선원, 바람과 파도가 너를 바깥 세계로 부른다.** 그리고 나에게 윙크한다. 나는 이 노래를 안다. 크리스마스 전이면 엄마는 언제나 선원의 노래가 있는 레코드를 듣기 때문이다. **네 고향은 바다, 네 친구는 별**이라고 나는 노래해 준다. 내 고향이라고 그가 말한다. 내 친구. 그는 다시 웃는다. 그는 배를 등지고 앉아 노를 저어 앞으로 간다.

사람들은 그가 진짜 선원이라고 말한다. 그러나 어떤 사람들은 선원이 진짜 거짓말쟁이다, 라고도 말한다. 그는 자기가 인도까지 갔다고 주장하지만, 빨간 손톱을 가진 여자 한 명을 빼놓고는 가져온 게 아무것도 없다. 우리처럼 완전히 하얀 여자. 그렇지만 그 여자는 우리처럼 잘 뛸 수 없었다. 그 여자는 나무 지팡이를 가져왔는데 그걸 쓰기에는 아직 젊다. 그런 여자가 있으면 누가 바다의 세계로 떠나겠는가.

사람들이 시기하는 거야, 라고 아버지가 말한다. 비록 목발이라 해도, 사람들이 뭐든 가진 게 있고 간절히 바라면 결국에는 도착할 수 있지. 그러면 사람들은 자기들이 보지 못하는 것을 네가 보기 때문에 시기하게 되지. 그리고 아버지는 덧붙여 말한다. 그런데 그 선원은 진짜 거짓말쟁이일 거다. 안 그렇다면 왜 벌써 돌아왔겠니? 그 큰 바다로 가는 대신 이 늪으로.

선원은 사람들이 평소에 보지 못하는 물을 발견한다. 갈대는 아래로 휘어져 우리의 머리 위로 내려오고 그 뿌리들은 무리 지어 있다. 진흙이 배 바닥에서 질척거린다. 계속 앞으로 나아간다. 우리들 중 누구도 이야기하거나 노래하지 않는다. 선원만이 나지막하게 휘파람을 분다. 그는 멜로디 없이 휘파람을 부는데, 아무것도 원치 않는, 아무것도 원치 않는, 없어-없어, 치르-치르 하는 혼란스러운 한 마리 새 같다. 그리고 계속 간다. 물쥐, 라고 그가 나지막이 말하고는 그 뒤를 미끄러져 쫓아간다.

우리는 물 위를 더 가볍게 미끄러져 간다. 선원은 노를 내려놓고 갈대 섬 주위로 배를 돌린다. 열린 곳으로 가자. 소리가 작은 어두운 물. 선원은 더 이상 휘파람을 불지 않는다. 그의 먼지투성이 외투는 땀처럼 어둡고 건조한 흰색이다. 거대한 몸집. 그의 두 눈은 하늘처럼 보랏빛이다.

늘 그렇듯 바람이 갑자기 불어왔지만, 우리는 알아차리지 못했다. 바람이 보랏빛 하늘에서 내려왔다. 바람은 우리를 둘러싼 섬 주위로 불어왔다. 바람 뒤로 바다의 얼굴이 드러난다. 하늘에 납작 눌린 이마가. 바람은 배 안으로 때리는 듯 불어오고 우리의 두 발은 진흙에 잠긴다. 예쁜 오빠가 소리 지르는 차가운 내 입을 자기의 따뜻한 손으로 막는다. 젖은 독수리 깃이 입술 사이로 들어온다. 나는 그 안에 있는 물을 삼킨다. 선원은 오빠와 나를 합친 것보다 힘이 세다. 거대한 몸집, 그 자리에서 움직이기 위해 노를 잡는다. 그리고 우리는 움직이지 않는다. 작은 호수에서 물은 마치 대야의 물처럼 흔들린다.

나는 할아버지의 발을 대야에서 씻겨 드린다. 하얀 에나멜 칠을 한 대야 바닥에는 잿빛 호수의 진흙이 원을 그리며 모여든다. 할아버지의 발이 대야를 철렁거리게 만든다. 저녁이면 우리는 부엌에 앉아 있고 나는 할아버지의 발을 씻겨 드린다. 나는 할아버지 발가락 사이에 비누칠을 하고 발바닥을 솔로 박박 문지른다. 할아버지는 달라붙은 갈대 잎을 면도날과 칼로 피부에서 떼어 내고 잿빛 발싸개로 발을 감고는 장화 안에 집어넣는다. 할아버지는 잠자는 네 시간 동안만 이 장화를 벗는다. 할아버지는 말을 거의 하지 않는다. 할아버지는 말없이 우리 사이에서 일어났다 앉았다 하더니 딱딱한 부엌 의자에 앉는다. 나는 매일 저녁 조용히 할아버지의 발을 씻겨 드린다.

나는 예쁜 오빠의 두 팔에 안겨 말없이 누워 있다. 깃털을 입술에 물고 다물어 봐. 물이 나에게서 바닥으로 방울져 떨어지는 소리를 들어 봐. 예쁜 오빠에게 속삭이는 저 선원 말을 들어 봐. 벌써 아주 가까이 왔어. 어리고 얇은 갈대. 아무것도 아닌 것처럼 보트 아래 누워 있다.

나는 눈을 뜨지 않는다. 나는 뜨지 않는다. 나는 어린 갈대밭 사이를 미끄러져 간다. 나는 어린아이처럼 가볍다. 내 몸이 배(舟)다. 약한 대롱들이 내 아래 놓여 나를 자르고 나를 쓰다듬는다. 천천히, 물이 아래로부터 예리하게 스며들어 완전히 잠기게 만든다. 곧 끝날 거야. 나는 내 몸이 마실 수 없는 물로 미끄러져 들어가게 한다. 물은 나를 내일 아침까지 저 건너로 데려다줄 것이다.

내가 두 눈을 떴을 때는 이미 아침이었다. 그러나 아직도 육지는 나타나지 않았다. 나는 넓은 물 위에 떠 있다. 날이 차다. 태양, 밝고 하얗고, 내 주위로 김이 올라간다. 그리고 나는 갑자기 잠이 나를 속였다는 것을 알게 된다. 이 밝은 태양 아래에서 저기까지 떠내려가는 것은 죽음이다.

나는 누워서 얼음같이 차가운 내 손가락으로, 내 몸 아래 평평한 호수의 물을 움직인다. 잿빛 침대 시트. 나는 속삭인다, 나는 죽었다. 내 위로 지붕 기둥이 있고 나는 본다. 나는 지붕 바닥 위에 누워 있다, 판자 위에, 아치의 둥근 등 위에 비스듬히 누워 있고, 남자 형제들과 어깨를 나란히 하고 있다. 나는 그것을 보지만 알지는 못한다. 나는 다른 사람들이 어떻게 되었는지 모른다. 나는 죽었어, 라고 내가 속삭인다. 나는 내 물집이 쪼그라드는 것을 느낀다. 누군가가 내 손가락을 따뜻하게 건드리고 예쁜 오빠가 내 이마에 대고 속삭인다. 너 안 죽었어, 이 바보야. 우리 일곱 형제의 숨결이 내 귀 옆에서 파도처럼 불어온다. 나는 천천히 배에서 긴장을 내려놓는다. 그러나 잠깐일 뿐이다. 왜냐하면 예쁜 오빠가 그의 크고 따뜻한 손을 내게 올려놓고 속삭이기 때문이다. 너, 침대에 오줌을 싸면 지붕 위에서 떨어뜨릴 거야, 이 바보야.

지붕에선 해가 뜰 때 시냇물이 흘러가는 것을 볼 수 있다. 숨겨져 있지만 사람들이 다 알듯 끊임없이 저 너머까지 흘러내려 갔다. 그러나 우리는 그렇게 오래 기다리지 않는다. 해가 뜰 때 우리는 숲에 가 있어야 한다. 우리는 신발 한 짝을 잃어버린 남자 때문에 시간을 많이 허비했다. 우리는 부엌에 그 남자와 너무 오래 같이 있었고 그를 바라보고 있었다. 그의 발이 얼마나 하얗게 타일 위에 서 있는지. 그리고 전혀 미동도 하지 않는 할아버지. 결국 엄마가 어둠 속에서 참지 못하고 말한다. 그 일을 하기에는 날이 곧 환해질 거예요.

그렇지 않아, 라고 할아버지가 말한다.

그리고 할아버지 말이 맞았다. 우리가 몇 시간 뒤, 해가 뜨고 한참 뒤에 숲 쪽 언덕 위에 올라갔을 때에도 여전히 어두웠다. 보이지 않는 시냇물이 우리의 발밑에서 콸콸 흘렀다. 우리는 진흙탕을 지나 올라갔다. 우리는 지금 물속에서 질척거릴 할아버지의 발이 잿빛 발싸개에 싸여 있겠다, 라고 생각했다. 낯선 사람의 맨발도. 비처럼 우리에게 내려오는 물은 따뜻했다. 나는 물맛을 보았다. 전나무와 재 냄새가 났다. 우리는 힘들게 언덕을 올라간다.

숲 가장자리에는 딱딱한 층층나무와 들장미와 습지 딸기가 자란다. 내 남자 형제들은 그 덤불을 싹 다 훑어 먹는다. 나는 옆에서 있다. 빵 화덕의 소금이 아직도 잇새에 끼어 있다. 나는 호수, 늪 같은 그 옆의 초원들, 그 안에 있는 다른 길들, 길을 감시하는 국경 감시인들이 가장 잘 보이는 자리에 섰다. 그러나 거기서 무언가를 보기에는 아직도 너무 어두웠다. 호수, 초원들, 길들, 보이지 않는 감시인, 보이지 않는 국경. 할아버지는 그게 어디 있는지 말해 주지 않는다.

우리 집 빵 화덕의 불빛은 여기 이 위에서도 잘 보인다. 그것은 새벽녘 창문 불빛들 중 가장 낮은 데 있다. 시내, 땅 그리고 동물들, 모든 것이 다 내려가는 언덕의 마지막 끄트머리. 개구리와 뱀들도 숲에서 나와 호수로 가려면 우리 집 마당을 지나야 한다. 우리는 밤에 개구리와 뱀들이 담장 넘어가는 소리를 듣는다. 나는 남자 형제들이 보이지 않지만 덤불 사이에서 뭔가 급하게 먹는 소리를 듣는다.

예전에 우리는 개구리와 뱀을 돌로 쳐 죽였다. 우리는 나무 슬리퍼로 호두를 깨부수듯 쳐 죽였다. 마당에는 개구리와 뱀의 시체가 즐비했고 다 마르면 화덕 불에 던졌다. 하지만 언젠가부터 우리는 그걸 그만두었다. 동물들의 타 버린 거죽이 갈색의 두꺼운 슬래그가 되어 화덕을 막히게 했기 때문이다. 그래서 우리는 그때부터 밤이면 문지방에 앉아 동물들을 바라보기만 했다. 우리 발 앞에서 돌돌 굴러가는 개구리들, 몸통의 은갈색 흐름을. 우리는 작은 무당개구리들을 손등 위에 앉히고 손목을 움직여 물뱀 모양으로 말아서 이집트식으로 놀았지만 죽이지는 않았다.

우리는 그걸 그만두었다.

우리는 동물들이 모두 이 아래로 내려와 우리 집을 거쳐 가는 것에 대해 그냥 그들이 이 세상에 존재하지 않는 것처럼 모르는 척하며 살기로 했다. 우리 헛간에는 사람이 들어갈 수 없을 정도로 많은 새들이 들어왔다. 처음에는 제비들이 둥지를 틀었는데 제비가 나가자 참새들이 왔고 고슴도치, 두더지, 물쥐 그리고 분홍색의 작은 집달팽이가 오고, 그다음에는 말벌들이 왔다. 엄마는 2년 터울로 아이를 하나씩 낳았다. 지하실 벽에는 꽃처럼 생긴 곰팡이가 자랐고, 석회 담장에는 수백만 마리의 생물이 그 안에 비집고 들어가 살았다. 다른 집의 석회석은 매끈하고 노란색이었다. 우리 집에는 갈색 호수의 재앙, 지하의 따뜻한 죽음이 가공하지 않은 돌 속 안에 밀어 넣어져 있다. 원시 생물들. 나는 그들이 어둠 속에서 무언가 삼키는 소리를 듣는다. 나는 숲의 가장자리에 서서 호수를, 보이지 않는 호수를, 화석 모으는 사람을 생각한다. 지난번 가을 폭풍 때 호수에서 사라진, 어살을 약탈하려던 네 남자의 몸을 생각한다.

우리는 수확물을 집 안으로 나른다. 크리스마스인 까닭에 오늘의 수확물은 전나무이다. 우리는 전나무를 저 아래 계곡으로 나른다. 반쯤 와서 울타리를 지나갈 때 교회 언덕께에서 손가락이 붉은 선원의 부인을 빗속에서 만난다. 그 부인은 지팡이를 짚고 있다. 그리고 마치 우리가 보이지 않는 것처럼 행동한다. 우리도 그렇게 한다.

숲지기가 왔을 때 우리는 나무를 갖고 담장 위에 앉아 있었다.

아버지는 우리를 욕하는 것처럼 행동한다. 너희들은 도대체 뭣 때문에 이 나무를 훔쳐 온 거야. 그러고는 형제들 중 한 명, 가장 가까이 서 있는 아이의 따귀를 때린다. 그 애는 얼굴을 찌푸린다. 아버지가 진짜로 때린 걸 모두 볼 수 있었다. 아이의 뺨에 둥근 자국이 남는다. 아버지가 숲지기에게 말한다. 이렇게 된 걸 뭘 어쩌겠어요. 애들이잖아요. 애들에겐 크리스마스가 필요해요. 나무는 이미 잘렸고, 어찌 되었거나. 아버지는 큰 꽈배기 빵 두 개를 담장 위에 올려놓는다. 우리는 이미 담장에서 수확물을 집 안으로 가지고 들어가 보이지 않게 해 둔다. 무슨 나무요. 빵은 아직도 따뜻하고, 차가운 담장 위에서 김을 낸다. 숲지기는 경고를 하고 돌아간다. 황금 빛깔 빵은 그대로 놔둔 채. 나는 날이 어둑하지만 담장 위에서 밝게 빛나는 빵을 본다. 빵이 비 때문에 질척해진다.

우리는 그 나무에 커다란 오렌지들과 소 그림이 있는 판자 초콜릿으로 장식을 한다. 다시 밤이 되었다. 우리는 할아버지가 홀로 돌아오기를 기다린다. 아버지가 말한다. 할아버지는 이제 그만 기다리자. 아이들은 원래 기다리지 못한다. 아버지가 선물을 나누어 준다, 모두에게 각자 자기 것을.

나는 두 손바닥으로 식탁 위에, 초콜릿 조각 위에 둥근 지붕을 만들고 조금씩 아껴 가며 초콜릿을 먹는다. 갈대 지붕 위로 비가 개울을 만들어 시끄럽게 흐른다. 나는 호수 밑바닥을 가볍게 미끄러져 다니는 재빠른 검은 뱀장어를 생각한다. 나는 크리스마스에 발싸개 대신 할아버지에게 선물하려고 한 하얀 예쁜 양말을 생각한다. 아직도 낯선 사람들과 같이 가고 있는 맨발의 할아버지를 생각한다. 할아버지에게 양말을 일찍 갖다 드릴걸.

할아버지는 친할아버지가 아니지만 나는 할아버지와 가장 가깝다고 느낀다. 그리고 예쁜 오빠도, 그렇지만 오빠는 가 버렸다. 그는 지난가을에 세 명의 남자와 헤엄을 쳐 저 건너로 가 버렸다. 그다음부터 오빠에 대해서는 아무 소식도 듣지 못했다. 사람들은 오빠가 죽었다고 하지만 그 말이 맞는지 틀리는지 누가 알겠는가. 또 사람들은 오빠와 그 선원이 어살을 약탈하러 갔다고 말하지만 그것은 분명 사실이 아니다. 여기에는 물고기와 빵이 매일 있기 때문이다.

남자 형제들이 와서 내 손바닥을 식탁에서 강제로 떼어 놓고 내 몫에서 자기들 몫을 빼앗은 뒤에야 나를 가만 놔둔다. 나는 우리가 다 함께 훔쳐 온, 우리 모두의 것인 나무로 가서 새 초콜릿을 가져온다.

예쁜 오빠가 떠나간 지금, 우리 남자 형제들은 모두 똑같다. 형제들은 이제 일곱 명이다. 나만 아버지의 딸이고, 할아버지의 손녀이다. 그래서 남자 형제들은 모두 샘이 많다. 예쁜 오빠가 저 건너로 가 버리고, 어쩌면 죽은 다음, 이제는 공동의 수확물도 없다. 우리는 더 이상 포도를 따 먹지 않고, 포도알을 줄기에서 주먹으로 훑는다. 지나가면서 그럴 수도 있고 아니면 다른 집이나 우리 집 형제들로부터 도망치면서 그러기도 한다. 다른 사람에게서 빼앗는 것이다. 내 형제들이 샘이 많다고 아버지는 말하는데, 그건 사실이다. 그게 만약 건포도이고 포도나무 줄기에서 말라비틀어진 것이고 혹은 곰팡이가 핀 것일지라도 가져만 온다면, 우리가 그걸 버리는 일은 절대 없다. 포도즙이 우리의 팔꿈치로 뚝뚝 흐른다. 그런 걸 원하는 사람은 없다. 그렇지만 우리는 허겁지겁 빨아 먹는다.

아버지가 우리에게 온다. 내 딸이라고 부르지만 나는 대답하지 않는다. 날이 다시 어두워졌다, 계속, 낮에도 어둡고, 밤에도 어둡다. 할아버지는 아직도 돌아오지 않는다.

아버지가 빵이나 큰 꽈배기를 구워 돈을 벌지 않으면서부터 할아버지는 우리 집에 오는 낯선 사람들을 저 건너로 데려다준다. 할아버지는 갈대밭에서 그들이 따라가야 할 별을 알려 준다.

할아버지는 낯선 사람들을 위해 그 일을 해 주는 것이 아니다. 낯선 사람들은 중요하지 않다. 할아버지는 아버지를 위해서도 하는 게 아니고 아버지를 좋아하지도 않는다. 할아버지는 아버지와 말도 하지 않는다. 할아버지는 우리들, 즉 남자 형제들과 나를 위해 낯선 사람들을 저 건너로 데려다주는 것이다. 그리고 친딸이 아닌 엄마를 위해서도. 엄마의 친아버지도 저 건너편으로 헤엄쳐 가다가 물에 빠져 죽었다. 친가나 외가를 따져 봐도 피 한 방울 섞이지 않은 할아버지가 말한다. 갈대밭에 가지 마라. 갈대밭에서 사람들은 진이 다 빠지거나 죽을 때까지 계속 원만 빙빙 돌게 된단다.

아, 무슨 그런 말도 안 되는 말을 하세요, 라고 선원이 말한다.

나침반 하나만 있으면 인도까지도 가는데요.

누가 지금 인도에 가고 싶어 할까. 폭풍이 치는 가을에 온 낯선 사람들은 오로지 저 건너편으로만 가고 싶어 했다. 겨울이 오기 전에 딱 한 번만 호수를 건너가고 싶어 했다. 낯선 사람들은 둘이 함께 왔다. 그들은 담장을 넘어 빵 화덕으로 기어 올라온 다음에 우리 부엌에 서 있었다. 둘 다 아직 신발을 신고 있었다.

안 돼, 라고 할아버지가 말한다. 너무 어두워. 호수에 물이 너무 많아.

낯선 사람들은 돈을 많이 내놓았다. 할아버지는 안 돼, 라고 말한다.

말이 없는 사람들과는 이야기를 할 수 없어, 라고 아버지가 말한다. 그들은 차가운 빵 화덕에 앉아 있다. 나의 예쁜 오빠와 그가 말이다. 예쁜 오빠가 이 바보야, 라고 내게 말하고는 납작한 손으로 나를 문 앞으로 밀어낸다.

갈대가 아주 어려, 라고 선원이 말한다. 그는 마치 아무것도 없다는 듯 배 아래 눕는다. 나침반만 있으면 인도까지도 갈 수 있는데. 별들, 갈대 이리로 저리로.

호수가 우리 밥줄이야, 라고 아버지가 그에게 말한다. 낯선 사람들은 돈을 많이 내놓지. 우리가 너와 나눌 거야. 모두에게 각자 몫을.

나에게 맡겨 둬, 라고 아버지가 예쁜 오빠와 친구에게 말한다. 그리고 그들에게 자기의 손을, 소금 집는 손을 보여 주는데 작고 갈색이다. 아버지는 손을 내 뺨에 댄다. 너는 비가 오는데 왜 바깥에 서 있니? 우리의 발밑으로 냄새나는 작은 개울물이 찰찰 흐른다.

그들은 나침반을 가지고 있었다. 그런데도 불구하고 실종되었다. 별들, 갈대, 이리로 저리로. 그들은 낯선 사람들에게 좋아, 라고 말했었다. 그들은 아버지처럼 말했고 그들은 모두 다 똑같이 말한다. 말을 하는 인간 무리들이다. 선원은 자기의 진흙 모피 아래 우리들처럼 금발을 가지고 있었다. 우리가 잡히면 그냥 어살을 약탈하려 했어요, 라고 말하자, 하지만 그들은 술에 취해 있었어, 라고 마을 사람들이 말한다, 폭풍 속에서 말이에요. 뭐가 진실인지 누가 알겠는가.

우리는 기다리지 않아, 라고 아버지가 말한다. 말 없는 사람들하고는 이야기를 할 수 없다. 너도 더 이상 할 일이 없고. 해야 할 일도 없다. 아이들에겐 성탄절이 필요하다. **그리고 그들 사이에서만 너는 진심이야**라고 부엌에서 노래가 나온다, **평생 동안**.

이 밤은 별들이 없다. 내 딸이라고 아버지가 말하지만 나는 말이 없다. 바보. **너는 먼 곳에 대한 향수가 있지**라고 엄마의 음반에서 노래가 흘러나온다. 엄마 자신은 노래를 안 한다. 어두운 곳에서 엄마 손가락의 반지들이 빛난다. 마리아. 그리고 베셀라. 반지들은 나에게 아무 의미가 없다. 자거라, 라고 아버지가 내게 말한다. 자라고.

나는 남자 형제들의 배고픔에도 불구하고 아직 남아 있는 마지막 꽈배기 빵을 집어 든다. 그것을 머리맡에 놓는다. 내 몸 아래의 요는 차갑다. 내 귀 옆에서는 잠든 남자 형제들의 숨이 파도처럼 불어온다.

할아버지는 아침이 되어서야 돌아온다. 크리스마스 첫날이었다. 할아버지는 잉어와 뱅어를 잡아 온다. 나는 할아버지 말소리에 일어난다. 할아버지는 부엌에 앉아 이야기를 하고 있다.

할아버지는 신발이 한 짝인 그 남자에게 야맹증이 있었다고 말한다. 구덩이마다 손을 잡아 주어야 했다고 말한다. 어두운 곳에서는 그 사람 발이 웅덩이 속에서 철벅거리는 소리를 구분할 수 있었다고 한다. 맨발과 신발 신은 발 말이다.

어디로 데려다주었어요, 라고 엄마가 묻는다.

할아버지기 말한다. 갈대밭까지 데려다주고 계속 똑바로만 가면 돼, 라고 말해 주었어.

할아버지는 아직도 따뜻한 이스트 빵 한 조각을 잘라 낸다. 김이 나면서 노란 반죽에는 건포도 꽃이 피어 있다.

틈새

레프트, 라이트. 나는 더 때린다, 나는 그걸 때린다. 라이트, 라이트. 그걸 잡고 흔든다. 때린다. 더 때린다. 아픔은 이제 신경 쓰지 않는다.

오래전부터 아픔을 모른다. 어깨도, 팔꿈치도, 주먹도 아프지 않다. 옆구리도 쑤시지 않다. 나는 엄청 강해졌다. 이두박근, 삼두박근, 대흉근. 시합은 내게 점차 역겨워진다. 그러나 샌드백은 좋다. 나는 때린다, 또 때린다.

너는 절대 복서가 못 될 거다, 라고 트레이너가 말한다. 네 안에는 그게 없어. 공격성 말이야.

나는 버스에서 엄마를 만난다. 그들은 엄마를 퇴원시켰다. 본인이 원해서 조금 일찍. 우리 중 아무도 그 소식을 알지 못한다. 우리는 전화가 없는데 엄마도 전화하지 않는다. 엄마는 그냥 시외버스에 앉아서 집에 온다. 나는 역에서 같이 탄다. 처음에는 엄마를 전혀 알아보지 못했다. 엄마는 나를 등진 채 바퀴 위 자리에 앉아 있었는 데다 머리는 밤색으로 염색하고 파마까지 해서 내가 알아보았다는 것 자체가 기적이라 할 수 있다. 어쩌면 옷이 눈에 띄어서였을 수도 있다. 하얀 바탕에 붉은 장미가 있는 원피스 때문에 엄마는 마을에서 엄청난 웃음거리가 되었다. 엄마의 거대한 엉덩이 한가운데 커다란 빨간 얼룩이 프린트되어 있다. 게다가 그 옷은 너무 뭐가 많이 묻고 괴상하게 변했다. 소재가 전혀 어울리지 않았던 것이다. 엄마는 그런 부풀린 치마만 좋아했다, 네 조각으로 되어 있고, 잘 어울렸다.

나는 엄마를 다시 알아보고 놀랐다. 마치 내가 부끄러운 짓을 하다 현장에서 들킨 것 같았다. 나는 우선 버스 안부터 둘러보았다. 혹시 우리를 아는 마을 사람 중에 누군가 우리를 보았는지, 어쩌면 그 사람은 왜 내가 엄마에게 가지 않는지 내내 속으로 묻고 있을지도 몰랐다.

엄마는 창밖을 뚫어지게 보고 있었다. 엄마 옆에 서 있을 때 내 심장이 뛰는 소리를 들었다. 나는 무엇을 두려워하는가? 엄마가 나를 요란스럽게 덮칠까 봐, 여기서, 사람들 다 보는 데서, 우리가 생각하는 것, 비겁한 나쁜 놈들, 괴물들. 우리는 이미 오래전부터 엄마를 존중하지 않는다. 우리는 엄마를 데려오지도 않는다. 엄마는 여기 이 더러운 버스에 앉아 있고 더러운 창문으로 내다보고 있고 장미들 사이에 땀이 얼룩을 남긴다. 원피스는 이제 흰색과는 거리가 멀고 누레졌다. 땀 얼룩도 누렇다.

엄마는 소리를 지르지 않는다. 엄마는 나를 바라본다. 오랜 치료 끝에 얼굴은 허옇고 만질만질해졌다. 마치 꿈을 꾸는 듯하고 미소는 아직도 잠에 잠긴 것 같다. 엄마는 소리를 지르지 않는다. 엄마는 나지막한 음성으로 나에게 똑똑히 들어 둬, 라고 말한다. 그리고 사람들이 엄마를 일찍 퇴원시켰다고 말한다. 너희들을 놀래 줘야지, 하고 생각했단다. 나는 고개를 끄덕인다. 나는 뭘 해야 할지 모르겠다. 엄마에게 뽀뽀를 해야 할지 말아야 할지. 결국 아무것도 안 한다. 나는 가방을 두 다리 사이에 놓고 꽉 누르면서 말없이 그쪽으로 살살 움직여 본다. 엄마는 여전히 꿈을 꾸는 듯한 미소를 띠고 창밖을 내다본다. 우리는 병든 나무를 바라본다, 황폐해진 포도밭. 가끔 엄마의 머리카락이나 원피스 냄새가 내 코로 올라온다. 특이하다. 나는 엄마가 여기 앉아 있는 것에 감사한다. 나는 엄마의 자리 옆에 서서 손잡이를 꽉 잡는다.

내가 널 사랑하는 걸, 친아들처럼 널 사랑하는 걸 알고 있지, 라고 루이자는 말했다. 내가 그 말을 믿지 않을 이유는 없었다. 루이자는 엄마의 친자매나 마찬가지다. 루이자는 우리를 돌보아 준다. 나까지도.

버스에서 내려 마을로 걸어갈 때 나는 두 사람 중 한 명은 집에 있을 거라고 생각한다.

나는 그게 언제부터 엄마에게 시작되었는지 이제는 기억나지 않는다. 아주 어렸을 때의 일만 기억난다. 온천에서 엄마는 꽃무늬가 있는 빨간 수영복에 빨간 수영모에 빨간 진주 목걸이를 하고 있었다. 엄마의 두 다리는 식빵처럼 하얗고 부드러웠다. 그런 것들은 기억 속에 떠오른다. 온천을 사각형 모양으로 둘러싼 포플러 잎들의 바스락거리는 소리. 해마다 잎사귀들은 병에 걸렸고 갈색 얼룩이 졌다. 잎사귀들은 사람들이 잔디밭에 누우면 젖은 등에 달라붙었다. 케이크처럼 하얀 엄마의 두 발, 두 발은 나무로 만든 탈의실 가장자리에 서 있었다. 엄마의 빨간색 페디큐어가 부활절에 숨겨 놓는 젤리-달걀처럼 잔디밭에 서 있었다. 엄마의 입술연지는 복숭아의 하얀 과육에도 묻어났다. 엄마의 살도 마찬가지로 흰색이었고 기미 크림은 은색 통에서 나왔고 모자는 넓은 챙이 있어 얼굴에 망사 모양의 그림자를 남겼다. 옷의 냄새. 빨간 플라스틱 귀걸이는 장미처럼 보였다. 서방에서 온 것이었다. 아니면 미국에서 온 것이다. 더 이상 자세히는 기억나지 않는다. 어찌 되었든 외국에서 온 것이었다.

어쩌면 루이자가 보낸 것일 수 있다. 루이자는 그전부터 우리를 돌보아 주고 있었다.

엄마의 체취는 집에 오자 차갑게 식었다. 엄마는 아무 말도 하지 않는다. 내가 기대했던 말도 하지 않는다. 문을 확 열고는 와, 이런 더러운 토끼우리 봐라! 이게 웬 난장판이냐! 라고 큰 목소리로 말할 줄 알았다. 나는 엄마의 콧방울을 바라본다. 거기에 무엇이 내려앉았는지. 어쩌면 이 차가운 라벤더 향, 어쩌면 엄마가 다시 병에 부은 코냑 냄새, 어쩌면 루이자의 얼룩진 발에 뿌리는 가루약 향 때문에 그럴까.

나는 입구 근처에 내 가방과 병원 냄새가 나는 엄마의 가방을 세워 둔다. 나는 엄마에게 목이 갑갑해요, 나는 다시 나가야 해요, 라고 말한다. 쉬세요, 라고 말한다. 이따가 다시 돌아올게요. 엄마는 고개를 끄덕인다. 엄마는 나를 바라보지 않는다. 엄마는 집 안을 살펴본다. 천천히, 조용히. 나는 두 손을 바지에 비벼 댄다.

나는 마리아에게 간다.

당신은 아무짝에도 쓸모없어, 제발 좀 꺼져!

형이 여자를 가볍게 밀친다, 어깨를. 그 여자 마리아는 무심한 듯 잠시 옆으로 균형을 잃지만, 이내 다시 중심을 잡는다. 무심하게. 마리아는 아래를 보고 있다. 그를 보지 않는다. 나를 보지 않는다. 마리아는 짚고 있어야 할 사다리에서 두 손을 떼고 바로 서더니 나를 보지도 않고 아무 말 없이 집 안으로 들어가 버린다.

들어와, 라고 형이 말한다. 나는 형이 높은 침대를 준비하는 걸 돕는다. 나는 아무것도 약속하지 않았다. 나는 비겁하게 도망쳐 왔다고 고백한다. 냄새 때문에. 엄마가 집에서 하는 일 때문에. 엄마가 퇴원해서 오면 매번 하는 일 있잖아. 집의 돌바닥을 락스로 문지르기. 집 안은 어디에나 돌바닥이다, 심지어 침실도. 엄마는 이제 거기에 무릎을 꿇고서 문지르고 있을 거야. 그리고 말하겠지.

이것 참, 하고 엄마가 말하더니 키득키득 소리를 낸다. 나는 정리하는 재주가 없어. 엄마는 맨발로 옷가지를 멀리 구석으로 차 버리고 손등을 우아하게 위로 뻗는다. 아니면 엄마는 엉덩이로 부억 식탁을 문지르고 잔들을 흔들어 보고 다시 던질 거다. 말들, 머리카락. 어깨 위로. 나는 이 집 청소부가 아니야! 라고. 엄마는 많은 다른 일을 할 시간이 필요하다. 엄마는 짜증을 내면서 청소를 한다. 엄마는 너희들은 도대체 이 난장판 속에서 어떻게 살았다니? 라고 말하곤 청소를 한다. 돌바닥의 틈새들. 나는 그게 언제 시작되었는지 더 이상 모른다. 그러나 분명 언젠가부터 시작되었다. 락스 냄새.

엄마가 이 방에서 저 방으로 건너간다. 모든 방에 돌판과 양탄자가 깔려 있다. 보기 좋네, 라고 엄마가 말한다. 그리고 깨끗하고. 틈새에는 하얀 염소(鹽素)와 엎지른 와인의 붉은 얼룩이 있다. 엄마는 혼자서, 틈새랑 이야기한다.

오, 엄마가 말한다. 이건 안 지워지네. 안 되네, 라고 엄마가 중얼거린다. 이해가 안 된다. 무슨 생각을 하고 있어? 대답해? 해 줘, 해 달라고. 왜? 왜냐하면 알았어. 해 줄게. 네 말이 맞아. 아니야, 아니야, 아니라고. 그것은 어려운 일이야. 어렵다고. 그래. 나는 모르겠다. 아냐, 알아. 오, 이 더러움, 이 더러움. 와인, 가장 순수한 광란의 축제. 오, 사람들이 뭐라고 생각하겠어. 그렇게 생각하도록 내버려 둬라. 그 여자, 좋아, 그게 좋다고.

사람들이 엄마를 퇴원시켰어, 라고 나는 형에게 말한다.

흠, 그가 말한다.

우리는 말없이 사다리를 조립한 뒤 집 안으로 가지고 들어간다. 나는 마리아 소리가 나는지 귀를 기울이지만 아무것도 움직이지 않는다. 침실 문이 살짝 열려 있다. 내가 그녀의 두 발을 본 것인지? 부엌에는 차가운 잔들이 있다. 리놀륨 바닥에서는 으깨진 달걀노른자 냄새가 난다. 마리아는 다르다. 마리아는 신경이 날카로울 때엔 아무것도 건드리지 않는다.

그리고 마당에 서 있다, 우리 남자들. 그리고 형은 달을 바라보며 담배를 피운다.

이제는 정말 가라. 너는 어차피 거기로 다시 돌아가야 하잖아. 아니면 이 집으로 들어오겠다는 거냐? 삼각관계를 만들 참이냐. 그건 나에게 정말 최악이다.

집으로 들어가는 도중에 보니 형수인 마리아가 문지방에 서 있다. 내게 손짓을 한다. 어떻게 지내, 시동생? 그리고 인상을 찌푸리더니 형에게 들리도록 큰 소리로 말한다. 네 형은 개자식이야, 그거 알고 있었어?

나는 문에서 형수를 계속 본다. 그녀는 문지방에 서 있고 형은 그 앞에 있다. 사과해, 라고 그녀가 말한다. 그래야 당신 집으로 들여보내 줄 거야. 그녀는 문지방에 서 있다. 둘 다 완강하다. 형은 사과하지 않을 것이다. 그는 살아오는 동안 여태껏 한 번도 사과한 적이 없다.

다시 집으로. 나는 숨을 들이쉰다. 라벤더 향이 강해진다. 코냑 냄새도. 그 외에는 모든 것이 그대로다. 엄마는 지금까지는 아무것도 건드리지 않았다. 락스 냄새도 나지 않는다. 마치 지금 앉아 있는 의자가 그 자리에서 움직이면 안 된다는 걸 감시하듯.

그들은 그렇게 오래 앉아 있어야 했다. 루이자와 아버지가 소파에 나란히. 아버지는 벌건 눈을 껌벅거리고 있다. 엄마는 하얀 두 다리를 가지런히 모으고 두 사람의 맞은편 의자에 앉아 있다. 그렇지만 편하게, 아니 태도야 뭐 어찌 되었든 긴장하지 않고 있다. 엄마는 미소를 지으며 고개를 끄덕인다. 아버지와 루이자는 방금 전에 뭐라고 말을 하고 있었다. 그리고 내가 들어섰을 때 막 말을 마치고 있었다. 그들은 나를 쳐다보지 않는다. 루이자는 자기 머리카락을 손으로 잡아 뜯더니 아버지를 보고 나가 버린다.

괜찮냐고 루이자가 엄마에게 묻는데 벌써 거의 백 번째다.

그 사람들이 집에 가라면서 나를 조기 퇴원시켰어, 라고 엄마도 벌써 거의 백 번째 대답하고 있다.

아버지의 가느다란 목에 힘줄이 돋는다. 여기에서도 보인다. 아버지의 찢어진 작은 두 눈. 루이자는 이미 몸을 완전히 둥글게 말고 소파 위에 앉아 있다.

너 졸리니, 루이자? 라고 엄마가 묻는다. 엄마의 두 눈이 반짝이고 식탁 옆의 두 뺨은 건강하다. 자러 가.

괜찮아요, 라고 루이자가 말하면서 양말을 신은 얼룩이 있는 두 발을 소파 위로 높이 당긴다.

졸리면 자러 가도 돼, 라고 엄마가 말한다. 한숨을 쉰다. 나는 이제 밤에 더 이상 오래 잠을 못 자.

그들은 한동안 서로 말을 나눈다, 자러 가, 자러 가라니까. 그러고 나서 마침내 루이자가 일어나 옆방으로 간다. 아버지는 벌건 눈으로 미소 짓고 있는 엄마를 바라보더니 다정하게 탁자 옆에 앉고 엄마의 의자에 붙어 앉는다. 옆방 문이 닫힌다. 아버지는 뭔가 말할 엄두를 내지 못한다. 아버지는 엄마와 같이 침실로 들어간다.

아버지는 루이자의 잠옷을 어디로 치웠을까? 아니면 잠옷은 밤새 그 둘 사이에 있었을까?

다음 날 아침, 아버지는 늘 그렇듯 아침 식사 전에 나갔다. 나도 나간다. 집에는 두 여자가 자고 있다.

우리가 무슨 생각을 하고 있는지 나는 모른다. 그들이 무슨 생각을 했는지도. 엄마가 도대체 생각을 하는지도. 그렇게도 살 수 있을까. 만약 그렇다면 어떻게가 중요하다. 우리는 일하러 가고, 그들은 계속 자도록 놔두었다. 우리 집 여자들. 바느질 방의 여자와 침실의 여자. 그들은 자매일 수도 있었으리라.

나는 언제 이 일이 시작되었는지 기억나지 않는다. 어디엔가 틈이 있다. 나는 일하러 간다.

붉은 웃옷 아래로 셔츠가 삐져나온다. 나는 맨 아래 단추를 잠글 수가 없다. 대흉근이 잘 발달했다. 웃옷이 터진다. 내가 접수대 뒤에 앉아 있으면 보이지 않는다. 나는 밤새 도착한 팩스를 종이 가위로 자른다. 대부분 단 한 명의 손님에게 온 것이다. 때로는 같은 것이 여러 번 온 것처럼 보이기도 한다. 그러나 확실히 해 두어야 한다. 나는 모든 것을 상자에 넣어 둔다. 그 손님은 팩스를 여기 접수대에 와서 읽는다. 심한 것은 그가 팩스를 갈가리 찢어 접수대에 놓고 가는 것이다. 오류로 잘못 도착한 사무실 팩스들도 서류철에 같이 펴서 둔다, 그리고 아침 대신 먹는 비타민은 그다음 차례이다. 나는 유황이 든 물과 함께 비타민을 먹는다. 접수대 뒤에서 몸을 굽히고.

흠, 근육이 완전히 부풀어 올랐는데, 라고 그 사람이 말하고는 내 팔을 만져 본다. 돌같이 딱딱하네, 라고 그가 말한다.

예, 내가 말한다. 굉장히 힘들었어요. 내 몸이지만 불쌍하지요.

그에게는 곧이곧대로 말하는 것이 낫다. 그가 다시 이 몸집으로 자기처럼 보디가드가 되라고 말하기 전에 말이다. 그리고 오늘 그가 누구를 수행했는지도.

위험한 점은 이런저런 것들이 있는데, 라고 그 남자가 말한다. 뇌출혈은 스테로이드 때문에 오지.

나는 그에게 스테로이드가 아니에요, 라고 말한다. 비타민과 단백질이에요.

그렇겠지, 라고 그가 말한다. 그렇겠지. 그리고 얼굴을 찡그리며 웃는다. 그랬으면 네 몸이지만 불쌍한 거지.

그 여자가 지하실 바에서 나온다. 우리 쪽으로 무심하게 손짓하더니 옆의 날개 문을 연다. 올라갈 때에는 화가 난 듯 구두 굽을 또각거린다. 나는 시계를 본다. 그 여자는 또 한 시간 지각을 했다. 바의 매니저는 누가 일을 더 한다고 해서 시급을 더 주지는 않는다. 그 여자들은 이미 자기 몫을 알아서 훔치는 거야, 라고 그가 말한다. 내가 그걸 증명할 수 없을 뿐이지. 그들은 빈 병을 가지고 다시 돌아온다. 멍청하지 않다.

그다음에는 그냥 앉아서 기다리고, 손님을 받고, 전화가 울린다. 나는 테라스를 내다본다. 밤나무들, 신경통으로 찡그린 독일 남자 손님 하나가 식탁에 앉아서 누군가에게 인상을 쓰고 있다. 아마도 아이인 것 같은데 잘 보이지는 않는다. 사람들이 그들에게 아이스크림을 가져다준다. 나는 팩스 기계의 종이 롤러를 교체한다.

여기에서는 나 빼놓고 죄다 여자들만 일한다. 너 정말 이상한 애구나, 라고 사람들이 나를 비웃는다. 너는 네가 가진 능력에 비하면 게으르게 일하는 거야. 여자 종업원들은 네가 여기서 1년 동안 하는 일을 반 시간이면 다 해치우지. 팩스 종이. 그래서 여자들이 돈도 더 많이 벌지. 여기 앉아 있다가는 너는 아무도 먹여 살릴 수 없어. 너 아직도 부모님 집에 얹혀살지? 사람들은 너 아직도 거기 사는구나, 라고 말한다. 사람들은 다르게도 말한다. 너는 여자애들을 좋아하지 않는다고. 그리고 이야기하는 것도 좋아하지 않는다고, 그렇지 않니?

요즘 어떻게 지내는지 말해 봐.

집으로 가는 길에 나에게 물어 온 여자는 욕심이 덕지덕지 붙은 비뚤어진 입을 가졌다.

잘 지내요. 그 사람들이 엄마를 일찍 퇴원시켰어요.

그리고 아버지는? 그 입이 묻는다. 그제야 나는 윗입술이 비뚤어진 것은 베인 흉터 때문이라는 것을 알아본다.

잘 지내세요, 라고 나는 말한다.

그 입보다 빨리 걸어가야겠다. 그 입은 쫓아오면서 묻는다. 그리고 그 여자는?

루이자 말이야.

잘 있어요, 라고 나는 말한다. 잘 지내요.

그리고 너는? 내 뒤에서 그 입이 소리친다. 나는 이미 훨씬 앞서 간다. 내가 그 말을 들은 건지도 확실치 않다.

뭔가는 항상 위험하다. 마치 얼음이 깨지는 것 같다. 너무 얇아서 깨지는 유리잔 같다.

예전에 우리는 그걸 다른 이름으로 불렀다. 우리는 아직 병이라 부르지 않았고 '냉온탕을 오가는 변덕'이라 불렀다 아니면 '그놈의 성질'이라든지. 아니면 그냥 '엄마'라고 불렀다, 엄마는 항상 뭔가 삐딱했다. 몸매든 목소리든. 삐딱하게 높고 삐딱하게 낮고. 늪. 오만한 망신. 냉온탕을 오가는 변덕. 아니면 그냥, 엄마. 어느 누구도 그런 것을 갖고 있지 않다. 엄마는 아름답다고 나는 생각한다. 하얗고 빨갛고 케이크처럼 부드럽고 삐딱하다.

명랑함. 그게 시작이다. 그다음에는 안절부절못한다. 빨리빨리, 너희들은 서서 잠을 자는구나. 선반공의 미친 마누라, 마을을 오르락내리락, 그리고 언제나 빨간 옷, 아름다운 여자, 엄마는 어디에서나 사람들을 도우려 한다. 그리고 아는 것도 엄청 많다. 게다가 많은 것을 더 잘 알고 있다. 하지만 모든 걸 빨리빨리 해야 해서 그다지 많이 나아지지는 않는다. 아 참, 오늘이네! 라고 엄마는 갑자기 소리치고 그날 엄마에게 무슨 생각이 떠올랐는지에 대해 사람들에게 이야기한다, 재미있는 일들, 당신들도 그런 생각이 날 때가 있어? 아니면 엄마는 침대보를 묶고 거기에다 붉은 깃발까지 묶은 뒤 그걸 타고 성에서 내려오는 꿈 이야기를 한다. 그걸 듣고 사람들은 엄마에게 아직 열세 살이구먼, 콜롬비아 마피아의 딸이야, 혹은 사람들이 그 무리 이름이 뭐지 꿈에서 이야기하지 않았어? 하고 말하면서 깔깔 웃는다. 엄마도 같이 웃는다. 선반공의 미친 마누라, 가족이 전부 다 그렇고 그런 인간들이지, 그래. 그러면 엄마는 삐죽이 말하는데 나는 그따위 상관 안 해. 잘난 척, 그리고 잘난 척의 다음은 진짜 사나이들인데 그게 우리 집 남자들이다. 그러고는 아버지에게 말한다. 당신은 나를 건드리면 안 돼, 알아들었어? 목소리, 나지막한.

그러고는 미소. 모기 다리 같은 작은 미소, 모기 다리는 엄마 입주위에서 뻗어 나간다. 작은 보조개 그림자와 같이. 이 미소를 본 적이 한 번 있다. 아버지가 소리 지르는 동안 문 유리창 뒤에 숨어 있던 미소. 나는 보았다, 엄마는 아버지가 미치도록 화내는 모습을 보며 기뻐했던 것이다. 엄마는 자기가 아니라 아버지가 문을 부순 것을 기뻐했다. 왜냐하면 그것은 아버지에게 금지된 일이기 때문이다. 아버지는 그걸 지켜 왔었다. 아버지는 자기보다 엄마가 영리하다고 감을 잡고 있었다. 그러나 그걸 본 적은 없는데, 아버지는 엄마와 얼굴을 마주하고 서 있어도 그걸, 엄마의 미소를 보지 못했다. 그리고 그는 엄마의 목소리에서 떨림을 듣지 못했다.

불안해하면서도 승리를 만끽하는 목소리. 뚜껑이 열릴 정도로 화내는 것은 병이야, 당신 그거 알아?

여자의 웃음소리, 꺽꺽거린다.

엄마, 냉온탕을 오가는 변덕. 너희들 다 꺼져 버려, 나 좀 내버려 두라고, 할 일이 있단 말이야. 나는 다른 할 일이 있다고. 위대한 화가의 스케치들을 먹종이에 베껴야 하고 바느질도 해야 하고 글쓰기도 시작해야 돼. 잡초와 풀로 된 매끈하게 제초된 양탄자 위에 혼자 서 있는 저 곱사등이 신 사과나무 옆에 과일나무도 심어야 한다고. 나무가 다 자라려면 20년이 걸리지, 라고 아버지가 말한다. 그때가 되면 당신은 벌써 할머니야. 그런 일에 당신은 인내심이 전혀 없지. 엄마는 화를 낸다. 엄마는 그 나무들이 알아차릴 수도 없이 빨리 자라게 할 수 있음을 증명하겠다고 반박했다. 무화과나무. 장미. 그리고 제대로 된 잔디. 그러나 그것들은 전혀 자라지 않았다. 모두 말라 버리거나 물에 잠겨 죽거나 꽃이나 열매를 전혀 맺지 않았다. 시간이 없었다. 아버지는 제초기를 가지고 마구 자란 잔디와 민들레를 뽑고 신 사과나무 좌우로 약을 쳐 매끈하게 만들었다. 엄마는 신 사과나무를 호미로 파고 설탕을 뿌린 과일즙을 마시고는 우리에게도 마시라고 했다. 엄마는 늘 그렇듯 앉아 있는 적이 한 번도 없고, 식탁 주위를 이리저리 돌아다니는데 식탁 주위를 네 번 돌고는 내 아이들! 진짜 사나이들이지, 그러고는 우리들의 머리와 등을 쓰다듬고 키스하고 우리 머리의 레몬 냄새를 맡았다. 집 안에 있는 모든 것이 다 깨끗이 씻겼고, 모두 다 멀리 치워졌고, 반쯤 하다 만 일들. 나는 오로지 너희들을 위해 여기 있어, 오로지 너희들을 위해, 내가 너희들의 엄마니까.

내가 집에 오니 모든 것이 이전과 같다. 아무것도 변한 게 없다. 아침용 나무 접시 빼놓고는. 찻주전자가 있고, 잔 하나, 접시 하나, 반짝반짝 닦여 있다. 루이자 것이다. 집에 가니 그들은 단둘이 있었다. 나까지 합하면 셋이다.

루이자는 가려고 했다, 생각해 봐라, 바로 지금. 엄마는 예전처럼 우아했다. 그리고 엄마다웠다. 엄마의 몸은 더 커졌지만 아직도 부드럽고 하얀 뭔가가 있었다. 엄마는 루이자의 어깨에 몸을 기대고 미소를 짓는다. 언제 엄마가 루이자의 머리 냄새를 맡아 보았나?

그들이 어떻게 나란히 앉아 있을 수 있는지, 등 뒤에는 개수대가 있고, 아침 접시가 닦여 있다. 엄마는 루이자에게 아침을 침대로 가져다주었다. 그게 최소한이다, 정말 최소한이다. 엄마의 머리는 엉클어져 하늘로 뻗어 있고 이파리 없는 나무 왕관 같다. 파마를 했고, 한때 붉었던 것들은 갈색으로 바랬다. 그리고 미소, 부드럽다, 이제 거미 다리는 없고, 작게, 그리고 천천히, 오랜 치료 기간. 나는 숨을 들이쉰다. 락스 냄새는 나지 않는다. 그럼에도 불구하고 모든 것이 멋지다. 유리가 얇아진다. 눈 아래 엄마의 피부도 그렇다. 창백한 크림이 은색으로 빛난다. 루이자는 머리를 황금색으로 염색했다. 사람들이 그것을 본다. 루이자는 파란색 옷을 입고 있다. 장미와 라벤더. 그들은 나란히 앉아 있다. 어깨를 맞대고, 틈새 없이.

이제, 마침내, 나는 공식적으로 환자야, 라고 엄마가 처음으로 말한다. 엄마의 목소리는 떨린다. 흥분했지만 당당하게, 프랑스어로 오피시엘(officiel, 공식적으로)이라고 말한다.

엄마는 이런 식으로 말하길 좋아했다. 엄마는 이건 트레 오리지넬(très originell, 매우 독창적이야)처럼 말하길 좋아했지만 아직 한 번도 첩이라는 말은 한 적이 없다. 루이자에 대해 엄마가 이렇게 말한 적은 있다. 재는 창녀야. 그 말은 맞지 않는다. 그러나 뭔가 특별한 말이긴 했다. 너, 내가 무슨 말 하는지 알기나 해. 엄마는 여기 사람들이 하는 식으로 말하지 않았다. 엄마만 프랑스 고등학교에 다닌 적이 있었다. 엄마는 사람들이 엄마를 열 받게 하면 콧소리를 넣어 발음했고 억양을 넣어서 말했다. 너희들 모두 조용히 들어 둬, 여기 다른 한 사람이 있어. 그리고 이제 엄마는 다른 사람이 되었다. 공식적으로 환자야. 말라드(malade, 병자)라니까. 엄마의 신경증 약. 주사, 여기, 엉덩이에. 하얀 피부. 엄마는 비뚤어진 입으로 미소를 짓는다. 그러고 나선 놀란 나머지 눈에 눈물이 고이고 울기 시작한다. 엄마의 뺨은 언제나 붉었는데 처음에는 소녀의 피처럼, 그다음에는 와인처럼 붉더니, 지금은 클라이맥스로 완전히 하얗다. 놀란 도자기 인형 색깔이다. 두 살이면서 동시에 쉰 살이다. 엄마가 살아온 모든 해의 놀람이 엄마 안에 들어 있다. 겁을 낸다. 베리타블(véritable, 진짜) 그렇다.

환자들. 두 개의 대기실이 있다. 엄마는 다른 사람 옆에 앉지 않고 대기실 접수대 옆에 있는 두 개의 의자 중 하나에 가서 앉는다. 적어도 엄마와 다른 사람들 사이에는 열린 문이라는 간격이 있다. 이상한 냄새는 다른 사람들에게서 나는 것인데 엄마는 도대체 무슨 일이 있을 수 있는 걸까, 라고 생각한다. 약들, 향수 없는 냄새, 자기 안에 고독하게 똬리 튼 사람들의 냄새, 어떤 여자가 오더니 주위도 둘러보지 않고 엄마 옆에 가서 앉는다. 훈련된 자세, 두 다리를 꼭 붙이고 두 팔로 팔짱을 끼고 있다. 엄마는 공기를 한 번 들이마시고 등을 곧게 편다. 여성용 대기실. 옆의 여자가 일어났을 때 그 여자가 앉았던 자리에 얼룩이 남는다. 그 여자는 내복 바지를 입고 있다. 아마 그 안에 기저귀를 차고 있을 것이다. 기저귀 냄새. 그리고 엄마는 여전히 그 얼룩 옆에 앉아 있다, 끈질기게. 아직도 얼룩이 보인다. 엄마는 쉬지 않고 계속 눈물을 흘려 벌써 옆에 놓여 있는 노란 통의 휴지를 다 써 버린다. 한 장 한 장. 어떤 남자가 오는데 눈과 입술이 다 처져 있고 허리에는 뭔가 매달려 있다. 기능을 알 수 없는 도구이다. 엄마는 수술실의 도구를 떠올린다. 여성용 수술 도구. 그러나 사람들이 그 도구가 그렇게 나돌아 다니도록 놔둘 리 없다. 어쩌면 그 남자가 그 도구로 스스로를 수술할지도 모른다. 엄마는 소름이 돋는데, 손안에 말아서 쥐고 있는 손수건이 따뜻하다. 처진 입술과 눈을 가진 남자가 엄마를 노려본다. 아직 도망갈 시간이 있다고 엄마가 생각할 때 엄마 이름이 불린다. 엄마는 백 번은 더 더듬거리며 8주 전부터 내내 울지 않을 수 없다고, 그럴 이유가 없다고, 미칠까 봐 걱정된다고 이야기한다. 내 일생 동안. 항상 뭔가의 주변에 있었는데, 내가 무엇을 두려워하는지.

어쩌면 갱년기라 그럴 수도 있어요, 라고 의사는 의견을 낸다. 일찍 시작했네요, 일찍 시작하면 일찍 끝나지요, 열여덟 살에 첫애를 낳았네요. 이 돌팔이가 뭐라는 거야, 엄마가 벌게진 얼굴로 이야기한다, 세 이디오(Ce idiot, 이런 바보 같은)라고 프랑스어로, 작게, 자기만 듣게. 심한 말이다. 그리고 아버지도, 엄마는 언제나 그랬단다, 고양이지, 뜨겁고, 히스테리하고, 저런 여자들은 언제나 그렇지.

고함, 울기. 그게 어떻게 터져 버렸나. 어떻게 입에서, 목구멍에서 터져 버렸나. 갈비뼈에서 터져 버렸나. 그게 어떻게 평소의 그 얼굴을 터뜨려 버렸나. 그게 어떻게 이제까지의 공간을 폭파했나. 사전 경고도 없이. 간헐 온천. 울부짖으며, 지옥에서 터져 버렸나. 그 열기가 퍼져 나간다. 엄마의 붉은 얼굴에. 그리고 우리에게 덮쳐 온다. 갑자기 모든 게 말도 안 된다, 접시 위의 치즈, 잔 속의 물, 잔 자체도. 문 앞의 동물들이 사람이 지르는 소리를 듣는다. 닭들이 움직임 없는 눈으로 노려본다. 우리가 잘못했는데, 엄마에게 상처를 안겨 주었는데 아직 우리는 그것을 모른다. 엄마는 병이다, 분노이다. 나, 너희들 맘대로 못한다. 자부심 강한 여인. 아버지는 접시를 무릎에 던져 버렸나? 당신은 그래서 지금 불행하다는 거야? 아버지는 그렇다고 말한다. 그래, 나는 불행해. 그럼 왜 그런 내색을 안 했어! 나는 당신의 불행을 보고 싶어. 당신은 불행해야 해, 엄마가 막 소리를 지른다. 너희들도 불행해야 해! 그러나 엄마는 창가에 놔둔 공병 회수금이 있는 병들을, 아버지의 맥주 병들을 감히 던져서 깨뜨릴 엄두를 내지 못한다. 그랬다가는 화를 낸 대가가 너무 비싸진다. 엄마의 손은 공중에서 끝없이 헤매다가 부엌의 그릇장을 두드린다, 그 날카로운 플라스틱 모서리를. 처음에는 꽝꽝 두드리다가 아프니까 살살 두드린다. 그래도 그것은 두드리는 것이 맞고 아프지도 않다. 엄마는 몸 아픈 것을 싫어한다. 불행해지라고, 불행해지라고, 엄마는 이야기하면서 손 모서리로 그릇장을 두드리고 있다.

이미 그런 상태였다.

아, 그건 약한 신경증이야. 성질 때문이지. 저절로 없어질 거야, 나를 가만히 내버려 둬, 너희들은 내 몸 상태가 좋지 않은 것이 보이지도 않니. 나 피곤해. 그리고 나에게는 이렇게 말한다. 너는 괜찮아, 너는 여기 있어도 된다. 너 같은 막내는 나나 마찬가지지. 그렇게 도망가지 마라. 너는 엄마를 이해하지. 이리 와라. 그리고 엄마는 나를 부엌으로 끌어들인다, 자기에게로. 겁나니? 엄마는 킥킥거리며, 흠, 너에게서 좋은 냄새가 나는구나, 내가 이야기 하나 해 줄까? 엄마의 목소리에는 우쭐거리는 작은 떨림이 있다.

그것은 반복되는 꿈이었다. 내가 하얀 집에 누워 있었어, 아마 요양소나 성인 것 같아. 창문 앞에는 밤나무와 포플러가 있는데 나는 그 나무들을 보지 않았고 그것을 알고만 있었지. 내가 본 것은 그 여자가 하얗게 칠한 천장이었다, 대들보도 하얗게 만들었어. 네 모퉁이에는 하얀 석고로 된 과일 바구니가 있다: 배, 포도, 복숭아 들. 어두운 색깔의 머리카락을 가진 여인이 하얀 가운을 입고 내 방으로 오더니 손으로 이마를 짚어 보더구나. 편안하고, 시원하고, 가볍다. 나는 빳빳한 새 침대보 안쪽으로 한숨을 쉬었지. 마음이 진정되면서 잠이 오더구나. 여기서는 아무 일도 일어날 수 없다, 하고.

나는 엄마에게 우리 꿈을 꾸느냐고 묻는다. 엄마는 둥근 소녀의 눈을 하고 나를 바라본다. 너희들? 이라고 엄마는 그 단어를 난생처음 듣는 것처럼 물어본다. 엄마는 부엌의 간이 의자에 앉아 있다, 무릎을 모으고서. 그러고는 얼굴을 붉힌다. 그건 기억이 안 난다는 뜻이다. 사람들은 너무 많은 꿈들을 꾼다.

엄마는 여러 해 동안 이 꿈을 꾸었다, 브라보, 라고 아버지가 반복해서 말한다, 요양은 돈이 안 드니까. 그래서 우리는 웃었다.

사람들은 그게 언제 다시 그 정도가 되었는지 안다. 엄마가 낮에 웅얼거리면서 깨끗한 하얀 침대보를 끄집어내어 다리기 시작했는지. 엄마는 커다란 단지에 받아 놓은 빗물로 표백제를 끓였다, 허리를 꼿꼿하게 펴고, 파마는 다 풀렸고, 정말 깨끗이 빤 침대보를 편다. 선반공의 미친 마누라가 결벽증에 걸렸다. 마당을 가로세로 가로질러 말리는 침대보. 사람들은 그 집이 금방 날아가겠군, 하고 생각한다. 고공비행. 사람들이 웃는다. 엄마도 따라 웃는다. 돈이 안 드니까.

그러고 나서 언젠가, 나는 언젠가 엄마가 부엌에서 우는 것을 본다, 의사가 벌써 엄마에게 와 있다. 엄마의 혈압을 잰다. 엄마는 훌쩍거린다. 오늘은 이 집 뒤에 뭐가 있나 보러 뒤쪽에 갔었어요. 나는 뒤쪽에 갔었어요. 아, 어디예요, 아, 어디라고요? 라고 의사가 말한다. 의사는 표정을 바꾸지 않고 엄마의 혈압을 적는다. 모든 게 정상이에요. 그건 정신 병원이었어요, 엄마가 말했다. 내가 정신 병원에 누워 있었어요. 편안하고 시원하고 가벼웠어요. 나는 그 쪽으로는 다시 갈 일이 없으면 좋겠어요. 절대로 다시 가지 않기를, 이라고 엄마가 말하고는 다시 울기 시작한다. 네 미치광이 엄마처럼, 그들은 항상 내게 그렇게 말하면서 조롱했는데 너도 너희 엄마처럼 네 똥 속에 파묻혀 죽을 거야, 머리 허연 다른 늙은이들처럼. 그리고 모두가 보는 데서 죽을 거야.

의사는 아, 뭐, 좀 피곤하고, 스트레스를 너무 많이 받았으니 며칠간 병원에 있으면 어떻겠냐고 제안했다. 엄마는 경악한 눈으로 의사를 바라보았다. 세 이디오(이런 바보 같은). 그러면 모두 알게 될 것이다. 아버지도 말했었다. 우리 동네에선 누가 요양을 가면 모든 게 끝장난 걸로 보지, 이미 너무 늦은 거야. 다 짜고 하는 일이지. 짜서 엮기 시작하면 말이야.

엄마는 이미 깊이 잠들었고, 드르렁드르렁 코 고는 소리가 부엌까지 들렸다.

루이자가 왔다. 가방을 하나 들고서. 그러고는 그때 집에 있던 가장 나이 어린 나에게 하나도 걱정할 필요 없어. 아버지와 내가 언제나 너를 돌봐 줄 테니까, 라고 말한다. 루이자는 금발 머리이고 침착한데 거짓말하지 않는다는 것을 안다. 나는 루이자의 마음을 상하게 하고 싶지 않아 고맙다고 말한다.

아버지는 저런 여자들은 히스테리 그리고 고통을 사랑하지, 라고 말한다. 그러자 루이자는 한숨을 쉬고 고개를 끄덕인다. 그걸로 눈에 띄지. 모든 것이 다 소진되면 정신병이 오는 거야, 우아하고 편안하지. 하지만 그때 할 수 있는 건 없어. 자도록 놔두자.

여기 남아 있을 필요는 없어, 라고 엄마가 루이자에게 이야기한다.

완전한 파산이다. 고생을 너무 많이 했어요, 라고 루이자가 말하면서, 다르게 살 수도 있었을 텐데요. 저를 봐요. 우리는 자매처럼 지내도 되었는데요.

아이를 낳지 못하는 작은 루이자, 라고 엄마는 어둠 속에서 틈새를 보며 중얼거린다. 자매일 수도 있었다고. 하지만 우리는 자매가 아니잖아.

그녀는 굉장히 노력하고 있었다. 열심히 해 볼게요, 라고 그녀는 말한다. 물속에서 염소(鹽素) 방울이 하얗게 녹아내린다. 네 도움은 필요 없어, 루이자. 너는 더 더럽게만 만들어. 차라리 나에게 뭔가를 꿰매서 줘 봐.

엄마는 꿈에서 벗어나기 위해 수면제를 먹기 시작했다. 하얀 집에 대한 공포. 언젠가는 진정되고 그러면 모든 것이 차갑고 하얀 집을 갖고 싶다고 다시 조용히 말하기 시작할 것이다. 엄마는 냅킨을 킁킁거리며 냄새를 맡아 보았다.

당신은 부인을 돌봐야 해요, 라고 루이자가 아버지에게 이야기한다. 아버지가 루이자를 본다. 아버지는 아침을 먹기 전에 집을 나간다.

오피시엘 병자. 이제는 더 이상 과거로 돌아갈 수 없다고 엄마가 말한다. 나는 이제 미친년이 된 거야. 이제는 울어도 되고, 라고 말했지만 그렇게 되지는 않았다. 왜냐하면 주사액이 듣기 시작했기 때문이다. 엄마는 잠들었는데 마치 갓난아기처럼 엄마의 두 손과 두 발이 따뜻하다. 그사이 엄마는 잠이 깨어 큰 소리로 웃는다. 나는 내 인생을 말아먹었어. 그것도 나름 해결 방안이긴 하지.

그건 해결 방안이 아니지, 라고 마리아가 나에게 말했다.

내가 집에 들어갈 때 이미 마리아의 목소리가 들린다. 엄마는 코를 골고 있다. 규칙적으로 조그맣게, 마치 멀리 있는 모터 소리 같다. 마리아 입술 위의 검은 솜털이 원을 그린다. 그녀는 모든 것이 검은색이다. 머리카락, 눈썹 그리고 겨드랑이 털. 아래도 틀림없이 그럴 것이다. 철사 같고 꽉 붙어 있고. 마치 새의 모이통 같은 납작한 몸매다. 마리아는 내가 가면 자주 자고 있다.

나를 깨워도 돼, 라고 그녀가 말한다. 너는 오케이야. 문 닫아, 아이들이 집 안에 들어오지 못하도록. 개들은 신선한 공기가 필요해. 그리고 먹을 것도. 저기 빵 두 개를 가져다가 그 애들에게 발라 줘. 그다음에 우리, 이야기하자. 내가 다시 자고 있거든 맘 편히 깨워 줘.

나는 그게 해결 방안이 아니라는 것을 안다. 때로 생각해 보면 네 형 말이 맞았어. 나는 아무짝에도 쓸모가 없어. 때로 나는 완전히 마비된 것 같아. 마리아의 혀가 진짜 마비된 것처럼 무거워진다. 혀가 어두운 색 잇몸의 가장자리를 때린다. 나는 두 시간마다 잠이 들어. 그냥 그렇게 돼. 그때도 두 손은 계속 움직이고 나는 계산을 하고 거스름돈을 내주지. 그리고 집으로 돌아와 잠을 자. 때론 아이들을 데려와야 하는 것도 잊지. 어떤 난리가 났는지 상상이나 되니? 애들은 나를 두 시간마다 깨워. 언제나 누군가 뭔가가 필요하지. 때로 나는 그렇게 일어나는 것에 익숙해지고 그러면 나는 한밤중에 깨어나 여기저기 정리를 해. 마치 달에 중독된 사람처럼. 그녀는 웃는다. 당신은? 그녀는 나에게 묻는다. 그리고 미소를 지으며 형수인 마리아가 괜찮아, 시동생? 이라고 말한다.

부엌문을 본다. 루이자가 뭔가 묻는 듯한 눈으로 나를 본다.

동생! 하고 엄마가 루이자를 부른다. 아버지가 오지 않으면 안 오는 거지. 그를 기다리는 우리는 누구냐. 잘 봐, 라고 그녀가 말한다. 엄마의 빨간 옷은 엉덩이 쪽이 너무 꽉 낀다. 잘 보관해 두었다. 우리 나가자, 너 돈 있지, 잘했다. 그리고 그녀는 웃는다. 장미와 라벤더. 루이자는 망설이면서 나를 본다.

이것 참, 이라고 말하고는 지갑이 든 파란 가방을 든다. 아버지에게 인사 전해 줘.

그래, 라고 엄마가 말하고 눈을 반짝인다. 내 안부도. 엄마가 뒤에서 내 귀에 뽀뽀할 때 엉클어진 머리카락이 나를 간질인다. 예전과 같은 냄새가 난다.

예전에 엄마는 시기심이 많았었다. 아기도 못 낳는 작은 루이자에게 말이다. 아버지는 웃어넘기거나 옆구리를 찔렀다. 손가락 끝으로 엄마의 상체를 찌르며 당신 돌았어? 라고 말했다.

이 배신지, 라고 엄마가 말한다.

좋을 대로, 라고 아버지가 말한다. 아버지는 손가락을 뭉쳐 주먹을 만든다. 아버지는 엄마를 더 이상 건드리지 않는다. 아버지는 가 버린다.

그런 짓 하면 안 돼, 라고 엄마가 말한다.

어깨를 움찔한다.

이 배신자, 라고 엄마가 말한다. 목소리가 살짝 떨린다. 엄마는 아버지를 껴안는다, 저녁 내내, 밤새, 온몸으로, 아버지를 두 손, 두 발로 껴안는다. 나는 일하러 가야 돼, 라고 아버지가 말한다. 안 그러면 뭘로 먹고살아?

그리고 엄마는 혼자서 틈새를 청소한다. 오! 라고 엄마가 말한다. 다시 벌써 이렇게 되다니. 당신은 그 여자를 내쫓으면 안 되었어. 저 작고 멍청한 여자. 그 여자가 당신에게 뭘 어쩌겠어. 아니, 아니야. 당신 좀 조심하면 안 돼. 아니라니까. 조금만 주의를 게을리하면 다시 옛날과 똑같아진다니까. 조심해야 돼. 조심하자. 다시 벌써 이렇게. 엄마는 영원히 남을 포도주 얼룩을 문지른다.

엄마는 그 일을 왜 해? 라고 나는 묻는다.

아, 라고 말하더니 고개를 비뚜름하게 어깨 위에 놓는다. 무슨 이유가 있어선 전혀 아니고 그냥 뭔가 말을 하고 싶어서. 빈틈들하고. 아무도 없으면 말이야.

나 여기 있잖아, 라고 내가 말한다.

오! 라고 그녀가 말한다. 아기지. 엄마는 구멍 난 걸레의 끝을 묶는다. 엄마는 소녀의 얼굴을 가졌다. 엄마의 둥근 두 눈. 두 입술. 오! 라고 엄마가 말한다.

왼쪽, 오른쪽, 뒤로, 오른쪽, 오른쪽.

모든 것이 엄마에 대한 이야기이다. 그러나 사실이 아니다. 나는 사실을 모른다. 빈틈을 메꾼다. 오른쪽, 왼쪽.

진실은…… 하고 코치가 말한다, 타격이 중요한 게 아니야. 너에게는 신경이 없어. 바로 맷집이지. 그게 중요한 거야. 넌 좋은 복서는 못 될 거다.

나는 버스에서 한 정류장 미리 내린다. 그러지 않으면 길이 너무 짧아진다. 나는 언덕 두 개를 높이 올라간다. 그러면 5백 미터 거리가 두 개 있는 셈이다. 그다음엔 계곡으로, 마을로, 2킬로미터를 걸어간다. 나는 질문하는 다른 사람들보다 빠르다. 식구들은 어떻게 지내? 잘 지내요. 사람들이 엄마를 일찍 퇴원시켰어요. 엄마는 어떠셔? 잘 지내요. 아침에 밤나무 길을 지나 호텔로 올라간다. 등에는 가방을 메고. 발목의 모래주머니는 1.5킬로그램이다. 나는 걷는다. 모든 것이 자기 절제의 문제이다.

조심해라, 라고 음료수 담당이 말한다. 문신을 새긴 40대의 남자이다. 그의 이두박근 위에 안 어울리게 닻 문신이 있다. 아이들이 볼펜으로 그렸을 수도 있다. 나도 복싱을 했어. 보이냐, 어때, 우리 내기할까, 내가 너를 케이오로 쓰러뜨릴지? 닻은 정말 볼펜으로 그린 것이었다. 그게 무슨 뜻일까? 너 없이. 그걸 하면 안 된다니. 뭐. 에포스(epos)? 아니 에토스(ethos). 그래서. 물론 나도 그것을 알고 있다. 그는 한때 복서였다. 나쁜 자식, 잘난 체나 하고. 뭐. 반쯤 들었다. 너 게이 아냐. 아니면 중증 약물 중독자이거나. 안 그래. 그가 웃는다. 절대 아니라고? 나도 한때 복싱 좀 했지. 우리 뭐 걸고 내기할까. 나는 너를 케이오로 쓰러뜨릴 수 있다니까.

너 바보일 리 없어, 라고 바에서 나오며 소녀가 말한다.

어떻게 그런 생각을 하게 되었는지 내가 묻는다.

나는 그들에게 아무 말도 하지 않았어.

내가 무슨 말을 해야 하는데, 라고 내가 말한다.

그녀가 웃는다. 원래부터 넌 뭔가 좀 이상해.

나는 팩스 종이를 자르고 나눈다. 소매 끝에는 손마다 5백 그램을 달았다. 제복이 빵빵하다.

항상 그걸 시도하는 무리들이 있다, 네가 복서라는 말을 들으면 그걸 시도하는 알지 못하는 무리들이. 그리고 이미 들어서 아는 무리들. 마을에 떠도는 이야기들. 한도를 모르는 사람들. 그런 사람들이 차고 넘친다. 한 단어면 충분하다. 미친 여자. 레프트, 라이트, 너는 누구의 아들이냐? 그런데도 계속 활개를 치고 다녀?

큰형이 이 땅을 떠나기 전에 이런 말을 했다. 그들과 여기에서 얽히면 안 돼. 그들과는 여기에서 절대로 얽히면 안 돼. 그들은 너를 잡아 가둘 거야. 맞받아쳤다고. 얼굴뼈를 부러뜨렸다고 18개월은 살아야 해. 그렇지. 네가 시비에 걸려들게 만들었으니까. 그런데 너는 그 안에 들어가면 주먹질을 해야 돼, 더 이상 주먹질을 안 하려고 피하면 안 돼, 안 그러면 너는 1년 반 동안 모든 사람의 노리개가 될 거야. 나는 작아, 라고 형이 말했다. 하지만 끈질기지, 나는 안장 위에서 떨어진 적이 없어, 이리저리 운전도 잘하지. 그렇지만 이제는 더 이상 못하겠어, 알겠지. 형은 말을 하고 그 깊은 노란 눈으로 나를 최면에 빠뜨렸다. 여기 밖에 있으면 그들은 나에게 집적대는 게 전부야. 하지만 그 안으로 들어가면, 네가 원하면, 네가 감당할 수 있으면 들어가라. 무슨 이득이 있냐고? 너에게 이득이 있냐고? 그들은 자기들이 그렇게 존재해도 되니까 기쁠 거다. 우리 상전이지. 우리가 그들을 위해 일을 해 주니 말이야. 합법이든 불법이든. 그가 말했다. 그렇지만 여기에서는 하루도 더 안 있어. 나는 더 이상 내 인생에서 어느 누구도 건드리지 않을 거야, 손가락 하나도. 하지만 여기에 머무를 생각도 없다. 합법이든 불법이든, 이 나라는 정말 나에게는 똥 같다.

그리고 아버지. 그의 작고 바싹 마른 몸. 피부는 누렇게 붙어 있고. 놋쇠장이, 그의 목소리도 그렇다. 그는 녹색 플라스틱 목욕탕

깔개 위에서 뛰고 있다, 앞으로 뒤로. 그 양탄자 아래는 온통 물로 가득 차 있다. 세탁기는 물을 내보내고 있다. 지금 막 탈수 중이다. 세탁기가 아버지의 뒤에서 이리저리 흔들린다. 아버지는 빨리 끝나라, 빨리 끝나라, 라고 말한다. 녹색 깔개 위에서 미끄러진다. 아버지는 일을 제대로 하지 못한다. 뛰면 균형을 잡기보다는 잃는다. 나는 몸을 돌려 나간다. 내 손은 온통 비누투성이다. 나는 여기 이 비누로 아버지를 죽일 수도 있다. 그런데 왜 그래야 하는가. 자, 빨리빨리. 눈으로 뭉친 공처럼 그의 작고 딱딱한 주먹이 움찔한다. 여름이나 겨울이나 불을 때지 않는 목욕탕은 이제 완전히 증기와 물로 가득 찼다. 모든 게 빠져나간다. 아버지는 계속 플라스틱 깔개 위에서 뛴다. 그러다 넘어져서 얼굴 뺨의 뼈가 화장실 개수대 모서리에 부딪히고 틀니가 흔들거렸다. 나중에 아버지는 퍼런 멍이 든 몸을 자랑스레 내보이며 막내아들과 복싱했다는 소문을 퍼뜨린다. 쇳덩이처럼 단단하더라고, 라고 말하면서. 아들의 주먹. 쇳덩이 같더라니까.

코치는 나와 스파링을 한 뒤에 약해 빠졌어, 라고 말한다. 맨날 수비만 하고, 그래서야 발전이 없지. 너는 틈새로 들어가야 해, 이 엄마 젖이나 먹는 놈아.

내가 누군가를 건드린 것은 딱 한 번뿐이다. 그때는 내게 여자 친구가 있었다. 귀엽고 작은 친구, 라고 엄마가 말했다. 정말 귀엽구나, 그렇지만 스타일이 없네. 자기는 극장에 가 본 적이 한 번도 없다고 여자 친구가 나에게 직접 말했다. 그러나 네 맘에 들면, 맘에 든 게 확실해 보이지만, 그러면 너는 엄마랑 계속 살 수 없단다. 아무리 좋아도 말이다.

우리는 영하 20도의 추위 속에서 극장 앞에 줄을 서 있었다. 나는 출입문을 발로 잡아 계속 열어 둔 채 있었다. 하지만 벌써부터 통증이 오기 시작했다. 문은 너무 무거웠고, 스토퍼가 있었다. 그러나 사람이 앞으로 죽죽 와서 문턱도 밟고 계산대가 눈에 보이는 자리까지 오면 그걸 지키려 한다. 문턱 말이다. 그때 문을 놓아 버리면 더 이상 컨트롤이 안 된다는 소리이고, 단절된다는 소리인데, 누가 알랴. 그 안에서 표를 가지고 무슨 짓들을 할지. 유리 뒤의 저 입술이 지금 무슨 말을 하고 있는지.

내 뒤에 서 있는 얼굴들은 모두 단호하다. 우리는 모두 같은 생각인 것이다. 나는 문을 연 채로 잡고 있었고 문턱 지킴이가 되었다. 나를 위해, 그리고 다른 사람들을 위해. 그런데 갑자기 이 남자가 나타났다. 뒤에 있었는데 어느새 내 앞에 슬쩍 끼어들어 자기 발 한 짝을 내 발 위에 올려놓으면서 자기 팔을 내 등 위에 놓는다. 마치 친구인 것처럼. 그리고 내 곁에 있던 여자아이, 내 여자 친구가 갑자기 소리를 지르기 시작한다. 이 사람이 내 가방에 손을 넣었어요! 여자 친구는 가방으로 배를 꽉 누르고 있고 나는 가방 지퍼가 열리면서 안에 있는 물건들이 떨어지는 것을 본다. 나는 옷을 번드르르하게 차려입은 남자의 외투 깃을 움켜잡는다. 그의 발은 내 발 위 공중에 매달려 있고 머리는 무거운 납 유리창을 두드리고 있다. 그런데 갑자기 그의 코에서 콧물이 흐르기 시작하고, 콧물이 그의 놀라 찡그린 입을 사선으로 지나 내 손 위에 떨어진다. 설령 그의 피가 흘렀다 해도 이 젖먹이의 반항처럼 나를 놀라게 하지는 않았을 것이다.

나는 그를 놓아주었고 그는 사라졌다. 우리 등 뒤에 서 있는 사람들이 욕을 하면서 그를 밟아 버리려고 했다. 새치기하려 했던 그 도둑놈을 말이다. 이렇게까지 기다렸다 꼭 들어가야 되나, 라고 그 여자아이, 내 여자 친구가 묻는다. 이제 금방 들어갈 거야, 라고 나는 말한다. 여자 친구는 한숨을 쉰다. 우리 앞줄은 계속 저렇게 길기만 한데. 가만히 있으면 돼, 라고 나는 그녀에게 말한다. 내가 이 영화에 나오거든, 아마도 내 마지막 영화이겠지만.

여자 친구가 내 얼굴을 얼마나 꼼꼼히 보던지. 그리고 다른 사람들. 그들은 겁을 내고 있다. 그들은 나를 미워한다. 나는 내 손을 비빌 수 있다. 계속.

너는 바보일 리 없어, 라고 바에서 여자아이가 말한다.

나는 가기 전에 반지하층을 한 번 본다. 문에서만 본다. 장비들이 켜져 있다. 늘 똑같은 노래. 이리 와 봐, 라고 여자아이가 음악을 넘어서 말한다. 나에게 샴페인 한 병을 선물한다.

이래도 괜찮아, 라고 말한다. 토요일 파티를 위해서 같이 끼워 산 거야. 아니면 너 술 안 마시니?

그런 건 안 마셔, 라고 말한다.

춤은 추니? 라고 묻는다.

엄마는 고개를 돌려 어깨 너머로 본다. 너희들이 어지럽지 않게. 춤을 추는 엄마. 엄마는 웃으면서, 얼굴이 빨개지면서 춤을 춘다. 다른 사람들도 웃는다.

영국에서 온 빨간 머리의 엘리자베스. 왕관이나 옷은 시립 지하 연극 무대에서 빌린 것이다. 아마추어. 라틴어 아마레(amare)는 사랑이라는 뜻이다. 루이자, 나랑 같이 갈래? 한껏 차려입고 거리를 올라갔다 내려갔다 하면서 우쭐거리며 마을 무도회에 간다. 웃음은 문 뒤의 작은 고함 소리 같다. 엄마는 몸을 돌리고, 고개를 든다. 우리가 어지럽지 않도록. 너는 나랑 간다, 내 막내아들. 그게 바로 나다.

나는 얼굴이 빨개지면서 춤을 춘다. 어깨 너머를 봐라, 라고 엄마는 말하면서 나를 리드한다. 어지럽지 않게 말이야. 그러면 주위의 모든 사람들이 큰 소리로 웃게 만든다.

사실 나는 좀 슬퍼, 라고 엄마가 말하면서 나를 진지하게 쳐다본다. 그러고는 다시 크게 웃는다. 입을 크게 벌리고. 엄마의 금니가 번쩍거린다. 엄마는 취했다. 오, 엄마가 만족스럽게 말한다. 나는 취했어. 그건 슬픈 일이야, 아주 슬퍼. 숙녀에게는 어울리지 않지. 엄마는 부엌의 간이 의자에 앉아 두 다리를 붙인다. 속치마는 찢어졌고 벌써 위로 말려 올라가 있다. 그래서 엄마 스타킹의 끝 모서리를 본다. 왕관과 옷은 탁자 위에 있다. 엄마는 코를 높이 들고 입술은 굽었다. 저 여자애가 말하도록 내버려 둬, 재. 나는 점잖은 여자거든. 루이자, 그 애는 천하지, 창녀야. 그 여자가 안 왔으면 내가 여왕이라는 걸 참을 수 없었겠지.

당신 때문에 창피해, 라고 아버지가 와서 말한다. 아버지는 손가락을 뻗는다. 엄마가 간이 의자에서 휘청한다. 그러나 계속 머물러 있다. 그리고 당신은 나를 속였어. 이 배신자.

아버지는 주먹을 쥔다. 아버지는 어깨를 움찔하더니 다시 가 버린다. 나는 자야 돼. 나는 해진 양복을 입고 모서리에 서 있다. 아버지는 내 쪽을 보지 않는다. 엄마는 코를 높이 든다. 엄마가 온다, 천천히. 차가운 돌바닥에 스타킹 바람으로. 그리고 나를 두 팔과 두 다리로 껴안는다. 엄마의 눈물이 내 목 위로 흐른다.

사랑, 탐욕. 엄마가 나를 만진다.

가슴과 엉덩이 잡는 것을 가장 좋아한다. 아, 너는 참 아름답구나, 라고 엄마가 말한다. 내 아들 중에서 너만 유일하게 아름다워.

나 좀 만지지 마, 엄마, 라고 나는 말한다.

엉덩이 좀 쓰다듬은 거잖아, 이 괴물아. 엄마가 낮은 목소리로 말한다. 나는 네 똥 속에서 뒹굴었다. 너희들은 깨끗해지기만 하면, 손가락 어디에도 뭐가 묻어 있지 않으면, 그리고 사람들이 너희들 좀 만지려 하면 말했었지, 나 좀 만지지 마, 엄마.

나는 엄마의 손을 잡는다. 엄마는 파리 잡을 때처럼 나를 때리고 빠져나간다. 그래도 나는 손을 잡는다.

오, 네 손, 하고 엄마는 갑자기 동정심을 가득 담고 말한다. 꼴이 이게 뭐니.

엄마가 내 손에 입맞춤을 한다. 엄마는 터져 버린 손에 입맞춤을 한다. 나는 손가락이 간질거리는 것을 느낀다. 뼈가 튀어나온다. 한동안 아팠었는데 그걸 잊어버렸다. 오, 하느님! 하고 엄마가 말한다. 엄마는 자기 손을 내 손 위에 놓는다. 엄마는 작고 하얀 소시지 같은 손가락을 갖고 있다. 오, 하느님! 엄마가 말한다. 우리 아들 손은 아직도 아기 손이네. 반지들이 거의 손가락 첫 마디 다를 덮고 있네.

이게 뭐니, 하고 바의 소녀가 묻는다. 그 애는 뼈 주위의 종기를 건드린다. 간지럽다. 나는 샴페인 병을 쥐고 있던 손을 뒤로 뺀다.

별거 아냐, 나는 말한다.

별거 아니라니까. 이 탁자 저 탁자 사이에서 들리는 또각또각 구두 굽 소리. 여자애는 불을 켠다. 우리는 곧 영업 개시할 거야, 라고 그녀가 말한다. 너 이제 가 봐. 그 병 잊지 말고.

그 여자 가만 놔둬, 라고 형이 말한다.

그 여자랑 뭐, 라고 내가 묻는다.

아무것도 아니야. 뭔가 조바심 나는 것처럼 들린다. 그 여자는 자고 있다. 그 여자는 이번에도 뭔가를 먹었다. 그렇지만, 하고 그가 말하면서 손짓한다. 그럴 것이라 예상했었어. 그거 먹어야 별일 없어. 그냥 돈 주고 살 수 있는 물건이야. 그냥 히스테리지. 그 여자는 내일 아침까지 코를 골 거야. 그러면 내가 그 여자를 다시 똑똑 두드려 깨우는 걸 보게 되겠지.

그는 담배꽁초를 마당에 버렸다. 경멸하는 듯한 연기가 그의 입에서 나왔다. 항상 똑같은 수법이다. 운 좋게도 나는 이런 것 단련이 되어 있어.

내 목 속에서는 조금 좁긴 하지. 오른쪽, 왼쪽.

그런 짓을 뭐 하러 해, 라고 나는 묻는다.

내가 방 안에 들어갔을 때 마리아는 나를 정면으로 바라본다. 나는 마리아의 말없고 검은 살의 웃음을 본다. 형이 거기에 한 방 먹인다. 웃음을, 입 주위를. 철썩거리는 소리. 그러나 웃음, 이빨 그리고 어두운 색의 잇몸은 처음에는 거기 그대로 있다. 다음에 여자는 책상에 부딪히더니 그 위로 쓰러진다. 한동안 그 여자는 어찌할 바를 몰라 하며 두 손을 휘젓는다. 그 여자는 얼굴을 막아야 할까, 허리를 막아야 할까? 그 여자는 문가에 있는 나를 쳐다본다. 플라스틱으로 된 커튼 아래 서 있는 나를. 그 여자는 정신이 홀린 듯 웃는다. 그 여자는 얼굴을 막는다. 형은 여자의 시선을 따라 이제는 나를 보고 있다. 나는 형을 본다. 형의 붉은 목에선 아버지에게 물려받은 핏줄이 불끈거린다. 그는 화가 나서 내 쪽을 본다. 그러더니 크게 웃는다, 한 번, 거의 신경질적인 발작이다. 내가 서 있는 게 얼마나 꼴사나운지. 손에 꽃을 들고. 그는 나에게 손등으로 휘저으며 물러나라고 하더니 나가 버린다.

네 형은 유머가 없어, 라고 마리아가 말한다. 슬프지만 사실이지. 네 형은 유머라곤 없어. 그 여자는 나지막하게 웃으며 허리를 짚고 서 있다.

너, 라고 여자가 진지하게 말한다. 너, 나 여기에 뭐가 있는지 봐

줄 수 있어? 그 여자는 꽃무늬가 있는 원피스를 높이 들어 올린다. 어두운 살의 허리에서 임신선이 빛난다.

아무것도 없어, 라고 나는 말한다. 내 두 손은 꽃 때문에 열이 난다.

한 번 더 제기랄, 하고 그 여자가 말한다. 그놈은 항상 운이 좋아.

여자는 원피스를 훌훌 털어 내린다. 그리고 미소를 짓는다.

나 주려고 가져왔어? 와우. 여자는 데이지 꽃을 머리에 대고 자기 모습을 유리창으로 본다. 여자는 정말 예뻤다.

왜 형을 버리지 않지? 라고 내가 묻는다.

여자는 꽃 냄새를 맡는다. 여자가 다시 꽃에서 머리를 들었을 때 코끝이 노래졌다. 여자는 웃으면서 한 눈을 찡끗 감았다가 그걸 보려고 다른 눈을 찡끗 감는다.

왜 버리지 않냐고 내가 묻는다.

형이 나를 본다. 화가 난 비뚤어진 얼굴. 너랑 무슨 상관이야, 라고 여자가 말한다. 여긴 네 집도 아니잖아.

나는 그 여자를 사랑하지 않아, 라고 형이 말한다. 옛날에는 정말 사랑했었지. 이제는 그냥 바라볼 뿐이야. 여자를 보아도 이해가 안 돼. 그걸 포기한 지 오래되었어. 그 여자는 나에게 사람으로 보이지 않고 식인 식물 같아. 온천 옆 온실에서, 너 기억나니? 기린관(Euphorbia)들. 사람들이 그걸 건드리면 사람들 위로 기어 올라오지. 식물은 살갗 위에 있다가 갈색으로 변하고 쓴맛이 나게 되지. 수액, 그것 때문에 동물들은 토하게 돼. 지금 내가 바로 그런 느낌이야, 라고 형이 말한다. 형이 내 눈을 들여다본다. 한 번도 하지 않았던 짓이다. 이 작고 비뚤어진 남자. 내 눈을 들여다보면서 형이 이제 내가 이해되니? 라고 묻는다. 내가 이해되니? 나는 그런 것에는 단련이 되어 있다.

아니, 라고 말하고는 내 바지에 손등을 닦아 낸다. 나는 그 여자를 깨우러 가야 돼.

그가 내 길을 가로막는다. 너 진짜 많이 컸구나, 아우야. 그는 비뚜름하게 웃는다. 그때 형은 나를 보지 않는다. 형이 꽁초를 마당에 던지고 비빈다.

응, 하고 내가 말한다. 할 수 있는 한 단단해졌어. 그리고 이젠 흔들리지 않아.

그 여자는 떠났어, 라고 형이 마침내 둔탁하게 말한다.

나는 형을 뚫어지게 본다. 나는 그의 말을 믿지 않는다.

형이 웃는다. 그 여자가 작별 인사를 하지 않던? 아우야. 미소를 짓는다.

엎드려 뻗치기. 손가락 끝에 붕대를 감고 버티기. 다른 손은 등 뒤로. 내린다, 꾹 누른다, 내린다. 버틴다. 복싱은 균형이다. 조절이다. 복싱은 싸움이 아니다. 씨름이 아니다. 손가락 끝으로. 주먹으로. 모든 것이 몸을 조절하는 문제인 것이다.

내 방에 가지 않아도 돼, 엄마, 내 방은 다 정리되어 있어, 정리되었다니까, 쓰레기통도 깨끗하고, 틈새도 없어, 백 번씩 줄넘기, 엎드려 뻗치기, 내리기, 유지하기, 손가락으로 서기, 대응하지 않기, 자, 이제 와, 오라니까, 바보 같은 유리잔들, 바보 같은 물, 아무것도 말하지 않기, 내가 무슨 할 말이 있는가, 누구에게, 역사에. 그러나 진실은 아니다. 나는 진실을 모른다. 나는 틈새로 몸을 낮춘다. 그리고 버틴다.

사람들이 엄마를 마지막으로 입원시킬 때, 가운데에는 어두운 구멍이 있지, 라고 엄마가 말한다. 나는 내가 가운데에 어두운 구멍을 가진 밀가루 반죽 덩어리가 된 것 같아. 엄마는 내가, 라고 말한 뒤 먼저 한 컵을 다 비운다. 완전히 바닥 찌꺼기까지, 급하게 마신다. 그러고는 아무것도 재촉하지 않는다. 마치 그냥 한번 빨리 하고 싶었던 양 그냥 그렇게 마신다. 엄마는 입보다, 후두보다 더 빠르게 하고 싶었지만 결국에는 더 이상 물을 쫓아갈 수 없을 때까지. 결국 다 지나가서 기침을 하지 않을 수 없을 때까지. 엄마는 기침을 한다. 엄마는 성처녀의 이름을 갖고 있다. 이 동네 많은 사람들처럼. 엄마는 말하기를, 나는 마리아의 아이였어. 그런데 이제는? 나는 사제 앞도 피해 간다. 사제는 사형수의 고해 성사도 받아 주는데. 나는 창조의 낭비야, 라고 엄마가 말했다. 하얀 반죽. 모든 것이 구멍으로 들어간다. 창조라고 엄마는 다시 한 번 말한다. 마치 그 단어의 맛을 보듯이. 그리고 입 주위와 턱에서 물을 닦아 낸다.

오, 라고 엄마가 말한다. 얘가 내 아들이에요. 샴페인이 바닥에서 거품을 낸다. 괜찮아요. 달콤하고 노란 샴페인. 엄마는 샴페인을 입 주위와 턱에서 닦아 낸다. 엄마가 웃는다. 부엌은 라벤더와 코냑 그리고 더러운 돌바닥 냄새가 난다. 그 위에 샴페인. 나는 내 안에서 뭔가 목으로 치받는 것을 느낀다. 엄마가 웃는다. 돌바닥 위의 양말들, 끈적끈적한 웅덩이. 나는 그 냄새를 맡는다. 누가 나랑 춤을 출까? 우리 루이자? 농아의 웃음. 너는 이 병이 어떻다고 생각하니? 한 손에는 샴페인, 다른 손에는 루이자의 옷깃. 엄마가 그에게 윙크를 한다. 아버지. 다시 여기로 왔다. 그러고는 나에게 윙크하고 루이자를 한 바퀴 돌린다. 루이자의 구두 굽이 샴페인 때문에 미끄러진다. 겁에 질린 웃음. 어깨 너머를 봐. 그럼 어지럽지 않을 거야. 루이자의 얼룩진 두 손. 루이자는 엄마를 꼭 잡아야 한다. 가슴이 서로 부딪친다. 그만둬, 라고 아버지가 말한다. 내 말 들었냐고, 라며 아버지가 엄마에게 말한다. 구두 굽은 틈새에서 삐거덕 소리를 낸다. 루이자가 서 있다. 엄마는 미소 짓고 있다. 엄마는 샴페인을 작은 손가락에서 방울져 떨어지게 한다. 아버지의 붉은 찢어진 눈. 오! 라고 엄마가 말한다. 그걸 거의 잊을 뻔했어. 엄마는 샴페인이 턱 밑으로 흐르자 손으로 방울을 핥아 먹는다. 턱을 훑을 때 드러나는 엄마의 하얀 두 손바닥의 가파르고 붉은 손들. 엄마는 나를 바라본다. 나는 거의 잊을 뻔했어. 누가 마리아를 보았다더라. 마리아가 돌아왔다니.

숨 쉴 때 커피 냄새가 난다. 한 시간 전에 마신 커피다. 엄마는 깨어 있고 엄마의 눈썹은 먹처럼 꺼멓다. 그 위에 붉은 얼룩.

아, 그건 더 이상 안 돼, 라고 말하며 손을 내젓더니 웃는다. 엄마의 관자놀이에서 남자처럼 보랏빛 힘줄이 뛴다. 아, 라고 엄마가 말한다. 내가 비겁하네. 엄마는 다시 손짓을 하고 웃는다. 네가 어디로 갈지 몰라도, 어찌 되었거나 너는 떠나갈 거야.

그렇게 됐다, 라고 형수 마리아가 말한다. 공포과 폭력. 남자들은 패닉을 느낀다. 여자들도 패닉을 느낀다. 모두 다. 폭력은 좋은 거야, 그것은 틀이 있잖아. 뺨 맞기, 그것으로 사람들은 살아갈 수 있다. 우리는 그것을 안다. 우리는 우리를 너무 잘 안다, 어떻게 복수하는지도.

엄마의 엄지는 커피 같은 갈색이다. 이빨의 움푹 파인 곳은 이끼와 같은 녹색이다. 엄마는 얼굴에서 새치 하나를 문지른다. 입술은 긴장해 있고, 나를 바라본다.

너, 아직도 나를 사랑하니? 라고 엄마가 묻는다. 작은 수염. 나는 아무 말도 할 수 없다, 침을 삼킬 수도 없다. 진실은 내가 아무것도 느끼지 못한다는 것이다. 그 작은 수염이 마치 모욕을 당한 것처럼 움츠러든다. 엄마가 어깨를 움찔한다.

내리기, 버티기. 나는 우리가 무엇을 생각했는지 모르겠다. 그들 모두가 무엇을 생각했는지 모르겠다. 사람들이 그렇게 살 수 있다는 것. 그건 병이야, 라고 엄마가 말한다, 더 이상 낫지 않는 병. 그러나 사람들은 그것 때문에 죽지는 않는다. 사람들은 그것과 함께 사는 법을 배울 수 있단다. 그리고 자랑스럽게 미소 짓는다.

오늘은 춥네, 라고 엄마가 말한다. 너에게 가게 해 다오.

엄마는 바닥에서 아침 빵 접시를 무릎으로 주워 올린다. 우리 루이자, 먹어라. 그리고 크루아상에 버터를 바른다. 엄마가 루이자의 뺨에 키스를 한다. 너는 항상 우리를 돌봐 주었지.

엄마는 루이자의 어깨에 머리를 기댄다. 커다란 금귀걸이의 고리가 그녀의 시야를 완전히 다 차지한다. 엄마는 루이자의 귀에서 이리저리 흔들리는 금속 조각을 본다. 마치 엄마가 침실로 들어가기 위해 루이자에게 준 것처럼. 가운데에 있는 엄마, 예전의 침대 속처럼. 우리가 어렸을 때에는 언제나 셋이 함께 있었던 게 기억나는데, 그땐 내가 한가운데 있었지, 그 시절이 그립다. 그리고 귀걸이 조각 아래의 목에 키스를 한다. 우리 모두 서로 사랑했었어.

아버지의 손. 뻗은 손가락. 손가락이 그녀의 부드럽고 하얀 살을 잡는다. 안쪽 깊숙이까지 잡는다. 저리 가, 당신은 구역질 나. 엄마는 그러면서도 아무 말 않고 아버지를 이 방 저 방 따라다닌다. 돌판 위를 스타킹만 신은 채로 말이다. 가끔은 아버지와 엄마가 서 있다가 아버지가 엄마의 살을 잡고 밀쳐 버린다. 엄마의 팔뚝 위쪽에 퍼런 얼룩이 보인다.

너희 엄마는 불쌍한 정신병자야. 루이자가 숨 막히는 목소리로 말한다.

그리고 가 버렸다.

그리고 둘, 아버지와 엄마는 이 방 저 방으로 돌아다닌다. 눈으로 뭉친 공처럼 단단한 아버지의 작은 주먹이 엄마의 몸 앞에서 멈추었다가 펼쳐진다. 그러고는 손가락 끝으로 팔뚝 윗부분을 찌른다. 아버지의 긴 손톱. 저리 가라니까!

그리고 나는 마비된 사람처럼 부엌에 서 있다. 그들은 이미 어두운 바깥마당에 있다. 나는 아버지의 손가락이 엄마의 살갗 위로 올라가는 소리를 듣고 있다. 엄마의 절망적인, 찰싹 때리는 작은 소리도. 그래 봤자 당신에게 아무 이득이 없다니까, 라는 아버지의 말도 듣는다. 당신은 구역질 나. 그리고 쿵 소리. 아버지가 엄마를 사과나무 쪽으로 밀쳐 버렸다.

나는 아버지의 목을 잡는다. 나는 그의 앙상한 목덜미를 잡고 사과나무 기둥에 고정한 뒤 이마를 때린다. 구멍이 숭숭 난 껍질이 소리를 내며 날아간다. 녹색 이끼가 낀 나무껍질이 아버지의 이마에 붙어 있지만 뗄 겨를이 없다. 나는 나무에 대고 아버지의 이마를 때린다. 아버지는 그것 때문에 다치지는 않았다. 나무는 너무 연약했고 아버지도 저항하지 않았다. 내가 목을 움켜잡았을 때 아버지는 전혀 저항하지 않았다. 힘줄 하나가 뛰고 있었고 나는 힘줄의 정확히 한가운데를 보았다. 아버지의 목은 스펀지처럼 부드러웠고 나는 손바닥에서 내 손톱을 느꼈다. 아버지의 두 눈은 열려 있었고 콧날도 열려 있었고 단단하고 맥박이 뛰고 있었다. 아버지는 아직도 숨을 쉬고 있었다. 아버지의 움직이지 않는, 찢어진 붉은 두 눈. 내가 진짜 하려고 마음먹었으면 비누 조각 하나로도 아버지를 죽일 수 있었다. 아버지는 밤중에 가 버렸다, 라고 나는 엄마에게 말하고 뒤에서 아버지를 바라본다, 아버지의 우아한 등, 아버지는 어둠 속으로 가 버린다. 그리고 이제 마치 불을 켜 놓은 것처럼 아버지 모습만 보인다. 아버지가 밤으로 가 버렸다, 라고 나는 엄마에게 말하고 엄마의 목을 손안에 쥐고 다른 손으로는 엄마의 뒷머리를 받친다, 손바닥으로. 엄마의 하얀 소녀 얼굴에는 커다란 두 눈과 코와 입 사이에 두 개의 주름이 있다. 그리고 엄마의 부서지기 쉬운 도자기 머리. 나는 머리가 땅에 떨어지지 않게 받쳐 든다. 임마는 햄스터 얼굴을 가졌다. 엄마 뺨의 살은 내 아래쪽에 미동도 없이 누워 있다. 내가 지금 엄마에게서 보는 것은 금발 머리의 덤불 속에 있는 뺨의 살들이 전부이다. 그것은 엄마 안에서 단단하고 차가웠다. 아직도 너 살아 있니, 우리 루이자, 라고 내가 물어보고 얼굴을 보며 웃는다. 나를 느낄 수 있어, 라고 말하며 내가 웃는다. 뺨의 살은 아무런 움직임이 없다. 나는 겁이 나지만 움직이는 것을 그만둘 수 없었다. 인형과 나는 서로 삐익거리는 소리를 냈다. 아직도 너 살아 있니, 루이자? 나는 소리 지른다. 그녀는 움직이지 않는다. 움직이지도 않고 그녀는 나를 꽉 잡는다. 나는 움직여야 한다.

튀어나온 뼈를 가진 손이 바닥을 때린다. 나는 어깨까지 전기를 느낀다. 나는 두 눈을 뜬다.

나는 엄마를 감싸 안은 팔을 빼내고 땀으로 젖은 이불에서 나온다. 발기가 되어 뜨겁고 아팠다. 어디 가니? 라고 엄마가 물어서 여기 있어, 라고 말하지만 두 눈을 뜨지는 않는다. 저 속이 좀 안 좋아요, 라고 내가 말한다. 나는 밖으로 나가 구멍이 숭숭 난 사과

나무 줄기에 기댄다. 사과나무 껍질이 찢어진 채 걸려 있다. 나는 두 팔을 내 뒤로 돌렸다. 나의 피부는 딱딱한 사과들로 가득 찼다. 나는 사과들을 쭉 갈라 속이 터져 나오게 만들어 아직 어린아이였을 때처럼 느끼고 싶었다. 부드러운 살만. 나는 내 배를 내려다본다. 그 근육들 때문에 속이 안 좋아졌다. 나는 차라리 토하기를 바랐다. 나에서 나를 토해 내기를.

진실은 내가 아무것도 느끼지 못한다는 것이다. 이 영원한 패닉 빼고는 아무것도. 나는 언젠가 엄마를 죽일 것이다.

내 주위에는 온통 미친 사람들뿐이야, 라고 내가 마리아에게 말한다. 마리아가 웃는다. 웃으면서 말한다. 맞아, 그래, 라고. 여기 정상인 사람이 어디 있어. 다 정신병자야, 이 동네 병이지, 옛날에 결핵이 그랬던 것처럼. 적어도 이 마을 사람의 4분의 1은 미쳤어. 그건 유전되는 거야. 사람들이 전부 서로서로 친척이잖아, 하며 그녀는 나를 보았다. 머리카락, 두 눈. 모든 게 근친 교배야. 마을 사람들은 소멸되기를 거부했어. 온 사방이 국경이잖아. 밖에서는 아무도 이 마을에 들어올 수 없어, 신분증이 있어야만 하잖아. 25퍼센트라는 말은 여자들에겐 50퍼센트라는 거야.

그렇지만 우리 엄마는 이 동네 사람이 아닌데. 내가 말했다. 그리고 루이자도 아니잖아.

그리고 나도 아니야, 라고 마리아가 말한다. 나를 똑바로 봐라, 내 집시 얼굴을. 그리고는 다시 웃는다. 아무 데도 도망 못 가, 너는 보이지?

그녀의 어두운 빛깔의 잇몸. 나는 속이 안 좋아졌다. 내 목 안에서. 오른쪽. 왼쪽. 나는 그 여자를 때리지 않는다. 나는 두 다리를 후들거리며 거기 서 있었다. 마리아의 두 눈이 충격을 받아 번쩍거린다. 그녀는 입술을 이빨 위로 잡아당긴다.

오, 맙소사! 라고 그녀는 슬프게 말한다. 나는 창피했다.

나는 떨리는 두 손으로 팔짱을 끼었다. 튀어나온 뼈 속에서 가볍게 간지러운 느낌이 왔다. 좋아, 괜찮아지겠지, 라고 내가 말한다.

여기서 나가, 라고 그녀가 말한다.

어디로 가라고. 나는 그래도 아직 그녀에게 남아 있는 유일한 남자이다.

원하면 여기 있어, 라고 아버지가 말한다. 우리는 떠날 거야. 오래전부터 가방을 싸서 나가려 했다. 그 여자가 일찍 퇴원할 거라고 누가 생각이나 했겠니. 모든 것이 이미 오래전에 끝났을 수도 있었다. 나는 끝장난 몸이야, 라고 아버지가 말했다. 나는 아직 나이 오십도 되지 않았지만 연금을 받을 거야. 내 몸은 이미 끝장난 몸이야. 일주일 후에, 그리고 열두 시간 후에 나는 매일 돌아와 이 침대에 누울 거야. 그리고 나는 그렇게 시작된다는 걸 알아. 네 엄마란 여자는 나에게 온갖 일을 이야기하겠지. 그리고 내가 하나도 제대로 대답하지 못하리라는 것도 안다. 그 여자가 기뻐해도 나는 기쁘지 않아. 그 여자가 슬퍼해도 나는 그 여자와 같이 맘껏 슬퍼할 수 없다. 그 여자의 꿈들도 이해를 못하겠다. 그 여자는 나를 불쾌하게 만들어. 그 여자는 나를 불행한 잠으로 보낸다. 그 여자는 나를 깨우지. 당신이 지금 어떻게 잠을 잘 수가 있어? 나는 잠도 못 자고 누워 있는데, 어떻게 당신은 잘 수가 있냐고? 그럼 나는 말하지, 약을 먹어, 아니면 일하러 다녀 보든지, 뭔가 쓸모 있는 것을 해 봐. 그리고 나 좀 제발 내버려 둬.

내 몸은 끝장난 몸이야, 라고 아버지는 다시 한 번 말한다. 세 번째다. 심장, 허파, 두 눈, 모든 게 다 말이다. 그러나 내가 앞으로 2년밖에 더 못 살고 죽는다 하더라도 나는 이 2년을 다시 그렇게 살 생각은 없다. 사람들은 여든 살이 되어도 이혼한다, 안 될 것도 없잖아. 나는 충분히 이해해. 하지만 나는 네 엄마는 이해 못해.

우리 둘만 부엌에 있다. 루이자가 내게 말한다. 너희 아버지는 아주 섬세한 분이야. 많은 것이 그에게 상처를 줘.

나는 아버지의 앙상한 목의 힘줄을 떠올린다. 길게 뻗은 손가락들도.

그리고 루이자는 계속 말한다. 우리 같은 사람이 가 버리도록 해 주는 것만 빼고.

나는 시간이 없다고 말한다. 나는 연습을 해야 한다고. 그러고 나서 일어난다.

네 엄마의 엄마, 라고 루이자가 말한다, 너희 외할머니는 전쟁에서 아들을 둘이나 잃었지. 과부가 되고 외할머니에게는 아무것도 남아 있는 것이 없었어, 신경 쪼가리 하나 남아 있지 않아서, 그래 그 신경이 말이야, 닳고 닳아서, 외할머니는 네 엄마에게 아무 쓸모가 없었지. 네 엄마는 여러 번 이 집 저 집에서 쫓겨났었어. 우리 집에서 받아 줄 때까지. 우리는 셋이 한 침대를 썼었어. 그때 이미 너희 엄마는 고통을 주었지, 라고 루이자가 말한다. 그런 게 사람 골병 들게 하는 거야. 게다가 그렇게 타고났고. 그래도 다행히 네 아버지가 오고 너희 형제들이 왔어. 짐 하나는 던 셈이지.

나 이제 가야 돼, 라고 나는 말한다.

그녀의 얇고 장미 빛깔인 조개 속껍질 같은 손톱들이 내 팔에 아프게 박힌다.

너는 나를 안 좋아해, 라고 나에게 속삭인다.

그게 중요해요? 나는 묻는다.

그녀는 손톱을 더 깊숙이 박는다. 루이자가 아무 대답 없이 갑자기 나를 놓아주기 전에 그녀의 엄지손가락 안에서 맥이 뛴다.

아버지는 가방을 세워 두었다. 루이자는 벌써 자동차 안에서 기다린다.

나가서 루이자에게 사과해라, 아버지가 내게 말한다. 그러면 우리 둘 다 떠나가겠다.

사람들은 생각했던 것보다 일찍 엄마를 퇴원시켰다. 엄마는 상태가 그다지 나쁘지는 않았다. 그러나 그것은 더 이상 우리가 알고 싶었던 것이 아니었다. 비밀리에 우리는 모두 엄마가 미치지 않았다는 것을 알고 있었다. 그러나 시간 계산이 엉망이 되어 버렸다. 숟가락은 접시 속에서 영원히 달그락거렸다. 유리잔들은 부엌 식탁에서 쓸모가 없었다. 엄마는 아무 일도 하지 않고 잘난 척하며 웃기만 했다. 우리 모두는 우리를 사랑하는 거야.

오, 엄마, 오-오-오. 틈새랑 이야기하세요.

엄마는 부드러운 허벅지를 내 배 위에 올려놓았다. 한 번도, 단 한 번도 내가 살아온 동안 침대에 혼자 누워 본 적이 없었어. 병원에서만 그랬지. 이틀마다 침대보도 갈아 주고. 횡복근. 따뜻한 내 배. 엄마의 허벅지 아래에서 내 배에 땀이 나기 시작하는 것을 느낀다. 목으로 열이 올라간다. 엄마에게 그 냄새가 난다. 엄마의 머리카락은 땀 냄새가 나고, 콧방울과 잠옷은 오줌, 땀, 파마약 냄새 중간의 그 무엇인가의 냄새가 난다. 내 침대. 하얗고 창백하지. 저 아래. 내 아래의 돌 틈새로. 엄마의 눈썹이 내 어깨에 닿는다. 나는 내가 분해되는 느낌을 받는다. 나는 물속의 물방울처럼 사라질 것이다.

엄마가 나를 놓아주며 미안, 이라고 말한다. 낮은 목소리로, 겸손하게. 엄마는 침대에서 나간다. 닦은 돌 위를 맨발로. 엄마는 조심스레 뒤에서 문을 닫는다. 나는 숨을 쉰다.

숨 쉬는 것은 중요하다, 다리가 아니다. 그리고 나의 숨은 규칙적이다. 맥박도 좋다. 밤 근무 후 5킬로미터의 밤나무색 무른 바닥. 엔도르핀. 몸의 작은 구멍들에서 땀이 흐른다. 머리는 차다.

그녀는 서로 붙어 있는 녹색 눈가와 코에 주근깨가 있다. 바에 설치한 기계의 반복-기능키가 작동한다. 계속 같은 노래다. 계속 다시 처음부터. 그녀에게는 절대 지루하지 않다. **나의 인생에서**가 그 노래 제목이다. 내 땀이 접수대에 얼룩을 남긴다. 조심해야지, 라고 그녀가 말하고는 나의 쳐든 팔꿈치 아래에서 땀과 땅콩 가루와 유리잔 자국을 닦아 낸다. 그녀는 손가락에 잡히는 모든 것을 치운다. 그리고 우리를 위해 새로운 병을 딴다. 외국산. 그녀는 두 봉지의 땅콩을 손가방에 던져 넣는다.

사람들은 자기 자신에 대해 생각해야 해, 라고 그녀가 말한다. 여기 사람들은 다 너무 점잖아서 내가 하는 것을 도둑질이라 부를 거야. 그들은 내가 하는 일도 어찌 되었든 창녀질이라고 할 거야.

그녀 스타킹의 두꺼운 윗부분이 실로 짠 청동 색깔의 짧은 치마 아래로 나와 있다. 그 여자는 제대로 치우지 않고 눈에 띄는 더러운 것들만 병 아래쪽으로 구석으로 훔쳐 낸다. 시간이 많지 않아, 라고 그녀가 말한다. 그녀는 쓰레기통의 여는 발판을 힘 있게 밟고 칵테일 우산 덩어리를 그 안에 던져 넣는다. 그녀는 뜯지 않은 것을 보면 자기 가방에 넣는다. 그 가방은 거의 트렁크만큼이나 크다. 그녀는 반쯤 먹은 찬 접시를 쓰레기통에 던지고 부엌으로 간다. 다시 나올 때에는 새 접시를 가지고 온다.

사람들이 어떻게 사는지 그들은 모른다. 내가 그들에게서 따라하고 싶은 것은 아무것도 없다. 따라 할 수 있는 것도 없다. 그들이 누구에게 무엇을 가르친다는 것 자체를 나는 믿지 않는다. 모두 다 똑같이 망가진 것이다. 사람들은 항상 처음부터 다시 시작해야 한다. 혼자서.

그리고 내가 아무 말도 하지 않았기 때문에 어쩌면 사람들이 아니라, 내가 그래야 한다고 그녀가 말한다.

그녀는 아직도 건드리지 않은 접시를 벗기고, 금 간 유리잔을 쓰레기통에 버리고, 다른 것도 다 던져 버린다. 벌써 뻣뻣해. 그녀는 식기세척기 위에 앉아 접시의 덮어 놓은 랩을 벗기고 차가운 햄을 돌돌 만다.

먹어, 라고 그녀가 말한다. 아주 싱싱해, 방금 냉장고에서 가져왔어. 잊어버린 거지. 사람들 눈에도 띄지 않았던 거야. 그 사람들이 다 술주정뱅이들이라서.

접시에는 젤라틴이 엎혀 있어서 그녀의 손가락이 반짝거렸다. 그녀는 빨리 먹었다. **나의 인생에서**가 이미 열 번째 맨 앞에서부터 다시 흘러나온다. 사람들이 그녀의 스타킹 끝 두꺼운 부분 아래로 팬티의 하얀 삼각형을 본다.

예전에 내가 일한 곳에서는, 로빈슨 크루소 말이야, 아마 너도 알 거야, 저기 저 바깥에, 옛날에 공장들이 있던 곳 말이야. 거기 대나무와 오두막집이 있는 곳, 거기에 보스가 저녁마다 두세 번씩 왔어. 그리고 접시에 남아 있는 것을 다 먹고는 돈을 계산해 가지고 갔어. 우리는 지쳤는데 오더니 우리 팁까지 다 가져갔어. 게다가 남은 음식도 다 먹어 치웠지.

그녀는 햄을 삼켰다. 맙소사! 라고 그녀가 말한다. 완전히 망가졌어.

그녀의 얼굴이 창백하다. 두 눈 아래 뭉개진 마스카라 얼룩이 있다. **모든 기억은 그 의미를 잃어버리고**, 라고 그녀는 젤라틴이 묻은 입술로 노래한다. 우리는 한동안 침묵한다. 그때 그녀가 접시에서 마지막으로 파슬리 뭉치를 꺾는다, 손가락 끝에 버터 덩어리가 묻는다.

여자 친구 있니?

아니요, 라고 나는 말한다.

너 게이니? 보디빌더들 중엔 게이가 많더라.

저 보디빌더가 아닌데요, 라고 그녀에게 말한다.

아, 맞다. 그녀가 말한다. 복서지.

저는 게이가 아니에요, 라고 내가 말한다.

우리는 외국 샴페인 병을 하나 집어 들고 같이 방으로 간다.

진실은 내가 내 몸을 느낀다는 것이다. 그 외에는 아무것도 아니다.

집에 왔을 때 그 냄새가 났다. 내가 여러 주 동안 기다리던 냄새. 청결함. 부엌 식탁에는 쪽지가 하나 있다. 집안일 목록. 이미 끝낸 것은 가운데에 줄이 죽 쳐져 있다. 아래에는 쓰여 있다. 사과 케이크. 줄이 안 쳐 있다. 오븐은 차갑고 비어 있다. 나는 조절 다이얼을 돌린다. 가스를 막았다. 엄마는 쪽지를 써서 벽이나 문에 핀으로 자주 꽂아 놓았었다. 할 일들이 잘 보이게. 아니면 나는 잊어버리니까, 라고 엄마는 아버지에게 변명했다. 아버지는 그 쪽지들을 자 잘 봐라, 나는 이렇게 희생하고 있단다, 라는 항의 표시로 받아

들였다. 엄마 같은 사람에게는 모든 것이 다 신호였다. 빨래, 다리미질, 표백, 사과 케이크.

엄마의 흔적이 없다. 침실이 치워졌다. 이불이 면도날처럼 각이 잡혀 있다.

엄마의 하얀 두 다리에는 보랏빛 빗자루의 솔이 가득하다. 이 각도에서 사람들은 그것을 볼 수 있다. 왠지 모르지만 나는 엄마가 이미 죽었고 아무리 내가 빨리 뭘 해도 그걸 바꿀 수는 없다는 확신이 들었다. 나는 그 자리에 서 있었다, 문, 먼지투성이 문에 기댄 채. 먼지는 계속 떨어졌다, 저절로 내 어깨에 떨어진다. 나는 엄마를 본다. 기이하다, 왜 내가 사람이 목을 매고 죽으면 흔들린다고 생각했을까. 엄마는 아주 무거워 보였고 육체가 둔중하고 등이 굽었고 가슴은 사라졌다. 나는 엄마의 까만 속옷 끝자락을 본다. 엄마의 구두. 항상 가장 작은 사이즈를 샀는데 지금 두 발 주위에 헐렁하게 매달려 있다. 이번은 엄마의 여섯 번째 시도였다. 연락할 수도 없고, 위세척을 할 수도 없다. 나는 거기 서서 엄마가 아직 살아 있어 나에게 소리를 지르거나 아니면 나를 붙잡으려고 먼지 구덩이 속에서 기다린다고 생각했다. 엄마는 나무꾼의 둥치에 앉아 무릎을 단정하게 모으고 머리는 공중에 휘날리고 잎새 없는 월계수 관을 쓰고 있다. 엄마는 앉아 있는 자세를 조금도 바꾸지 않은 채 소리만 지를 것이다. 아니면 벌써 문 앞에서부터 기다렸다가 내게 세로로 몸을 붙여 귀에 대고 속삭일 것이다. 엄마의 숨결은 포도주 때문에 뜨겁고, 손가락은 표백제 때문에 창백하다. 나는 그걸 기대했다. 그리고 나는 말했어야 했다. 엄마, 인제 제발 입 좀 다물어요, 나는 더 이상 못 참겠어요. 아무도. 우리는 인제 아무도 엄마랑 같이 살기 싫어요.

뭐라고? 엄마가 묻는다. 그러나 두 눈을 뜨지 않는다. 엄마는 풀어 헤친 머리를 하고 벽에 기대 있다. 늘 그렇듯 하얗다. 나는 같이 가자고 요청한다. 그러나 마리아는 두 눈을 뜨지 않는다. 제기랄, 하고 그녀가 무겁게 말하고는 집으로 흔들흔들 돌아가 버린다. 나는 마리아가 문지방에 올라가면서 슬리퍼 한 짝을 떨어뜨리는 것을 본다. 마리아는 서서 발로 슬리퍼를 걷어 올린다. 이거라도 돼야지, 라고 혼자 중얼거리는 소리를 듣는다. 이거라도 돼야지.

무덤 뒷부분은 잡초로 가득하다. 야생화들, 보라색, 파란색, 노란색, 하얀색. 그리고 교회 뒤에는 열두 줄로 녹색 옥수수가 있다. 아버지가 신부에게 엄마를 매장할 돈을 준다.

자살한 사람은 저기 담장 바깥에 매장한다, 라고 신부가 말했다.

그 신부는 돈 때문에 그러는 거야, 라고 말하면서 아버지가 나를 안심시킨다. 이 마을에는 예전부터 자살한 사람들이 한가득인데 그중 몇 명이나 저 담장 바깥에 묻혀 있겠니? 한 명도 없다. 신부는 엄마를 담장 안쪽에 묻을 거고, 첫 줄에 묻을 거야. 무덤 뒤쪽이고 교회 뒤이긴 하지만 만성절에 큰 십자가까지 가는 사람을 엄마는 볼 수 있어야 한다.

신부가 그 무덤 자리는 이미 다른 사람이 맡아 놓았다고 말한다.

그 사람이 죽었나요, 라고 내가 신부에게 묻는다. 나는 목소리가 떨리지 않기를 바랐다.

아직 안 죽었지, 라고 신부가 말한다. 그가 자연사하기를 기다리고 있지.

아버지는 내 팔꿈치를 내내 놓지 않고 계속 나를 누르고 있었다. 그렇지만 나는 때리지 않고, 그리고 신부에게 아주 가까이 다가가서 말했다. 자, 이제 조심하십시오, 당신은 우리 엄마를 가장 첫 줄에 묻게 될 거예요, 아니면 당신은 아가리에 한 방 맞게 될 겁니다.

아버지는 나중에 바보 같으니, 라고 말했다. 너 때문에 정말 돈을 한 다발이나 쏟아부었다.

아버지는 양쪽에서 루이자와 마리아의 부축을 받았고, 형과 나는 관을 나르는 것을 도왔다.

오필리아의 경우

나는 수영장을 가로로 50번 헤엄을 쳤다. 수영장을 청소하는 아줌마가 그건 아무것도 아니야, 라고 말한다. 작년에는 여기에 세로로 50번 헤엄친 여자아이도 있었거든. 수영장 청소하는 아줌마는 부처처럼 뚱뚱하다.

이 수영장은 세로가 25미터, 가로는 12미터이다. 세로는 나에겐 너무 긴 거리이다. 나는 이번 여름에 수영을 처음 배우기 시작했다. 수영장을 가로로 50번을 헤엄친 후 나는 쉬어 간다. 수영장 물 위에 누워 두 팔을 휘젓는다. 그건 아무것도 아니야, 라고 수영장을 청소하는 아줌마가 소리친다. 나는 그 말에 귀 기울이지 않는다.

수영 선생님은 나를 오필리아라고 불렀다. 나는 그를 선생님이라고 불러야 했다. 오필리아, 너 지금 물속에 누워 뭐 하는 거냐? 그게 네가 할 수 있는 전부냐?

내가 보는 광경들은 매번 다른 것이다. 얼굴을 들어 위를 보면 그 광경은 오렌지색, 노란색, 그다음에 녹색, 보라색으로 태양 같기도 하고 난로 같기도 하고 화상 자국 같기도 하다. 아래를 보면 내가 원하는 것이 다 있다. 검은 바탕에 은빛으로 글씨가 쓰여 있고 이 동네엔 없는 건물들, 거리들, 동물들이 있다. 아래를 볼 때 얼굴은 물속에 들어가 있다. 숨을 참는다. 미시시피 1, 미시시피 2, 미시시피 3…… 4……. 나는 물 위에 떠 있다. 조용하다. 물이 내 귓속으로 들어와 압박하고 나를 가장자리에서 먼 곳으로 데려간다. 내 두 팔과 두 다리는 물꽃처럼 흘러간다. 나는 수영복 안쪽에서 심장이 어떻게 뛰는지를 느낀다. 나는 입에서 나온 수포가 위로 올라가 수면에서 터져 원 무늬를 만드는 소리를 듣는다. 물의 파도가 수영장 가장자리를 밝게 치고 간다. 바람이 파도를 때린다. 파도는 하수구로, 하수관 속으로 다시 떨어져 꾸르륵거리며 수도관의 지하 세계로 들어간다. 나는 그들을 본다. 검은 바탕에 은빛 흔적들이다. 그들은 나를 떠나간다. 떠 있는 것이 수축되다가 손가락 끝으로 흘러 나가고 다시 가슴으로 물러간다. 내 입에서 마지막 수포가 나온다. 나는 몸을 뒤로 돌린다. 머리는 위로, 뒤통수는 아래로. 눈꺼풀을 살짝 감고 보면 하늘이 붉다. 차갑다. 나는 다시 숨을 위로 쉰다. 약간의 통증이 전해 온다. 수영 선생님이 오필리아, 하고 나를 부른다. 나는 그의 말을 듣지 않는다.

여기에는 술집도 하나, 교회 탑도 하나이다, 설탕 공장도 하나, 그리고 수영장도 하나, 마을도 하나이다.

낮은 눈이 두 개씩 달린 집들, 녹색 칠을 한 문들, 문 뒤에는 죄다 괴물 같은 개들이 한 마리씩 사슬에 묶여 있다. 사슬의 길이는 제각각이다. 지난 열 달 동안 내리 비가 왔고, 하얀 빨래 위로 바람과 박하 향과 공장의 검댕이 내려앉는다. 나머지는 하얀 여름, 눈가루 같은 바람과 녹아내리는 거리의 타르 포장. 매일 아침 수영장으로 가는 길, 그리고 나는 맨발로 간다. 거리 끝에서 잠시 주변을 살펴보고 차단봉 아래를 지나 철로를 건너는 지름길을 택하고, 빨갛고 하얗고 녹색인 제라늄 역을 오른쪽에 두고, 기름칠한 플랫폼 나무 건널목을 무릎을 높이 들어 천천히 건넌다. 아침의 기다란 내 그림자가 철로 두 개를 미련하게 뛰어넘는다. 무릎에 동그란 옹이가 있는 선으로 된 사람. 그림자. 선로들은 마을 앞과 뒤에서 갈라진다. 여기엔 두 개밖에 없다. 기차들은 낮에만 다닌다. 선로 역 울타리의 철사들이 윙윙거린다. 나는 전기라는 생각에 무릎을 높이 올린다. 내 그림자 머리카락들은 주위를 마치 날개들처럼 흐느적거린다.

무게추 돌을 주머니에 넣고 다녀라, 라고 수영 선생님이 늘 내게 말했다. 아니면 바람이 너를 훅 불어 날려 버릴 거다. 코치는 내 복사뼈를 두 손가락만으로도 움켜쥘 수 있었다. 오필리아, 너는 수영이 아니라 나는 것을 배워야겠어.

저 애는 너무 약해요, 라고 간호사가 말했다. 우리가 여기로 이사 왔을 때다. 그리고 내 뺨, 눈꺼풀, 장딴지, 가슴을 집어 보았다. 뭐든 운동을 시키는 게 좋겠어요.

여기에는 술집도 하나, 교회 탑도 하나이다. 아, 축구장을 빼먹었다. 수영장의 사각형 옆에 있는 사각형. 사각형의 정확한 모서리에 일렬로 늘어선 포플러와 담장으로 둘러싸여 있다. 골대가 두 개 있는 축구장이 하나, 풀이 두 개 딸린 수영장이 하나 있었고, 하나는 따뜻한 물, 또 하나는 차가운 물이었다. 두 풀은 잔디밭으로 이루어진 정확한 사각형 속에 있었다. 옆에서는 남자아이들이 이 골대에서 저 골대로 뛰어다니고 이 풀에는 내가 있다. 가로로 헤엄치면서. 아침 일찍 나는 수영 코치와 단둘이 있다.

마을도 하나. 수영장도 하나. 그러나 이게 있다는 것 자체가 나를 놀라게 했다.

사람들은 뭔가 더 가치 있는 것을 찾기 시작하면 결국 찾아낸다. 바로 물이다. 누런 늪 아래에서 오고 유황, 염소, 소금 그리고 가스, 수소 냄새가 난다. 온도는 40도이다. 따뜻한 물은 덥힌 것이고 우리 아래에 있는 관을 통해, 수영장 옆의 온실을 통해 흐른다. 낮은 창문들 뒤로 두꺼운 이파리를 가진 식물들이 빽빽이 있다. 수영장 휴식 시간에는 마을 사람들이 얼굴을 창문에 들이밀고 있다. 그 안에는 내가 모르는 꽃들이 있고 바깥에는 창문이 촉촉하다.

유황, 염소, 소금, 가스. 나는 따뜻한 풀에는 한 번도 가지 않았다. 수영 선생님이 그곳은 너 같은 사람을 위한 곳이 아니다, 라고 말했다. 선생님은 술주정뱅이, 라고 사람들이 수군댔지만 이제까지 그는 모든 사람에게 수영을 가르쳤다. 두 번째 풀에는 수돗물이 있고 온도는 14도였다. 나는 그 안에서 가로로 50번을 수영한다. 아침 일찍이어서 공기는 차고 내 몸은 처음에 미지근하게 느껴지지만 점차 뜨거워진다. 땀을 흘리지 않으면 얻는 것도 없다. 오필리아, 내 옆에서 빨간 얼굴의 선생님이 말한다. 그는 앉아 있고 맥주병이 수영장 가장자리에 있다. 유럽에서 제일 좋은 맥주다. 우리 동네 물로 빚었다. 이제 나는 맥주가 왜 그렇게 노란지도 안다. 오필리아, 너는 아무것도 모른다. 너는 내 밑으로 내려가지 않도록 조심해라. 가장 좋은 것은 수영하는 동안 입을 다무는 거야. 가로로 50번을 왕복하되 이제는 더 빨리 해라. 수영 선생님의 두 발은 물속에서 흔들거리고 나는 그 발들 옆에서 발장구를 친다. 병의 마지막 방울들이 그의 혀로 떨어진다. 그는 그 방울들을 끌어당긴다. 이제 다시 숨을 쉬고, 라고 말한다. 새 맥주를 가져오마. 그리고 간다.

나는 빨간 눈을 한 채 하늘로, 바닥 쪽으로 떠 있다. 나는 가볍고 뜨겁다. 물이 나를 차갑게 받치고 있다.

똥 같은 게 위에서 떠다니네, 라고 간호사의 아들이 내게 말한다. 그는 간호사만큼 크고 하얗다. 그는 다른 남자아이들과 함께 담을 넘어왔다. 그는 나의 원수이다.

이렇게, 라고 말하고 둘째 손가락과 엄지손가락으로 꽉 누른다. 이렇게 내가 너를 찌그러뜨릴 수 있어. 그의 손가락 사이에서 사과의 씨가 튀어 오르고 하얀 속이 뒤집힌다. 그는 하얀 속을 입술로 집더니 씹어 버린다. 이렇게, 그리고 왜 그런지 알아? 라고 말한다. 너희들이 파시스트라서. 그래서 그렇다니까, 라고 말하면서 둘째 손가락으로 나를 가리킨다.

역사 시간에 모두들 몸을 돌리고 나를 쳐다본다. 여선생님이 막 설명을 했다. 우리 집에서 쓰는 말*을 쓰는 사람은 파시스트이다. 그리고 우리 엄마에게 개인 교습을 받는 사람은 파시스트의 언어를 배우는 것이다. 이 언어를 제일 먼저 알아야 한다, 라고 엄마가 말했다. 그리고 그따위 말에 신경 쓰지 마라. 우리는 마을에서 유일한, 이 동네 사람이 아닌 가족이다. 여자만 3대가 사는 집안도 가족이라 불러도 된다면 말이다. 전부 다 이혼을 하고 이리로 왔대, 라고 사람들이 말한다. 공산주의자들인 게로군. 기독교인들은 그렇지 않거든. 외국 말을 쓰고 기도도 안 하잖아. 사람들은 우리에게 등을 돌리고 입을 완전히 다물어 버린다.

우리가 이사 왔을 때 이 동네는 조용한 동네라고 엄마가 말했다. 이게 필요해. 술집도 하나, 교회 탑도 하나. 스포츠를 위한 수영장도 하나.

나는 맨발로 그리로 간다. 거리의 타르 포장은 물렁거리고 발바닥에 얼룩을 남기며 달라붙는다. 할머니는 신부님들, 선생님, 우체국 아가씨에게는 내가 먼저 인사하라고 말한다.

안녕하세요, 라고 나는 신부님에게 인사한다. 실수로 우리 나라 말로 했다. 그래도 그는 이 말을 알아듣더니 거기에 서 있다. 내 위에. 그리고 내가 왜 자기를 칭송하지 않고 안녕하세요, 라고 말했는지를 물어본다. 나는 신부님 앞에 서 있고 내 수영복은 외국제이고 보라색이다. 그의 제복은 까만색이고 무겁다. 신부님은 수영할 줄 알까? 그게 가능할까. 검은 털이 성긴 허연 몸, 물속에 있는 얇은 허벅지. 그리고 대머리는 부표처럼 물 위에 떠 있겠지. 내 발 밑에서 거리의 타르가 끓는다. 머리 위의 태양은 너무 하얗다. 신부님은 목에 머리를 얹은 것이 아니라 해를 떠메고 있고, 그의 목은 목이 아니라 사제복을 둘러싼 옷깃일 뿐이다. 그런데 내가 그를 칭송해야 하다니. 신부님은 강요한다.

무슨 말인지 모르겠어요, 라고 나는 우리 나라 말로 말한다. 안녕히 계세요.

두 발을 거리의 끓는 타르에서 떼어 낼 때 나는 소리들. 걸을수록 이 소리는 줄어든다.

더 빨리 오필리아, 수영 선생님이 나에게 소리 지른다. 나의 타르 묻은 두 발이 물속에 들어간다. 선생님은 얼굴을 찡그린다. 잘했구나.

나의 수영복은 외국제이고 보랏빛이다. 차가운 풀에서 수영복을 입은 사람은 내가 유일하다. 선생님은 모든 사람에게 무료로 수영을 가르쳤다. 그러나 마을 사람들은 따뜻한 유황 온천을 더 좋아했다.

그들은 종소리와 함께 왔다. 가루 설탕 냄새를 풍기며 공장에서 빠른 걸음으로 왔고, 쌍으로 된 선로를 건너 그들의 짧은 저녁 그림자를 따라서 왔다. 수영장이 문을 닫기 전에 아직 한 시간은 족히 더운물 속에 있을 수 있다. 물은 화요일에 새로 채울 것이다. 그리고 다시 목요일까지. 그들이 올 때면 나는 거리에 나가 있었고 이미 가로로 50번이나 수영한 뒤다. 기도도 하지 않다니. 너희들은 모두 지옥에 갈 거다, 라고 간호사의 아들이 말하고는 나를 상대로 성냥 테스트를 했다. 왜냐하면 하느님을 무서워하는 사람에게만 성냥개비의 붉은 대가리가 성냥 통의 검은 사포에서 불이 붙기 때문이다. 테스트를 더 어렵게 하려고 간호사의 아들은 성냥을 물에 담갔다.

유황, 소금, 염소, 석탄산, 수소.

그 사람들은 모두 그 안에 앉아 있다. 물은 좋다, 닭고기 수프만큼이나 좋다. 물은 닭고기 수프 색깔이고 맛도 그렇다. 그 냄새는 공장 식당에서부터 불어온다. 멀겋고 맑은 국, 사람들은 그것을 약수 마시듯이 마신다.

일요일마다 예배가 끝나면 수영장 가에서 피크닉을 가졌다. 닭다리 튀김, 신 오이와 모과 잼, 남자들은 서로 손가락 끝으로만 터치했다. 정확히 한 번 손을 흔들어서 말이다. 그 무엇을 위해서도 그들은 물속에서 나오지 않았다. 엄청난 대가족. 가족탕. 모두가 공장에 있다. 모두가 예배를 보러 간다. 저녁에는 모든 아이들이 다 같이 장을 보러 간다. 네트의 구멍으로 맥주 병목들이 보였다. 왜 너희들은 같이하지 않는 거야, 라고 그 소년이 내게 물었다. 이 원수야. 너희들은 왜 모든 것을 다르게 해야만 하냐고, 교회 안에서나 맥주 마실 때나 수영장에서나 말이야, 50번을 가로로만 헤엄치고, 열심히 하면 그게 뭐가 더 낫다는 거냐.

숨을 쉬어, 오필리아, 라고 선생님이 나에게 말했다. 너는 숨을 쉬어야 돼. 안 그럼 축 처지게 돼. 내가 어떻게 하는지 안 보이니? 물 밖에 나올 때 공기를 물 아래로 들이마셔. 최대한 깊숙이. 자, 다시 가로로 50번.

수영장 물은 하늘의 파란색이다. 하늘의 파란색, 사람들이 수영장 바닥과 벽을 하늘의 파란색으로 칠했기 때문이다. 매일 그 페인트가 조금씩 떨어져 나와 바닥으로 가라앉는다. 수영장은 때를 밀어낸다. 그 부푼 가장자리는 손가락 끝과 발바닥을 베어 낸다. 그럼에도 불구하고 나는 터치할 때까지 수영한다. 마치 진짜 수영 대회인 것처럼. 제대로 한다. 나는 네가 하는 것을 다 보고 있다, 오필리아, 1미터라도 덜 가려고 하지 마라, 두 손과 두 발을 열심히 면도날에 대고 돌아와라. 그리고 등 뒤로 빠르게 헤엄쳐라. 피가 나는 발가락을 공중으로 쭉 펴고 나의 펴런 두 손가락은 내 옆에 매달려 있다. 그 소년, 내 원수가 벌써 성냥을 들고 나를 기다리고 있다.

너는 멍청한 놈이야, 라고 나는 그에게 말한다.

나는 그것을 엄마에게서 들어 알고 있다. 간호사의 아들은 귀가 먹었고 그래서 말하는 것을 배우지 못했다. 그는 단어들을 입 속에서만 웅얼거린다. 우리는 그걸 보고 웃는다. 간호사는 나쁜 사람들이라고 화난 얼굴로 말하면서 나의 숨을 리터 단위로 측정한다. 모자라, 라고 말한다. 아주 많이 모자라. 자기네들끼리만 사는 여자들에게는 이상한 일도 아니겠지만.

만약 그것만 문제라면, 선생님이 말하기를, 그 정도면 봐줄 만해. 나는 네 엄마랑 결혼할 거다. 엄마는 남자들한테 관심 없어요, 라고 내가 말한다. 그러면 너희 할머니랑, 이라고 선생님이 말한다. 할머니가 나랑 더 어울리기는 하지. 할머니도 똑같아요, 라고 내가 말한다. 그래서 우리가 여기에서 사는 거예요. 인구 5백 명의 작은 마을. 선택의 폭이 좁으면 실망도 작아요. 그러면 너랑 결혼해야지, 오필리아, 라고 선생님이 말하고는 웃는다. 많은 사람들이 그러길 바라지요. 내가 말한다.

나의 수영복은 외제이고 보랏빛이다. 내 두 발은 물집이 생겼고 타르가 묻어 있다. 어떤 남자가 자기 자전거에 나를 태운다. 네가 수영 선수라는 말을 들었다. 그 남자는 자전거를 타면서 그 와중에도 내 무릎과 넓적다리와 팔에 추근댄다. 우리가 떨어지지 않게 천천히 가면서 그는 그 짓을 해댄다. 심지어 내렸을 때에는 내게 키스까지 요구했다.

늙은 게이, 라고 선생님이 말한다. 그리고 오필리아, 너는 머리가 둔하구나. 그는 내게 말한다. 자, 가라, 두 발로 앞으로 가.

그가 나를 물에 띄우기 전에 내 몸 아래 그의 손은 구부러져 천천히 그리고 깊숙이 엄지손가락을 넣는다. 그곳이 있는 바로 그 자리에, 엉덩이의 끝 말이다. 한 번 더, 라고 그가 말한다. 한 번 더, 두 발로 앞으로 헤엄쳐 가, 천천히 그리고 깊숙이.

술고래 늙은 염소 같으니, 라고 수영장을 청소하는 아줌마가 소리친다. 그 여자의 덩치는 부처 크기만 하다. 그 여자는 그 몸으로 꽃무늬 작업복을 입고 파라솔 아래 펄펄 끓는 열 속에 앉아 있다. 그 여자가 파는 너무 익은 살구는 그 앞의 잔디 속에서 짓무르고 있다. 그리고 그 여자가 나에게 소리를 지른다. 그 여자의 소리는 나를 톱으로 자르는 것 같다. 나는 그 여자가 나를 좋아한다고 생각할 수 없다. 그러나 어찌 되었든 그 여자는 수영장과 그 모든 것에 속한다. 그 여자는 체격이 크고 목소리도 크다. 사람들이 그 여자를 안 보았다면 몰라도 한 번이라도 보았다면 잊을 수 없다. 사람들은 그 여자를 뚫어지게 보지 않을 수 없다. 계속해서 열이 퍼져 나가고 땀과 나일론 작업복과 살구 냄새가 나는 아주 섬세한 몸을. 그리고 그 여자의 팔꿈치는 마치 내 발의 타르처럼 새까맣다. 내가 난생처음으로 보디 밀크라는 단어를 들은 건 그 여자에게서였다. 이리 와 봐, 라고 그녀가 소리 질렀다. 너희들이 쓰는 그 말은 어느 나라 말이냐? 크로아티아어야? 나는 그녀에게 그건 독일어라고 말했다. 그러자 그녀는 소리를 질렀다. 그건 점잖은 말이다. 하지만 내 아이들이 배워야 하는, 적군의 언어인 러시아어는 점잖지 않아. 평화는 모든 인민의 소망이다, 라는 러시아 말이 떠올랐다. 그리고 수영장 청소부이자 덩치를 가진 부처는 우리 같은 이방인에게 아무런 반감을 갖지 않고 있다는 확신을 준다. 고마워요, 라고 내가 말한다. 그렇지만 난 적이 아니에요. 부처는 뭐라고 말하더니 웃는다.

우리는 아마 그걸 해야 할 거야, 라고 할머니가 말했다. 다른 사람들이 모두 하는 것, 옷깃에 배지를 다는 것, 적군의 언어를 하는 것, 그게 제일 먼저다. 사탕무 저장고는 하늘색이다. 교회 탑은 카나리아 노란색이다.

신부님은 가운데 서 있다. 어깨에 두 개의 커다란 날개가 매달려 있다. 날개는 금색과 하얀색이다. 일곱 명의 복사(服事)가 옆에 제복을 입고 있다. 그들은 천사처럼 노래한다. 목에서는 불화로 같은 소리가, 녹은 쇳물처럼 큰 소리가 나온다. 그들에게서 바람이 나온다. 소리 나는 역청, 까만 옷을 입은 엄마들 머리 위로 바람이 불어 간다. 그 바람은 천사들의 숨결의 흐름 속에서 떨리는 목소리와 함께 앞으로 가려고 애를 쓴다. 어쩌면 하늘나라로 말이다.

나는 물 위에 붕 떠 있다.

할머니는 아직도 많은 것을 기억하고 있었다. 어렸을 때 마을 유지들에게 어떤 식으로 먼저 인사했는지까지도. 그러나 말들은 입 안에서만 왔다 갔다 했고 기도문을 빼먹는다. 카나리아처럼 노란 탑 아래에서 모두들 몸을 돌려 우리를 노려본다.

신부님은 지옥에 갈 거다, 라고 말한다. 너희들 모두 지옥에 갈 거다. 그의 호통 앞에 금빛으로 빛나는 두 천사가 서 있다. 이 천사들만 유일하게 주석으로 만들어져 있다. 천사들의 등에는 똑바로 서도록 나무 말뚝이 박혀 있었다.

하늘의 성사(聖事)라고 수영 선생님이 말한다, 그렇지만 작게. 너는 꼭 갈 필요도 없는데 거기에 왜 가는 거니. 네가 공산주의자라는 것을 기뻐해라. 나는 그렇지 않아요, 라고 말한다. 그나저나 상관없다고 그가 말한다. 이거나 저거나.

엄마가 손짓을 한다. 우리가 시도는 해 본 것이다. 그게 무엇이 되었든. 우리에게 집회의 자유는 없지만 종교의 자유는 물론 있는 것이고 무종교의 자유도 마찬가지다.

신부님은 오른쪽에 금발의 천사와 같은 곱슬머리를 한 여자 복사를 두고 있는데 이 복사에게 빨간 수영복을 선물했다고 사람들이 말한다.

흐흐흐, 하아아아아나, 두우우우울, 흐흐흐, 하아아아아나, 두우우우울, 흐흐흐, 하나, 둘. 그리고 공기를 씹는다, 라고 수영 선생님이 가르쳐 준 대로 한다. 크고 붉은 그의 입. 그는 오만상을 찡그리며 물에서 나온다. 하늘의 공기를 한 입 씹는다. 나도 그렇게 한다. 한 입 씹고 숨을 쉬어 내려보낸다. 하늘에서 지옥까지.

포플러들 사이로 철로, 기름과 사탕수수 냄새가 불어온다. 공장은 철로에서 두 걸음 떨어져 있다. 따뜻한 풀 위로 유황 증기 구름이 올라온다. 심장을 마비시키는 데에는 20분이면 충분하다. 여기에서는 그렇게 하루 종일 버틴다. 그 무엇을 위해서도 그들은 물을 떠나지 않는다. 담장 뒤에서 무리를 지은 남자아이들 소리가 들린다. 목쉰 개들이 짖는 소리가 집집마다 울려 퍼진다. 남자아이들은 축구를 하지 않으면 이 괴물 같은 개들을 괴롭히러 간다. 그들은 개들을 화나게 만들어 스스로를 사슬로 칭칭 감게 만든다. 한 달에 한 건은 새로운 사건이 일어난다. 어떤 때는 너무 빨리 일어나기도 하고 어떤 때는 몇 주 건너뛰기도 한다. 사슬의 길이는 모두 제각각이다.

물이 내 두 귀를 공격한다. 나는 마을에서 일어나는 일들을 듣지 못한다. 나는 내 숨이 어찌 되는지를 듣는다. 이 벽에서 저 벽까지 갈 때 숨의 길이는 제각각이다. 나는 두 손을 든다, 다시 또, 다시 또, 끈질기게. 그리고 하늘이 기어간다. 마지막 열 바퀴 세로는 등을 돌려 다시 접영으로 간다. 아직도 열 바퀴 세로로, 이제 아홉 바퀴.

숨 쉬어, 오필리아, 라고 수영 선생님이 내게 늘 말한다.

미시시피 하나, 미시시피 둘, 미시시피 셋…… 넷. 숨을 참아라. 수돗물은 14도지만 아주 빨리 더워진다. 수영장 물 높이는 아직 고르지 않다. 양 가장자리에는 물이 아이들 팔 정도 높이의 가로 틈새를 통해 하수관 속으로 떨어져 내린다. 이 틈은 가로와 십자 모양으로 어디에나 있는데 그 안엔 짙은 노란색 유황석이 덧대어져 있다. 따뜻한 풀의 가장자리도 그렇다. 오줌처럼 노랗다고 수영 선생님이 말하면서 내게 손짓한다. 우리 같은 사람용은 아니다. 물 위에 떠 있을 때 나는 소리를 듣는다. 수도관 소리를, 우리 풀 아래에서 하얗게, 그들의 시체 울음소리는 틈새를 따라 다시 올라온다. 얼굴을 아래로 하면 그것을 정확히 볼 수 있다. 검은 바탕에 노란 조직. 나는 만화 속 인물처럼 납작해진다. 아직 고르지 않은 수면. 나는 수면과 더불어 틈 속으로 미끄러져 들어간다.

부처가 내게 소리를 지른다. 드디어 왔네, 라고 소리 지른다. 너 다시는 안 올 거라고 생각했어. 부처는 관 가장자리에 가운을 입고 서 있다. 나는 그 옆을 지나간다. 하수관의 둥근 뚜껑이 내 위에 있다. 오, 여기서 어떻게 다시 나가지, 라고 나는 말한다. 이렇게, 라고 부처가 말하고 대걸레로 관을 가리킨다. 갑자기 나는 부처 옆에 서 있게 된다. 아래로 떨어져 빨려 들어가지 않으려고 나는 퉁퉁 불은 나의 발가락으로 가장자리를 움켜쥔다. 남자아이들이 무리를 지어 지나간다. 그들은 노란 물속에서 하늘을 보고 떠 있으며, 관의 바닥 위에서 우리에게 손짓한다. 부처는 웃더니 손짓으로 답한다. …라고 말한다. 내 원수인 남자아이도 거기에 있다. 그는 나에게 손짓을 하고 웃더니 몸을 돌려 얼굴로, 마치 베개에 파묻듯 물속으로 들어간다. 물거품이 올라온다. 그러고는 아무것도 움직이지 않는다. 남자아이들 무리가 벽 아래를 통과해 간다. 바깥에서 무슨 일이 있냐고 옆에 있는 수영장 청소하는 여자에게 물어본다. 그 여자는 부처처럼 뚱뚱하다. 너도 바깥에서 무슨 일이 있는지 알잖니? 라고 그 여자는 말한다. 내기 보상금. 목숨이지. 그러다 걔들은 익사할 거예요, 라고 나는 말한다. 그렇지, 라고 그 여자가 말한다. 이 안에는 익사라는 죽음이 있고 바깥에는 삶이 있지. 뛰어들어라. 나의 옹이 진 무릎이 가장자리에서 떨고 있다. 남자아이들이 아래에서 그쪽으로 흘러온다. 담장 아래에서 움직이지 않고 통과해 온다. 그 애들이 몰고 오는 것은 물이 아니라고 생각한다. 저건 틀림없이 독이야. 너는 이제 시간이 별로 없다고 내 옆의 부처가 말한다. 나는 뛰어들 수 없어요, 라고 말한다.

나는 아직까지 한 번도 해내지 못했다. 수영 선생님이 나에게 실망한다. 나는 대회에 나갈 수 없다. 머리로 뛰어들지 못하기 때문에. 아! 라고 부처가 말하고 닦기 시작한다. 머리로 뛰어들기가 원칙은 아니다. 돌처럼, 이거나 저거나 다 똥 같다. 나의 발가락은 관 가장자리를 움켜쥐고 있다. 나는 마지막 사람들이 나가는 것을 보고, 저 아래에서 흘러가는 것이 물이든 독이든 천천히 없어지는 것을 본다. 자, 라고 부처가 말하면서 그렇게 겁쟁이는 뼈를 부러뜨리게 되지, 라고 말한다. 그녀는 가면서 나는 거기에 놔 둔다. 수영장 가장자리에 혼자. 나는 다른 사람처럼 기꺼이 물에 빠져 죽고 싶지만 그럴 수 없다.

이렇게 약해 빠져서야, 오필리아, 라고 선생님이 말한다. 나는 네가 그럴 거라고는 생각하지 않았다. 내가 가르치는 사람이 말이다. 자, 출발해라, 맥주를 가져오마.

스물여덟, 스물아홉, 미시시피 백, 숨을 참는 것이 중요하다. 질식사야말로 가장 끔찍한 죽음이다. 나는 눈을 뜬다. 염소(鹽素)처럼 빨갛다.

이렇게, 라고 간호사의 아들은 말하며 쥐의 머리를 물속으로 들이밀었다. 쥐의 앞발들은 물에 들어갔지만 뒷발들은 공중에 있었다. 머리만 물에 잠겼다. 쥐한테는 물 한 주먹이면 충분하지, 라고 내 원수인 남자아이가 말했다. 쥐가 죽자 남자아이는 놔주었다. 쥐는 수영장 한가운데로, 내 쪽으로 흘러온다.

마을의 밤은 낮보다 시끄럽고 낮만큼이나 밝았다. 설탕 공장의 불빛들은 둥그런 아카시아 잎사귀를 통해 침실로 들어왔고, 침대 이불에 그림자를 그렸다. 개들은 아침까지 짖었다. 남자아이들은 개들에게 할 뭔가 새로운 것을 생각해 냈다. 사람들이 안에 바람을 불어넣을 수 있는 관이다. 늑대의 아가리를 흉내 낸 것이다. 개들은 그것 때문에 미쳐 날뛰었고 사슬을 끊으려 이빨을 부러뜨렸다. 예전에 남자아이들은 밤이면 수영장 담을 넘어갔다. 그러나 그 짓을 그만두었다. 수영 선생님에게 사고가 생긴 다음부터 사람들이 더 조심했기 때문이다.

오필리아, 시간이 없다, 라고 선생님이 말한다. 그는 다리를 절면서 맥주를 한 박스 가져온다. 나는 중요한 손님을 만날 예정이다. 선생님의 손님은 유명한 체조 선수였다고 한다. 그리고 선생님 또한 예전에는 뛰어들었었다. 출발용 나무 상자 위에서 차갑고 퍼런 물속으로. 설탕 공장은 선로에서 두 발짝 거리에 있다. 포플러 뒤 공장의 불빛은 수영장 벽에 물결무늬를 만든다. 모두 다 변명이라고 내 뒤에서 부처가 말한다. 저 늙은 염소는 술주정뱅이에 자기가 깨어 있는지 자는지도 모르는 화상이다. 화요일 밤이었다. 그날 밤에 수영장 물을 채운다. 선생님이 머리를 위로 하고 뛰어들었을 때에는 물이 20센티미터 정도밖에 없었다. 선생님은 아무 생각도 없이, 종종 나를 잊어 먹듯이 그날이 화요일이란 것을 잊어버렸던 것이다. 나는 그다음부터 혼자서 수영을 한다. 사람들은 목이 뻣뻣한 선생님이 살아났다고 말한다. 그러나 선생님이 이제 돌아올 수 없다는 것. 술고래 늙은 염소, 라고 수영장을 청소하는 아줌마가 말한다. 그 염소, 나도 환불받지 않을 거야.

나는 뒤로 물러선다. 나는 물 위에 떠 있다. 나는 만화 속 주인공처럼 납작하다.

남자아이들이 처음으로 늑대를 울부짖게 한 날 밤에 나는 수영장으로 간다. 노래하는 철길 위로 무릎을 높이 들고서. 달빛을 받은 나의 머리카락 그림자도 같이 비스듬히 넘어간다. 나는 담장을 기어 올라간다.

포플러의 사각형 빛 안에서 잔디밭 모서리와 수영장 가장자리가 날카롭고 차갑다. 차가운 풀의 물은 수은처럼 보인다. 위험하다, 맹목적이다. 나는 손가락 하나를 그 안에 담근다. 너무 가볍고 벨벳처럼 매끄럽다. 열이 날 때 손가락에서 미끄러지는 침대보 같기도 하다. 나는 손을 움츠렸다. 들어갈 엄두가 나지 않았다. 그 위로 바람이 분다. 수은, 포플러, 잔디 위로. 나는 다시 냄새를 맡는다. 가루 설탕과 차가운 닭고기 수프 기름 냄새. 바람이 감싸고 소리치듯 뛰어오는, 마을로부터 불어오는 소리를 듣는다. 그들이 개들과 늑대들을 몰아온다, 그 남자아이들. 나는 따뜻한 풀의 갈색 소용돌이에 발을 담근다. 물이 가시철망으로 된 반지처럼 내 복사뼈를 맴돈다. 피부에 따끔거린다. 구원의 물이다. 달빛에서 보인다. 작은 부분들이 그 안에서 수영한다. 하일(Heil, 구원)! 나는 다시 발을 뺀다.

너희들은 파시스트들이야. 그리고 공산주의자들이지. 나는 너를 죽여 버릴 거라고 약속했다, 라고 내 원수가 말한다.

너희 엄마는 신부와 뭔 일이 있지 않니, 라고 내가 말한다. 부처에게 들었어.

그의 얼굴이 일그러진다. 나는 그러기로 약속했어, 라고 그가 말한다. 네가 발 하나라도 수영장 물에 담그기만 하면.

술집도 하나, 교회 탑도 하나, 수영장도 하나. 선택할 것이 별로 없으면 실망할 것도 별로 없다. 물은 좋다. 닭고기 수프처럼 좋다. 유황, 염소, 소금, 탄산 가스, 일요일마다 미사가 끝나면 모두 거기에 와서 앉는다. 심장을 마비시키는 데에는 20분이 걸린다. 유황이 그들의 머리를 증기로 감싼다. 그들의 두 손 두 발은 다 매끌매끌하고 하얗다. 그 위에 누런 것들이 덮여 있다. 그들은 바싹 다가앉아 물 안에서 서로 접촉한다. 수도관에서는 물줄기가 높이 솟아오르고 그들은 그 위에 등을 갖다 대고 등 마사지를 하며 기쁨의 소리를 지른다. 거기에 신부는 없다. 그는 자기만의 욕조가 있다. 나는 차가운 풀에 혼자 있다. 나는 등으로 밀고 나가면서 소리에 귀 기울인다. 파도가 수영장 벽을 밝게 긁고 지나갔다가 다시 수도관 안으로 떨어진다. 나는 소리를 듣는다. 나의 심장 박동 소리를 듣는다. 내 머리에 휘감긴다. 나는 하늘 위로 숨을 쉰다. 내 눈꺼풀 뒤에는 붉다.

그다음에 차갑고 검다. 물이 나의 얼굴 위를 때린다. 너에게 경고했어, 라고 간호사의 아들이 말한다. 타르 묻은 나의 발이 물에 들어간다. 나는 수면에서부터 몸을 물에 휘감기게 한다. 내 위로 10센티미터쯤 물이 있다. 그러나 쥐에게는 그 정도면 충분하다. 나는 공기 방울이 위로 올라가 터지는 소리를 듣는다. 나에게서, 남자아이들에게서. 물이 내 뒤를 압박하고 나를 가장자리에서 멀어지게 한다. 나는 파도들이 하수구에서 솨솨거리는 소리를 듣는다. 나는 왜 아래로 가라앉지 않을까. 왜 꿈속에서처럼 위엄 있게 가라앉지 않을까. 나는 그들을 밟는다. 그들의 몸이 내 옆에서 미끄러진다. 힘이 줄어들어 가슴으로 심장으로 다시 돌아간다. 나의 두 손과 두 발이 나에게서 멀어져 날아간다.

나는 수영 코치가 뛰어들기 전에 내가 꾼 꿈을 이야기해 주지 않았다. 나는 호수 바닥에 누워 있었고 물 밖을 내다보았다. 아래에서 보면 물은 달콤하고 맑았다. 나는 물속에서 바깥쪽으로 그들을 볼 수 있었다. 그들은 수면 위로 납작한 얼굴들을 하고 아래를 내려다보았지만 자기들 모습밖에 볼 수 없었다. 여자애가 죽었어, 라고 말하더니 그들은 도망쳤다. 그리고 나는 누워 있었다. 잼같이 말랑말랑한 호수 바닥에. 그리고 숨을 쉬었다. 하지만 그건 꿈일 뿐이었다.

물은 나를 마을과 소음과 거리를 두게 했다. 남자아이들이 사라졌다. 소리들이 위로 사라졌다. 여기는 완전히 깜깜하고 조용하다. 검은 바탕에 은색 글씨들. 집들도 동물들도 없다. 나는 여기에 혼자 있다. 아침 일찍, 그리고 저녁 늦게. 물은 내 바로 옆에, 내 몸 옆에, 내 확성기의 진동판 옆에 있다. 나는 가라앉는다. 나는 떠 있다. 오필리아.

여기에는 익사라는 죽음이 있고 바깥에는 삶이 있다, 라고 부처가 내게 말한다. 고개를 앞으로 하고. 조심조심 두드리면서 하늘색 바닥으로 와라. 머리가 먼저, 그다음에는 무릎. 그다음에는 발바닥 관절. 머리를 써서 하는 것이 아니다. 본능의 자유로움. 나는 뛰어오른다. 나는 물 위로 올라온다. 공기는 처음 숨을 쉴 때처럼 맵고 차갑고 아프다. 허공에 깨물린다.

나는 내 원수의 두 발에 물방울을 떨어뜨린다. 그에게 말을 하는데 말할 때 내 가슴속이 아프다. 그런 짓조차 하기에 넌 너무 멍청해.

그는 나를 뒤에서 바라보고 나는 맨발로 녹아내리는 거리를 건너간다. 가루 설탕 냄새. 하얀 햇빛 속에서 너무 약하고 너무 가늘다. 그의 눈앞에서 나는 곧 타르 거울 위에 흐느적거리는 한 줄기 선이 될 것이다.

그리고 엄마가 말한다. 너는 개를 그렇게 놀라게 하면 안 되는 거였어.

셋째 날에는 머리 고기 차례다

— 천천히, 그다음엔 빠르게

셋째 날에는 머리 고기가 나올 차례다. 도자기 접시와 금속 쟁반 위에 올려 나온 머리 고기는 꽃상추와 쌀 사이에 놓인다. 자자 트리오는 염소 머리가 나오자 거기에 대고 탐타라탐 하고 연주한 뒤 쉬는 시간에 물러난다. 이들은 세 번째 밤부터는 치차 듀엣과 교대로 연주한다. 치차 듀엣은 보통의 결혼식 전문 듀엣처럼 하룻밤을 온전히 책임지기에는 프로그램이 부족하다. 그 말은 이 듀엣이 다른 사람들보다 실력이 떨어진다는 의미이다. 그들은 기껏해야 네 시간 정도 연주할 수 있을 뿐이다. 자자는 그들과 전혀 이야기를 나누지 않는다. 자자는 원래 말이 없다. 그는 손등 위의 하얀 소매 끝단을 흔들어 대면서 팔꿈치를 구부려 바이올린을 연주한다. 두 명의 치차 형제, 전기 기타, 신시사이저는 모든 곡을 계속 두 번씩 반복하며 연주한다. 10분 동안은 어지럽고 느끼한 음악인데, 끝으로 갈수록 점차 느려진다. 결혼식 손님들은 그 자리에서 정신 나간 사람들처럼 빙빙 돌다가 넘어지지 않게 서로서로 잡아 준다. 내가 본 한 쌍은 소리를 내어 운다.

지난밤에 나는 장미 무늬 구름 꿈을 꾸었다. 그것들은 장밋빛 하늘 위로 떠다니고 있었다. 내 치마에도 장미가 있고 내 가슴에는 초인종이 수놓여 있다. 나는 자자 트리오와 함께 춤을 춘다. 민속춤인 것처럼 보이려고 샤사는 비웃는 듯한 윗입술 뒤로 말하면서 나에게 미소 짓는다, 이제, 자, 이 크레올 꼬마야.

자자는 저주받은 악사다. 신부의 아버지가 첫날 밤에 여기저기 돌아다니며 그렇게 이야기한다. 이 집시 악단은 우리 쪽에서 부른 사람들이고, 다른 두 사람은 신랑 쪽에서 부른 사람들이다. 자자는 저주받은 악사이고 한 시간에 다른 두 사람의 사흘 치 몫을 받는다. 그는 아직까지 결혼식에서 연주한 적이 없지만 오로지 우리 때문에 연주하러 온 것이고, 신부인 자기 사촌을 위해 그렇게 해 주는 것이니 그야말로 진정한 악사라 할 만하다. 그는 하루에 두 번 레이스 장식 셔츠를 갈아입고 쉬는 시간마다 발을 씻는다. 그의 하얀 수건은 임시 천막 뒤 빨랫줄 위에서 마른다. 신부가 두 번째 춤을 출 때 신랑 신부는 이 뒤편으로 도망가서 악사의 빨래를 망쳐 놓고는 신부가 웃는데, 자자의 수건은 시커먼 마당에 떨어져 없어진다. 그 신부는 등이 도토리색으로 아주 아름답고, 아주 오만했다. 자자 트리오의 남자들은 심벌즈와 콘트라베이스를 계속 연주하고, 자자는 바이올린을 팔 밑에 낀 채 뒷마당으로 간다. 그는 손수건을 모두 주워 모아 빨랫줄에 다시 건다.

자자는 결혼식 하루 전날 왔다. 나는 할머니와 함께 할머니 방에 앉아 있다. 우리는 텔레비전에서 타악 연주 재방송을 본다. 검은 커튼에는 하얀 불빛이 점점이 박혀 있다. 마치 모래에서 반짝거리는 물체처럼. 할머니는 그걸 보고 햇빛 조약돌들이라 부른다. 할머니는 그런 단어들을 좋아한다. 할머니는 빵 부스러기만큼 시끄럽다거나 혹은 불처럼 새까맣다 같은 말도 한다. 할머니의 커다란 발가락이 음악에 맞추어 움직인다. 방 안에는 할머니 냄새가 난다. 약간은 오줌 냄새, 그리고 노란 오렌지색의 끈적거리는 발포 음료, 우리는 이 음료수를 천천히 마신다. 비타민 때문이다. 할머니는, 너와 나는, 우리는 비타민이 필요하단다, 그리고 까만 커튼도 필요하지. 나는, 나는 늙어서 그렇고, 너는, 너는 어려서 그렇지, 라고 말한다. 내 피부는 별로 하얗지 않다. 그렇지만 나는 하얗게 보이고 싶지도 않다. 나는 바깥에 있고 싶다. 햇빛 조약돌들 안에. 빵 부스러기만큼 시끄럽고 싶다. 불처럼 새까맣고 싶다. 아직 1년 더, 라고 할머니가 말한다. 길어 봐야 1년. 그다음에 너는 다 클 것이니까, 그 말을 하면서 할머니는 젖꼭지 아래로 봉긋한 작은 내 젖무덤을 잡아 뽑는다.

자자는 우리 방까지 오지 않았다. 그는 악기가 있는 자동차 옆 뜨거운 햇빛 속에 서 있다. 3일짜리 결혼식이라고 신부의 아버지가 말했다. 우리가 집시가 아니라는 것을 사람들이 알 수 있게 말이다. 마을 사람 절반이 초대되었고 아무도 이 초대를 놓치지 않았다. 자자 트리오만 비싼 돈을 주고 수도에서 데려왔다.

신부의 아버지는 트리오가 도착했을 때 그 자리에 없었다. 그는 저 건너 개간지에 있었다. 그는 악사들이 도착하면 자기가 볼 수 있을 거야, 라고 말했다. 그의 말이 맞았다. 자자가 우리 집 마당을 살펴보려고 문에 손을 놓자마자 저기 건너편에서 끊임없이 이어지던 선반 톱 소리가 뚝 멈추었다. 우리는 침실 안에서 소리를 들을 수 있어 자자를 보기도 전에 벌써 그가 도착했다는 것을 안다. 선반 톱은 다시 가동되었고 그것을 통해 우리는 알게 된다. 신부의 아버지는 할 일을 다 시킨 다음 출발해서 노란 먼지가 내려앉은 자기 지프로 구부러진 산길을 넘어 아래로 갔다가 다시 우리 쪽, 우리 일행 쪽으로 올라오고 있다는 것을 말이다.

우리는 마을 위쪽, 사암 절벽의 절단면 쪽에 있고, 등 뒤로는 호수가 있다. 우리가 사는 암벽은 비어 있고 우리 아래에는 잿빛의 커다란 채석장이 있다. 마을과 거리에서는 사람들이 우리를 볼 수 없었다. 우리는 암벽의 벌어진 쪽에 있었고 숲을 바라보고 있었다. 이전에는 아무것도 없었는데 지금은 개간지가 있고 사각형으로 나무를 잘라 냈다. 맨 위쪽 가장자리에 집이 한 채 있는데 치과 의사의 집처럼 컸고 보라색 창가에는 하얀 테두리를 둘렀다. 언덕의 어깨 돌기쯤에 높이 지어졌는데 그것은 나중에라도 마을 집들 중에 유일하게 다른 집들의 지붕 너머로 호수를 바라보기 위해서였다. 그것은 개간지에 들어선 첫 번째 집이었고 신부의 아버지가 지었다. 그 집은 자기들을 위해, 즉 아름다운 신부를 위해 지은 것으로, 그 신부는 내 친척이기는 한데 정확한 촌수는 잊어버렸다. 그 집은 그 지역의 유일한 집이 될 거라고 많은 사람들이 말한다. 누가 숲 한가운데, 오래된 암벽 말고는 아무것도 없고 그것도 집시들이 사는 곳에다 집을 지으려는 미친 생각을 하느냐는 것이다. 신부의 아버지는 기다려 봐라, 라고 말한다. 선반 톱의 날카로운 소리가 저녁 해 속으로 마을 아래까지 울린다. 숲만 해도 좋지 않냐, 라고 신부의 아버지가 말한다. 그것만 해도 벌써 충분하다. 톱은 날카로운 소리를 낸다.

스스스스스스스쉬-이-이-이, 톱 바이올린이 내는 소리다.

남자들은 마당에 앉아 있다. 누가 그 꼬마 여자애지요? 라고 자자가 묻는다. 당신 육촌이야, 라고 신부의 아버지가 말한다. 나이는요? 열한 살이라고 신부의 아버지가 말한다. 열한 살치고는 많이 작네. 나는 열한 살에 벌써 털도 났었는데. 그는 나를 잠시 바라보더니 크게 웃기 시작하고, 그러자 다른 사람들도 덩달아 웃는다. 저 트리오 남자들과 신부의 아버지. 그들의 웃음은 좀처럼 그치지를 않는다. 신부 아버지의 두 눈이 빛나더니, 자자에게 윙크를 하고서는 집시의 털에 대해, 뭔가 알아듣지 못할 말을 하는데, 나는 못 알아듣지만 사람들은 더 많이 웃는다. 나는 어깨를 으쓱하고 나서 다시 할머니에게로 간다. 할머니는 그 사람들이 뭘 하더냐? 하고 묻는다. 몰라요, 라고 나는 말한다.

신부의 아버지가 마당에서 부인은 어디 있어? 라고 묻는다. 내가 어디에 두고 오겠어요, 라고 자자가 말한다. 집이지요 뭐. 나는 지금 일하러 왔어요. 그럼 저 남자애는? 전 아이 아버지예요, 라고 자자가 말하면서 말고 있는 담배 종이 끝에 침을 묻힌다.

소년은 이제 여덟 살이고 아주 하얗다. 살이 찌지는 않았지만 유난히 부드럽고, 인형처럼 생겨서, 몸통과 두 손, 두 발은 쿠션을 이어 놓은 것 같고, 얼굴은 마치 그려 놓은 것 같다. 그 애는 할머니 방의 문지방에 서 있다. 이리 들어와라, 라고 할머니가 말한다. 여기에선 이상한 냄새가 나요, 라고 그 애가 말한다. 그리고 더러워요. 입 다물어, 라고 내가 말한다.

결혼식이 시작되기를 기다리는 동안 자자는 낮에 단 한 번도 연습을 하지 않는다. 그는 결혼식 첫날 밤에 연주를 하여 흥을 돋운다. 첫날 밤에 이미 모두들 취해 버린다. 그들은 식탁에 앉아서 자자를, 악사를 열심히 바라본다. 자자는 자기 마음 내키는 대로 음을 높고 낮게 자유자재로 연주한다. 아무도 모르는 노래, 어떤 때는 그냥 음만 연주한다, 그 자리에서 막 생각해 내서 하기도 한다. 음악은 바람처럼 왔다가, 처음에는 천천히, 그다음에는 빨리 연주되는데 마치 톱날들이 서로 갈리는 소리처럼 들린다. 나는 혼자서 춤을 춘다. 손님들은 술을 많이 마시고 치차 듀엣의 더블 왈츠 때에는 다들 홀린 듯 몰려나오고 그다음에는 식탁으로 돌아간다. 자자가 다시 나오기 때문이다. 그 저주받은 악사가 말이다. 그들은 계속 술을 마신다. 트리오의 심벌즈와 콘트라베이스를 연주하는 남자들은 여러 날 동안 이걸 보면서 아무 말도 하지 않고 나에게도 한마디 말을 걸지 않고 몸을 움직이지 않고 손으로만 연주한다. 프로들이야, 라고 자자가 말한다. 신부의 아버지가 축하 인사에 답사를 한다. 멋진 악단이야. 신부의 아버지는 자자의 악사용 테이블에 와서 나를 기억하나? 라고 말하고는 아직도 젊은 그가 어떻게 전통 민속 음악을 연주할 수 있는지를 물어본다. 자자는 사실 민속 음악은 하나도 모르고 그냥 머리를 짜내어 연주했을 뿐이라고 말하는데 그게 사람들을 감동시켰다. 그는 말한다. 나는 여태까지 그렇게 해 왔는데 아무도 눈치채지 못했다. 사람들은 자기가 이해하지 못하면 현대 음악이다, 라고 말하는데 그건 바로 재즈였다. 그 곡은 자자의 레코드에 있다. 재즈, 선반 톱처럼 스스스스쉬이-이이 한다. 신부의 아버지는 제비꽃 같은 파란 눈을 가졌고, 자자와 악단 남자들 사이에서 이리저리 움직인다. 그들은 변하지 않는 얼굴로 거기 앉아서 접시를 앞에 놓고 먹는다. 프로들이다. 손님들은 첫째 날처럼 술에 취해 듀엣과 노래를 한다. 케세라 세라. 신랑이 신부의 아버지에게 와서 몸을 굽히고는 이제 무엇을 하나요, 3일 동안이나요, 라고 물어본다. 그는 보라색 바지를 입고 킥킥거린다. 돈은 내가 낸다, 라고 신부의 아버지가 말한다. 먹고, 마셔. 그걸로 충분하잖아.

닭, 돼지, 소는 마을에서 온다. 메추라기와 꿩은 야생 조류 가게에서 온다. 염소는 결혼식 날 아침에 냉동 상태로 도착한다. 신부의 아버지가 식재료들을 손님들의 식사를 위해 임시로 만들어진 천막으로 직접 운반한다.

저 위 집시들 무리 가운데 있던 소년이 먹을 게 언제 나오냐고 내게 묻는다. 그는 내 곁에 아주 바싹 가까이 있는데 몸에서 우유 냄새가 난다. 오늘 저녁까지 기다려야 돼, 라고 내가 말한다. 그땐 실컷 먹을 수 있을 거야. 그것도 3일 동안이나. 나는 그의 옆에서 한 걸음 크게 떨어진다. 하지만 나 지금 소원이 하나 있는데, 라고 소년이 말하면서 다시 내 옆으로 두 걸음 바싹 다가온다. 그의 얼굴. 그건 네 문제지, 라고 내가 말한다.

나는 기름 벽을 따라 손가락을 죽 미끄러지게 해 긁은 다음 그 맛을 본다. 먼지 냄새가 난다. 잇새에서 기름 속의 작은 검댕 조각들이 사각거린다. 소년이 내 머리카락 냄새를 맡더니 먼지 냄새가 나, 아니, 소시지 냄새가 나네, 라고 말한다. 그리고 자기는 그걸 좋아한다고 말한다. 훈제 고기 냄새가 나는 여자들도 좋아한다고. 나는 번들거리는 손가락을 들여다본다. 거기에는 기름 찌꺼기와 침이 묻어 있다. 나는 그걸 치마에 닦아 낸다. 너를 보면 구역질이 나, 라고 내가 소년에게 말한다. 그가 그림 같은 얼굴을 내 얼굴에 들이밀고는 헤, 라고 말한다. 나는 그를 밀쳐 버린다.

바깥마당에서 자자가 자기 신발을 닦고 있다. 그는 한 시간 전부터 계속 닦는 중이다. 아름다운 구두다, 가죽으로 만들었는데, 부드럽고 뾰족하다. 자자 자신 같다. 아름다운 신부가 여우상이네, 라고 조그맣게 말한다. 자자에게는 모든 것이 바싹 붙어 있는데, 아주 정확하게 붙어 있다. 피부와 목, 아주 하얀 손톱을 가진 두 손과 신경들. 그는 나에게 손가락의 굳은살을 보여 준다. 그 갈라진 틈에 구두약이 묻어 있고 마치 그가 기계를 절단이라도 낸 듯 기름 냄새가 난다. 뭐가 되고 싶었어요? 라고 내가 자자에게 물어본다. 그가 말한다. 나는 뭔가 한번 제대로 해 보고 싶었는데 악사가 되었다. 그는 나에게 뭐가 되고 싶은지 묻는다. 나는 말한다. 악사. 아름다운 신부가 웃는다. 얘들아, 하고 할머니가 아이들에게 말하는데, 아주 늦은 것은 아니다. 그리고 그 소년에게 설탕 입힌 빵을 먹인다. 자자는 그 세 명에 대해 신경을 쓰지 않는다. 너는 나에게 무얼 해 줄 수 있니? 라고 묻는다. 춤이오, 라고 나는 말한다. 나는 그것을 그에게 보여 주어야만 했다. 나는 빙 돌았다. 너를 데려가야겠다, 라고 자자가 말한다, 그러면 민속 부분이 더 많아지지. 너, 할 수 있지? 세 밤 동안 내내 춤출 수 있지?

음식상 앞에, 임시 천막에 사각형의 시멘트 바닥 무도장이 있다. 콘크리트를 부어 틀을 만든 흔적과 나무뿌리 그리고 갈라진 틈이 있다. 나는 발바닥으로 그것들을 느낀다. 나는 맨발로 춤을 춘다. 자자도 아름답게 닦은 자기의 신을 옆에 세워 둔다. 그는 발에 아주 두꺼운 회색빛 혹이 있는데 두 발로 콘크리트 바닥에 박자를 맞춘다, 정확하게. 나는 개 발자국 흔적이 콘크리트에 박힌 무도장에서 장밋빛 발바닥으로 거칠게 빙빙 돈다.

세 밤 동안 내내 연주할 것. 민속 음악으로. 절도 있게. 신부의 아버지가 우리에게 부탁한다. 그리고 우리가 스페인 풍의 음악을 할 수 있다면 해 달라고도. 자자의 바이올린은 황소처럼 씩씩거릴 것이다. 천천히 그다음에는 새롭게. 제대로. 그게 중요하다. 집시 악단은 우리 사람들이다.

신랑의 아버지와 엄마가 내 옆에서 춤을 춘다. 신랑 엄마는 까만 옷에 황금색 레이스가 달린 옷을 입고 있다. 남편이 당신 어떻게 보이는지 알아, 라고 나직하게 귀에 대고 속삭인다. 주위를 돌아봐, 당신이 가장 못생긴 여자야. 가장 못생긴 여자라고. 심벌즈가 떠는 소리를 내고 바이올린은 찢어지는 소리를 낸다. 그 남자는 보라색 다리를 여자에게 감싸고 그들은 빙글빙글 돌면서 나간다.

이 크레올 꼬마야, 라고 황금 레이스 옷을 입은 여자가 쉬는 시간에 나에게 말한다. 딸랑거려 봐. 나는 그 여자에게서 내 눈을 뗄 수가 없었다. 나는 천천히 한 바퀴 돌았다. 내 방울이 아주 앙증맞은 소리를 냈다. 황금 레이스 옷의 여자가 음식을 먹는다.

너는 정말 날씬하구나. 나도 날씬하긴 하지. 나는 예쁜 소녀였단다. 그는 나랑 불꽃이 튀었었지. 내가 이 집에 들어왔을 때 그는 내 옷장을 열어 모든 사람에게 조그만 내 옷들을 보여 주었단다. 얼마나 섹시하냐고. 거기에는 화려한 자루들이 있었어. 너도 알지? 내가 직접 꿰맨 것. 하지만 그걸 입어도 섹시했단다. 결혼했을 때 나는 처녀였어. 그때는 사람들이 처녀였었어. 그 여자는 하얗게 부풀어 오른 눈꺼풀로 나를 본다. 그리고 코를 높이 쳐들며 내게 물어본다. 너 처녀 맞니? 그 여자는 대답을 기다리지 않고 자기 앞으로 접시를 당긴다. 내가 처녀였을 때는 말이다, 여자가 말한다. 결혼하기 전에 도시로 갔단다. 양탄자 공장으로 말야. 남자들은 염소 공장으로 갔고. 염소는 회녹색이었고 사람들이 말리기 위해 나무틀에 널어 놓았단다. 너는 지금도 그 염소들을 볼 수 있을 거야. 염소들은 항상 거기에 놓여 있지. 마지막 덩어리. 회녹색 염소들. 굉장히 먼지가 많이 나는 일이야. 그래서 남자들은 술을 많이 마셨지. 나는 양탄자 공장으로 갔고. 그때는 꽃무늬가 유행이었어. 빨강, 노랑, 검정으로. 우리는 집에서 실을 가지고 벽걸이용 양탄자를 만들었지. 이렇게 큰 코걸이 바늘로. 나는 당신이 실 잣는 일을 좋아한다는 말을 들었다, 라고 그가 내게 말하고는 크게 웃었단다. 그래서 나도 웃어 주었지. 그게 무슨 말인지 전혀 몰랐거든. 실을 잣는 것이 아니라 수를 놓는 거예요. 누구를 옭매는 거지. 코를 거는 거야, 바늘로 말이야, 라고 그가 말했단다. 이제 알았어? 하지만 나는 그 말을 오랫동안 이해하지 못했었어. 결혼했을 때 나는 아직 처녀였으니까. 극장은 바로 옆에 있었어. 오래된 공장 홀, 극장 그리고 어린이집. 거기에, 그 집에 소녀가 열한 명 있었는데 모두 다 이미 처녀가 아니었어. 아름다운 집시 처녀들. 너도 나처럼 극장에 갔었니? 거기 소녀원을 나와서?

나는 악사의 친척이라고 말했다. 자기는 극장에 자주 간다고 그 여자가 말한다. 나는 처녀였어, 라고 말한다. 그 여자는 계속 먹는다. 반찬도 없이 고기만 먹는다. 그리고 다음에는 고기 없이 반찬만 먹는다. 그러고는 살구가 들어간 레몬 케이크를 먹는다. 나는 처녀였어, 라고 그녀가 말한다. 결혼하기 전까지는 말이다.

슬픈 노래가 흘러나온다. 세 번째 밤이었다. 머리 고기가 나왔다. 자자는 남자들이 오랫동안 식탁에서 노래할 때 끝까지 반주를 해 준다. 그는 자기 톤을 일정하게 계속 유지한다. 그 구절 끝에는 공통적으로 숨 막히는 대목이 있다. 셋째 날 밤에는 모두들 이미 술이 깨었고 그럼에도 불구하고 그들은 끈질기게 노래를 부른다. 트리오는 기다려야 한다. 나는 조심스레 몸을 돌린다. 그것은 더 이상 춤이라고 할 수 없다. 빙빙 돌기의 어지러운 혼란. 살짝 옆으로 빠질 것. 마지막 춤이 끝난 뒤에는 다 같이 숨을 돌린다. 식탁 위의 머리 고기들이 사람들을 기다리는데 숨이 없다.

활이 떨어진다. 심벌즈와 콘트라베이스가 시작된다. 자자는 몬티의 차르다시에 음을 맞추었다. 잘 알려진 곡이라고 신부의 아버지가 말한다. 나는 거기에 서 있다. 완전히 넋을 잃고 당황한 채로. 그 곡에 맞추어서는 춤을 출 수 없기 때문이다. 나는 자자를 바라본다. 그가 바이올린을 턱 아래로 누르면서 나에게 윙크한다. 이제 우리가 저 사람들보다 뭐가 나은지 한번 보여 주자. 그의 손가락은 정확했고 운지(運指)도 정확하다. 그리고 심장이 뛰는 것보다 더 빨라진다. 브라보! 라고 누군가가 식탁에서 소리친다. 나는 그들의 웃음소리를 듣는다. 나는 거기 서서 손가락의 굳은살 틈새에 있는 기름을 떠올린다. 예술가가 되었구나. 자자는 발로 박자를 맞춘다. 정확해. 나는 내 뒤의 식탁에서 많은 의자들이 다가오는 소리를 듣는다. 그들은 김이 나는 머리 고기들을 거기에 그냥 놔둔다. 춤추기, 그런데 그 곡에는 춤을 맞추어 출 수가 없다.

아름다운 신부는 거만한 미소를 띠고 식탁 머리 가운데 앉아 있다. 그 여자는 밤마다 하얀 신랑과 딱 한 번만 춤을 춘다. 몸을 꼿꼿이 편 채 비싸고 멋진 흰옷을 입고. 너무 아름다웠다. 그 옷은 밤색 등 쪽을 터놓았다. 그 신부는 **신랑과 신부, 그들은 얼마나 아**

름다운지라는 곡에 맞추어 춤을 춘다. 자자는 이 곡을 매일 밤 한 번씩 연주한다. 천천히 그다음에는 빨리, 우리 음악에서 늘 그렇듯 말이다.

사흘짜리 결혼식이라고 신랑 아버지가 말한다. 그것은 흔한 일이 아니다. 우리는 술이 얼마나 가치 있는지를 보게 될 것이다. 그들은 선반 톱 소리를 저 아래에서 들을 수 있다. 지금은 그 대신 아름다운 음악을 듣는다, 진짜 음악이다.

음 하나에 한 걸음, 사람이 숨 쉬는 것보다 더 빨리. 그들은 서로 돌고 뛰고, 보라색 치장을 한 다리로 서서 서로 치며 춤 모양을 만든다. 각자 모두가. 자자는 속도를 더 빠르게 올린다. 그들은 깡충깡충 뛰다가 그에게 소리를 지른다.

그들은 우리를 참아 내야 하는데 이제 우리가 그들에게 보상을 해 주는 거지, 라고 신랑의 아버지가 말한다. 그렇지 않아? 그리고 자자의 어깨를 조심스럽게 만진다. 마치 오래전부터 그러고 싶었다는 듯. 따뜻한 리넨 천. 공손히 머리를 숙인다. 황혼이다. 연기가 난다. 그들은 저 너머 개간지를 바라본다.

브라보! 라고 신랑의 아버지가 소리친다. 마지막 톤은 미끄러진다. 자자는 활을 채찍처럼 흔들면서 음악을 마친다. 그는 손등의 소매 레이스를 흔든다. 그들은 손으로 치면서 그들에게 소리쳤다. 자자는 무도장을 향해 허리를 굽혔다.

모든 것이 점잖은 방법으로 얻은 것이다, 라고 신랑의 아버지가 저 앞 개간지를 보면서 말했다. 기다려 보는 것이지, 라고 그가 말한다. 전망이 더 나쁜 곳도 있다.

앙코르 곡을 연주할 때 경찰들이 온다.

세 번째 날에 개간지의 숲에 모인 사람들은 염소 머리 고기 빼놓고는 모두 다 먹어 치웠다. 그들은 밥과 꽃상추 사이에서 기다린다. 헛수고다. 우리는 금방 다시 시작한다. 신부의 아버지가 청한 꽤 유명한 곡이다. 손님들은 원을 지어 연습은 이미 충분히 했다는 듯 바로 돌기 시작한다. 나는 가만히 서 있다. 나는 지켜보아야 한다.

경찰관 중 두 명은 평상복을 입고 있다. 이 고장 출신의 제복 입은 경찰도 그들 가운데 있다. 나는 부서지는 무도장 바닥의 바깥 가장자리에 서서 지금 빙빙 돌고 있지 않는 유일한 사람으로 그들을 바라보고 있다. 원형으로 춤추는 사람들을 보려고 그들은 목을 빼고 있다. 자자는 두 눈을 감고 서 있다. 서막의 두 음이 아직 남아 있고 활이 떠다니다가 마지막으로 긋는다. 단숨에. 그러고는 다시 더 힘차게, 빠른 춤곡이다. 원은 다 함께 좁아졌다가 다시 펼쳐진다. 각 쌍들은 큰 걸음으로 바깥쪽에서 안쪽으로 지나간다. 자자는 두 눈을 감고 더 빠르게 연주하면서 무릎을 꿇는데 두 팔꿈치와 바이올린은 거의 땅으로 숙여지고 평상복 입은 경찰들 눈앞에서 사라진다. 원의 눈 역할을 하는 사람은 비틀거리며 자기 주위를 돈다. 제복 입은 사람이 어디에서 어디까지가 무도장인지를 가리키고 있다. 그들은 정신없이 뛴다. 각 쌍들은 사각형 주위를 도는데 질서 없는 무리가 되고 징 박은 굽을 가진 구름이 되어 우리의 두 발 가까이를 지나간다. 콘크리트가 삐익거리고 쿵쾅대다가 내 발 속에서 떤다. 나는 완전히 뒤로 물러서서 콘트라베이스 주자에게 가고 그는 계속해서 같은 두 현을 잡아 뜯는데 그게 내 등을 따라 높이 올라가며 진동한다. 심벌즈 주자는 마치 이제는 멈추지 않겠다는 듯 오랫동안 떨고 있도록 놔둔다. 그는 나만 보는데 내가 왜 서 있는지 의아해한다. 춤이 일으키는 바람은 내 머리카락을 끄집어내어 눈을 비빈다. 나는 심벌즈 주자가 이제는 보지 않고 콘트라베이스 주자도 눈을 감고 보지 않고 있음을 본다. 자자도 마찬가지인데, 춤추는 사람들 뒤 어디엔가 아주 깊숙이 박혀 있기 때문이다. 그들은 식탁에서 온 신부 아버지가 제복 입은 사람과 이야기하는 것을 보지 않는다. 평상복 입은 사람이 내 쪽을 걱정스럽게 바라보고 자자는 이제 더 이상 보이지 않는 무도장을 건너다보고 있다.

보이지 않는다. 그 소리들은 자자 안에서 보이지 않으면서 때린다. 박쥐가 날갯짓하고 새들이 짹짹거리고 쥐들이 찍찍거린다. 바닥의 화난 소리들. 소년은 깜짝 놀란다. 우리는 채석장의 높은 갈색 기둥 아래에 있다. 그 소리들은 자자의 목에서 나온다. 그는 웃고 있다. 그가 마치 바이올린을 잡고 있는 것처럼 손가락들과 손을 움직인다. 그러나 그 소리들은 다른 곳에서 나온다. 안에서, 아래에서, 목에서 보이지 않게 나온다. 그는 기둥 아래 어두운 곳에서 있고 기둥들은 금방이라도 쓰러지려 한다. 암벽은 비어 있고 짐승들은 그 안을 다 파고 들어갔다. 소리 내는 몸, 자자의 두 손,

자자의 목.

나는 그것을 정확히 본다. 나는 그의 무릎 위에 앉아 있다. 나는 연기가 어떻게 그의 목 안에서 파도를 치는지를 본다. 그는 그것을 길게 아래로 보내고 있다. 마침내 그가 몸 밖으로 내보냈을 때 그가 쉬는 숨에선 곡식 냄새가 난다. 자자는 허리의 자기 손을 풀어 담배를 집는다. 소년들이 같이 담배를 핀다. 우리는 마당에 앉아 있다. 소년은 침대 속의 할머니에게 가 있다. 자자는 손으로 다시 나를 감싸는데, 빙 둘러 배 위까지 온다. 내가 너무 말랐기 때문이다. 나는 그가 너무 커서 휜다는 생각을 한다. 자자의 손가락은 따뜻하다. 잡아당긴다. 안쪽으로. 두드린다. 자자는 손가락을 움직이지만 소리는 다른 곳에서 나온다. 웃음. 말을 거의 하지 않음. 내게 와. 크레올 꼬마.

나는 악사 테이블에 앉아 있고 나의 춤추는 다리들은 내 아래에 걸려 있다. 자자 트리오의 젊은이들은 닭고기 수프를 먹는다. 자자가 노래를 세 곡 한 다음에, 신부 아버지가 경찰관들과 사라진 다음에 나는 먹지 않고 복도와 부엌과 세면대로 가는 문만 바라보고 있다. 무도장은 아직도 뜨거운데 비어 있다. 치차 듀엣이 느린 더블 룸바를 연주한다. 셋째 날에는 거의 춤을 추지 않는다. 두 발이 모두 아프다. 목도. 그들은 이제 더 이상 노래를 하지 않는다. 그들은 식탁에 앉아 중얼거리고 있다. 나는 일이 어쩌다 이렇게 되었는지, 누가 말을 했는지 모른다. 그러나 나는 그들 모두 그걸 알고 있다는 것은 안다. 악사들 때문에 경찰이 왔다는 것이다. 그들은 중얼거린다. 자자 트리오의 젊은 아이들은 늘 그렇듯 아무 말도 하지 않는다. 콘트라베이스 주자는 자기 수프를 모두 다 떠먹고 빵을 입 안에 욱여넣고 시계를 본다. 무심하게. 심벌즈 주자는 두 스푼 먹을 때마다 한 번씩 부엌문만 계속 바라보고 있는 나를 본다. 먹어 두어라, 오늘은 긴 밤이 될 거야.

자자는 그의 하얀 수건을 어깨에 걸치고 온다. 그는 미소를 지으면서 식탁 사이를 걸어간다. 아름다운 신부가 그의 뒷모습을 쳐다보고 그녀의 하얀 신랑도 보는데 자자는 아무도 보지 않는다. 자자는 내가 남긴 수프 접시를 가져다가 마저 먹는다. 신부 아버지가 큰 식탁을 가리키지만 평상복 입은 경찰들은 식탁보를 덮지 않은 구석 테이블로 가서 앉는다. 신부 아버지가 웨이터에게 손짓을 하고, 그는 경찰들 앞에 놓인 식탁을 젖은 행주로 깨끗이 닦는다. 나는 그들이 내 앞을 지나갈 때 행주 냄새를 맡는다.

나는 혼자서 돈다. 우리는 다시 연주한다. 식탁에서 웅얼거리는 소리들. 나 혼자 개 발자국을 찍고 있다. 나, 저쪽 누군가를 보고 있다, 라고 제복 입은 남자가 평상복 차림의 남자들에게 말한다 그리고 바로 그는 큰 식탁에 앉는다. 그는 맨 끝에 앉아서 두 손을 흔든다, 그리고 이야기한다. 그는 수도에서 온 경찰관들이 바이올린 주자 때문에 왔다고 말한다. 그 집시 때문에 말이다. 심각한 일이다. 그는 더 이상 이야기하지 않는다. 경찰 비밀이다. 자자 트리오가 결혼식 연주를 끝까지 할 수 있는 것은 신부 아버지 덕이다. 협상을 잘한 것이다. 그런 일은 아무나에게 기대할 수 없다. 그러나 사람들은 그들을 잘 관찰하고 있어야 하고 모든 것이 끝나면 사람들이 그를 데려갈 것이다. 그 바이올린쟁이 말이다. 아니면 그들 셋 모두를. 확실한 것이 확실한 것이니까. 경찰이 말을 하는데 오른쪽 다리를 떤다. 그래서 그의 모자가 무릎에서 떨어지려고 한다. 그다음에 그는 모자를 집어 드는데 한동안은 떨지 않는다. 그다음에 사람들이 뭔가 새로운 게 없는지를 묻고 그는 다시 처음부터 시작한다. 말하는 것, 떠는 것.

치차 듀엣의 다음 교대 순서는 없다. 자자는 그냥 연주를 계속한다. 젊은이들이 서로 눈짓을 교환한다. 치차 듀엣은 신부 아버지와 눈짓을 교환한다. 신부 아버지는 그들과 식탁에 앉아 조용히 이야기한다. 형제들은 믿을 수 없다는 표정으로 어깨를 움찔하고 우리 쪽을 멍하니 본다. 우리는 연주를 계속하고 나는 프로들과 같이 있으므로 흔들리지 않고 묻지도 않고 시선 교환도 하지 않는다. 치차 듀엣이나 젊은이들, 손님들과도 하지 않는다. 손님들은 오로지 그것만 기다리고 있는데 바로 우리들의 눈짓이다. 나는 자자하고도 눈짓을 나누지 않는다.

자자는 다시 첫날처럼 연주를 한다. 말 울음과 천둥이다. 그러고 나선 바람인데 바람은 텅 빈 마차에 탔다가 내린다. 그러고는 새소리처럼, 그리고 물소리처럼 들린다. 식탁이 조용해진다. 나는 시작한다. 천천히, 천천히. 나는 엉덩이를 흔든다. 한 음 한 음. 눈을 감는다. 사람들이 나를 쳐다보는 것도 보지 않는다. 그들은 내 움직임을 본다. 리듬이 온다. 자자가 리듬을 불러온다. 바람의 울음과, 철로 소리와 썰매 끄는 마차 사이 멀리에서 온다. 타타-탐, 타타, 탐, 빠르게, 깊게, 젊은이들이 빠져든다. 신선하다. 나는 엉덩이를 움직인다, 한 바퀴 돈다, 방울 소리가 내 주위에서 날아다닌다. 한 음 한 음. 나는 모든 것을 아주 정확히 듣는다.

포도주, 라고 누군가가 식탁에서 말하고 모두가 그 말을 반복한다. 포도주, 라고 신부의 아버지가 말한다. 사람들이 백포도주를 두꺼운 물병에 가져온다.

우리는 다음 곡을 연주하는데 내가 모르는 노래이고, 리듬이 없는 노래를 다시 한 곡 하고, 그다음에는 리듬을 가진 곡 하나, 활과 막대가 현에 그리고 나무판에 이 리듬을 두드린다. 내 두 발은 이 리듬을 거친 콘크리트 바닥에 친다. 박자를 맞춘다. 그들은 우리 모두를 쳐다보며 한 잔 한 잔 비운다. 이제 드디어 흥이 오른다, 라고 보라색 바지를 입은 신랑 아버지가 말한다. 나는 어지러워진다. 자자가 나를 부르는 소리를 듣고 방향을 돌려 나도 그를 보는데 잠깐이다. 나는 방향을 돌려 그가 지나가는 것을 보고 그의 하얀 손이 파득거리는 것을 보고 그의 발이 세차게 움직이는 것을 본다. 포도주, 라고 신랑 아버지가 신부 아버지에게 말하고는 주먹으로 식탁을 치며 리듬을 두드린다.

신부의 아버지가 하얀 얼굴로 복도로 향하는 문 안에 서서 손짓을 한다. 새 단지들이 들어온다. 아름다운 신부는 부엌문에 서 있는 아버지를 보지만 아버지는 신부를 보지 않는다. 그는 아무데도 보지 않고 신랑 아버지에게 고개를 끄덕일 뿐이다. 신랑 아버지는 포도주와 분위기의 흥을 더 요구하며 웃고 있다. 탁자에서 사람들이 같이 웃어 준다. 자자는 조롱 곡, 열두 마디짜리 곡을 연주하고 활을 껑충껑충 뛰고 울게 만든다. 식탁에서, 두 발이 실룩거린다. 말! 이라고 소리친다. 보라색 바지를 입은 신랑 아버지의 목소리다. 그러자 사람들이 웃는다. 말. 누군가 휘파람을 분다. 말 훔쳐 갔다. 하하! 사람들이 우리를 쳐다본다. 신랑 아버지는 벌써 부엌문에서 나와 술 단지 두 개를 들고 식탁으로 간다. 마셔요, 그리고 그들에게 이야기한다. 3일짜리 결혼식에 와서 맨송맨송 집에 돌아갈 생각은 아니잖아요? 그들이 마신다. 그들은 닭의 발과 목을 잡아 빼고 접시의 식어 버린 염소 머리를 뜯고 새끼 돼지의 귀를 잘라 내고 또 다른 귀도 잘라 낸다. 어떤 여자는 웃으면서 너덜거리는 짭짤한 껍데기를 빨아 먹는다. 그 여자의 입술과 손가락이 번들거린다. 그리고 자자의 피부는 금박처럼 두 뺨 위에 정확히 입혀져 있다. 그의 손. 여자는 돼지의 귀를 내려놓고 이제는 그를 뚫어지게 보고 있다. 그가 갑자기 그 여자 앞에 바싹 다가가 활을 당긴다. 소매 끝 장식과 신경, 손가락 사이에서 천천히 여유 있게 당긴다. 천천히 뺀다. 그러고는.

빨리빨리. 거의 숨을 쉴 수 없다. 금속을 박은 하이힐이 콘크리트 바닥에서 찌익 소리를 낸다. 여자들은 서로 어깨를 잡고 다가갔다가 자기들끼리 통과해 지나간다. 그들은 무릎을 돌린다, 하나, 둘, 셋, 돌린다. 발 앞에서 발 뒤에서, 그들은 원을 만들어 사각형 바닥을 돌아간다, 완전히 내가 가는 대로. 그들은 나를 밀어낸다. 자자도 심벌즈 뒤에 서서 진지한 얼굴로 연주하고 있다. 그의 모든 것이 다 긴장하고 있다. 금박. 나는 두 손의 신경들이 교대로 피부를 어떻게 늘이는지 바라본다.

원이 두 개다. 안쪽과 바깥쪽. 그 가운데 있는 세 번째 원이 바로 나다. 그들은 나를 중심으로 돌고 있다. 새로 태어난 짐승들의 소리. 그들은 춤을 춘다. 원 하나는 오른쪽으로, 다른 하나는 왼쪽으로 지나가는데 마치 선반 톱 같다. 땀투성이의 붉은 얼굴, 부드럽고 지친 머리카락이 아래로 떨어진다. 제복 입은 남자가 문에 서서 머리를 흔들고 있는데 포도주 잔이 들려 있다. 악사 테이블의 치차 형제들은 기분 나쁘다는 듯 우리 쪽을 째려본다.

식탁 끝에 있는 신랑과 신부가 일어선다. 너희들은 여기 있어라, 하고 신부 아버지가 자기 딸에게 말한다. 그는 손에 물병을 들고 있다. 고마워요, 라고 신랑과 신부가 말한다. 둘은 손을 잡고 식탁 사이를 지나고 춤추는 사람들을 지나가면서 고개를 끄덕이고 고맙습니다, 라고 인사한다. 아무도 그들에게 주목하지 않고, 시비를 걸지도 않고, 한 번 더 키스하라고 요구하지도 않는다. 사람들은 웃으면서 어깨 뒤로 손을 흔들어 준다. 신부의 아버지가 평상복 차림의 경찰들에게 물병을 갖다 놓는다. 그들은 머리를 흔든다. 신부가 간다.

벌써 날이 밝아 온다. 나는 빙글빙글 돈다. 나는 두 팔을 뻗어 머리 위로 들어 올리고 한 발로 다른 한 발을 돌면서 춤을 춘다. 먼지 알갱이들이 내 발바닥 아래에서 사각거리고, 금속처럼 내 발가락 사이에서 번쩍거리며 찌른다. 세 밤 내내 춤을 추어야 하는데 네가 할 수 있겠니? 여자들이 두 팔을 뻗어 머리 위로 들어 올리고 한 발로 다른 한 발을 돌면서 춤을 춘다. 여자들의 목걸이가 찰랑거리고 그들의 황금빛 술이 찰랑거린다. 그리고 계속, 한 발 앞에 한 번, 한 발 뒤에 한 번, 안쪽으로, 바깥쪽으로, 돌고, 또 돈다. 나는 어지럽다. 나는 두 바퀴 돌 때마다 방향을 바꾸지만 그래도 어지럽다. 한가운데는 뜨거웠고 나는 여자들의 냄새를 맡는데, 달콤하다. 그 달콤한 냄새가 나를 휘감고, 여자들은 점점 축축해지는 콘크리트 위에서 원을 그리며 미끄러져 간다. 나는 가만히 서 있다. 땀이 코 옆으로 흘러내린다. 나는 콘트라베이스 연주자의 목을 볼 수 있고 춤추는 사람들 사이에서 간간이 자자를 바라본다. 어떻게 서 있는지, 얼굴과 몸은 아무 움직임이 없고 오로지 팔꿈치 아래만 움직이는데, 활을 움직이고, 손가락들을 움직인다. 그의 입 주위에서 반짝거리는 침이 작은 점을 만든다.

나는 입을 계속 연 채로 있어 내 이빨과, 그의 작고 딱딱한 입술과 수염을 느낀다. 쓴맛, 담배 냄새와 활의 송진 맛이 난다. 그의 혀는 천천히 움직이고 짧은 눈썹과 닫힌 눈꺼풀 뒤의 눈알이 재빨리 움직인다. 그는 나에게 키스를 한다, 마당에서, 빗물 통과 야외 화장실 사이에서. 나는 계속 눈을 뜨고 있다. 눈이 녹색이군, 이라고 그가 말하면서 아주 예뻐, 바다 같구나, 라고 덧붙인다. 빗물 통의 물이 흔들린다. 녹색의 파리 한 마리가 발로 그 물을 건드린다.

그들이 우리를 보고 있다. 사프란을 넣은 밥으로 가장자리를 두르고 가운데에는 염소 머리를 놓았는데 염소 눈이 파랗다. 그들이 우리를 보고 있다. 지금까지 남아 있는 세 명의 손님이다. 그들은 식탁에서 햇빛 속으로, 기름 범벅이 된 천막으로, 내가 비틀거리며 혼자서 춤을 추는 검게 칠한 콘크리트 바닥으로 눈을 껌벅거린다. 유일하게 이 식탁에 앉아 있던 작은 남자가 식탁 모서리에 미끄러져서 지금 그 사람은 금방 나온 염소 머리처럼 보인다. 그 역시 바라보고 있다. 연주를 그치지 않는 자자의 단호하고 정확한 얼굴을 본다. 문에 서서 기다리는 경찰들을 본다. 우리 모두가 보고 있다.

태양이 나뭇잎 천막의 시든 천장을 찌른다. 자자가 바이올린을 팔에 들고 노래를 한다. **시골길에 경찰이 두 명 온다네. 아, 하느님, 저는 어떻게 해야 합니까. 제가 남으면 그들은 저를 두드려 패고 제가 도망가면 그들은 저를 죽입니다. 아, 하느님, 제가 어떻게 해야 합니까. 제가 남으면 그들은 저를 체포하고, 제가 도망가면 그들은 저를 죽입니다. 그들은 저를 죽입니다.**

나는 가만히 서 있었다. 내 장미 원피스는 착 가라앉기 전에 한 번 더 많이 펄럭인다. 신부의 아버지는 부엌문에 기대서 있고 그의 충혈된 제비꽃 눈은 흐릿하다. 신랑 엄마는 염소 머리 앞에 앉아서 먹고 있다. 이제 꽈당 미끄러져 넘어졌던 작은 남자가 갑자기 깨어난다. 브라보! 라고 소리친다. 브라보! 브라보! 삼중주는 이미 연주를 멈추었고 모두가 서 있고 젊은이들도 악기를 손에 들고 있다. 그래서 사람들은 이 작은 남자의 목소리만 듣게 된다. 쉰 목소리로 그가 외친다. 브라보! 브라보!

자자가 악기를 조심스럽게 케이스에 집어넣는다. 그는 하얀 수건으로 손을 닦는다. 여기, 크레올 꼬마야, 라고 그가 말하면서 나에게 그 수건을 던져 준다. 그러고는 좁은 수염 뒤에서 나에게 다정한 미소를 지어 준다.

신부의 아버지가 소년을 부른다. 할머니가 소년을 데려가지만 그 아이를 보지 않고, 또한 자자도 마치 이 세상에 없다는 듯 보지 않는다. 할머니는 음악가들 사이에 발수건을 손에 들고 서 있는 나를 본다. 자자가 무릎을 꿇고 소년의 뺨에 다정하게 뽀뽀를 해 준다. 나는 앞에 삐죽이 나온, 장밋빛 피부를 접촉하는 그의 입술을 바라본다. 자자의 딱딱한 입술 그리고 부드러운 피부. 나는 그게 얼마나 아픈지를 느낀다. 젖꼭지 뒤에서 뭔가 콕콕 쑤신다. 내 두 발의 때는 너무 두꺼워서 마치 가죽 같고, 너무 무거워서 마치 안짱다리가 된 듯한 느낌이다. 화끈 열이 난다. 나는 아래를 내려다볼 생각을 하지 못한다. 자자는 악기를 팔 밑에 끼고 있다. 나는 이제 혀로 송진 맛을 느끼기 위해 활을 핥는 일은 더 이상 할 수 없을 것이다. 나는 그의 수염에 새치가 섞여 있는 것을 이제야 본다.

사복 경찰들이 자자를 바깥으로 인도한다. 할머니는 소년의 손을 잡고 있다. 심벌즈 연주자가 악기를 내려놓는다. 보라색 바지를 입은 신랑의 아버지가 들어와 부인에게 간다. 무슨 일인데? 라고 그가 말한다. 당신, 여기서 겨울을 나려고 해? 그녀는 뭔가 말을 하지만 입 안에서 틀니가 딱딱거린다. 부인은 입술 뒤로 훅 하면서 틀니를 당기고 남편의 손을 잡는다.

*

자자는 맨손으로 소리 없이 아내의 목을 졸랐다. 여자는 천천히 바닥에 미끄러지고, 그는 아내를 부엌 바닥에 그대로 내버려 두었다. 여자는 죽지는 않았지만 움직일 수도, 누구를 부를 수도 없다. 여자는 이웃 사람에게 발견되었다. 여자는 타일 바닥 위에 누워 물고기처럼 계속 입을 열고 있었다.

뷔페

검은 땅 위에 저러고 서 있을 때 오빠는 마치 새집처럼 보인다. 그리고 두 팔을 쭉 뻗으면 전나무처럼 흔들거리고 정장은 넝마처럼 그의 몸에 걸려 있다. 내 일란성 쌍둥이 여동생들이 웃는다. 그 사이 날이 완전히 밝았다.

나 이제 가서 뷔페 문 열어야 돼, 라고 말한다. 곧 손님들이 올 거야.

언니가 가서 뭘 어떻게 한다는 건데, 라고 물으며 일란성 쌍둥이 여동생들이 다시 웃는다.

문 열어야 된다니까, 라고 내가 말한다. 너희들도 집에 갈 시간이야.

나는 그 애들에게서 몸을 돌린다. 걔들은 무도회 복장으로 긴 나무 의자와 식탁 사이에 서 있다. 나는 그 애들에게서 몸을 돌리려 하지만 잘되지 않는다. 빨간 블라우스 아래로 내 배가 무겁고 딱딱하게 튀어나와 있기 때문이다. 나는 그 자리에서 배를 움직일 수가 없다.

그건 왜 그런 거야? 라고 쌍둥이 여동생들이 묻는다. 언니는 아직 처녀인데.

이젠 엄마까지 어디에선가 나직이 웃는 소리를 듣는다.

잘 모르겠는데, 라고 내가 말한다. 연회에서 많이 먹어 그런 거 아닌가.

그러자 다시 모두들 웃는다. 숲지기인 오빠만 웃지 않는다. 그는 마치 전나무처럼 흔들린다. 연회용 검은 정장이 늘어져 있고 셔츠는 땀이 나고 찢어져 마치 수의 같고 배가 드러나 있다. 오빠는 나에게 자기 흉터를 보여 준다. 배꼽 옆 오른쪽에 덧셈 기호 모양의 흉터가 있다. 내 얼굴이 빨개진다. 나는 민망해진다. 나 때문에 그런 게 아니잖아, 라고 말하고 싶어진다. 내 배 속에 뭐가 들어 있는지 나도 모른다. 나는 내 배 속에서 아무것도 들어내지 않았다. 그러나 아무 말도 하지 않는다. 나도 확실히 모르기 때문이다. 나는 숲지기 오빠에게 몸을 돌리고 돌처럼 딱딱한 몸을 보여 준다. 어쩌면 오빠가 거기에 대해 할 말이 있을지도 모른다. 그러나 오빠는 아무 말도 하지 않는다. 오빠는 언제나 아무 말도 하지 않는다. 그저 나를 바라볼 뿐이다. 화가 나서, 그리고 술에 취해서, 그리고 자기 흉터를 가지고서. 나는 블라우스를 움켜쥐고 높이 들어 올리려 한다. 그 아래 뭐가 있는지, 이 배가 도대체 왜 그런지 한번 보려고 한다.

이제 꿈 좀 그만 꾸고, 라는 엄마의 목소리를 듣는다. 너는 가야 돼.

그것은 오두막이다. 나무로 만들었다. 이곳의 모든 것이 다 그렇다. 지붕은 갈대로 덮여 있다. 이곳의 모든 것이 다 그렇다. 정면에는 매듭 모양의 붉은 글자가 적혀 있다. 뷔페라고. 나는 이곳에서 일한다.

집시 갈보! 그가 땅바닥에 누런 것을 토해 낸다. 숲지기인 오빠는 몸 상태가 좋지 않다. 그는 뷔페 앞 땅바닥에 쓸개즙을 토해 낸다. 문을 열고 바람이 부는 쪽으로, 그래도 내가 있는 접수대 앞은 비껴서 토한다.

숲지기 오빠가 쓸개 수술을 받은 이후, 그리고 지난 주말 이후 상태가 좋지 않다. 신학생이었던, 명랑한 다른 오빠가 결혼한 이후로 말이다. 집시 갈보. 오빠는 빠진 이 사이로 바람을 끌어들인다. 혀가 빠져나와 찍 하는 소리,

맞아, 라고 내가 말한다. 그런데 오빠도 밤새 개네들 옆에 있었잖아. 그건 고마운 일이긴 했어.

그건 사실이다. 오빠는 착한 사람이다. 비록 오래전 과거라 해도, 쓸개 수술을 받고, 특히 결혼식 이후로 그 누구에게나 다정한 말을 건네지 않아도 말이다.

너는 내내 어디 있었냐고 오빠가 묻는데 비난처럼 들린다.

나도 거기 있었어, 라고 말하는데 왠지 변명처럼 들린다. 나는 탁자 옆 내 자리를 말해 준다. 왼쪽에 있었어. 오빠는 술에 취해 있어 나를 보지 못한 것이다. 나는 빨간 블라우스를 입고 있었어, 라고 말하고는 바로 그 색깔을 받아들인다. 그러나 오빠는 내 말

을 전혀 듣지 않은 것처럼 **신랑과 신부라니, 이 둘이 얼마나 예쁜가**라는 노래를 웅얼거린다. 아니, 오빠는 이를 가는 것 같다.

오빠와 내가 일하는 뷔페는 국립 공원 한가운데, 평평한 땅 위에 흙을 높이 돋아 올린 곳의 한가운데 가장 높은 데 있었고, 좌우로 전망탑 두 개가 호위하고 있었다. 거기에선 거의 모든 것을 볼 수 있었다. 방문객들의 접근이 금지된 새들의 도래지, 황소 초원, 포도밭들, 하얀 강, 그리고 마찬가지로 접근이 금지된 습지와 야생 숲 일부까지도.

그곳은 바람이 심한 일터였다. 가장 높은 곳. 바람이 휘파람을 불며 지나가는 곳. 얇은 냅킨이 냅킨 꽂이에서 펄럭거리는 곳. 유리 틀 안에 끼워 넣은 가격표가 찍찍 소리를 내는 곳. 나는 할머니들처럼 복대를 두르고 있어야 했다. 나는 그게 창피했다. 그걸 두르고 있으면 외모에 도무지 신경을 안 쓴다거나 손님에게 내가 고장의 전통 관습을 따른다는 인상을 줄 수 있었다. 그러나 이 말들은 모두 사실이 아니다. 나는 뷔페에서 하는 내 일을 소중히 생각한다. 손님들에게 예의를 지키고, 또 환영한다는 뜻으로 항상 문을 열어 놓고 있기 때문이다. 그래야 대기 줄의 손님들이 계속 안으로 들어오고 바람 또한 지나간다. 허리의 복대는 뚱뚱한 내 몸을 더 두드러져 보이게 했다. 내 마음대로 해도 된다면 물론 나는 절대 두르지 않을 것이다.

다리는 가느다란데 허리에는 두꺼운 수영 튜브 같은 것을 세 개나 두르고 있으니 가슴 바로 아래까지 바람을 빵빵 넣은 것 같다. 예전에 사람들은 시간이 가면 젖살은 빠진다고 했지만 그렇지 않았다. 그게 무슨 상관이니, 라고 엄마는 말했다. 그것보다도 너는 이 세상 살기에 너무 무르고 또 너무 경건하니 선생님이나 되는 게 낫겠다. 그건 그렇다 치자. 하지만 선생 노릇은 어떻게 한다니, 말을 해야 하는데 도대체 너는 어떻게 할 거니?

숱지기인 오빠의 약혼녀는 항상 말을 폭포수처럼 쏟아 놓는다. 입소문 내기 좋아하는 사람들은 그 약혼녀가 험담을 좋아한다고 한다. 우리가 그 약혼녀를 좋아했을 때는 그녀가 험담하는 것도 좋아했다. 약혼녀는 우리 집 부엌 식탁에 앉아 다른 사람들에 대해 험담을 했고 우리는 신나게 웃어 댔었다. 머리숱이 그다지 많지 않고 가난해 보이고 특히 이빨이 그래 보인다고 아버지가 말했다. 그때 약혼녀가 너는 어떻게 생각하는데? 라고 나에게 물었다. 그러나 내가 대답하기도 전에 모두가 웃기 시작했다. 나는 얼굴이 빨개지고 늘 아무런 대답을 하지 않기 때문이다. 우리 집 부엌 식탁을 빼곤 나는 한마디도 하지 않았다. 특히 가게나 거리, 학교 같은 다른 장소에서는 절대로 말을 하지 않았다.

가만히 앉아서 아무 말도 안 하면 바보처럼 보인다는 것은 나도 잘 알고 있다. 그리고 그게 나를 화나게 만든다. 왜냐하면 나는 바보가 아니기 때문이다. 머리만 놓고 보면 너는 선생님이 되었어야 했어, 라고 엄마가 말했다. 가끔은 바보처럼 보이지 않는다. 그냥 당황한 것처럼 보인다. 그러면 사람들이 집으로 돌아가 뒤에서 뭐라고 수군대는지, 그들이 생각하는 걸 나는 안다. 그 아이는 너무 당황하더라, 그렇게 뚱뚱하면 이상한 일도 아니지. 그리고 사실은 이게 나를 더 화나게 만드는데 사람들이 동정하기 시작하면 도무지 맞설 방법이 없기 때문이다. 그 사람들은 너를 질투하는 거야, 라고 아버지가 말하지만 차라리 그편이 더 낫다. 자명한 이치지, 라고 수습 사제인 오빠가 말한다. 두 사람 말이 다 맞다. 모든 사람들 말이 다 맞다. 도대체 어떻게 수업을 하려고? 라고 그들이 내게 묻는다. 여섯 살짜리도 너보다는 말을 더 잘하겠다.

사람들 말이 다 맞다. 그래서 일이 지금처럼 된 게 기쁘다. 나는 뷔페에서 일하는 것이 좋기 때문이다. 인구는 달랑 5백 명이고 설탕 공장에 갔다가 돌아올 때까지 달랑 5백 보(步)이고 학교라고 해 봐야 겨우 50보 거리인 그런 마을에만 있지 않고, 어디 다른 곳에 가서 일하는 것은 좋은 일이다. 나는 숲지기 오빠에게 감사해야 하고 실제로 감사한다.

이곳 손님들은 대개 자전거를 타고 오는 외지인들이다. 그들은 나를 뷔페에서 일하는 여자로만 알고 있고 대부분 친절하다. 몇 년 일하면서 나는 어떻게 해야 폼 나게 등장하는지를 배웠다. 그건 어렵지 않다. 말할 때 외국어 몇 마디만 섞으면 된다. 당당함, 물론 이것도 필요하지만, 그러나 참한 뷔페 여종업원이 되려고 늘 애쓸 필요도 있다. 내 생각에는 그게 당연하다. 그러나 내가 아는 많은 다른 사람들은 그렇지 않다. 뷔페 여종업원들, 그 어떤 권력도 이보다 더 작을 수는 없다. 그 여자들은 평생 한 번도 사람을 제대로 올려다보려고 하지 않는다.

바람도 항상 나쁜 것은 아니다. 겨울에는 문이 닫혀 있고 난방을 하기 때문에 뷔페에는 나무 착색제와 수지 냄새가 난다. 내 배에 두른 복대에서는 축축한 세제 냄새, 오빠와 내가 아침에 타는 지프차 냄새, 그리고 종이컵에 담아 서빙하는, 끓인 포도주 냄새가 난다.

매니저가 당신은 몸도 재빠르고 딱 각이 잡혀 있네요, 라고 나에게 말한다. 당신은 나를 놀라게 했어요. 덕분에 손님들도 다들 오른쪽부터 제대로 줄을 맞춰 서 있고요. 게다가 지불할 돈을 준비해 손에 쥐고 있지요. 가능하면 액수도 딱 맞추어서요. 숲지기의 여동생이 여기서 일하고부터 매상이 엄청 올랐어요. 공원에서 오는, 고무장화를 신은 남자들은 개는 뭘 훔치기엔 너무 멍청한데다 또 너무 경건하다고 말한다. 그래서 어쨌다는 건가. 나는 어떻게 행동해야 할지 모르겠다. 경건하다고. 그런데 도대체 경건한 게 뭔지 알기나 하면 좋겠다.

나는 교도소 식당 뷔페에서 일을 할 수도 있었다. 하지만 그곳 사람들은 부부가 오거나 아니면 적어도 남자가 오기를 바랐다. 여자는 위험해. 한 명만 와도. 그가 나를 바라본다. 어떤 여자가 와도, 라고 우리 부엌 식탁의 남자가 말한다. 그러자 함께 있는 사람들 모두가 고개를 끄덕인다. 나는 전자레인지 옆에 서서 살인범들과 같이 있으면 어떨까, 라고 생각해 본다. 살인자 중 상당수가 섬세하다고 한다. 여자들은 그런 사람들과 사랑에 빠진다. 그리고 여기 교도소에는 중범죄자들만 데려온다. 살인범들, 아니면 옛날에는 정치범들도 있었다.

그렇지만 교도소는 매일 다니기에는 너무 먼 데다 내가 기거할 방도 없었다. 우리 부엌에 둘러앉은 사람들 중 하나가 반론을 제기하며 자기라면 교도소에 방을 하나 내 달라 하고 거기서 조기 퇴직을 할 수도 있다고 말한다. 감방 정신병 때문에라도 말이다. 사람들이 웃는다. 그다음에 사람들은 진지하게 그 가능성에 대해 생각해 본다. 그러고는 뭔가 시샘하는 듯한 침묵이 흐른다. 여기서는 모두들 대놓고 조기 퇴직 이야기를 한다. 국경 저 너머에서 일하는 사람들 빼고는 말이다. 그중 어떤 사람은 이미 20대에 척추뼈가 부러졌지만 일을 그만두지 않았다. 숲지기 오빠는 국립 공원 땅바닥에 누런 것을 내뱉는다. 쓸개즙이야, 라고 우리는 말한다. 그는 배 전체에 가로세로로 엇갈린 흉터를 가지고 있다. 커다란 덧셈 기호 모양으로.

그럼에도 불구하고 우리 모두에게 마음 놓이는 일이 하나 있다. 뷔페 주인은 소기업가이고 국경 감시인들처럼 공무원이 아니라는 거다. 그래서 감방 정신병은 소용이 없다. 그들은 부엌 식탁에 모여 앉아서 다시 웃는다. 나는 갑자기 창피해지기 시작한다. 감방 정신병이 아니라 그들이 나를, 그리고 소기업가 흉내 내는 것을 비웃는다는 생각이 들기 때문이다. 도대체 얘는 그걸 어떻게 하겠다는 것인가 하고. 그러나 그 말은 사실이 아니다. 그들은 나를 비웃는 것이 아니다. 그들은 이미 오래전에 나의 존재 자체를 잊어버렸다. 그들은 모여 앉아 있다. 너무나 꼭 붙어 앉아 있어 식탁 아래에서 무릎과 고무장화의 끝이 서로 닿을 정도다. 그들은 교도소 이야기를 하며 웃는다. 문 닫는 시간, 그리고 갇혀 있다는 것에 대한 생각이 그들에겐 전기처럼 짜릿하게 느껴진다. 심지어 엄마까지도 똑같이 음모자의 미소를 살짝 띠고 들락날락한다. 재미있는 농담 이야기가 나오면 말이다. 너는 왜 빵을 두 개나 팔 밑에 끼고 있니? 마누라가 생리를 하는데 탐폰이 없다네……. 그들은 더 이상 교도소 이야기를 하지 않는다. 그건 아니다. 하지만 그들은 여전히 같이 모여 있고 마시고 상상을 한다. 그때 온갖 이야기를 듣는다. 고기 다지는 법. 그 자리가 진짜 범죄자들에게는 어디일지. 그들은 마치 그들이 똑바로 앉지 않았다는 듯 긴 나무 의자를 앞으로 뒤로 밀어 댄다. 그들은 기지개를 켰다가 소곤거리다가 큰 소리로 웃어 댄다. 마치 사람들이 군대 이야기를 하듯 말이다. 거기에 있었던 그들의 시간. 특히 지위가 낮았던 사람들은 자기들이 어떤 수모를 겪고 어떻게 복수했는지에 대해 기억하고 이야기하기를 좋아한다. 예를 들어 콜라 병에 오줌을 싸서 준다든지 하는 일 말이다. 그리고 아마도 그들은 마음속으로는 옛 지위에 따라 교도소의 자리를 다시 배치해 보기도 한다. 제복이 달라도 제복 입은 사람들이 하는 비슷한 놀이이다.

그렇다. 교도소는 원래 나와 맞지 않는다. 교도소에서 일하고 있다가 누군가를 만난다는 것은 나에겐 괴로운 일이다. 내가 알고 지내는 어떤 사람이 있는데 가족 중 한 명이 교도소에 있으면 애써 감추려 할 것이다. 마치 우리 삼촌처럼. 먼 친척인 이 삼촌은 그 당시 결혼한 직후였는데 나랑은 잘 알지 못하지만 교도소에 1년 동안 있었다고들 한다. 그 삼촌이 모르는 어떤 아이와 이야기한 뒤에 아이의 입에서 뭔가 허연 것이 나왔기 때문이다. 삼촌은 술에 취해서 포도나무 줄기에 오줌을 누었는데 그 아이가 바로 옆에서 입을 헤벌리고 서 있었다고 한다. 나는 이 이야기가 진짜인지 아닌지 모른다. 어찌 되었든 교도소에서 내가 아는 어떤 사람에게 담배를 판다는 상황은 마음이 편치 않다. 그러면 그 가족에게도 불편할 것이다. 그들은 또한 내가 떠벌리고 다니지 않는 사람인 걸 모른다. 조심하느라 그들은 나에게 아는 척하지 않을 것이다. 마치 그랬다간 내가 아는 사실이나 우리가 아는 사이라는 사실도 잊어버릴 수 있다는 듯 말이다. 그렇게 되면 그들은 나를 더욱 미워할 것이다. 왜냐하면 아는 척하지 않는다는 것 자체도 위험할 수 있기 때문이다. 내가 모욕당한 기분이 들어서 복수심에 이야기를 하고 다닐 수도 있으니까. 그러면 모든 노력이 다 헛수고가 될 것이다.

잘 좀 봐, 라고 엄마가 말한다. 그러나 너무 늦었다. 귀리죽은 퍼런 불꽃에까지 넘쳐흘러 빨간 냄비에 허연 자국을 남긴다. 나는 가스 불을 낮추느라 호들갑을 떨고 급히 죽의 거품을 휘젓는다. 죽은 하얀 즙을 내게 푹푹 내뱉는다. 그러자 다시 모두들 웃어 젖힌다. 숲지기 오빠만 웃지 않는다.

너 또 꿈을 꾸는구나, 라는 말을 듣는다.

너는 무얼 기다리고 있니, 라고 엄마가 묻는다. 냄비는 높고 깊은데 하얀 증기 때문에 그 안이 보이지 않아 귀리죽이 얼마나 끓고 있는지를 소리로만 듣는다. 목은, 이라고 엄마가 보이지 않지만 가르쳐 준다. 그때 나는 이미 그것도 다 처리했다. 나는 손에 들고 있는 죽 그릇을 오빠에게 준다. 그는 그것을 기다리고 있다. 오빠, 나의 아프리카 아이는 자기의 귀리죽을 기다린다. 네가 자랑스럽구나, 라고 엄마가 말하는 소리를 듣는다. 엄마는 나를 북돋아 주려고 진지하게 말하는데 오로지 나를 위해서다. 나는 죽 그릇을 들고 있는데 아주 뜨겁다. 아무 말도 듣지 않고 있는데 엄마가 누가 말하면 흘려듣지 마라, 라고 말한다. 귀리죽은 나에게 푹푹 튀지만 나는 죽을 흘리지 않고 그릇에 잘 받아 낸다. 나도 이럴 때에는 내가 자랑스러운데 높이 튄 것을 받아 내는 것은 내 기술이다. 나는 아무리 죽이 뜨거워도 흘리지 않는다. 나는 오빠에게 죽을 준다. 환자식이다.

그런데 언제 내가 한눈을 팔았지? 오빠가 손을 쭉 뻗고 기다린다. 하지만 죽 그릇은 갑자기 내 손에서 식어 버리고, 끓는데도 불구하고 차갑고 무겁다. 더 이상 들고 있을 수가 없다. 그리고 귀리는 오래된 물감처럼 뻣뻣해진다. 내가 더 이상 먹여 줄 수 없는 오빠가 손을 멈추는 것을 나는 낙망해서 바라본다.

울지 마라, 라고 엄마가 말한다. 국립 공원에서 닭 목살은 전자레인지에 데워서 나온다. 잘못할 수가 없다. 숲지기 오빠는 새로운 뷔페에서 내가 일을 잘해 낼지 걱정한다. 접시 얼굴의 하얀 지배인은 스무 살도 채 안 된 숲지기 여동생인 나를 못 믿겠다는 듯 바라본다. 두 눈 아래의 투명한 피부는 잠을 덜 잔 것처럼 보인다. 그러나 나는 실수한 적이 없고 깨 먹은 유리잔도 열 개가 채 되지 않으며 계속해서 쉬지도 않고 일한 것이 벌써 4년째이다.

겨울에는 오빠와 함께 숲지기 차를 타고 일하러 간다. 국방색 칠을 한 지프다. 시동이 잘 안 걸리는 차인데 다시 계약하기도 어렵고 또 국립 공원은 돈이 없다. 지난겨울부터 차 아래쪽이 녹슬어서 구멍이 났고 그 밑으로는 잠이 드는 거리가 있다. 나는 차 타고 가는 내내 이 구멍으로 거리를 내려다본다. 오빠가 질척한 눈덩이가 자동차 안으로 튀어 들어오는 것을 바라고 있냐고 물어볼 때까지. 나는 구멍 위로, 거리 위로 고무 매트를 발로 밀어 버린다.

시즌이 시작될 때 우리는 서로 말을 나눴다. 날씨가 나쁘니 오빠랑 다시 차로 와야 한다는 등의 말을. 그리고 내가 고마워한다는 말도. 그냥 잠시 부르릉 하고 가는 것 정도일 거라는 말도. 그런데 조금 지나면 우리는 서로 아무 말도 안 한다. 때로 오빠는 노루들이다, 같은 말을 한다. 아니면 제기랄, 또 나왔네, 라고도. 그러고는 가속 페달을 밟는다. 도착했다고 그는 전화통에 대고 말하는데 자동차 모터는 여전히 부르릉거리고 있고, 그는 화를 내며 삐걱거리는 차 문을 쾅 닫아 버린다.

그리고 우리는 마지막 날에 다시 이야기를 나눈다. 시즌이 시작되는 전날이다. 우리는 이야기하면서 이날이 그날인 줄을 알게 된다. 우리는 가는 내내 이야기한다. 우리는 빙 돌아 숲을 통과해서 간다. 오빠가 갑자기 뭔가를 시험해 볼 생각이 나서, 아니면 나에게 뭔가를 보여 주고 싶어서인지 오빠는 야생 멧돼지에게 주려고 전날 갖다 놓은 사과 중 하나를 나에게 준다. 그게 뭔가를 나에게 준 마지막이다. 우리는 지난겨울 이야기를 한다. 또 다가올 여름에 대해 이야기한다. 오빠는 농담을 하고, 나도 농담을 하고, 오빠가 내 농담에 웃고, 사람들 이야기를 하면서 웃고, 부모님 이야기를 하면서 웃고, 오빠의 머리가 빠지기 시작한 것에 대해 웃고, 내 손안에서 너무 차가워 입술에 대고만 있는 야생 멧돼지용 사과에 대해 웃는다. 우리 사이에는 믿음이 있다. 오빠는 뷔페 앞에서 내가 차에서 내릴 때에도 계속 웃고 있었다. 오빠는 그곳을 떠나기 전에 내게 손을 흔들어 준다.

그러고 나서는 오빠를 오랫동안 볼 수 없었다. 여름에 나는 자전거로 마을과 국립 공원 사이를 지나다녔다. 숲지기 오빠는 같이 오지 않는다. 그는 야생 사냥꾼의 오두막에서 잔다. 오두막에는 침대가 없다. 나는 도대체 어디에서 자느냐고 묻는다. 오빠는 오두막에는 숙박이 금지되어 있기 때문에 제대로 된 침대는 있을 수가 없다고 말한다. 그러면 어디에서 자는데, 하고 내가 묻는다. 오빠는 그냥 대충, 이라고 대답한다.

그러나 대충 잘되지는 않았다. 올해는 많은 것이 처음부터 삐딱하게 흘러갔다. 숲지기 오빠는 새해가 시작되고 조금 뒤에 이제 더 이상 집에 오지 않겠다고 결정했다. 아무런 설명도 없이 말이다. 오빠는 말 담요 세 장을 오두막으로 가져갔고 그 이후로 오랫동안 오빠를 보지 못했다. 나는 지배인에게 어깨를 움찔해 보였다. 뷔페로서는 딱히 아쉬울 게 없었다. 모든 것이 늘 그랬던 것처럼 흘러갔다. 숲지기 오빠는 어느 날 밤 몸이 삐딱하고 이가 노란 상태로 지프를 타고 병원 정문으로 돌진했고 그다음 몇 달 동안 연락이 두절되었다가 시즌이 시작되면 다시 자기 일을 했기 때문이다.

그런 일에 나는 전혀 준비되어 있지 않았다. 오빠 없이는 아무것도 못한다. 비록 오빠는 아무 말도 안 하고 매일매일 안색이 더 나빠지고 과거처럼 엉망이 되었지만 그럼에도 불구하고 오빠는 매일 아침 나를 데리러 왔다. 도대체 무슨 일인지 뭐 좀 아는 게 있냐고 아버지가 물었다. 엄마는 그 여자가 오빠 피를 몽땅 빨아 먹을 거다, 라고 말했다. 둘 다 오빠의 약혼녀 이야기를 하고 있지만 그건 피가 아니고, 아니면 피도 맞고 또 쓸개도 맞고, 흉터가 남아 있는 배일 것이다. 하지만 그것은 약혼녀의 잘못이 아니다. 아닌 것이다.

오빠가 떠나 있었을 때의 겨울은 운 좋게도 날이 포근하고 비가 많이 왔다. 이 마을 입구에 서 있는 소년은 원래 웃통을 벌거벗고 다니지만 이제 우비 망토를 입고 망토 모자 아래에서 멜랑콜리하게 내다보는데, 얼굴에서는 빗물이 방울져 내렸고 손은 망토 아래에서 떨고 있었다. 가끔 고무장화를 신은 남자들이 나를 데리고 왔다.

우리는 너를 좋아해, 라고 그 남자들이 말했다. 너는 우리의 뷔페 여자 아니냐. 그리고 너의 숲지기 오빠 일은 우리도 참 안타깝게 생각한다. 내 자전거는 자동차 짐칸에 비스듬히 놓여 덜그럭거린다. 무슨 일이 일어난 거지? 라고 그들이 물었다. 하지만 그들에게 이야기해 줄 수는 없다. 여자들, 그들이 말했다, 언제나 여자들 때문이지.

남자들은 너를 좋아한다, 라고 그들이 말한다. 자주 그렇다. 슬펴하지 마라, 노루 눈아. 나는 목도리를 코 위로 올리고 아무 말도 하지 않는다. 노루의 생각하는 눈이네, 남자들은 죄지은 얼굴을 하고 있다.

내가 공원에서 일하기 시작했을 때, 많은 사람들이 존중하지 않아도 된다고 생각하는 것이 뚱뚱한 사람의 유일한 문제이지, 라고 엄마가 말했다. 엄마는 걱정 가득한 얼굴이다. 그러나 그때만 해도 나는 엄마가 내가 일하지 못하게 하느라 도대체 어떻게 할 거냐고 불안해서 묻는 거라고 생각했다. 그래서 나는 다른 생각을 하고 있는 척했다. 너, 또 꿈을 꾸고 있구나, 라고 엄마가 한숨을 쉬었다.

그 후 나는 공원의 유일한 여자가 되었다. 숲지기 오빠는 그 당시만 해도 건강했지만 역시 말수가 적었는데 며칠 동안 보이지 않았다. 밥 먹으러도, 말하려고도 오지 않았다. 나는 혼자 접수대 뒤에 서 있었다. 두꺼운 복대를 두르고서. 손으로 직접 뜬 것이다. 그리고 목에는 장밋빛 목도리를 두르고서. 바람이 불었다. 유일한 여자. 매니저는 거기 잘 오지 않고, 설령 오더라도 얼굴에 곤란하다는 표정을 짓고 있었다. 그는 손님이 왔을 때 자기보다 직급이 낮은 사람들과 어떻게 이야기하는지를 모른다. 그리고 여름이면 꼭 끼는 꽃무늬 옷을 입고 할 일이 없어 여기저기 돌아다니거나 신문을 읽거나 하지만 그것도 상황을 더 낫게 해 주지는 못한다. 숲지기는 들르지 않고, 고무장화를 신은 남자들만 전자레인지에 데운 간식용 치킨을 먹으러 온다. 그들은 탁자로 갖다 달라고 요구한다.

그건 무슨 꽃이지 하고 한 사람이 묻자 그들이 웃는다. 헤? 그는 뭔가를 더 묻는다. 그러나 입 안에 음식이 있어 그의 말은 알아들을 수 없고, 그도 또한 웃는다. 나는 그를 뚫어지게 본다. 우리는 거기에 앉아 있고. 그의 손가락이 꽃무늬가 있는 너무 꼭 끼는 내 옷의 쏙 들어간 곳, 사타구니의 주름 한가운데를 찌른다, 가운데를, 주름 속을. 손가락은 바로 그 지점으로 들어와 간지럼을 태우고, 나는 그냥 그대로 있다. 무슨 꽃이지? 그 말이 내 머릿속에서 뜨끈하게 맴돈다. 무슨 꽃이지? 나는 그냥 그대로 있다. 왜 나는 한 번도 제대로 대답을 못하지? 무슨……. 남자들은 더 이상 웃지 않는다. 한 명은 입 안에서 고기를 돌리며 기침하고 있고, 다른 사람은 맥주를 입술에 대고 기다린다. 종이컵 속에서 맥주가 가볍게 부르르 떨린다. 그리고 한 사람이 집게손가락을 내 음부 속에 넣고 있다.

결국 나는 그걸 알아채고 허리를 돌린다, 옆으로. 그러나 움직이니까 더 깊숙이 들어가 버리고, 옆으로, 주름 쪽으로, 그런 후에 앵앵거리면서 천 위로. 그는 손가락을 움직이지 않는다. 보지, 라고 그들이 말한다. 봐, 얘 얼굴이 빨개졌잖아. 너는 장난도 모르니? 그리고 다시 그들은 웃을 수 있다.

나는 음료수 창고로 가서 울음을 터뜨린다. 맥주 상자들이 나를 세게 누르는데 위에서는 모든 것이 뜨끈한 게 마취 상태 같고, 다리 사이에선 뭔가 조여지는 것 같고, 전기가 오른 것 같고, 꽉 수축되는 것 같고, 모든 것이 안쪽으로, 안쪽으로, 바깥쪽으로 그렇다. 나는 훌쩍이다가 남자들이 밖에서 웃는 소리를 듣는다. 아마도 나에 대해서 웃는 것은 아닐 것이다. 그들은 이미 민망한 짓은 다 잊어버렸고 그냥 기분이 좋아져서 그럴 것이다. 그리고 아마도 그들은 손가락 끝에 전기가 올라 오그라든 적이 한 번도 없었을 것이다.

갑자기 나는 그 남자 손가락에 나의 냄새가 남아 있을 것이라는 생각을 했다. 나는 울음을 멈추었다. 내가 그렇게 앉아 있어 치마 밑에서 냄새가 나는 것 같았다. 따뜻한 냄새, 넓적다리 냄새, 비누 냄새. 이름도 없는 꽃으로 가득하다. 나는 내 손가락의 냄새를 맡았다. 손가락은 내가 집었던 신 오이 냄새가 난다. 그것 때문에 나는 다시 울지 않을 수 없었다. 고등어, 라고 한 흑인이 나에게 말한 적이 있다. 여자들은 고등어 냄새가 나. 하얀 물. 남자들에게는 야생 밤이 맛있지, 라고 그가 말했었다. 그는 과자 세일즈맨이었다. 나는 사업을 할 거다. 나는 야생 밤 맛을 가진 사탕을 만들 거야, 라고 말하면서 그는 검은 얼굴 속에서 하얗게 웃었다.

숲지기 오빠가 들어와서 뷔페에 사람이 없는데 어떻게 그렇게 놔둘 수 있냐고 말한다. 그리고 나서 묻는다. 왜 너는 울 때 음료수 창고로 가니? 하고.

그 말에 나는 화를 낸다. 그럼 내가 접수대에서 울어야 되겠어?

너는 울지 말아야 해, 라고 오빠가 말한다. 너는 이제 어린아이가 아니잖아.

나는 오빠에게 왜 우는지 말하기가 너무 창피하다. 조금 있다가 오빠가 말한다. 여기 이 인간들은 마음에 담아 두지 말아야 돼. 여기 이 인간들은 목적이 없다.

그리고 오빠가 간다. 나는 신 오이 냄새 나는 손가락으로 눈을 비비고 다시 접수대 뒤에 선다.

아, 하고 숲지기 오빠의 약혼녀가 말했다. 어떤 직업이든 처음에는 다 울게 되어 있는데 그걸 마음에 담아 두면 안 돼. 다른 걸 생각해야 돼.

오, 라고 나는 말하면서 두 눈을 감는다.

나는 더 잘 느끼기 위해 두 눈을 감은 채로 있다. 오빠가 나를 쓰다듬는다. 오빠는 내 목 주위를 만져 준다. 내 어깨를 높이 올리면 나는 오빠 냄새를 맡을 수 있다. 오빠에게서는 캐러멜 냄새가 난다. 나는 이 목도리를 뷔페에 가져갈 것이다, 거기서 내 목에 두르고 있을 것이다. 나의 붉은 뺨 아래에 밝은 장미꽃색. 바람은 나에게 아무런 해를 끼칠 수 없다. 나는 두 눈을 뜨고, 그러면 나는 이미 거기에 있고 뷔페를 지나가 접수대 아래의 작은 거울을 찾는다. 거울은 우리의 양주병들을 두 배로 늘려 비춰 준다. 나는 아름다운 장밋빛 목도리를 하고 양주병들 사이에 서 있고 싶다. 나는 목도리를 쓰다듬는다.

그리고 갑자기 손가락들 사이에서 손가락을 느낀다.

그것은 팔이다. 뼈가 없는 부드러운 팔. 내 목 주위에 있는 끝이 없는 팔. 근육이 없는 사랑스러운 팔, 내 목을 조르지 않는다. 그럼에도 불구하고 나는 그것을 증오한다. 팔을 내던진다.

아무것도 마음에 담아 두지 말라고 숲지기 오빠는 말했었다. 남자들도, 꿈꾸기도 말이다. 자전거를 탈 때는 무릎을 비스듬히 모으고 타라, 사람들이 아무것도 못 보게. 월요일, 화요일, 토요일, 무슨 꽃, '키스해 줘요'라고 내 팬티 앞에 수놓여 있다. 나는 집에서 혼자 부모님과 있다, 일찍 잠을 자러 간다.

국립 공원에서 첫여름에 이 모든 일이 다 일어난 후에, 나는 사냥꾼 옷을 구했다. 여기서 일하는 남자들처럼 옷을 입으려고 말이다. 머리카락은 사냥꾼 모자 아래로 똬리를 틀어 집어넣었는데 원래 이 모자는 앞에는 헝겊 배지가 달려 있고 목덜미로 천이 내려온다. 이렇게 한 이후로, 즉 사냥꾼 옷을 입은 이후로는 모든 사정이 더 나아졌다. 들판의 녹색은 나에게 잘 어울렸다. 나는 더 이상 뚱뚱해 보이지도 않았다. 그냥 힘 있어 보였고, 상체가 말이다, 그리고 셔츠는 펄럭이며 복대를 감추어 주었고 가슴이 봉긋 솟았고 사람들의 시선을 끌었다. 매니저가 지나가면서 나에게 고개를 끄덕이고 남자들은 그들의 감독관에게 나를 소개하며 자랑스러워한다. 이 사람은 숲지기의 여동생입니다, 라고 그들은 말한다. 우리의 뷔페 여직원이죠! 그리고 그들끼리는 여형사! 라고 말하며 웃는다. 그들은 내가 들으라는 듯 그렇게 말한다. 그리고 옆눈으로 슬쩍 훔쳐보는 것을 보고 나도 같이 웃는다. 그들은 윙크를 한다. 아, 노루 눈 여형사? 우리는 즐거운 한 소대원들 같다, 꽃이 활짝 피었네, 라고 엄마가 말한다. 꽃이 활짝 피었네. 나는 여러 번 웃는다, 남자들이 웃으면 나도 웃는다, 때로는 그들이 나를 따라 웃는다. 숲지기 오빠는 나를 새롭게 보지만 아무 말도 하지 않는다. 매니저는 나를 칭찬한다. 우리의 활기찬 팀워크에 대해서도. 그건 손님들에게도 좋다. 그럼에도 불구하고 나는 손님에게 부족함이 없도록 신경을 쓴다. 종이 접시 위에 케첩과 겨자도 귀여운 점으로 찍어 서비스한다.

사람들이 그렇게까지 비굴해져야 한다는 것은 슬픈 일이다. 나는 창피하기도 하다. 창피해하는 것에 대해서도 그렇다.

남자들은 내가 그 모든 것을 견뎌 낸 후에 나에게 특별히 친절하다. 손가락, 쓸개, 그리고 쉬지 않고 비가 왔던 숲지기가 없는 여름까지의 시간을 말이다. 그래서 우리는 여름이 왔는지도 몰랐다. 손님이 오지 않았기 때문이다. 그럼에도 불구하고 우리 모두에게는 길고도 지루한 시간이었다. 뷔페 손님 외에 내가 시간을 보내는 유일한 방법은 야외극장에 가는 것인데 비 때문에 자주 문을 닫았다. 야외극장은 오로지 관광객들만을 위해 다시 열렸다. 마을 젊은이들은 밤이면 옆 마을로 갔다. 거기에는 언제나 아주 깜깜한 영화관이 있었고 어두운 곳에서 어린아이들은 뒷줄에서 물고 빨고 그 짓 하는 부류들에게 박하사탕을 던졌다. 사람들은 찰싹찰싹하는 소리를 들었고 등 뒤에서 굴러 아래로 떨어지는 사탕 소리를 들었다.

야외극장은 여름에는 금요일에서 일요일까지 열렸는데 초원에 그냥 큰 영사막을 세운 것이었다. 그 앞에는 풀이 자라는 작은 댐이 있었다. 설탕 공장의 공업용수가 초원으로 오지 못하도록 하기 위해 위로 물을 막아 놓았다. 우리는 이 댐 위에 계단식으로 앉았다. 좌석은 약간 바깥으로 아치 모양을 그리고 있었고 오줌 냄새가 나는 원형 극장이었다. 한번은 어떤 남자가 접는 우산을 가지고 와서 웃었다. 여기에는 관광객들과 나만 온다. 빛은 영사막에서 반사되었고, 우리 뒤에는 거대한 공장이 김을 내뿜고 있었다. 여기로, 호수 위로 바람에 날려 온 것은 가루 설탕의 달콤한 냄새, 당밀 냄새였다. 그다음에 우리는 모두 영사막으로부터 몸을 돌렸는데 연기를 피우는 호수를 보기 위해서였다. 약간은 겁을 먹고. 등쪽으론 호수 물이 있는데 이상한 냄새를 내는 연기는 우리가 그걸 알아채기도 전에 우리를 질식시킬 수도 있었다. 그러면 그다음에는 물이 덮쳐 올 것이다. 야외극장에서는 거의 자연재해 영화만 보여 주었다. 영화 프로그램을 짜고 보여 주는 사람은, 머리가 긴 전직 로커였다. 그는 한동안 이웃 마을에서 도서관을 열고 있다기보다는 닫고 있었는데 소름 끼치는 무시무시한 영화들을 좋아했다.

하와이에서는 커다란 보랏빛의 국립 공원 하늘 앞에서 용암이 성냥개비로 만든 다리를 집어삼킨다. 관광객들이 웃는다. 나도 따라 웃는다. 나는 극장을 좋아한다. 그리 좋지 않은 극장일지라도.

쌍둥이 여동생들은 어떻게 지내요? 라고 전직 로커가 물어 온다.

흠, 나는 말하고 자전거를 타고 빠져나온다. 빠르게.

비쩍 말라서, 어깨를 비뚜로 한 채 숲지기 오빠가 돌아왔다. 비가 무지 많이 온 여름에, 우리는 다시 차를 같이 타고 자주 다녔고 다시 말수가 적어졌다. 나는 노력을 해 보는데, 오빠에게 뭘 묻기도 하고 어렸을 때의 어떤 일들이 생각난다고도 말해 보지만 오빠는 가끔씩 그렇다고 웅얼거리며 확인해 준다. 그러고는 네가 뭘 원하는지 모르겠어, 아무것도 모르겠어, 라고 말한다. 그리고 마침내 자기는 그런 건 중시하지 않는다고 말한다. 중시하다니, 이럴 때 잘 쓰지 않는 단어이다. 나는 입을 다문다. 오빠는 나를 내려 주고, 데리러 온다.

그리고 지난 주말부터 그것마저도 끝장이 났다. 내가 드문드문 쓸데없는 노력으로 어떻게 지내냐고 물어보는 것도 끝장이 났다. 나는 오빠가 어떻게 지내는지 알고 있다. 숲지기 오빠는 화가 나 있다. 집시 창녀, 돈 많은 집시 창녀라고 말하지만 나는 오빠에게 그 말은 별 상관이 없다는 걸 알고 있다. 그는 다른 사람들처럼 말한다. 그 여자는 두 무릎을 비벼 댄다고. 하지만 나는 그걸 말하려는 게 아니라는 것을 안다. 오빠는 너무 화가 나서 그 말을 할 뿐이다. 오빠는 빨간색 지프를 타고 일부러 길 가장자리에 있는 파인 자국들 위로 차를 몰아간다. 그러면 차 안의 우리는 우당탕우당탕 크게 흔들리고 머리가 옆 기둥에 가서 부딪히고 아픔이 느껴지고 이빨들이 서로 갈린다. 나는 오빠에게 무슨 일이냐고 소리 지르며 묻는다. 오빠는 대답하지 않고 차를 다시 길 위에 올린 뒤 굴러가게 한다. 나는 머리를 두 손으로 받친다. 그다음에 오빠는 이제 비가 그쳤는데 그걸 몰랐냐고 내게 말한다. 내일부터 자기는 다시 오두막에서 자겠다고, 자기도 쉴 권리가 있다고, 집이 너무 좁고, 비도 징그럽게 온다고, 모든 게 혼란스럽다고 말한다.

알았어, 라고 나는 말한다. 그러고 나서 나는 뷔페 앞 긴 나무 의자 사이에 혼자 서 있다. 자동차는 이미 오래전에 숲속 길로 접어들었다. 나는 스웨터를 허리에 두르고 환영한다는 뜻으로 문들을 모두 다 열고 습기가 빠져나가도록 창문들도 다 연다.

집이 너무 좁다는 말은 사실이 아니다. 그전에 우리는 일곱 명이 두 개의 침실에서 살았었다. 누가 누구와 자는지는 매번 달랐고, 누가 누구와 자는 게 좋은지 한 번도 최선의 조합을 발견하지 못했다. 결국 나는 두 명의 오빠와 잤다. 높은 침대 옆에 침대가 있었고 쌍둥이 여동생들이 오고, 부모님이 그다음에, 그리고 나는 두 분이 어떻게 유희하는지를 들었고, 남자아이들이 몰래 듣는 라디오도 들었고, 그때의 집은 너무 좁았었다. 그렇다. 하지만 지금은 아니다. 이제는 여동생들도 여기저기 흩어져 버렸고 신학생인 우리의 명랑한 오빠가 결혼한 이후 집에는 어른 넷만 있다.

오빠는 신부가 되어야 했다. 둘째 오빠 말이다. 그건 엄마와 할머니의 소망이다. 본인과는 상관없는 일이다. 오빠에게 확실한 것은 더 이상 애를 다섯이나 낳지는 않으리라는 것이다. 오빠는 매일 밤 자러 가기 전에 그 말을 했고 내게로 희한하게 고개를 숙여 눈을 들여다보았다. 그것은 그를, 시선을 견뎌 내는 시험이었다. 바보, 라고 큰오빠가 이야기한다. 나중에 숲지기가 된 큰오빠가 뒤쪽 침대에서 내려다보며 말한다. 그만둬! 그러고는 담요를 머리 위로 끌어당기고 라디오를 듣는다. 우리도 같이 듣는다. 가톨릭 학교의 기숙사는 아이가 많은 집 아이들에게는 무료였다. 신부들이 학비를 지불해야 한다고 아버지가 말하면서 설문 조사지에 적어 넣는다. 마지막 고해 성사는 결혼식 전에 있었다고. 지위가 높은 신부들은 이 질문을 대충 훑어볼 것이라고 말한다. 아버지는 자랑스러워하며, 그리고 부드럽게 오빠의 머리에 한 손을 얹는다. 오빠의 이름은 배신자의 이름*이다. 다른 한 손은 내 머리에 얹는데 나는 신부처럼 베일을 쓰고 있다. 죽은 아름다운 남자와 약조되어 있는 것이다. 그리고 나는 항상 팔을 위아래로 흔들어야 했다. 왜냐하면 젖먹이가 늘 그 위에 앉아 있는 느낌 때문인데 어젯밤 꿈속에서도 계속 그랬다. 하지만 나는 아직도 처녀였다. 그러나 그 아기는 나의 아기이고, 눕힐 곳이 없었다. 나는 팔을 구부렸다.

지위가 높은 신부는 춤을 추러 오지 않았다. 그것은 이교도의 결혼식이다, 3일 동안. 축복이 있든 없든 말이다. 왜냐하면 그는 이미 축복을 해 주었다. 그리고 축복이 있는 게 축복이 없는 것보다 낫다. 그렇지만 현재의 상태는 지금 그대로 계속된다. 신부는 신부가 되고 싶지 않았던 신학생 오빠를 위해 긴 미제레레 곡*을 노래한다. 결혼식은 예정대로 사흘 동안이다. 이교도의 결혼식. 축복이 있든 없든 현재의 상태는 지금 그대로 계속된다. 타락 뒤에는 교만이 온다.* 신부의 뒤에, 라고 아버지가 고쳐 말한다. 아버지는 술에 취했고 자기의 세 딸에게 손짓을 한다. 배에 십자가 모양의 흉터가 있는 숲지기 오빠는 입을 굳게 다물고 문을 통해 나간다.

이 여드름 난 작은 계집애…… 라고 숲지기 오빠가 정색하며 말한다. 이 경건하고, 멍청한 소야, 라고 엄마는 내게 말한다. 내가 한때 오빠의 약혼녀였던 여자를 만났다고 이야기했기 때문이다. 집시 여자애들처럼 예쁘지 않고 작고 여드름이 났지만 그럼에도 뻐기는 여자 말이다. 교만이 온다, 라고 높은 신부가 말했다. 그 여자는 숲지기 오빠를 버렸다. 그 여자는 결혼식에서 오빠를 만나 왜 그랬는지 이유를 말했다. 그 여자는 나를 만나서도 왜 그랬는지 이유를 말했다. 집이 좁아서, 라고 그 여자는 말했다. 3년이나 약혼을 하고도 같이 잘 방도 없고 사람답게 살 수 없어서, 오두막은 진짜 속된 말로 하면 말 덮개 정도일 뿐이다, 라고. 그 여자는, 네 나라 말을 하는 그 여자는, 이제야 모든 것을 다 털어놓는다는 것이다. 그 여자는 말했다, 이제야 모든 사람들에게 털어놓는다고. 어찌 되었든 아무도 그 여자와 말을 나누지 않는 이제야 말이다. 그런 걸 고려해 주는 것은 무의미하다. 실상에는 숨겨야 할 많은 것들이 있지만 그 여자는 아니다, 반항심 때문에라도 숨기지 않는다. 그 여자는 말했다, 침묵하는 것을 그만두겠다고. 성당의 복사지만 뭐 어떠냐고. 자기는 이제 어떤 유부남의 애인이라고. 모두 다 그걸 알아도 된다고.

너희들은 어디서 그 짓을 하는데, 라고 내가 물었다.

그 사람 사무실에서, 라고 그 여자가 말했다.

우리 동네에 사무실은 설탕 공장에만 있다. 그리고 시장의 공관에도 있다. 또 국립 공원에도 하나 있다. 그러나 내가 아는데, 접시 얼굴을 한 매니저. 아니다, 아니다. 오빠의 여자 친구는 온 사방에서 야유를 받는다. 기독교인의 몸으로 이런 색욕이 있다니, 그리고 너만 아직 그런 여자랑 이야기를 하고 또 그걸 떠벌리고 다닌다. 너는 팔랑귀로구나, 라고 엄마가 말한다. 너는 이 세상을 살기엔 너무 멍청하구나.

우리가 다시 거리로 나왔을 때, 미안해, 라고 나는 오빠에게 말한다. 머릿속의 고통이 좀 누그러진다.

괜찮아, 라고 오빠가 말한다. 근데 나 좀 혼자 있게 내버려 둬.

오빠가 쉬는 숨에서는 신맛이 난다. 지프의 창문으로 침을 뱉는데 침은 땅에 떨어지기 전에 태양 속에서 노랗게 반짝인다.

신학생 오빠가 결혼을 하고 비가 그친 지난 주말부터 갑자기 손님들이 다시 온다. 비가 많이 와서 국립 공원은 절반이 물이다. 새 도래지는 타르 포장을 한 도로 가에까지 이어져 있다. 자전거 관광객들이 두 줄로 서 있고, 운이 좋으면 인공 댐 위에도, 주위에는 물과 새 떼들과 쌍안경밖에 없다. 하얀 물도 다시 돌아왔고 늪지 앞의 알칼리 호수도 그렇다. 여러 해 동안 여름에 가물었고 죽은 갈대 잔해들 사이에는 허연 얼룩만 남아 있었다. 관광객들은 하얀 흙을 집어 올렸다가 떨어뜨려 보며 배신감을 느낀다. 국립 공원은 이 죽은 얼룩에 따라 이름이 붙여졌기 때문이다. 국립 공원 이름은 하얀 물 공원이다. 이제 그 이름을 우리는 다시 갖게 되었다. 관광객들은 손가락 하나를 그 속에 담그고 맛을 보고 표지판에 쓰여 있는 말을 한다. 시고, 금속성 맛이 나네.

매니저는 당황한 얼굴이다. 기뻐해야 할지 슬퍼해야 할지 모르겠네. 우리는 하얀 물을 다시 갖게 되었지만 이미 망해 버린 것이다. 날씨가 나빠서, 여름 내내 손님이 없었다. 비가 오는데 누가 자전거를 타겠는가, 게다가 자동차를 타고 국립 공원에 들어오는 것은 금지되었다. 죽여주네. 숲지기 오빠가 어깨를 움찔한다. 그는 자전거 타는 사람들을 위해 할 수 있는 게 없다. 나는 매니저를 이해할 수 있었다. 뷔페는 적자를 보았다. 초콜릿 과자는 너무 오래되었고 샌드위치는 말라 버렸고 닭 가슴살은 모두 쓰레기통으로 직행해야 했다. 더불어 접수대에서 잡지를 읽는 것 빼놓고는 아무 할 일이 없던 내 월급도 말이다.

잡지들, 이 잡지들은 나로서는 조금 민망한 것들이었다. 나는 선생님이 되려 했기 때문에 마사이족이 어떻게 잠을 자는지, 전사들은 키스하지 않는다, 라든지, 달의 위치는 무엇을 말해 주는지, 병에 걸리면 검은 담즙과 노란 담즙은 어떤 특성들이 나타나는지와 같은 기사를 읽는다는 것이 그랬었다. 그러나 한편으로 나는 모든 사람이 그런 데 관심 있을 거라 생각하고 다른 한편으로는 이렇게라도 시간을 보내지 않으면 나는 악몽과 같이 계속 그 생각만 할 거라고 생각한다. 나는 그 생각에 저항하기가 어렵다. 오빠 생각을 하게 되고, 오빠가 나랑 말을 나누지 않는다는 것도, 그리고 팔랑귀 등에 대한 생각 등을 말이다. 그러면 양심의 가책이 든다. 그보다 훨씬 더 나쁜 것은 내가 꾼 꿈에 대해 생각을 하는 것이다.

그 남자애의 꿈 말이다.

그 애는 다시 모자 없이 그곳에 서 있다. 내가 자전거를 타고 마을로 들어갈 때, 환영합니다! 라는 팻말과 퍼렇고 질퍽한 시내 사이에 헐렁한 트레이닝복 바지만 입고 서 있다. 바지는 아주 따뜻해 보였다. 그의 손은 항상 허리띠 아래 있었고, 아주 재빨리 움직였다. 그는 사람을 뚫어지게 쳐다보고 큰 목소리로 인사하고는 다시 손을 움직였다. 재빨리. 그 애는 '그 애'라고 불렸다. 하지만 그는 더 이상 애가 아니고, 다른 한편 그는 영원히 애일 것이다. 머릿속에서는 말이다. 엄마가 웃는다. 쓰레기 같은 놈이 있는 게 시골이라는 것이다. 다른 사람들은 방아쇠를 잡아당긴다, 라고 말한다. 그가 고고학자들의 소형 버스에 대고 공기총으로 총질을 했다는 것이다. 사람들은 야외극장 가까이에서 땅을 파고 있었고 아무도 총에 맞지 않았다. 그들은 다시 가 버렸고 유적지에는 홍수가 나는 바람에 공업용수가 밀려와 댐 아래 있는 오줌 원형 극장이 되고 말았다. 그때 빼고는 아무 문제가 없었다, 라고 시장이 고고학자들에게 이야기했다. 그 애는 겨울에는 다른 쪽에 서 있다. 버스 정류장에. 거기서 더 많은 일들이 일어나고, 바람의 그림자가 있기 때문이고, 그의 손도 움직인다.

나는 그 애 옆을 지나갈 때에는 황급히 간다. 나는 한 번도 그 애를 보지 않았으므로 그 바보 얼굴이 소년의 얼굴인지 성인 남자의 얼굴인지도 모른다. 나는 눈 아래에서 그의 손이 움직이는 것만 보고 그 역시 나를 바라보고는 아무 말도 하지 않고 인사도 하지 않는다. **나에게는** 하지 않는다. 나는 황급히 그 자리를 뜬다.

나는 황급히 간다. 이내 어두워진다. 거리 세 개를 지나가고 그 사이에 야외 주차장들이 있다. 망가진 자동차들, 아니면 전혀 망가지지 않은 자동차들, 그러나 사람들은 그것을 모두 고치고 어디에서나 시끄럽게 라디오를 켜 둔다. **1969년의 여름**이라는 곡. 내가 아직 태어나지도 않았을 때이다.

이것 좀 봐, 라고 그 애가 내게 부드럽게 말하면서 손을 움직인다. 그것 말고 그는 보여 줄 것이 없다. 나는 창피해진다. 나는 두 다리 사이에서 베개를 빼내려 시도한다. 그러나 되지 않는다. 땀이 착 달라붙어 있다.

사람들이 벌레 이야기를 한 것은 비가 많이 온 여름에 해가 난 첫째 주말이 지나고 해가 난 두 번째 날이었다. 나는 낮에 물러진 나무 벤치들을 여러 번 닦았지만 의자들은 여전히 축축했다. 속에서부터 그랬다. 용감한 몇몇 손님들이 대기 줄이 긴 뷔페에 서 있지 않으려고 벤치 위에 앉았다가 옷에 어두운 자국만 남았다. 그러나 손님들에게는 아직 이른 낮 시간이다. 얼룩을 남기며 말라 가는 뷔페 앞 진흙탕 속에 공원에서 온 고무장화를 신은 남자들만 서 있었는데 그들이 벌레 이야기를 했다. 아프리카에서 돌아온 지 5년 된 어떤 남자가 벌레에 물려 죽었단다. 사람들이 하지 말라고 경고했음에도 불구하고 그는 인도양에서 맨발로 모래밭을 뛰어다녔는데 그 당시에는 작은 알이었을 벌레가 그의 발톱 아래에 자리를 잡았던 것이다. 벌레는 계속 발을 먹어 들어갔지만 그 남자는 안쪽에서 가벼운 가려움만 느꼈을 뿐이다. 사람들이 알다시피 순환하는 피가 사람을 간질이듯, 아주 가볍게만 그랬고, 마치 누전된 전기처럼 시큼했을 뿐이라고, 벌레가 심장까지 갉아 먹기 전까지 그 남자는 참고 있었다. 숲지기 오빠가 이빨로 쓰 소리를 내면서 그 남자들에게 도대체 어디에서 그런 이야기를 들었는지 묻는다. 남자들은 어깨를 움찔하더니 자기들도 어디에서 그 벌레 이야기를 들었는지는 정확히 모르지만 이제 그 이야기는 모든 사람이 다 아는 이야기가 되었고, 모두 다 그 이야기가 진짜인 줄 믿는다고 말한다. 아무도 그 남자를 모른다. 하지만 그런 이야기들은 언제나 있다. 어떤 사람의 심장에 몇 년씩이나 박혀 있던 총알 이야기, 그리고 틱탁 하고 납이 심장 운동을 마비시키고 쇠가 녹슬면서 세포들이 미치는 그런 이야기 말이다. 그런 벌레 같은 것도 있었음에 틀림없다. 뱀에 물렸을 때 사람들은 팔꿈치 아래의 뼈에서 살을 도려낸다는 이야기도 있었다. 사람들이 서로 헤어진다. 조기 연금 생활자들도 이리저리 헤어진다. 오빠는 바닥에 노란 침을 뱉고는 얇은 어깨를 움찔한다. 흉터, 그 두 개의 흉터는 튀어나온 배꼽 근처 오른쪽에서 서로 직각으로 교차하는데 오빠의 배 전체를 덮고 있다.

살이 찌면 안 돼, 라고 오빠가, 신학생 오빠가 다른 오빠에게 말한다. 흉터는 깊었고 지방이 그 주위에 뭉쳐 있었다. 네 부분으로 나뉘어서 마치 젖꼭지 줄이 하나 더 있는 것 같잖아, 라고 그가 말하고는 웃는다. 아름다운 신학생 오빠. 그의 배는 매끈하고 날씬했다. 그가 말하기를, 아니면 더 나쁜 일은 흉터가 터져 버리는 거야. 그러면 정말 끔찍한 일을 겪게 될 거야.

오두막에서 자지 마라, 라고 엄마가 말한다. 엄마는 이빨들을 새로 박아 넣었고 옛날보다 젊어 보인다. 숲지기 오빠가 얇은 어깨를 움찔한다. 그는 속이 빈 이빨을 뽑지 않았다. 앞쪽의 송곳니도 색깔이 변하기 시작했고 담배 피운 사람처럼 노래졌는데 오빠는 담배를 피우지 않는다. 그건 쓸개 때문이야, 라고 그가 말한다. 나는 쓸개를 입 안에 가지고 다녀. 나는 처음으로 내게 키스한 그 소년을 생각한다. 그에게는 담배 피우는 냄새가 났고 검은 목사탕을 물고 있었는데 입에서 나는 담배 냄새를 감추기 위해서였다. 숲지기 오빠는 사탕을 먹으면 안 된다. 쓸개 때문이다. 조기 은퇴를 하려면 아직도 22년이나 남았다. 그는 풀잎 대롱을 문 채 꽉 깨문 이빨들 사이로 20이라는 숫자를 내뱉고 그다음에는 풀잎 대롱을 뱉어 낸다. 쓸개즙이 함께 나온다.

노란색 용암이 돌 위로 흘러간다. 전직 로커는 다시 화산 폭발 영화를 보여 준다.

너는 내 영화들을 좋아하니? 라고 그가 유일한 마을 사람인 내게 묻는다.

아저씨의 영화라고요? 라고 내가 묻는다.

가족에게는 먼 삼촌 이야기와 같아서 원하지 않지만 나는 숲지기 오빠의 약혼녀 생각을 늘 하지 않을 수 없었다. 우리가 가끔 함께 영화를 보러 갔다는 사실도. 물론 전직 로커의 영화관이 아니라 건너편 옆 동네로 갔다. 우리는 보통 이 동네에서도 가장 많이 틀어 주는 공포 영화를 보았다. 왜 그런지는 나도 모른다. 극장은 어두워지자마자 찰싹찰싹하는 소리를 내기 시작했었다. 너무 어두워서 아직 시작도 하지 않았는데 그들은 늘 그렇게 했다. 오빠의 약혼녀는 입술을 비죽거렸다. 큰 이빨을 가진 괴물이 대도시의 거리를 뛰어다니며 사람들의 등을 움켜잡고는 내장을 끄집어냈다. 영화 속의 한 여자는 바로 옆에서 이런 일이 일어나자 기절해 버렸고 후후후후 하는 소리가 영화관을 관통했다. 오빠의 약혼녀는 입술을 비죽거렸다.

난 저런 거 믿지 않아, 라고 그녀가 말했다. 바로 저렇게 기절하는 거 말이야.

사람의 내장을 끄집어내면 그럴 수도 있지 않나? 라고 내가 말했다.

그것도 믿을 수 없어, 라고 그녀가 말했다. 누군가가 돌대가리야, 감독, 아니면 나도 더는 모르겠다. 나는 저럴 때 기절하지는 않아.

하지만 기절한 것처럼 속인 적은 한 번 있지, 라고 그녀가 말했다.

피아노 시험 때였어. 내가 딱 멈추었거든. 그리고 피아노 아래로 쓰러졌어. 그런데 아버지가 그걸 알아채고 나를 때렸어. 초등학교 복도에서였어. 나도 알지, 피아노 시험 볼 때 어떤지, 나는 수놓은 민속 블라우스를 입고 있었어. 아버지가 나를 복도에서 때려눕혔을 때 그 블라우스가 벨벳 치마에서 빠져나왔어. 내 허리께의 맨살이 어땠는지 아직도 기억나. 초등학교 복도는 항상 끔찍한 바람이 불어왔다. 그들은 일부러 그렇게 짓는다. 학교에 바람이 들어오게끔. 그래서 냄새가 나지 않도록. 그 화장실들, 아직도 기억나니?

누가 화장실을 항상 그렇게 끔찍한 상태로 만들었겠니? 아무도 화장실을 이용할 수가 없었어. 오전 내내 말이야.

그것에 대해 그녀는 웃을 수 있었다, 날카로운 목소리로 말이다.

많은 사람들이 좋아하지 않는다, 그녀를, 그리고 그녀의 모든 것, 목소리, 얼굴, 말이 다 날카롭다는 사실도. 그 여자는 누구에게든 그 어떤 감정도 갖지 않는 것처럼 보인다. 감정은 나도 갖고 있지 않다. 하지만 나는 그녀에 대한 존경심은 가지고 있다. 마치 사람들이 자기와 전혀 다른 사람들을 존경하듯이 말이다. 겁이 더 많고 존경심은 조금. 왜냐하면 그녀는 아무것도 잊지 않기 때문이다. 그리고 부끄러워하지 않기 때문이다. 그 어떤 대가에도 말이다. 그 어떤 것도 그녀를 민망하거나 당황스럽게 만들지 않았다. 고통스러운지 아닌지는 그녀에겐 상관없는 듯 보였다. 자기에게든 남에게든 모두 말이다.

너, 라고 그녀가 말했다. 극장에 앉아 있을 때 말이다, 그때 나의 오빠는 병원에 누워 있었다. 나, 어쩐 일인지 모르지만 너의 오빠를 벌써 좋아해. 그렇게 답답하지만 않으면 좋겠어.

그녀가 그 말을 했을 때 조금 체념한 듯이 보였다. 어쩌면 나는 그녀에게 뭐든 물어보았어야 했다. 그 여자가 이야기를 계속하게 더 물었어야 했다. 하지만 늘 그렇듯 나는 아무 말도 하지 않았고 그 여자도 더 이상 말하지 않았다. 나는 그냥 이 여자는 남의 험담 하기를 좋아한다고 생각했을 뿐이다. 그 여자는 어떤 말이 상처를 주는지 아닌지 개의치 않는다. 자기에게나 다른 사람에게나 말이다.

너 알지, 우린 같이 있어 봤자 아무 소용 없어, 라고 그 여자가 나중에 숲지기 오빠에게 말한다. 너랑 같이 있는 게 더 이상 즐겁지 않아. 우리는 시작하기도 전에 끝나 버렸어. 너와는 끝났다고. 그 여자의 목소리에는 감정 변화가 없었다. 나는 지루해. 너랑 그리고 모든 게 다 말야. 나는 스물두 살인데 지루하다고. 나는 내가 뭘 원하는지 모르지만, 원하지 않는 것은 알아. 이 신맛 나는 숨 냄새 말야.

하얀 곡물은 단맛을 풍겼다. 물맛이 많이 풍겼고, 우유 맛은 조금 풍겼다. 죽이 나에게 푹푹 튄다. 나는 오빠를 위해 환자식을 요리한다.

넌 결혼해야 돼, 라고 엄마가 갑자기 내 뒤에서 말한다.

나는 그들이 늘 연주했던 로큰롤을 생각하지 않을 수 없다. 유리 천장 밑, 콘크리트 바닥에서 춤을 춘, 유일했던 한 쌍도. 중년의 남자가 입에 담배를 물고 아주 딱 달라붙는 하얀 진을 입은 머리 짧은 소녀와 춤을 춘다. 그들은 손을 잡고 서로서로 다가가는 춤을 추었다. 그런 후 남자가 여자에게서 멀어지더니 처음부터 다시 시작되었다. 그 야자수 집. 결혼 시장은 나에겐 물 건너간 거야, 라고 아버지가 말하면서 비웃는 듯이 웃었다. 내 쌍둥이 여동생들은 이웃 마을에 걸어서 간다. 굽 있는 구두를 신고. 그리고 송년의 밤에는 로큰롤이 너무 나빴기 때문에 그들은 쉬지 않고 우리의 귀가 먹먹해질 때까지 나팔을 불어 댔다.

너는 귀머거리니, 아니면 또 꿈을 꾸고 있니? 라고 엄마가 묻는다.

쟤는 귀머거리예요. 그리고 다시 꿈을 꾸어요, 라고 숲지기 오빠가 부엌 탁자에서 말한다.

오빠가 몇 주 만에 내 앞에서 한 첫말들이다. 나는 당황해서 주위를 둘러보았다. 엄마가 한숨을 짓는다.

그래, 그 남자가 너에게는 너무 나이가 많기는 하지. 그렇지만 엄마는 망설인다. 근데 그 남자는 너랑 어울려, 왠지 모르게. 그리고 엄마는 그 남자의 이름을 말한다. 내가 한 번 본 적이 있는 수염을 기른 뚱뚱한 남자. 내 관자놀이로 더운 기운이 올라오는 것을 느낀다. 마치 눈 안을 한 대 된통 맞은 것처럼.

엄마는 집에 남는 것에 대해 뭔가를 이야기한다. 너는 무얼 하려고 하니. 하지만 나는 더 이상 듣지 않는다. 내 머리에서 그것은 너무 시끄러울 뿐이다. 숲지기 오빠의 말들이 마치 종을 때리는 것 같다. 금속성이고 명료하지 않다, 엄마 입 좀 다물어.

엄마의 새 이빨들이 입 안에서 딱딱거리며 상처를 입힌다.

나는 그것을 더 이상 들을 수가 없었다, 그 숨소리를. 귀 안에서가 아니다. 나를 짓누르는 무거움이 피를 안쪽으로 누른다. 나는 오로지 나의 소리만 듣고 있다. 심장이 뛴다. 숨을 쉰다. 나는 그를 듣지 못하고 보지 못한다. 나는 그가 무겁고 사랑스럽고 근육도 없고 뼈도 없다고 느낀다. 그가 내 옆에 눕는다. 우리는 서로 잘 맞는다. 그는 나처럼 뚱뚱하다, 체크무늬 셔츠 속의 배. 나는 그를 더 이상 보지 못한다. 그는 바싹 내 옆에 눕는다. 내 배 옆에, 내 작은 갈색 가슴 옆에, 밀가루 부대, 무겁다.

너는 그걸 어떻게 하고 싶어, 너 아직 처녀지, 나는 누군가 하는 말을 듣는다. 누구지? 나의 쌍둥이 여동생들인가? 그들은 우리 옆에 서 있다. 우리는 그걸 꽃무늬가 있는 고무 매트 위에서 한다. 그런 것 신경 쓰지 마, 라고 오빠가 중얼거린다. 수염이 있는 그 남자가 중얼거린다. 수술은 성공했다, 흉터가 없다, 배도 없고, 고통도 없고, 분만도 없고, 이 모든 살들 사이에서 날씬하고, 뜨겁고, 작다, 그의 것과 나의 것. 해냈다, 라고 나의 쌍둥이 여동생들이 말한다. 해냈다, 라고 보이지 않는 엄마가 말한다.

이마 쪽이 아프고 이빨들이 서로 마주친다. 돌들이 날아가 사라진다. 나는 핸들을 잡는다, 핸들을 잡는다. 나는 이빨을 꽉 깨문다. 이가 갈리게 놔두어라. 길 가장자리, 파인 자국들을 통해서. 내가 탁자들과 의자들 사이를 이리저리 다니면 사고가 난다, 몸에 구멍이 난다, 핸들, 쿠션, 왜 안 그렇겠는가, 고통, 피부가 벗겨진 허벅지가 서로 비벼댄다.

지프가 내 옆을 지나간다. 나는 파인 자리로 들어간다, 나는 위를 보지 않는다. 나는 그가 내 앞에서 멈추는 소리를 듣는데 그가 다시 출발해 버려서 그의 얼굴을 보지 않아도 된다. 그게 더 낫다. 나는 자전거를 나무 가건물 뒤로 던진다.

남자들이 와서 이야기를 하는데 자기들이 숲지기의 약혼녀를 보았다는 것이다. 그 여자는 이마 위에 사선으로 붉은 흉터가 있다. 또 사람들은 나막신에 대해 이야기한다. 기독교의 상징이라고 그들은 말하고 웃는다. 여자들 끼리끼리 그렇지.

그래서요, 라고 내가 말한다. 그게 도대체 누구랑 상관있나요?

한동안 침묵. 무슨 일 있어, 노루 눈? 그러나 나는 아무 말도 하지 않는다. 아무 말도 더. 그러자 그들도 말이 없다. 플라스틱 잔의 맥주. 그들은 잔을 제대로 돌려준다.

학생들 한 반이 온다. 나는 공기를 확 바꾼다. 아이들의 더러운 사탕 냄새가 나는데 바람이 지금 분다니 운이 좋다. 여선생님은 내가 친절하지 않다고 불평한다. 그래서요? 그들은 그래도 불평을 한다. 머리가 아프다. 꺽꺽 소리를 내는 스물네 개의 플라스틱 잔들. 아, 무슨 날이 이런가. 나는 창피해진다. 나는 신문들을 쓰레기통에 버린다.

집으로 가는 길에 나는 오빠를 본다. 그는 길 가장자리의 차 옆에 조용히 앉아 있다. 나는 자전거에서 내린다. 그는 등을 해 지는 쪽으로 해서 앉아 떠오르는 달을 보고 있다. 그는 나를 보지 않는다.

체인은 쉽게 풀어진다. 나는 손가락들에 기름칠을 해서 부드러운 자전거 몸체 아래에 놓고 자전거 체인을 들었다가 다시 내려놓는다. 체인이 아스팔트 바닥에 떨어질 때 철거덕 소리를 낸다. 거리를 건너갈 때 내 뒤에서 나는 아름답고 정직한 어린아이 장난감 소리.

할로(Hallo), 라고 내가 말한다. 나는 그에게 기름 묻은 손가락을 보여 주지 않는다. 나는 손가락이 핸들에서 떨리게 놔둔다. 아, 무슨 날이 이런가. 나는 그에게 무엇을 하느냐고 묻는다. 그가 말한다. 아무것도 안 해. 달. 나는 나의 손가락을 핸들에서 떼고 그를 향해 뻗는다. 손가락에 기름이 묻었다. 달빛 아래 검게 보인다. 나는 그에게 자전거 체인이 다시 떨어져 나갔는데 혹시 창고로 데려다줄 수 있느냐고 말한다.

그는 내 손가락을 보더니 지프차, 녹슨 통이 양동이에 있고 더 이상 시동이 걸리지 않아 여기 앉아 있다고 말한다.

나는 그에게 내 자전거를 고치면 우리 둘이 같이 타고 갈 수 있다고 말한다.

그는 나를 바라본다. 나는 늘어진 체인을 들고 거기에 서 있다. 내 발에도 기름이 묻어 있다. 그는 찡그린다. 나는 얼굴이 빨개진다. 나는 자전거 위에 있다. 우리는 더 할 말이 없다.

그리고 나는 더듬거린다. 우리 둘 다 걸어서 가자. 두 시간 뒤면 거기 도착할 거야.

거기, 어디?

앉아 봐, 라고 그가 말한다.

나는 벌써 앉아 있다.

나는 오늘 오후의 반을 두 소똥 사이의 초원에 누워 있었어, 라고 그가 말한다.

나는 무슨 말을 해야 할지 모른다. 갑자기 내 두 손과 두 발이 마비된 것 같은 느낌이 든다. 기름칠한 나의 손가락은 너무 차갑다. 손가락은 천천히 목표 없이 움직인다.

그건 보름달 때문이야, 라고 내가 말한다. 내가 읽었어.

말도 안 돼, 라고 그가 말한다.

소들을 봐, 라고 내가 말한다.

소들은 초원 위에 서서 천천히 머리와 꼬리를 움직이고 있다.

걔들은 자는 거야, 라고 그가 말한다.

아니야, 내가 말한다.

여자들이란, 하고 그가 말한다.

나는 정확히 볼 수는 없었지만 그가 미소 짓고 있다고 믿었다. 그러나 그다음에 그가 말을 할 때 그 목소리는 낮고 거칠었다. 그는 잇새로 가는 소리를 낸다.

그들은 이 마을에 속하지 않는다. 그들은 공원을 짐승으로 채운다. 전혀 흔치 않은 짐승들. 관광객들을 위한 회색 소들.

그들이 불행해 보이지는 않아, 라고 내가 말한다.

그가 말한다. 소들은 바보라서 그래.

나는 침묵한다, 나는 '바보'라는 말에 대해 곰곰이 생각한다.

결국 몇 시간 뒤에 나는 끔찍하게 얼어 버린다. 모든 것에 이슬이 맺힌다. 등과 신장에 통증이 느껴진다. 마침내 우리는 자동차 모터를 다시 돌리고 나는 한동안 자동차를 밀어야 했다.

우리 관계는 다시 좋아졌다. 우리는 서로 말하지 않는다. 그러나 우리 관계는 더 좋아졌다. 벌써 그렇게 되었다.

숲지기 오빠는 8월 말에 서른세 살 생일을 맞는다. 부엌 식탁을 둘러싸고 모두 가까이 앉는다. 디저트 포도주로 축배를 든다.

메시아의 나이이다, 라고 누군가가 말했다. 이제 위대한 일들을 하겠네. 그 여자의 짧은 웃음은 신음으로 바뀌었다. 사람들은 모두 고개를 끄덕인다. 그 여자의 무릎이 식탁 아래서 서로 비벼 대고 있다.

뭐, 그래, 라고 신학생 오빠가 말한다. 그런 일은 서른 살에 한 것 아닌가. 서른세 살에는 십자가에 못 박혔는데.

잠시 모든 사람이 난감해했다. 나는 무슨 말을 해야 할지 떠오르지 않아 얼굴이 빨개지는 것을 느낀다. 그다음에 엄마가 말한다. 좋은 일을 한 것 중에서 대부분은 죽은 다음에 한 거지.

하지만 그렇다고 사정이 더 나아지지는 않는다.

무엇이 상황을 더 낫게 만드는가? 우리는 계단에 앉는다.

나를 내버려 둬, 라고 그가 말한다. 오빠는 취했다.

안 돼, 내가 말한다. 나도 취했단 말야.

오빠가 나를 바라본다. 그러고는 웃는다.

이런, 그가 말한다. 너는 참 일찍도 시작한다.

나 스물네 살이야, 라고 내가 말한다.

오빠는 앉아서 흔들거린다. 이런, 그리고 말한다, 응. 나는 이미 반은 죽은 거다.

우리는 술에 취해 침묵한다. 남아 있었다. 파티는 끝났다. 우리 부모는 새로 해 넣은 이빨을 하고 우리 뒤에서 잠들어 있다.

끝났다, 라고 그가 말하고는 혀를 찬다, 신 냄새. 소가 소똥 사이에 누워 있다니. 위대한 일은 죽은 다음에. 그리고 이생에서. 섹스도 한 번 안 하다니. 너도 알지. 그가 말한다. 그렇지만 거의 이해가 안 된다. 스으물두울이라니, 발음하기도 어렵네. 22년을 더, 그가 반복한다. 내가 이해하도록. 그리고 그다음에는 아듀다. 해냈다. 그러나 그가 말한다. 오로지 자기만을 위해서, 우리 같은 사람을 위해서는. 아무도 없지. 그는 취했다. 그래서 그는 너 그거 아니, 라고 말을 한다. 오빠는 술에 취했다. 그래서 나랑 말을 한다.

나 여기에 있어, 라고 내가 말한다. 혀가 무겁다. 거의 김만 나는 것 같다. 거칠고 낯선 음성. 나는 얼굴이 빨개졌다.

너, 라고 오빠가 말한다. 마치 금방이라도 말할 것처럼 들린다. 너, 팔랑귀, 경건한 소. 그리고 갑자기 나는 울 것만 같다. 나는 포도주 냄새를 맡는다. 나는 얼어 간다. 나는 오빠 옆에서 떨고 있다. 아버지가 집에 올 때면 언제나 계단은 축축하게 젖어 있어야 했다. 언제나 깨끗이 청소되어 있고, 하루 중 언제가 아니라, 한 시간 전이 아니라, 정확히 아버지의 교대 근무 때 축축하게 젖어 있었다. 지금도 계단은 축축하고 더럽게 느껴진다. 많은 사람들이 그 위에 앉았었다. 돌들도 더럽다. 아스팔트는 거친 돌들로 만들었는데 나는 그 돌들을 지금 느낀다. 움푹 팬 그 작은 곳을. 나는 떨면서 50년 뒤에는 우리 둘만 이 집에서 살고 있을 것 같다고 생각한다. 그리고 저 늙은 재단사가 자기 누이 다루듯 나를 다룰 것인지도. 여기서 모든 교단을 해체할 때 그 교단도 해체했는데 그전에 그 누이는 …교단에 있었다. 그들은 수녀 한 명을 칠한 벽에 세워 놓고 사람 형상대로 빙 둘러 총을 쏘았다. 왕립 수도원 벽의 노란 칠에다가. 물론 그 러시아인들이 말이다. 그리고 그들은 말했다. 마리아에게 달려가. 그러나 수녀는 기절했다. 이제 그 누이는 재단사의 집안일을 해 준다. 그는 누이에게, 수녀와 신부들에게 욕을 한다. 누이는 그를 위해 기도한다. 그는 격분한다. 감히 그따위 짓을 하다니. 그는 그녀가 키우는 괭이밥에다가 오줌을 눈다. 자, 이제 나를 위해 기도해.

내가 그 누이라면 차라리 창녀가 되었을 거라고 생각한다. 나 같으면 도시의 거리에 서 있을 것이다, 국경으로 가는 길고 곧은 거리에. 많은 남자들이 그런 걸 좋아한다, 가슴이 큰 여자들을. 그러나 내 가슴은 크지 않다, 그렇게 보일 뿐이다. 내가 상체에 두른 게 많아 뚱뚱해 보여서. 사실 가슴은 작다. 내 배 위에 있고, 가슴은 하얗다. 약간 회색이고.

나는 이제야 내가 두 입술과 이빨들로 무릎을 계속 누르며 빨고 있다는 것을 알아차렸다. 마치 애들이 의자 손잡이를 빨듯 말이다. 나는 나무가 어떤 맛이었는지 느낀다. 잇새에 나무 쪼가리가 끼어 있고 입천장에서는 래커 칠 맛이 난다. 숲지기 오빠가 옆에서 웃는다. 나는 놀라 침을 꿀꺽 삼켰다. 그게 더 안 좋았는데, 무릎에서 떨어질 때 쪽 하는 소리가 났기 때문이다. 오빠는 우리가 방을 같이 썼을 때 내가 손등과 팔꿈치의 오금을 그렇게 쪽 하고 뽀뽀했다는 것을 틀림없이 알 거라 생각했다. 오빠는 술에 취해 웃더니, 숨이 넘어갈 것처럼 웃고는 나의 목덜미를 잡는다. 나는 발딱 일어났고, 그 바람에 그의 팔은 내 등으로 미끄러져 계단에 놓였다. 근육도 없이. 나는 오빠를 넘어서 집으로 돌아가고 싶었다. 그러나 집, 그것도 끔찍하다, 도대체 어떻게 할 거냐, 나는 창피스러웠다. 나는 돌아갔다. 나는 마당으로 들어갔다, 오이랑 토마토랑 냄새가 싸하고 가시가 있다. 저 맨 뒤에는 돼지우리가 있다. 어둡다. 그러나 그것도 좋지 않다. 모든 게 난감하다. 도저히 수습이 안 된다. 개가 내게 다가와 무릎을 핥는다, 개는 여기 돼지들에게 묶여 있다. 개는 세 다리로 걷는다. 네 번째 다리는 돼지 오줌 때문에 상처가 있다. 나는 개를 풀어 줄 수도 있다. 하지만 그건 아무려나 상관없다, 사람들이 나를 때리든 말든 모든 게 다 상관없다. 그러나 그 대신 나는 개에게 닥쳐! 라고 말한다. 돼지들이 우리에서 움직인다. 오빠가 나를 부른다. 오빠는 내가 돼지들 사이에 숨은 것을 보며 웃고 있다. 모든 게 좋지 않다. 나는 몸을 떤다, 움직이지 않는다, 아무 말도 하지 않는다. 아주 어둡다. 나는 오빠가 날 찾는 소리를 듣는다. 나를 찾아내면 어떡하지. 그러나 오빠는 이내 찾는 것을 포기하고 가 버린다. 지프를 타고. 오빠는 자기 생일날에도 오두막집에서 자는 걸 더 좋아한다.

나는 흔들흔들 집으로 온다. 개를 풀어 주지 않는다.

머리가 아프다. 지난번 야외 상영은 늑대가 주제였다. 언덕은 거의 비어 있다. 야외 상영을 하기에는 추운 날씨다. 관광객들은 해가 난 짧은 며칠 동안 극장에 적응할 수 없었고 영화가 끝나기도 전에 벌써 가을이 와 버렸고 공업용수로 가득한 호수는 쓴 냄새를 풍긴다. 올해 극장은 큰 적자를 보았지만, 누가 걱정하랴, 돈은 어차피 동네에서 나오는데. 모든 것이 적자다. 설탕 공장, 온천, 가로등 세운 것까지 다 적자를 본다. 국립 공원도 적자다. 사실은 이제 뭘 해도 말릴 수가 없다. 어쩌면 그들은 영화관을 없앨지도 모른다. 적자 때문이 아니라 그게 쓸모없다고 생각하기 때문이다. 황당하지 않냐, 영화관이라니, 이 동네에서 뭐 나올 게 있다고. 하와이의 용암이라니. 나는 완전히 몰입해서 보았는데.

영화가 어떻다고 생각하니? 라고 전직 로커가 묻는다. 나는 마지막 한 사람으로 남아 있다. 나는 잘 모르겠어요. 내가 보기에는 늑대들이 너무 마음씨 착하고 운이 없는 맹수로 보였거든요. 한 마리는 다리를 절고. 그리고 나는 돼지의 오줌 생각을 한다. 그건 독했다. 내 무릎이 뜨뜻하게 숨을 쉬게 되었다. 그리고 두 새끼 돼지 사이에서는 어떤 냄새가 났던가.

서운하네, 다시 다 끝나다니, 라고 전직 로커가 말한다.

그러게요, 내가 말한다, 서운하네요.

언제 사람들이 다시 만나지, 라고 그가 말한다.

그걸 벌써 누가 알겠어요, 라고 내가 말한다. 나는 서두른다. 날이 춥다.

너무나 춥다. 내 무릎은 얼음장 같은 공기에 꽂힌다. 나는 더 빨리 간다. 적어도 무릎이라도 따뜻해지라고. 길이 부드러워진다. 나는 속도를 계속 높인다.

새끼 돼지 이야기를 한 이후 우리는 한 번밖에 보지 못했다. 일할 때, 멀리에서, 그 지프, 멀리서, 빠르게 그리고 새 도래지에서부터 소 외양간까지의 길 위에서다. 그러고 나서 다시 그는 하루 종일 사라졌다. 아무도 보지 못했다.

오빠는 어디 있어요? 라고 매니저가 나에게 묻는다.

나는 어깨를 움찔한다.

통제가 되지 않는 사람이네요, 라고 매니저가 하얀 접시 얼굴로 나에게 말한다. 그는 나를 물끄러미 바라본다. 당신 형제들은 전혀 닮지를 않았네요.

뷔페 일은 가능이 되잖아요, 라고 내가 말한다. 그런 후에 나는 내 목에서 뭔가 찢기는 듯한 느낌을 받는다. 내가 지금 질문에 답을 더 해야 한다면 울기 시작할 것이고, 아니면 더 안 좋은 것은 그를 내쫓을 것이다. 도대체 매니저는 접시 얼굴을 하고 여기에 왜 서 있단 말인가? 그는 상황을 제대로 보지 못한다. 그리고 요즘 제대로 보는 사람들이 있기나 한 걸까.

그렇지만 오빠가 온다. **쌍을 이루는 모든 장기(臟器)는**, 나는 막 그 장(章)을 읽고 있었다. 그는 들어오지 않는다. 그는 누구와 이야기한다. 나는 그 자리에서 움직이지도 않고 나가지도 않고 그를 보지도 않는다. **쌍을 이루는 모든 장기는**, 나는 한 번 더 읽는다, **쌍을 이루는**…….

오빠는 다시 뷔페 앞에 혼자 서 있다. 그는 입구 앞 땅에 침을 뱉는다.

그만둬, 라고 내가 말한다.

쓸개즙이 너무 많아, 라고 그가 말하는데 그것은 확인일 수도 있고 질문일 수도 있다.

그에게 쓸개즙이 너무 많거나 아니면 내가 그렇다.

그게 나랑 무슨 상관이야, 라고 내가 말한다. 나는 손님들이 오빠 침 때문에 빙 돌아서 가는 게 싫어. 그것도 입구에다 그래 놓다니. 나는 문지방에 서 있다, 팔짱을 끼고. 모성애적인 보호자라고 나는 지금 생각한다. 그러나 나는 내가 있는 곳에 계속 서 있다. 사람들은 자기 직업에 열정적이어야 한다. 너, 그럴 수 있어? 안 될 게 뭐 있어. 나는 훌륭한 뷔페 여자야.

그가 웃는다. 너 어떻게 보이는지 알기나 하니?

나는 녹색 사냥꾼 옷 위로 배 주위에 쌍으로 장밋빛 앙고라 스웨터를 둘렀다. 그리고 모자는 깊숙이 눌러써서 눈 주위로 내려와 있다. 오빠가 웃는다. 두 손으로 모자를 제대로 모양 잡다가 이게 아니지, 아니 뒤로, 아니 허리께에 집어 넣지 말고, 십자로 했다가, 아니다, 그러면 너무 방어적으로 보인다, 그냥 늘어뜨리자, 당황했어? 주머니에 넣으면 천이 너무 땅기고, 주름도 생기고, 어쩌지? 나는 두 손을 저어 거절하고 뷔페로 돌아간다.

그다음부터 더 이상 오빠를 보지 못했다.

나는 자전거를 빨리 몰았다. 너무 늦었다. 그 소년은 벌써 집에 갔다. 사람들이 나를 찾을 것이다. 한 여자가 자전거를 타고 있다. 나는 숲을 통과해 간다. 흘러나온 땀이 증기가 되어 차갑게 내 몸에 붙는다. 제발 오빠가 아직 깨어 있기를. 나는 서두른다. 빨리 오빠에게 가자. 오빠에게 가서 나를 다시 데리러 오라고 말하자. 자전거 위는 너무 추웠다. 그래서 다시 서둘러 갔다. 나는 나무뿌리 위에서 휘청거렸고 등허리께로 고통이 지나갔다. 오빠가 무슨 말을 할까, 아마 아무 말도 하지 않을 것이다. 나를 바라보지 못할 것이다. 그러길 바란다. 나는 그게 얼마나 민망한지를 안다. 나는 민망함을 생각하고 페달을 더 빨리 밟는다. 민망함에서 빨리 벗어나 오빠에게 가려고. 아무것도 도움이 안 된다. 내가 가야 한다. 오빠는 나를 다시 데려다주어야 한다. 너무 춥다. 오빠도 그건 거부할 수 없을 것이다. 그리고 나는 결국 아무나가 아니지 않은가. 그리고 이상하기는 하지. 그렇지만 어쩌면 피로 때문일 수도 있고, 어쩌면 무대 울렁증일 수도 있고. 나는 이 추위 속에서 갑자기 베개에서 어떤 냄새가 났는지를 생각해야 했다. 더 이상 새 베개 냄새는 아니었지만 그렇다고 더럽지도 않은 베개이다.

나는 멈추어 선다.

완전히 깜깜하고 어딘가에서 달그락 소리가 들린다. 마치 문이 열릴 때처럼 달그락거린다. 얼마나 문이 많은가. 문이 열린다, 도처에서. 그리고 나에게는 한 번도 이상하게 생각된 적이 없다. 어두운 숲에서 문들이 열린다. 왠지는 모른다.

그러고는 그친다. 문들이 다시 닫혀 버린다. 문들. 그리고 사람들은 떡갈나무와 밤나무 열매가 떨어질 때의 블록-블록 하는 소리를 듣는다. 이제 그 시간이다. 사람들은 번식하는 소리를 듣는 거야, 라고 숲지기 오빠가 말할 것이다. 시즌 시작 전의 마지막 날에 말이다.

나는 다시 자전거를 탄다. 바퀴가 뿌리 위에 끌려 돌아가 있다. 나는 그것을 떼어 내고 다시 타고 간다.

갑자기 오두막이 나타났다. 나는 오두막집에 거의 부딪힐 뻔했다. 예상과 달리 오두막에는 불이 켜져 있지 않았다. 문을 더듬어 찾을 때까지 시간이 꽤 오래 걸렸다. 왜 나는 아무 말도 안 하는지, 왜 오빠를 부르지 않는지. 나는 문을 더듬었다. 오두막 안은 바깥처럼 어두웠다. 힘이 약한 광부의 불은 탁자 아래 있었다. 오빠는 그 옆에 앉아 있었다. 오빠는 자고 있지 않았다. 오빠는 바닥의 램프 옆에 앉아 있었다. 등은 오두막의 벽에 기대고 있었다.

자, 이제, 이 멧돼지야, 라고 오빠가 내게 말하고는 웃는다. 너는 멧돼지 같다는 생각이 들어, 라고 설명한다.

아 그래, 라고 나는 말하면서 미소를 짓지만 오빠는 그걸 거의 보지 못할 것이다. 나는 빛의 원 테두리 바깥에 서 있다.

이리 와, 라고 오빠가 말한다.

나는 오빠에게 한 걸음 다가간다. 빛이 내 두 다리로 떨어지고, 반장화의 하얀 양말에 떨어지고, 내 꽃무늬 치마 가장자리에 떨어진다. 내 두 무릎이 떨기 시작한다.

너는 미쳤어, 라고 오빠가 내게 말한다.

나는 오빠밖에 없어, 라고 내가 말한다.

아이고 하느님, 이라고 오빠가 말한다. 제발 꿈 좀 그만 꿔.

마치 문들이 열리는 것 같다. 달그락 소리가 난다. 내 등 뒤에 있는 식탁, 창턱의 내 머리, 내 두개골 근처의 잔. 작지만 뜨겁고 빠르다, 마치 꿈에서처럼. 아프지도 않고 전혀 아프지도 않고, 오, 하느님! 오빠는 킁킁거리면서 내게 고개를 숙인다. 나는 머리를 창가에서 떼고 그의 머리숱이 없어지는 곳을 슬퍼하며 바라본다. 오, 하느님, 이라고 그가 속삭인다. 나에게가 아니라 아래쪽으로. 그러고는 조용해진다. 나는 울음이 그를 흔드는 것을 느낀다. 울지 마, 라고 내가 말하면서 오빠의 비뚤어진 어깨에 손을 올린다. 아무 소리도 내지 마. 고통의 떠나감. 그는 자기 뒤의 문을 닫지만 그러나 문은 다시 열린다.

모래시계*

나무를 빙 둘러싸고 그들이 모두 서 있다. 그런데 그것은 사실 나무라 할 수도 없다. 그냥 식물일 뿐이다. 10년 전부터 이 식물은 문화 홀 안에 있다, 한 모퉁이에. 이름도 없다. 이 식물이 어디에서 왔는지, 누가 그곳에 갖다 놓았는지 아무도 모른다. 정원 일 하는 사람들은 그 이름을 알지 모른다. 하지만 그만두자, 그것은 너무 지나친 것이고 너무 늦었기도 해서 이제는 누구에게 물어보기도 그렇다. 그리고 무엇 때문에 일삼아 물어보기까지 하겠는가, 이 식물의 이름이 무엇인가는 중요하지 않고, 중요한 것은 그 열매를 어찌할 것인가 하는 문제이다. 그들은 식물의 발치에 여럿 서 있다. 이 나무는 거대해서, 거목처럼 천장과 그 바깥으로까지 뻗었고 창문 쪽으로는 굽어져서 먼지로 가득한 벨벳 커튼에 기대고 있다. 그 빛바랜 녹색 잎사귀는 무겁고 탁하고 붉은 기가 있다. 식물은 자기 무게로 딱 버티고 서 있다. 이미 아래로 축 늘어져 있는데 한 남자가 의자 위에 서서 늘어진 나무 끝과 함께 시들어 가는 꽃잎들 사이에서 왕관을 쓰고 있는 열매를 만지려 한다. 바로 기다랗고 노란 열매 말이다. 이 열매는 지난 밤사이에 숙성한 것이 틀림없다고 부엌에서 일하는 아줌마들이 강조해서 말한다. 어제만 해도 꽃봉오리보다 크지 않았었다고, 아래에서는 보이지도 않았단다. 그런데 점심시간 이후부터 형태도 분명해지고 살도 차올라 멀리 떨어진 무대에서도 잘 보인다고 한다. 젊은 여자 하나가 사다리 위에 올라서서 장미색과 오렌지색의 구불거리는 장식 크레이프 줄을 달더니, 이제 뭘 더 해야 하나요? 라고 물으면서 자기는 장식을 더 하겠다고 말한다. 저기 보이세요, 음악가들이 벌써 왔네요. 무대 위의 작은 우주는 온갖 소리를 다 낸다. 장밋빛과 오렌지색이라니, 누가 또 이런 생각을 해냈담, 하고 마른 남자가 불평한다. 사다리 위의 여자가 그 말을 들었다. 여자는 남자를 내려다보고 어깨를 움찔하더니 입에서 핀을 빼 구불거리는 꽃 장식을 고정한다. 난 아니에요.

식물의 발은 맥주 통 크기만 한 나무 상자에 담겨 있다. 그들은 그 옆에 서 있다. 열매, 아니 식물을 통째로 이 행사장에서 내보내는 것이 어떠냐고 뚱뚱한 남자가 말했다. 나는 그 말을 듣고 놀랐는데 왜냐하면 공간이 전부 다 가로막혀 있었기 때문이다. 아니요, 그 식물은 여기 그냥 놔둬요, 너무 크고, 또 너무 무거워요. 문은 너무 작고요. 결국에는 그 식물을 잘라 내야 할 거예요. 그리고 또 들어낸 다음에는 벽도 문제예요. 10년 전부터 그 뒤가 어떤지 본 사람이 아무도 없잖아요. 누가 알아요, 혹시 그게 진짜로 바나나 나무일지, 라고 그 마른 사람이 말했다. 10년에 한 번만 열매를 맺는다잖아요. 그럴 리가요. 아무도 거기에 대해 뭐라고 확실하게 말할 수 없다. 바나나 나무를 아는 사람이 누구 있나요? 뚱뚱한 사람은 어쨌거나 상관없다고 말하고는 무대와 나를, 투박한 마이크대 뒤에 있는 내 하얀 무릎 양말을 건너다본다. 그러고 나서 꽃 장식을 들고 있는 여자에게 갔다. 그 사다리 가지고 이리 좀 와봐요.

나는 이제 열매가 없는 홀에서 노래를 한다. 가끔씩 나는 전에 열매가 있던 자리를 본다. 이제는 시든 잎사귀밖에 없다. 내 고향, 그곳을 간단히 도시나 시골이라 부를 순 없다. 나는 마이크에 대고 노래를 한다. 소프라노다.

대머리이면서 뚱뚱하고 엄격한 남자는 무대에 올라서서 열매를 치우라고 시킨 다음에 자기 손으로 내 외투를 누르면서 말한다. 나머지 프로그램은 애들용이 아니야, 라고. 초가을의 석양빛이 물들 때 엄마의 트라반트 자동차가 와서 데려갈 때까지 나는 갈대 문양의 공장 문 아래에 서 있다.

우리가 사는 동네는 도시 전체로 보면 아메바의 팔처럼 뻗어 있다. 밤나무 숲이 있는 언덕 아래, 바람이 없는 공터에 지어졌는데 동네는 많은 집들이 사각형 단지를 이루었고 이 사각형들이 모여서 더 큰 사각형 단지를 이루고 있었다. 그 가운데에는 미니어처 가게 몇 개와 규모가 조금 큰 술집이 있는 작은 사각형 광장이 있었다. 그 기둥에는 알림판 하나가 걸려 있었다. 나무 밑에 오줌 누지 마시오! 라고. 집들이 없고 머릿돌길이 없는 곳은 전부 쐐기풀로 뒤덮여 있다.

나지막하고 좁은 집들은 사각형을 이루어 빛바랜 색깔들로 서 있다. 문들은 녹색, 파란색, 갈색이었고 문 뒤에는 두 집씩 있다. 집집마다 거실 겸 부엌 하나, 방 하나, 응접실 하나가 있었다. 옛날에는 여기에 광부들이 살았었다. 그들은 밤나무 아래 언덕에서 검은 탄을 캤다. 믿을 수 없어, 라고 엄마가 말한다. 탄을, 이 동네에서 탄을 캐다니. 지금은 쐐기풀에 가려 보이지도 않는, 목적지도 없는 철로만 남아 있다. 갱도 입구는 이미 오래전부터 쑥쑥 자란 들장미로 가로막혀 있었다. 그리고 이제 광부는 한 명도 살지 않는다. 그리고 광부를 아는 사람 역시. 요즘 여기 사는 노동자들은 다들 공장에 다닌다.

가장 가까이 있는 것이 나무 공장과 가구 공장이고 그다음으로 양탄자 공장, 맥주 공장, 통조림 공장이 있고 도시의 다른 끝 쪽, 간선 도로 쪽으로는 벽돌 공장이 있다. 그리고 주변 마을에 우유 공장, 고기 공장, 인조 가죽 공장, 설탕 공장, 갈대 공장 등이 흩어져 있다. 공장들은 모두 문화 홀을 하나씩 가지고 있는데 이 홀들 중 하나에서 내가 공연했다. 나는 아름다운 소프라노 목소리 덕분에 할머니 할아버지들의 갖가지 축제나 마을의 공장 축제에 초대를 받았다. 나는 파이오니어*였기 때문에 무료로 공연을 해 주었다. 그때는 가을이었다. 이 말은 매주 적어도 한 번은 공연이 있다는 의미이고 보통 금요일에 있다. 가을에는 휴일이 연달아 있다. 공장에서는 공장 휴일과 국경일이 있고 양로원에는 종교 축일과 국경일이 있다. 앞서의 바나나 이야기는 갈대 공장 문화 홀에서 일어났다.

엄마는 내 노래 재능이 아버지 판크라치오 마르셀로로부터 물려받았다고 한다. 아버지는 배우이자 가수였는데 시칠리아에서 시작해 온 유럽을 돌아다녔다. 아버지는 지금 프랑스에 살고 있고 아비뇽 거리에서 관광객들을 상대로 공연을 한다. 아버지의 이름을 따라 내 이름은 마르셀라라고 지어졌지만 나는 아직 한 번도 아버지를 본 적이 없다. 내가 부르는 노래들은 엄마나 라디오를 통해 배운 것이다.

나는 내 방에 앉아 있다. 슬프고 외롭게. 과거에는 어땠었는지를 생각해 본다. 부엌에서는 탄 양파 냄새가 난다. 언니 아니냐는 햄 스테이크를 튀길 때 같은 동물 기름을 여러 번 사용한다. 엄마는 나를 집에다 데려다 놓고 다시 떠나 버린다. 나는 언니랑 단둘이 있다. 햄 스테이크가 우리의 첫 번째 저녁이었다. 두 번째 저녁은 몇 시간 뒤의 반 리터짜리 바닐라 푸딩이었는데 아니냐 혼자만 먹었다. 언니는 냄비째로 아직 푸딩 껍데기가 생기기도 전의 뜨거운 걸 떠먹었다. 배가 앞으로 불룩 나온 언니는 전자레인지 앞에 서서 요란하게 색칠한 나무 숟가락으로 먹었다. 언니의 티셔츠는 높이 말려 올라갔고 젖가슴 밑의 주름 속으로 미끄러져 들어갔다. 이 주름은 비닐봉지 끝을 말아서 닫은 모양을 하고 있었는데 바지 끈 위에 있는 배에 난 하얀 선을 드러내 준다. 언니는 열두 살

때부터 살이 찌기 시작했고 한때 금발이던 머리칼이 지금은 까만 색이고 윤기도 없다. 엄마는 이제 드디어 아니냐의 아버지가 스페인 사람인 안토니오 부에노라는 것이 눈에 보인다고 말한다. 언니 아버지는 화가이자 조각가이고 아니냐는 그림 재능을 물려받았다. 엄마의 생일날, 아니냐는 꽃다발을 그렸다. 엄마는 정말 아름답다고 말했는데 이 꽃은 나중에 시들어서 엄마를 슬프게 만들 일이 없기 때문이다. 엄마를 빼놓고는 안토니오 부에노를 본 사람이 아무도 없다. 그러나 부엌에는 부에노가 직접 손으로 그린 석탄화가 걸려 있다. 아기 예수처럼 보이는 아니냐는 머리카락을 땋아 마치 후광처럼 포동포동한 뺨 위에 올려져 있다.

나는 제복을 벗어 의자 위에 놓는다. 무릎 양말들은 아직 더러워지지 않았다. 다음 주에 다시 신어도 된다. 그러나 내 눈처럼 파란 목수건은 오랫동안 빨지 않았다. 그 위에 볼펜으로 적은, 내가 이젠 더 이상 모르는 파이오니어의 이름들 때문이다. 아니냐는 햄스테이크를 구우며 라디오에서 나오는 노래에 맞추어 흥얼거렸다. 나는 내 방에 앉아 있다. 혼자서 슬프게. 그리고 과거에는 어땠었는지를 생각해 본다. 아니냐는 과거에는 힘찬 메조였는데 열두 살이 넘고부터는 엉성한 베이스 파트에서나 간신히 받아 줄 목소리로 변했다. 나는 아니냐와 함께 노래를 불렀다.

바깥 거리에서는 날이 점차 밝아 온다. 그리고 모래시계는 섰다가 가다가 한다. 아니냐의 몸에서는 언제나 살짝 탄 바닐라 푸딩과 햄 스테이크 냄새가 난다. 우리는 저녁을 우리끼리 보내고 어두워지면 같이 침대에 눕는다. 우리는 라디오를 켠다. 아니냐는 나를 자기 배에 눕히고 나의 장딴지를 자기 넓적다리로 감싼다. 아니냐의 팔은 살이 통통해서 얼마나 좋은지. 아니냐는 내 귀 밑에 부드럽게 누워 있다. 심장 소리가 들리지 않는다. 아니냐가 털 없는 팔을 들면 나는 과거의 새 뼈를 생각한다. 이 새 뼈들이 과거에 그랬던 것처럼 지금도 안이 그런지 혹은 몸의 나머지 부분처럼 하얀 고무 같은 것으로 덮여 버린 것은 아닌지를. 조금 있다가 밤이 깊어지면 아니냐는 식은땀을 흘리면서 불안한 잠에 빠져들고, 그러면 나를 밀치고 침대의 다른 쪽으로 건너가 등을 돌리고 잔다.

조금 더 지나면 엄마가 집에 온다. 엄마는 트라반트 자동차 냄새와 무릎까지 오는 부츠 냄새를 가져온다. 라디오를 끌 때 나는 나지막한 딸각 소리. 조용함이 우리를 깨운다. 우리는 바라본다. 긴 스탠드 갓은 파이오니어 노래를 많이 해 주고 받은 선물이다. 그 갓은 갈대로 엮어졌고 방 천장에 햇빛의 까만 원을 선사한다. 엄마의 풀어 헤친 머리칼이 그 앞에서 크게 펄럭거리는데 새처럼 까맣다. 엄마는 우리가 자신을 보고 있다는 것을 알고 있다. 엄마는 천천히 옷을 벗는다.

그다음에는 침대 속에 누워 있다. 우리 셋이. 나는 아니냐의 땀과 엄마의 입 사이에 있다. 엄마의 입은 내 목에 있다. 입에서는 와인과 구운 간 냄새가 나고, 머리카락에서는 사무실과 낯선 술집 냄새가 난다.

그렇게 빨빨거리고 돌아다니지 마라, 라고 엄마가 나에게 말했다. 그러다 구두 다 닳겠다. 너는 너무 빨리 자란다. 신발 크기가 40이나 되는 여자를 어디에 쓰겠니. 그러나 나는 그것만 좋아한다. 돌아다니는 것 말이다. 밤에는 창문을 통해 밖으로 나갔다. 그건 돈이 들지 않는다. 눈이 내린다. 새벽의 우유 냄새.

엄마는 그런 이야기 하는 것을 좋아한다. 엄마는 지금까지도 돌아다니는 것을 좋아한다. 매일 일이 끝나면 엄마는 밖에 나갔다가 아니냐와 내가 잠이 들 때가 되어야 돌아온다. 그때 울퉁불퉁한 돌길 위로 덜그럭거리는 트라반트의 외로운 소리가 난다. 나는 혼자 물어본다. 너네 엄마는 도대체 잠은 언제 자느냐고 옆집 구두장이 부인이 말한다.

월요일부터 금요일까지 사람들은 일을 하고 학교에 간다. 토요일은 청소하는 날이다. 이 사각형 단지에는 우리 집 빼고는 거의 할머니들만 산다. 할머니들의 빗자루는 청소할 때 보도에 있는 물결 모양의 하얀 먼지 덩어리를 까만 흙바닥 쪽으로 싹싹 몰아냈다. 우리도 토요일마다 부엌과 방 청소를 했고 서로 머리를 감아 주고 땋아 주었다. 그걸 다 마치면 밤이 되었다. 옆집 구두장이가 너희들 정말 예쁘구나, 하고 말했다. 그는 공동으로 쓰는 복도에서 우리를 훔쳐보았다. 머리를 따서 귀 위로 동그랗게 올리니 얼마나 예쁘냐. 빨갛고 까맣고 금발인 머리. 엄마와 아니냐 그리고 나 말이다. 구두장이는 엄마의 구두를 가져온다. 구두장이는 눈에 보이지는 않지만 전쟁에서 입은 상처를 가지고 있다. 상처는 몸

속에 있다, 라고 그가 말한다. 그는 자영업자인데 그렇게 사는 것은 쉬운 일이 아니다. 구두장이의 거실 겸 부엌은 동시에 그의 작업장이다. 그 때문에 공동의 복도에서는 구두와 석탄 냄새가 났다. 구두장이는 우리에게 신을 공짜로 만들어 주었다. 그 집은 남편도 없고 애들만 있으니까 전부 다 공짜로 해 주라고 구두장이 부인이 말했다. 맹물로 가는 것도 아닌데 사람들이 맨날 트라반트 자동차를 타고 다니네. 일주일 내내 그리고 일요일도. 그 부인은 '사람들'이라고 말했지만 부엌문과 침실 창문을 열어 놓았고 아주 큰 목소리로 말해서 사각형 주택에 사는 누구나 들을 수 있었다. 그 여자는 길게 늘인 실에 침을 묻히고 바늘구멍으로 찌익 소리를 내면서 잡아당겼다. 구두장이의 침실은 동시에 그 부인의 작업장이기도 했다. 구두장이 부인은 옷을 수선한다. 부인의 실내복에는 가슴 높이쯤에 바늘과 핀이 꽂혀 있다. 하얀 실, 갈색 실들이 그 안에 마치 새의 깃털처럼 칭칭 감겨 있다. 이 부인이 누군가를 껴안으면 바늘이 그를 찌른다.

구두장이가 가져오는 구두는 작업장과 석탄 냄새가 나고 깨끗이 금방 닦은 냄새도 났다. 너희들은 정말 예쁘구나, 하고 구두장이가 말한다. 그는 구두값을 받지 않는다. 그는 우리 집 부엌 식탁에 앉아서 우리를 바라보았다. 우리는 머리를 땋아 동그랗게 올렸고 내일의 드라이브를 위해 달걀과 햄을 요리한다.

일요일은 소풍 가는 날이다. 트라반트 자동차는 맹물로 가지 않는다. 트라반트는 구두장이를 파란 연기로 감쌌다. 구두장이는 일요일마다 우리 집 앞 나무 의자에 앉아 호른을 분다. 그는 「일 실렌치오(Il Silencio, 적막)」를 가장 아름답게 분다. 또 그는 **이리 와. 나는 너를 기쁨으로 감싸고 싶다. 나는 사랑의 힘에 기도한다**도 분다. 사람들은 구두장이의 제스처에 거북해한다. 그러나 아무도 그것을 드러내 놓고 말하지 않는다. 그는 트럼펫도 분다. 하지만 그것은 트럼펫이 아니란다. 그가 나에게 말해 준다. 그건 호른이야.

막 시동을 건 트라반트 자동차만 구두장이의 호른보다 더 시끄럽다. 일요일은 소풍 가는 날이다. 우리가 사는 구역에는 길이 하나만 있다. 이 도시는 세 방향에서 국경으로 둘러싸여 있다. 15분만 가면 추수를 끝낸 밭을 벗어나 언덕과 밤나무 숲에 이를 수 있다.

우리가 어딘가를 가려 할 때는 먼저 도시를 가로질러야 한다. 트라반트 자동차는 낡아서 시속 80킬로미터 이상을 갈 수 없다. 주위의 언덕들은 오르막이 있어 가볍게 올라갔다가 갑자기 확 가팔라지다가 완만해지는 그런 구조이다. 좌우로는 숲이 있고 가끔 개간지와 길이 나온다. 도시 주변에는 성들이나 전망 탑들이 많다. 왜냐하면 올라갔다 내려갔다 하는 숲들이 국경 역할을 하기 때문이다. 성에는 박물관들이 있다. 모자를 쓰고 턱수염을 기른 관리인은 옛날에는 초등학교 선생님과 통조림 공장 공장장을 했고 오래전부터 우리 엄마를 좋아했기 때문에 우리는 언제나 공짜로 들여보내 준다. 유리 전시관에는 허리뼈들을 전시해 놓았다. 거기에 쇠로 된 화살촉이 꽂혀 있다.

그것은 이 지방에서 상당히 일찍 문명화가 시작되었다는 증거라고 엄마가 여행 안내서에서 본 기억을 더듬어 전해 준다. 언덕과 숲들에는 청동기 시대, 즉 기원전 2000년에도 사람들이 살았다. 기원전 700년 전에는 일리리아 사람들이 살았고 300년 전에는 계곡에 켈트족이 살았다. 기원후 초기에는 로마인들이 와서 이 도시를 건설하고 호박 수정 길을 닦았다. 로마 제국이 무너진 뒤에는 게르만족이 들어왔다. 8세기와 9세기에는 프랑크족, 게르만족, 슬라브족과 아바르족, 훈족이 왔다. 1000년경에는 첫 번째 헝가리족이 들어왔다. 13세기 이후에는 주로 독일어를 사용하는 수공업자들과 포도 농부들과 유대인 상인과 환전업자들이 와서 정착했다. 마지막으로 16세기와 17세기에 크로아티아인들이 터키인들을 피해서 들어왔다. 터키인들은 우리 도시를 점령한 적이 단 한 번도 없었다. 이 도시와 주변에는 30개가 넘는 교회들과 두 개의 유대인 예배당이 있다.

엄마는 이 도시의 모든 것을 알고 있었지만 좋아하지는 않는다. 엄마는 자기가 태어난 고장도 사랑하지 않는다. 그래서 엄마는 아메바형 사각형 속에서, 할머니들만 사는 변두리에서 우리랑 사는 거라고 한다. 옛날에 통조림 공장장이었던 박물관 관리인은 사람들이 엄마 이야기를 할 때마다 한숨을 쉰다. 그들은 엄마가 초라한 사무실을 떠나 숲과 성으로 가서 다시 외국 관광객을 안내하는 일을 해야 한다고 말한다. 그러나 엄마는 고개를 흔들고 미소를 짓는다. 지금 이대로가 좋아요.

오 파르티지아노, 포르타미, 비아.* 집으로 돌아오는 길이 벌써 어두워진다. 마을은 계속 나오지만 사람들은 보이지 않는다. 우리는 엄마가 좋아하는 노래를 우리가 할 수 있는 온갖 나라 말로 돌아가며 부른다. 원거리 전조등 표시가 목도리처럼 파란색으로 빛난다. 언덕을 내려갈 때에는 속도계 바늘이 때로 90킬로까지 올라가 아니냐와 내가 환호성을 지른다. 엄마는 미소를 띠지만 엄마의 광대뼈는 잔뜩 겁에 질려 허예진다. 이 시끄러운 폭주.

햇빛 받은 나무 속에서 여러 해가 지나간다. 나는 연금 생활자들에게 노래를 불러 주고 구두장이에게도 불러 준다. 비단실처럼 빼빼 마른 소프라노. 너무 예뻐, 라고 구두장이가 말한다.

주중 저녁에는 우리끼리만 있었다. 라디오는 켜져 있었다. 나는 개수대에서 무릎 양말을 빨았다. 개수대는 쇠로 되어 있고 녹이 슬었다. 아니냐는 나무 숟가락으로 요리하면서 웅얼거린다. 감방에는 해가 들지 않는다. 내 창문으로는 빛이 들지 않아. 한 해 한 해가 지나가고 있고, 그리고 더 이상 어떤 한순간보다 길지 않다. 구두장이는 자기가 정치적인 이유로 감방에 갔었다고 이야기한다. 누구 시대 때요? 하고 우리가 묻지만 그는 손을 흔들면서 더 묻지 말라고 한다. 그는 호른을 입술에 대고 연주한다. 주중에 하는 장기 자랑이다.

이제까지 그것에 대해 한 번이라도 항의한 사람은 마지막 줄의 빛바랜 녹색 문이 달린 방에 사는 남자가 유일하다. 사람들은 그를 사서라고 부른다. 그는 나이가 별로 많지 않다. 마흔도 채 되지 않은 것 같지만 정확히는 알 수 없다. 소년처럼 보이기 때문이다. 엄마는 그가 열다섯 살 소년이라고 말한다. 여드름 난 틴에이저, 배가 고파 보이고 다 떨어진 슬리퍼에 양말이 흘러내리는 소년. 길에서의 걸음걸이. 그는 언제나 하얀색 아니면 밝은 갈색 옷만 입는다. 바지, 셔츠, 비옷까지도. 노처녀 같다, 라고 구두장이가 말하자 엄마가 웃으며 대꾸한다. 당신, 아주 민주적이네요, 구두장이 님. 그러면 이제 그 아이를 한번 잘 보세요, 라고 구두장이가 대답한다. 머리카락은 귀 위까지 오고 옷은 머리의 비듬 같은 갈색이고요. 그리고 그 애는 그 앞에서 빗질하는 할머니들에게 툴툴거리잖아요. 먼지 덩이 위에 바람을 만드는데 그 애는 외투로 먼지가 회오리쳐서 올라오게 해요. 그리고 소리 내어 말하지 않고 매번 여자처럼 허리를 깊숙이 숙이고 가지요. 구두를 벗을 때도 여자들이 슬리퍼를 벗는 것처럼 하고요. 그리고 몸을 숙이고 지나가면서 이를 악물고 나지막이 내뱉지요. 청소 도구 가지고 꺼져! 라고요. 머리를 숙이고 다니면서 아무도 쳐다보지 않아요. 남자도 여자도. 특히 여자는 더욱 쳐다보지 않잖아요. 총각이라니까요, 다시 말씀드리는데요, 아니면 게이, 아니면 식인종이에요. 그는 빗자루를 넘어가면서 할머니에게 이런 말을 했다고 합디다. 꺼져, 이쥐 같은 할망구야.

어쩌면 그는 사서가 아닐 수도 있다. 분명 아닐 것이다. 아니냐가 도서관에 갔었는데 거기에는 여자들밖에 없었다. 그 외에도 그가 사서라면 땀과 먼지로 된 사서 특유의 냄새가 날 것이다. 총각 냄새라고 구두장이의 부인이 말한다. 어쩌면 그 남자는 선생님 같기도 하다. 아니냐는 부엌 창가에 서서 얼굴에 러시아 공책을 들고 있어 눈만 보인다. 바로 그 스페인식의 어둡고 아름다운 눈 말이다. 하얀 갈색 옷을 입은 그 남자가 지나가면서 아니냐를 바라본다. 마치 아니냐를 미워하는 것처럼. 오, 라고 아니냐가 말하면서 몸을 흔든다.

아니냐가 땀을 흘린다. 머리카락에는 기름이 질질 흐른다. 어디에서든 아니냐는 뭔가 다르다. 그녀의 몸에서 냄새가 난다. 소시지와 바닐라와 흐르는 피 냄새가 난다. 머리를 긁는다. 손톱 밑에는 하얗고 노란 비듬 찌꺼기가 남아 있다. 아니냐는 아이 시절 때만큼 예쁘지 않다. 그것 때문에 괴로워한다.

나는 시간을 멈추게 하고 싶어, 시계 속에 모래가 내려오는 시간 말이야. 개수대에는 양말 대신 설거지 그릇들이 있다. 푸딩 딱지는 물줄기 때문에 허연색이 되었다. 아니냐가 커다란 물통 속에 앉는다. 이 물통은 방 안에 있다. 나는 그 물통을 보지 않는다. 보지 않아도 아니냐가 그 속에 앉아서 자기 몸을 껴안고 웅얼거린다는 것을 알고 있다. 나는 시간을 멈추게 하고 싶어. 아니냐, 라고 말하고는 내가 방문을 두드린다. 물 감옥이네, 라고 말하면서 구두장이가 묻지도 않았는데 안에다 대고 소리친다. 턱 밑까지 물이 차 있다. 체온 정도의 물에 너무 오래 앉아 있으면 사람이 죽는다는 이야기를 엄마에게 들은 적이 있다. 그러나 그에 대해 걱정할 필요는 없다. 아니냐 물통의 물은 너무 빨리 식는다. 그래서 아니냐는 그렇게 좁은 방에 물통을 집어넣고 문을 잠근 것이다. 온기를 유지하려고. 그 안은 아주 더울 것이다, 문도 같이 땀을 내고, 나무에 손을 얹으면 나는 그것을 느낄 수 있다. 아니냐, 내가 말한다. 내가 과거에 어땠는지 더 이상은 모르기를 바라. 아니냐의 웅얼거림은 대답이 아니다. 나는 설거지를 한다. 푸딩 딱지를 하수도로 흘려보낸다. 개수대 벽에는 기름기가 한 겹 덮여 있다.

밤중에 몸은 아직도 뜨거운데 계속 자기 몸 냄새를 맡으면서 언니는 쿵쿵 이리저리 몸을 뒤척인다.

엄마가 한숨을 쉰다. 딸들이 사춘기이니, 이제 나는 늙기 시작하겠네. 엄마는 부츠를 벗고 허벅지를 마사지한다.

엄마의 연말 우울증. 나의 무대는 이미 모두 대림절(待臨節)에 몰려 있다. 나는 우리 사각형 동네 가운데에 서 있고, 내 옆에는 구두장이가 무릎에 호른을 올려놓고 있다. 그는 그것을 불지 않는다. 바람도 없이 조용한데 밤나무들에서 잎들이 떨어진다. 모든 것이 한꺼번에. 시끄럽고 빠르고 수직으로. 그러고는 이내 그러기를 멈춘다.

아바르족이야, 라고 엄마가 잎사귀 없는 숲에서 말한다. 나는 마치 잎사귀 바닥처럼 갈색의 뼈들에 이끼가 낀 것을 눈앞에서 본다. 그리고 개의 이빨처럼 아니면 이곳에서 가끔 나오는 돼지 뼈들처럼 허연 것들도 본다. 구두장이는 누군가가 돼지 한 마리를 지하실에서 기른 적이 있다고 내게 이야기해 준다. 그 돼지는 광산의 말처럼 앞이 안 보인다.

아니냐는 나무둥치에 앉았다. 젖은 이끼가 아니냐의 장밋빛 바지에 갈색과 녹색의 얼룩을 남긴다. 그게 뭐니? 라고 엄마가 물어온다. 엄마의 연말 우울증. 아니냐의 어깨가 아래로 축 처진다. 장미색 바지 천은 아니냐의 부끄러움을 닮았다. 아니냐의 눈 아래에 거무스레한 원이 있다. 아무것도 아니야, 라고 퉁명스럽게 말한다. 집으로 오는 길에 오르막길에서 자동차의 초크를 당겨야 했고 엄마는 눈썹을 찌푸린다. **그 여자가 나에게 하필 바나나를 달라 하다니**라고 나는 노래를 한다. 모터의 부릉거리는 소리만이 내 반주가 되었다.

구두장이 부인의 목소리가 울퉁불퉁한 돌길 위에서 재잘댄다. 스페인이 어떻고 저떻고, 아비뇽이 어떻고 저떻고. 재네들은 자기들끼리만 있잖아. 그리고 신발 굽도 다 닳고, 휘발유는 또 어떻고. 우리 집에서는 물이 야간 저장고로 흐른다. 뭐 때문에. 주둥아리 하고는, 사서가 지나가며 중얼거린다. 그는 하얀 뺨의 우리 엄마를 옆눈으로 본다. 구두장이는 호른을 들어 입술에 댄다. 그것 불기만 해 봐라, 부인이 쉿소리를 지른다. 호른은 늙은 남자의 무릎으로 내려온다. 나는 사랑의 신에게 기도한다. 거짓말. 모두 거짓말이야, 라고 침실 창문에서 재잘댄다, 서푼짜리 오페라다.

아비뇽, 그리고 춤, 그리고 춤 프랑스어. 우리는 부엌 식탁 주위를 돈다. 우리는 나무 슬리퍼를 바닥 타일 위에 딱딱거리게 하고 목청을 한껏 다 써서 노래 부른다. 우리 셋 다. On y dance tout en rond(우리는 내내 춤을)이라고.

구두장이의 두 눈이 반짝거린다. 오, 너희들 얼마나 예쁜지, 예쁜지, 예쁜지. 그는 우리 집 부엌 창문 앞에 서 있다. 우리는 그를 보고 웃는다. 오, 너희들 얼마나 예쁜지, 예쁜지, 예쁜지. 젊은 여자들이 나막신을 신고 춤을 춘다. 그게 내 상처를 얼마나 아물게 하는지, 너희들은 나를 젊게, 행복하게 만들어 준단다. 그의 목소리가 아주 높아진다. 아직 쥐 소리이긴 하지만, 그는 가벼워진다, 그의 무거운 장화까지도. 그의 배는 풍선 같고 그는 높이 떠오른다, 집들 위로 떠오른다, 공중에 떠 있고, 우리 트라반트, 우리의 행복한 쥐 소리.

나중에 그는 우리 부엌에 앉으면서 자기 마누라를 나쁘게 보지 마, 라고 말한다. 아이가 없어서 아내가 무척 괴로워해. 그리고 그건 그 사람 잘못이 아니지. 내 몸이 완전히 망가졌는데. 감방 생활 때문에. 소금을 수저로 막 퍼먹었더랬어.

그의 두 눈이 반짝거린다. 엄마의 무릎이 식탁 아래 있고, 장화 가장자리 위로 나와 있다. 밀랍만큼이나 예쁘다.

오, 멋지고 비밀스러운 밤이다. 금요일은 내가 무대에 서는 날이다. 양로원 벽은 유성 페인트로 칠해 놓았다. 창문의 주석 손잡이에는 누군가가 녹색 풍선을 소포 끈으로 매달아 놓았다. 나는 노래하는 동안 풍선이 움직이는 것을 본다.

첫 번째 줄에 한 할머니가 시클라멘 작은 화분을 들고 앉아 있다. 화분은 은색 종이로 싸여 있다. 시클라멘 봉오리들이 나를 보고 인사한다. 그 꽃은 밤나무 숲에도 있고, 심지어 우리 도시를 상징하는 방패 문장에도 새겨져 있다. '에스(s)'는 '로스(Ros)'에서 나온 것이다. 할머니들이 박수를 친다. 첫 번째 줄의 할머니가 시클라멘을 들고 무대 위의 내게 다가온다. 꽃봉오리들은 내 손안에서 계속 흔들린다. 아직까지 한 번도 할머니가 내게 꽃을 선물한 적이 없다. 나는 크게 당황했지만 무릎을 구부려 감사하다는 인사를 한다. 할머니들이 큰 박수를 보낸다.

슬픈 우리 엄마가 나를 데리러 온다. 트라반트 자동차는 거리에서 부르릉거린다. 양로원은 이 길의 다른 쪽 끝에 있다. 도시는 커브를 여럿 두고 지어졌다. 위로, 아래로, 문고리도 많고, 울퉁불퉁 돌길 위를 덜거덕거리는데 나무뿌리 조각이 아스팔트에 박혀 있다. 모든 것이 다 같은데 길 모양만 다르다.

한번은 우리가 트라반트 자동차를 가지고 거리에 서서 누군가를 기다리고 있었다. 시간이 늦었다. 나는 의자에서 무릎 양말을 올리고 잠이 들었다. 일어나, 라고 엄마가 말한다. 우리는 녹색 창문이 있는 건물로 들어갔다. 문 뒤의 남자는 하얀 작업복을 입고 있었는데 우리를 들여보내지 않으려 했다. 엄마는 내 이가 아프다고 이야기한다. 그러자 그는 문을 열어 준다. 안쪽으로 들어가 저 의자에 앉아요, 그는 나에게 어느 이가 아프냐고 묻는다. 그렇지만 나는 잘 몰라서 엄마가 나 대신 대답해 준다. 그러자 남자는 그 이를 펜치로 빼낸다. 그는 엄마에게 이를 보여 주고 나서 이 이는 작고 붉은색이네요, 라고 말하면서 그게 맞는 이였냐고, 그리고 뽑아야 할 이가 더 있냐? 라고 묻는다. 엄마는 대답하지 않고 하얀 턱뼈를 가지고 그를 노려본다. 그러고 나서 우리는 나온다.

집으로 가는 길에 트라반트가 파인 자리를 지나갈 때에도 나는 입을 꽉 다문다. 그러나 턱에서 피가 새어 나와 노란 목도리를 적시는 것을 막을 도리가 없다. 엄마는 소리 내어 운다. 나는 입을 열어 엄마에게 울지 않아도 된다고, 보기처럼 그렇게 아프지는 않다고 말한다.

우리 부엌에서는 탄 양파 냄새가 났다. 아니냐의 피부에서는 바닐라 푸딩 냄새가 났다. 우리는 기름 범벅이 된 개수대와 식탁을 닦는다. 내 무릎 양말은 아직은 깨끗하다고 할 수 있다. 목도리는 더럽다. 구두장이가 오더니 식탁에 앉아서 말한다. 마리카, 당신은 너무 아름다워, 마리카, 당신은 너무 화려해, 우리가 당신에게 어울리는 남자를 찾아 주지 못하는 게 너무 안타까워.

엄마는 그의 손을 자기 무릎에서 그의 무릎으로 옮기고는 자, 이제 가 보세요, 라고 말한다.

우리 셋이 침대 속에 누워 있다. 햄 스테이크와 연기 냄새 사이에. 아니냐가 나를 안는다. 나는 아니냐의 배에 눕는다. 그녀가 넓적다리로 내 허벅지를 감는다. 아니냐의 팔은 부드럽고 내 귀 아래에 있다. 아니냐의 뼈가 어린아이의 칼처럼 질 속에 꽂혀 있다. 나는 아니냐의 바닐라 푸딩과 햄 스테이크 몸에, 엄마의 밀랍 몸에, 그리고 엄마의 밤 같은 무릎에 밀착해 누워 있다. 엄마와 같이 베는 베개 그리고 나.

갈증

할아버지가 돌아가셨다.

할아버지가 술을 마신다. 혼자 부엌에 앉아 있다. 버찌가 들러붙은 노리끼리한 타일이 무광으로 빛난다. 조용하다. 마치 전 세계의 불이 다 꺼진 듯 조용하다.

술병은 녹색이고 붉은 액체를 머금고 있다. 할아버지의 동작은 병을 떨어뜨리지 않기 위해 마치 왁스 칠한 삼베 천 위에 놓는 듯 조심스럽고 경건하며 묵직하다. 할아버지가 와인 병을 잡고 코르크 마개를 손으로 잡아 빼고 따르는 모습. 하마터면 포도주가 넘칠 뻔했다. 잔 속의 포도주는 가운데가 봉긋 솟아 있다. 할아버지의 오른손이 떨린다. 그 손으로 잔을 들어 입으로 가져간다. 왼손이 오른손을 따라간다. 포도주는 잔 가장자리에 살짝 넘쳐 손으로 흘러 소매 끝을 물들인다. 마치 뜨거운 걸 마시는 듯 할아버지는 윗입술을 내밀어 조심스럽게 잔 가장자리를 핥는다. 그러고는 포도주를 마셔 내려보낸다. 할아버지의 몸 바깥에 있어야 할 저 아래 깊숙한 곳으로. 할아버지는 포도주를 마셔 어디론가, 끝이 없고 어둡고 소금기 있는 길로 내려보낸다. 잔을 기울인다. 할아버지의 목젖이 마지막으로 올라갔다가 다시 내려오고, 떨리는 눈꺼풀이 진정된다. 할아버지가 잔을 내려놓는다. 녹색 병 옆에. 병은 비어 있다.

할아버지가 술을 마신다. 어른들은 모두 술을 마신다. 모두 자기 깜냥에 따라 마신다. 할아버지는 50년 가까운 친구나 지인에게 보여 주는 경외감을 가지고 마신다. 할머니는 가톨릭 여학교 출신답게 두 팔꿈치를 몸에 딱 붙인 채 작고 땅딸한 잔으로 남몰래 마신다. 엄마는 자기가 순교자라도 된 양, 그리고 값어치를 알아주는 사람이 없는 스타인 양, 히스테릭하게 그리고 끝도 없이 마신다. 아버지는 끝없이 돌고 도는 조급함과 공격성을 가지고 마신다. 프레트 삼촌은 음식을 먹을 때처럼 철면피같이 씹고 삼킬 때마다 흑흑 공기 소리를 내며 마신다.

프레트 삼촌이 이 세상을 떠났으니 천당에 가서 잘 살라고 우리가 건배했을 때 내 잔에는 포도즙이 담겨 있다. 포도즙은 우리 집 뒤 언덕 위에서 자라는 검붉은 포도로 만든 것인데 마치 술처럼 보인다. 나는 어른들처럼 뭔가를 마신다는 것이 자랑스럽다. 나처럼 내 포도즙에서만 단 냄새와 단맛이 난다. 엄마는 내 머리카락 냄새 맡는 것을 좋아한다. 나는 엄마의 시큼한 숨결이 이마에서 아른아른하는 것을 느낀다.

프레트 삼촌은 배가 남산만 하게 부풀어 오른 채 죽었다. 간 때문에 저래, 라고 어른들이 말한다. 숙모와 일곱 명의 딸. 나는 프레트 삼촌의 배와 간을 생각한다. 내 상상으로는 만약 간으로 배를 채우면 그건 나만큼이나 커야 한다. 배부른 프레트 삼촌은 자기의 죽음을 치러 냈다. 죽음은 우리의 장기들처럼 붉은색을 띠고 있다. 피부 아래에는 포도주 색깔의 즙이 흐른다.

나는 내 두 팔을 가만히 바라본다. 그리고 태양 쪽으로 높이 올려 본다. 두 팔은 내가 아침마다 마시는 우유처럼 하얗다. 혈관은 머리카락처럼 가늘고 푸르다. 나의 몸 안은 붉을까?

삼촌이 윗입술을 내밀고 죽었을 때 나는 다섯 살쯤이었던 것 같다. 나는 할아버지가 식탁 머리 끝에 앉아 죽은 사람을 기리느라 오이 피클을 엄청나게 많이 먹는 것을 지켜본다. 끝에 지방이 붙어 있는 네 조각의 훈제 고기도. 엄마는 팔꿈치의 뾰족한 부분으로 내 갈비뼈를 아프게 찌른다. 그러나 나는 아무것도 먹고 싶지 않다. 나는 몇 분 동안 짭짤한 고기를 포크 위에 얹어만 놓고 입을 헤벌린 채 그냥 앉아 있어 침이 흘러내리지만 먹지는 않고 할아버지가 먹는 것만 바라보고 있다. 할아버지는 광기에 사로잡힌 사람처럼 먹는다. 프레트 삼촌을 기리기 위해 먹는 것이다. 할아버지가 내 눈앞에서 점점 커진다. 할아버지는 네 번째 고기 조각을 입 안에 넣고 일어나더니, 바깥의 호두나무 아래로 나가 결국 다 토한다. 입 좀 다물어, 엄마가 말한다, 바보처럼 보이잖아.

슈퍼에서 사 온 오이 피클은 별로 시지 않았다. 초록색도 별로 진하지 않았다. 비싼 훈제 고기는 쇠의 녹 아니면 국물용 조미료 맛이 났다. 나는 두 손가락을 목구멍에 찔러 넣었다. 죽은 자를 기리기 위해.

프레트 삼촌에 대한 마지막 기억은 동시에 할아버지에 대한 첫 번째 기억이기도 하다. 할아버지가 원래부터 늘 거기 있었다는 것을 알지만 말이다.

할아버지는 작업 중에 자주 부상을 입고 병가를 낸다. 술에 취해 있을 때 특히 그렇다. 그리고 일하고 싶지 않을 때에도 자주 부상을 입는다. 그럴 때면 할아버지는 집에 있으면서 손가락 하나 까딱하지 않는다. 할아버지는 햇볕을 쬐고 앉아 있다가 나를 쳐다본다. 우리는 서로 잘 통한다. 우리는 아무 말도 하지 않는다.

모래는 황갈색 계통인데 딱히 이름 붙이기 어려운 그런 색이었다. 나는 도통 미련하기만 한 아이이다. 그림도 못 그리고 바느질도 못하고 춤도 못 춘다. 내가 만든 모래성은 언제나 밋밋한 모래 언덕이 되고 만다. 어쩌다 그 안에 동굴이 하나 생길 수도 있었다. 하지만 그건 아무것도 아니다. 사물이 어떻게 보이든 우리에게는 다 똑같이 생각되었다. 우리는 잘난 척하지 않는다. 나는 잇새에 벌어진 틈이 부끄럽지 않다. 우리 식구들은 모두 이빨에 틈이 있다. 할머니만 없다. 그러나 할머니의 이는 틀니이다. 할아버지의 이도 틀니이지만 할아버지는 그래도 틈이 있다. 오른쪽 앞니의 흰 부분이 떨어져 나갔기 때문이다. 그때부터 그 자리에는 금속으로 된 틀만 남아 있다. 이 금속은 점차 검은색을 띠게 되었고 마치 이빨의 틈처럼 보였다. 할아버지에게 거기가 아프냐고 물어보면 할아버지는 아니라고 말한다. 엄마는 그 대신 하루 종일 구시렁거린다. 엄마는 송곳니가 하나 없다. 엄마는 치과 의사의 흉을 보고 그 다음부터 그 의사에게는 가지 않는다. 엄마의 어금니가 썩었다. 엄마는 치즈나 껌으로 그 구멍을 막는다. 그러면 훨씬 낫다고 말한다. 할머니는 귓속에 마늘쪽을 넣고 다닌다. 나도 자주 귓병을 앓지만 이 마늘쪽 요법은 거부한다. 나는 마늘쪽이 고막을 뚫고 들어가 나중에 아무것도 안 들릴까 봐 무섭다. 어렸을 때 나는 귀가 먹으면 말도 못하게 될 것이라고 생각했다. 그건 뭐 그리 큰일도 아니야, 라고 첫 번째 양아버지가 말한다. 어차피 너는 하루 종일 말 한마디도 안 하잖니. 나는 양아버지가 나를 바보라고 생각하는 것을 안다. 사실은 양아버지가 바보인데.

할아버지가 나를 가슴에 안고 잠이 든다. 물론 곧바로는 아니고 한 시간쯤 지나서야 그렇다. 그러나 정확히는 모른다. 열 살인데도 시계를 제대로 볼 줄 몰랐기 때문이다. 하루에는 시작이 있고 그 끝도 있다. 하지만 시간은 언제나 다시 처음부터 다시 간다. 그건 나에게는 좀 무시무시한 것이다.

할아버지가 턱으로 내 머리를 꽉 누르고 내 가슴 위에 두 팔로 팔짱을 끼고 있다. 할아버지의 두 팔은 내 가슴을 넘어 어깻죽지까지 와닿는다. 내 가슴과 할아버지의 두 팔 사이의 좁은 틈새에는 공간이 있다. 나는 열 살인데도 24킬로그램밖에 나가지 않는다. 할아버지의 두 팔 속에 누워 나의 긴 두 다리, 가늘고 하얀 다리를 흔들거리면서 나는 내가 마치 견본 옷을 입혀 보는 종이 마네킹이 아닌가, 라는 생각을 한다. 그만큼 나는 가볍다. 내 옷도 너무나 얇고 빳빳하게 느껴진다. 내 뼈들도 종이로 만든 것 같다.

할아버지가 나를 너무 꽉 안고 있는 바람에 아파 온다. 할아버지의 턱은 내 머리를 꾹 누른 채 내 위에 완전히 쓰러진다. 하지만 나는 벗어나려 하지 않는다. 그러다 할아버지가 굴러 떨어져 다칠까 겁이 났기 때문이다. 나는 할아버지를 꽉 붙들고 있어야 한다. 그래서 나는 한자리에 계속 그대로 있다. 할아버지의 두 팔이 빳빳해진다. 두 팔이 내 옆구리로 미끄러져 내린다. 나는 할아버지의 두 팔을 잡아 올려 다시 내 가슴 위에 팔짱을 낀다. 두 팔은 무겁고 뼈는 마치 곰 뼈다귀 같다. 할아버지는 이 더위에 검붉은 스웨터를 입고 있는데 엔진 오일 냄새가 난다. 나는 할아버지의 두 팔을 깍지 낀 채 꽉 붙잡고, 내 목덜미로 불어오는 할아버지의 크고 따뜻한 숨을 세고 있다. 나는 할아버지의 포도주 냄새가 나는 숨과 엔진 오일 냄새를 들이마신다.

할머니가 할아버지에게 변태라고 욕하면서 나를 끌어 내린다. 그러자 엄마는 나에게 너는 왜 아무 말도 안 하고 있니? 라고 소리를 지른다. 혀는 삼켜 먹었냐? 라고. 나는 혀를 삼키지 않았다. 나는 혀를 밖으로 쭉 내민다. 양아버지가 오더니 내 얼굴을 때린다. 내 머리카락은 노랗다. 머리카락이 입 안으로 들어온다. 나는 머리카락을 씹는다. 머리카락이 모래처럼 사각거린다.

엄마는 내 머리카락을 빗어 주는 것을 좋아한다. 머리를 빗어서 윤이 나게 만든다. 엄마는 머리카락에서 모래를 빗어 낸다. 엄마는 내 머리카락을 사랑한다. 내 머리카락은 해바라기색을 띠고 있다. 엄마는 노란색 플라스틱 빗으로 내 머리를 빗어 준다. 나는 사각거리는 소리를 듣는다. 내 머리통은 불 바퀴이다.

엄마도 어릴 때에는 나 같은 머리카락을 갖고 있었다. 엄마의 사진이 벽에 걸려 있다. 흑백 사진이지만 머리 리본이 하늘색이었다는 것을 안다. 할머니 머리는 붉은색이다. 할아버지 머리는 역청처럼 새까만 색이고 얼굴은 빨간색이고 두 눈은 물망초색이다. 할아버지는 참 잘생겼다. 나는 할아버지에게 그 말을 한다. 할아버지가 나를 보고 웃는다. 할아버지는 지금도 여전히 잘생겼다. 이가 없는데도 말이다. 할아버지는 피부색이나 머리카락이나 눈이나 이나 모두 개똥색인 두 번째 양아버지보다 훨씬 잘생겼다. 엄마의 머리카락은 이제 어두운 갈색이 되었고 앞머리는 벌써 희끗희끗해지고 있다. 엄마는 스물여덟 살이다.

나는 지금 스물여덟 살이다. 할아버지를 못 본 지 벌써 12년이 되었다.

열두 살 때 내 머리카락은 짧았다. 엄마가 내 머리를 직접 잘랐다. 그런데 엄마는 머리를 제대로 자를 줄 모른다. 열두 살인데 나는 35킬로도 채 나가지 않고 가슴도 없다. 내 다리는 엑스 자로 휘어 있는데 다른 옷을 입었을 때보다 바지를 입으면 더 두드러진다. 나에게는 여름옷이 두 벌 있는데 둘 다 노란색이다.

여름 방학 때 나는 일주일에 네 번이나 다섯 번 '비상근무'에 갔다. 비상근무는 이 동네의 하나밖에 없는 술집 이름인데 밤 10시까지 술을 판다. 탁자들은 끈적끈적하고 달걀노른자 색깔을 한 비닐로 덮여 있다. 맨 앞의 두 탁자 위에만 네온 불이 있고 나머지 불들은 등이 깨졌거나 일부러 꺼 놓았다. 어두운 공간은 쭉 이어져 무한대로 계속될 것처럼 보인다. 의자 뒤에는 탁자들이 있다. 아무도 앉지 않는 탁자들이 가득 들어 있는, 한없이 새까만 포대들도 있었다.

거기서는 탁자에 앉아 있으면 아무도 뭘 날라다 주지 않았다. 주인 혼자 가게를 운영하기 때문이다. 남자 손님들은 들어와서 마치 불가에 모여 앉듯 바에 와 앉는다. 나는 깡충 토끼 발을 하고 서서 파란 옷을 입은 사람 등 뒤로 자기 세계에 잠긴 듯한 주인의 얼굴을 쳐다본다. 그의 뺨에는 마치 얼굴에서 피부의 몇 겹을 도려낸 것처럼 붉은 핏빛과 시퍼런 빛이 있다. 주인이 말없이 퉁명스럽게 단골손님들을 접대하고 맥주잔을 탁자 위에 쾅 하고 내려놓으면 맥주가 언제나 가장자리에 넘쳐흐른다. 그 술집은 설탕 공장에 속해 있고, 할아버지는 그 공장에서 일한다. 주변의 모든 것처럼 술집은 당밀 냄새, 고무 밑창 냄새와, 남자들이 흉터 난 손에 바르는 바셀린 냄새가 난다.

나는 뜨끈뜨끈하고 살찐 등짝과 엉덩이들 사이를 비집고 들어

간다. 계속 움직이는 딱딱한 고무공들이 양보라곤 모르는 듯 내 배를 압박해 입으로 공기가 새어 나온다. 그들은 나를 바의 나무 가로 밀어 짜부라뜨린다. 나는 넘어져 등에 혹이 생긴다. 술집 주인의 얼굴에는 얼어붙은 호수의 냉정함과 미끄러움이 있다. 나는 술집 주인이 나를 보게 할 방법이 없다. 무슨 말이든 해야 한다. 그래서 가느다란 목소리로 맥주 여섯 병이오, 라고 말한다. 그 이상은 할 수 없었다. 그런데 그는 내 말을 듣지 않는다. 바에서는 마치 사람이 종 밑에 서 있는 것 같다. 내 뒤에서 추가 이리저리 왔다 갔다 하고 내 머릿속은 흔들흔들거린다. 나는 술집 바를 붙잡는다. 내 손가락들이 작게 고인 맥주 웅덩이에 담긴다. 나는 할 수 있는 한 다시 한 번 크게 말한다. 맥주 여섯 병이오. 빨리 주세요. 아무 반응이 없다. 남자들의 넓적다리가 내 엉덩이를 압박하고 나를 바 쪽으로 납작해지게 밀어 댄다. 나는 이제 소리를 꽥 지른다. 말했잖아요, 맥주 여섯 병이라고요. 귀머거리예요? 주위가 잠시 조용해진다. 라디오에서 뉴스 시작을 알리는 노래를 당당당 내보내고 있다. 주인이 나를 바라본다. 그의 목소리는 유리 조각이 자그락거리는 것 같다. 너는 도대체 누구네 집 딸이냐? 내 얼굴이 벌게지고 나는 할아버지의 이름을 댄다. 그들 모두 우리 할아버지를 잘 안다. 아무도 더 이상 아무 말도 하지 않는다. 하지만 나는 그 사람들이 할아버지를 어떻게 생각하는지 모른다. 할아버지는 집에서 술을 마시지 그들과 같이 마시지 않기 때문이다.

주인이 뒤로 가더니 맥주 여섯 병을 박스에서 가지고 와 내 앞의 바에 내놓는다. 모두 다 내 머리 위로 50센티 높이는 된다. 나는 맥주병들을 하나하나 내려서 커다란 비닐봉지에 집어넣고 돈을 세어 탁자에 놓고는 퍼런 남자들의 두 줄을 뚫고 출구 쪽으로 간다. 너무 큰 나의 슬리퍼가 리놀륨 바닥 위에서 철벅철벅 큰 소리를 낸다.

왜 그런지는 모른다. 그러나 내가 할아버지와 관련해서 기억하는 일은 죄다 여름에 일어난 것처럼 보인다. 내가 기억할 수 있는 모든 일들이 죄다 여름에 일어난 듯싶다. 여름이 아닌 것은 딱 두 가지 기억밖에 없다. 하나는 냄새다. 당밀 냄새. 당밀은 겨울 특유의 냄새다. 거기에 딸린 이미지 하나. 눈이 내려 질척거리는 도로 위 공장 앞에 난 자전거 자국.

다른 기억은 보슬비에 대한 기억이다. 아마도 11월인 것 같다. 나는 열세 살쯤이고 게릴라-전사이다. 나는 어둠 속에서 버스 정류장으로부터 마을까지 1천5백 미터를 살금살금 걸어가고 있다. 나는 머리를 아주 짧게 자르고 있었는데 심지어 남자애들보다도 짧았다. 목덜미에는 너무 깊숙이 박힌 면도날 때문에 생긴, 딱지가 두 개 앉은 기다란 흉터가 있다.

그러나 보슬비는 할아버지에게 물려받은 나의 자랑인 솜 외투에 방울을 만들지 못한다. 밀리터리 룩. 내가 눈썹과 입술을 꽈악 찡그리면 얼굴에 물방울들이 맺혔다. 이 물방울들이 눈으로 들어간다. 방울들이 들어가면 눈 안에서는 마치 불이 난 것 같다. 나는 눈이 나쁘다. 눈이 아주 나쁘다. 그래서 어두워지면 거의 보이지 않는다. 나는 몸무게가 40킬로 나가는 게릴라 전사이다. 여의

사는 나에게 체력을 키우는 물약과 끈적거리는 시럽을 처방해 준다. 물약에는 알코올 성분이 들어 있다. 나는 물약을 먹지 않는다. 시럽은 메슥거린다. 나는 시럽도 먹지 않는다.

거리는 수영장 주변에서 커브를 그린다. 그 커브를 돌아가면 공장의 불빛들을 볼 수 있다. 물론 내가 거기까지 갈 때만 그렇다.

한 남자가 자전거를 타고 내 쪽으로 온다. 자전거는 왼쪽으로 가고 있고 전등을 켜지 않았다. 자전거를 탄 남자는 갈색 솜 외투를 입고 있다. 나는 눈에서 비를 닦아 낸다. 차가운 눈썹에서 내 손가락이 열이 난 듯 뜨겁게 느껴진다. 나는 걸음을 늦춘다. 게릴라 전사의 조심성. 저기 오는 자전거는 낡았고 조금만 힘주어 밟아도 삑삑 소리를 낸다. 그걸 타고 있는 남자는 거인이다. 무릎은 바깥쪽으로 비스듬히 튀어나와 있고 발뒤꿈치만 페달에 놓여 있다.

나는 그 남자의 몸이 두꺼운 외투를 뚫고도 여전히 온기를 내뿜는 것을 느낀다. 옷깃에서 땀 냄새가 가볍게 건너온다. 따뜻한 땀이다. 할아버지는 술에 취하지 않았다. 할아버지가 나를 높이 들어 올렸을 때 낮은 웃음소리가 난다. 콘트라베이스의 가(A) 음이다. 손잡이는 편치 않다. 나는 거기에 모인 비가 바지 속으로 뚫고 들어가는 것을 느낀다. 자전거가 삐걱거린다. 더 빨리 페달을 밟아야 된다. 할아버지. 할아버지가 손잡이에 몸을 숙여 나를 짓누른다. 우리는 키득거린다. 우리는 기체 역학을 이용하는 중이다. 기체 역학, 할아버지 왈, 기체라는 것은 공기라는 뜻이다. 우리는 지금 공기 비행 중이다.

내가 할아버지를 마지막으로 본 것은 3년 전이다. 나는 열여섯 살이다. 셋째 양아버지가 망치로 할아버지의 머리를 때린 것은 저녁이다.

그때 나는 엄마 침실의 복도를 닦는 중이었다. 나는 걸레질을 제대로 하지 못하고 양탄자 주위만 대충 닦고 있다. 엄마 말이 맞다. 나는 게으르다. 이미 어두워졌지만 나는 불을 켜지 않는다. 나는 어둠 속에 있는 것을 좋아한다. 저녁에 어른들은 거실 부엌에 오랫동안 앉아 있다. 그때 나는 할아버지 할머니의 침실에 혼자 앉아 있다. 나는 소파에 앉아 있고 내 위로는 밤이고 낮이고 소리를 내는 벽시계가 있었고 가구들은 윤곽선만 보인다. 창문의 밝은 사각형도. 나무들은 밝은 회색 하늘을 배경으로 검은 윤곽선을 보여 준다. 양아버지는 내가 어둠 속에 앉아 있는 것을 싫어했고 술이 조금만 들어가면 가끔 방으로 들어와 불을 켜고 내가 뭘 하고 있는지 보려 한다. 아무것도 안 하고 있는데. 나는 생각한다. 왜 너는 우리랑 같이 어울리지 않니? 라고 엄마가 묻는다. 무슨 생각을 그렇게 하니? 라고 할머니가 묻는다. 그렇게 생각을 많이 하는 것은 바보들뿐이다.

부엌 바깥에서 할아버지가 양아버지와 토론을 한다. 양아버지는 동료들이 인텔리라고 부른다. 그는 잘난 척하는 시니컬한 사람으로, 자신이 할아버지보다 한 수 위라고 생각한다. 양아버지는 할아버지를 '노친네'라 부른다.

할아버지는 1년 전에 금주 요양을 한 적이 있다. 할머니는 오랫동안 할아버지가 거기 가지 못하게 했다. 한번은 엄마가 텔레비전에서 금주 요양소를 본 적이 있다. 사람들이 항아리 두 개에다 대고 토하더라, 라고 말했다. 어째서 항아리가 두 개지? 그러나 할아버지는 끄떡도 하지 않았다. 할아버지도 술을 마시면 토한다. 오줌과 토사물로 더러워진 침대보가 저녁마다 목욕탕에 널려 있었다. 나는 세면대에서 몸을 씻었다. 벽 거울을 통해 나는 이마에서 가슴까지 내 모습을 볼 수 있다. 그렇게 보면 정욕이 생기냐? 라고 양아버지가 묻는다. 그럼 당신은? 셋째 양아버지는 나를 때리지는 않는다. 폭력을 쓰지는 않는다.

그러나 할아버지는 금주 요양 중에 사람이 변했다. 할아버지의 거대한 몸집이 세포로부터 알코올뿐만 아니라 모든 생명의 즙을 다 빼앗아 가 버린 것처럼 버쩍 말라 버렸다. 그의 두 발, 그의 배에는 더 이상 뼈에 살이라곤 붙어 있지 않았다. 그는 물고기처럼 허연 피부로만 지탱되고 있었다. 피부마저 없으면 모든 게 그냥 퍽 떨어져 나갈 것만 같다. 할아버지의 두 뺨이 아래로 축 처지고 눈물주머니도 같이 처져서 두 눈의 핏발 선 바닥이 드러난다. 머리카락도 거의 완전히 세어 버렸다.

그리고 할아버지의 성격은 더욱 공격적이 되어 갔다. 할아버지는 의자에 앉아서 혼잣말을 한다. 갈보, 갈보, 똥구멍, 지린내 나는 똥구멍, 모두 다 똥구멍이야. 지금 내 얘기 하는 거야? 내 얘기를 하는 거냐고? 할머니가 할아버지 코앞에 칼을 휘두르며 성을 낸다. 아니에요, 엄마, 아버지는 지금 내 이야기 하는 거예요, 라고 엄마가 말하자 양아버지는 히스테릭하게 웃었다. 엄마는 즐거워한다. 엄마는 반어법을 써서 양아버지에게 두 점을 얻었다.

할아버지는 그 후 다시 술을 마시기 시작했다. 인생을 다시 제자리로 돌려놓기 위해서, 라고 말한다. 그러나 그 시간은 이제 영원히 지나간 것처럼 보였다. 양동이 두 개에 토한다는 것은 자기 자신을 토해 낸다는 말이다. 나는 밤마다 온갖 소리를 듣는다. 악몽에다가 목 조르고, 싸우고, 우는 소리들. 과거에는 할아버지가 코를 골았었다. 이제는 더 이상 코를 골지 않는다. 아무리 원해도 이제는 더 이상 그 소리를 들을 수 없게 되었다. 머리 위 시계의 똑딱거리는 소리는 왼쪽, 오른쪽으로 모든 것을 때린다. 나는 금속으로 된 벽을 가진 방들 꿈을 꾼다. 빈방들, 방들을 통해 시계가 때리는 소리는 저 멀리 천둥소리처럼 구른다.

……저 멀리 천둥소리처럼 구른다? 그게 도대체 무슨 소리냐? 그건 시예요. 그게 도대체 무슨 뜻이냐고? 시라고요. 할아버지, 그건요……. 나도 그게 뭔지 안다. 왜 너는 그따위 것만 쓰는 거냐? 너도 머릿속이 어떻게 된 거 아니니?

나는 복도에서 앞으로 미끄러진다. 나는 검은 바지를 입고 있는데 5년 전에 아버지가 사다 준 것이다. 그때는 이 바지가 나에게 너무 컸었다. 지금은 맞는데 이미 옷이 다 삭아 버렸다. 엉덩이로 하얀 살이 비쳐 보인다. 하지만 매일 그 바지를 입는다. 나는 다른 것을 입지 않는다. 그 바지는 아버지가 내게 준 유일한 선물이다.

나는 얼마 전에 집에서 가출한 소녀에 대해 곰곰이 생각해 본다. 그 아이는 우리 학교에 왔는데 나는 그런 애가 있다는 것을 그때까지 전혀 몰랐다. 그 애를 빼놓고도 나는 아는 사람이 아무도 없다. 외지인들이 길에서 누구누구가 사는 어디를 물어보면 나는 대답을 해 줄 수가 없다. 외지인들은 의아해했다. 겨우 3백 명 사는 마을에서 길 이름도 모른다니…….

그러나 이 소녀를 아는 사람은 나 외에도 아무도 없다. 걔가 도망갈 때까지. 교장은 그 애에게 경고장을 보냈다. 나는 그 이유를 이해할 수 없었다. 이유를 묻자 그 애는 오랫동안 어깨만 움찔할 뿐이다. 비록 우리에게 그것이 학교에서 금지되기는 했지만 여자애는 결국 한 가지는 말했다. 자기 아버지가 술을 마신다고. 그러자 사람들은 더 이상 캐묻지 않는다. 그 애는 경고장을 받고 그것으로 유명해졌다.

나는 버스에서 마을로 오는 길에 걔네 아버지를 한 번 만난 적이 있다. 그 사람은 바로 나에게 말을 걸어 자기가 지금 **환각** 상태라고 말한다. 환각 상태란 해탈한 상태이다.

바깥이 시끄러워진다. 사람들이 다시 뭔가를 두고 서로 싸우고 있다. 왜 너는 우리랑 어울리지 않니? 나는 지금 그럴 수가 없다. 복도에서 어처구니없게 넘어진 것이 내가 받은 벌이다.

빛바랜 검은 목 폴라도 말려 올라가서 등의 허연 살이 내보인다. 갈비뼈 쪽의 근육이 뭉쳐진다. 이번 여름에 나는 살갗을 태우지 못했다. 나는 집 안에서 타자기 쓰는 법을 배운다. 너, 머릿속이 어떻게 된 거 아니니? 내 생각들은 너무 빠르다. 쓰는 것이 거의 쫓아가지 못한다. 어쩌면 내 머릿속이 진짜 어떻게 된 것인지도 모른다.

할아버지의 목소리가 겹쳐진다. 모든 세 번째 음절을 집어삼킨다. 바이올린의 날카로움. 여자의 외침. 양아버지는 보기 흉한 염소웃음으로 웃는다. 오오오오오오오! 탁자도 의자도 넘어간다. 그 사람 망치를 뺏어. 할머니는 너무 느리다. 할머니는 거인의 팔을 건드리기엔 키도 너무 작다. 세 번째 양아버지도 키가 작은데, 할아버지보다도 작고, 나보다도 작다. 그러나 양아버지는 겁이 없어서 늙은 남자의 떨리는 손에서 망치를 빼앗는다. 저 사람이 나를 공격하는 걸 너희들도 봤지, 너희들이 봤지. 뼈는 마치 호두 껍데기처럼 부서진다.

문틈으로 바람이 들어온다. 바로 그 순간, 나는 맡는다. 먼지가 묻은 피의 냄새. 검붉다.

나는 왜 이 여행 가방을 가져왔을까? 내가 창문으로 기어갈 때 가방이 떨어지면서 열렸다. 타자기는 너무 무거웠고 지퍼 옆의 터진 곳으로 삐져나왔다. 나는 손가락으로 구멍을 막고 길거리로 뛰어나간다. 타자기가 나의 엉덩이로 떨어진다. 아프다. 내가 두 손으로 꽉 잡아야 하는 덜거덕거리는 가방은 뛰는 데 방해가 된다. 나는 왜 이걸 가져왔을까? 왜 나는 구두를 가져오지 않았을까?

나는 캔버스화에서 올라오는 땅바닥의 뾰족함을 맨발가락으로 꾹꾹 누른다. 신발은 발뒤꿈치에서 미끄러져 벗겨진다. 땀이 내 코로 올라오고 시든 내 옷의 먼지 냄새. 나는 게릴라 전사이다. 열여섯 살이고. 48킬로 나간다. 달처럼 창백하다. 곤충의 말라 버린 고치의 내 뼈. 번데기는 얼어 죽었다. 나는 뛴다.

이 길에는 가로등이 세 개 있다. 처음, 중간 그리고 끝에. 나는 마지막 빛의 원을 가로질러 진흙탕인 들판 길을 비틀비틀 지나 활엽수 쪽으로 간다. 철로 사이에 서 있다. 오른쪽에 아주 작은 점이 보인다. 역. 왼쪽은 어둠. 그쪽으로 간다.

나는 기차를 타고 간다. 나는 부서진 선로 위에서 기차가 비틀거리며 천천히 굴러 들어가는 것을 좋아한다. 벌거벗은 들판의 창백한 사각형, 바람으로 비뚤어진 포플러의 이중 대열. 안내판이 부서진 버스 정류장. 늘 그랬었다. 첫 번째 빗방울이 망원경을 스친다. 기차가 역에 들어오기 조금 전이다. 여자애들은 모두 둥글고 어두운 색의 눈에, 머리가 길다. 나는 그들을 모른다. 나는 여기에 사는 어느 누구도 모른다. 그들은 나를 뚫어지게 본다. 비록 그들이 나를 모를지라도.

우리는 같은 길을 간다. 나는 걸음이 느려 그들을 잘 볼 수 있다. 소녀들은 내 앞에서 키들거리며 간다. 그리고 가끔 돌아보면서 나를 훑어본다. 나는 이상하게 보이는 옷을 입고 있다. 그 무리들은 길에 홀로 있는, 창문이 세 개인 집 안으로 사라진다. 내가 어렸을 때 그 집에는 대가족이 살았었다. 남편과 아내는 각기 네 명의 아이를 데리고 와 결혼했다. 그들은 비록 한쪽만 피를 나누었지만 모두 다 비슷해 보였다. 어쩌면 가난한 집 아이들은 모두 비슷해 보이지 않을까. 깨어 있고 불손하고 비겁한 얼굴들. 그 안에 배고픔이 있다. 땅. 자만심과 허약함. 술주정뱅이의 조합.

나는 네온 불을 켠 백화점의 거울 속에서 나를 바라본다. 나는 비싼 옷을 입고 있다. 그럼에도 불구하고 허름해 보인다. 나는 내 옷의 냄새를 맡는다. 달콤한 냄새가 난다. 내 땀은 달콤하다. 내 숨도 달콤하다. 내 피부. 나는 멀쩡하다. 나는 멀쩡하다. 그리고 나는 옷이 아니라는 것을 깨닫는다. 그것은 얼굴이다. 두 눈. 그것은 잃어버릴 수 없는 것이다. 가난한 집 아이의 눈빛. 거기에는 조국이 없다.

나는 집 앞에 서 있다. 모든 것이 조용하다. 나는 얼굴을 들어 하늘을 보고 입을 연다. 비가 혀 위로 구른다. 당밀 냄새가 난다. 나를 목마르게 한다.

나는 거리 위를 본다. 가로등 셋이 약하게 떨면서 켜진다. 늘 그렇다. 아카시아가 바람 속에서 둥글게 몸을 구부린다. 그 나무들은 이미 나이가 많다. 줄기들이 열려 바깥으로 완전히 젖혀졌다. 어떤 계절도 구해 줄 수 없다. 그들은 태양에도 비에도 죽는다.

나는 이제 다시 거리의 시작으로 돌아가기만 하면 된다. 마지막 가로등 빛의 원 속으로. 선로 위에 그리고 시골길 위의 트럭들이 도시 방향으로 간다. 나는 세 시간 후에야 집에 도착할 수 있다.

나는 대문을 연다.

비가 억수같이 온다. 빗방울이 개집의 검은 타르 지붕 위, 갈대로 덮은 주차장 위, 녹색의 양탄자떨이 기둥, 우물 위로 북소리를 내고, 가득 찬 양동이 속에서 철썩거린다. 나는 부엌 창가에 서서 거대한 빗방울을 바라보고 있다. 빗방울은 잿빛 땅속에 작은 웅덩이들을 만든다. 벌레들이 나온다. 나는 그들의 갈색 몸을 본 것 같다. 비가 좀 더 일찍 왔더라면. 어제 오후에 나는 할아버지와 같이 물속에 세제를 부어야 했다. 우리는 돌처럼 딱딱해진 땅 위에 물 양동이를 부었다. 벌레들은 숨이 막혀 몸을 뒤척이며 그 땅 위에서 싸우고 있었다. 그리고 이제 벌레들은 그냥 쭉 거기에 있다. 수가 많다. 보통 때에는 할머니에게 물을 날라다 줄 때 쓰는 작은 노란색 플라스틱 통을 들고 너무 큰 고무장화를 신고 올라간다. 나는 진흙탕으로 철벅거리며 나가고 걸을 때마다 장화를 빠뜨릴까봐 걱정한다. 나는 거기에 서 있고—우비를 잊었다—물이 고무장화 안으로 들어온다. 아래에서 들어오는 것이 아니다. 장화는 튼튼하기 때문이다. 물은 위에서 들어와 내 가는 다리를 지나간다. 나는 보도 위를 철벅거리며 마당 쪽으로 간다. 진흙탕은 너무 깊고 벌레들은 너무 많이 나온다. 나는 뾰족한 손가락으로 축축한 지렁이들을 작은 노란 플라스틱 통에 모은다. 지렁이들은 장미 빛깔의 몸통을 가졌다.

비는 모든 소리를 삼켜 버린다. 나는 뒤에 있는 삐걱거리는 나무문이 열린 것을 뒤늦게 알아차린다. 할아버지가 거기 서 있다. 올리브 녹색의 비옷을 입고. 물론 자전거는 다시 바람이 빠졌다. 나는 찡그리지 않을 수 없다. 내가 작은 노란 플라스틱 통을 높이 들어 올리자 할아버지가 알았다는 듯 눈을 찡긋한다. 할아버지 얼굴은 붉은색이다. 할아버지는 자전거를 집 벽에 기대어 세워 놓는다. 개는 자기 집 안에 있다. 원래 작은 얼룩이 있는 잡종으로 머리는 좋지만 겁이 많다. 개가 땅에 끌리는 긴 사슬을 이리저리 잡아당긴다. 할아버지는 가방을 바닥에 세워 놓는다. 할아버지는 아직도 찡그리고 있고, 가방을 열려고 무릎을 꿇었을 때 몸이 휘청거린다.

가방 안에서 비닐봉지가 미끄러져 나온다. 물이 가득 차 있는, 속이 들여다보이는 투명한 비닐봉지다. 할아버지는 봉지를 묶은 매듭을 열어 놀란 잉어가 도로 위에서 미끄러지게 놔둔다. 개가 놀라 뒷걸음치고 펄떡펄떡 뛰는 물고기 주위에서 짖어 댄다. 할아버지가 껄껄 웃는다. 할아버지는 물고기를 다시 잡아넣을 양동이를 가져오기 위해 일어선다. 그러나 비틀거리다가 진흙탕에 넘어진다. 할아버지는 아직도 껄껄 웃고 있다. 진흙이 할아버지의 입 주위에 작은 거품을 던진다.

나는 플라스틱 양동이를 세워 놓고 할아버지가 일어설 수 있도록 부축하기 위해 팔을 잡는다. 그러나 올리브색 고무는 너무 미끄러웠고 할아버지도 너무 무거웠다. 물고기는 완전히 제정신이 아닌 상태로 도로 위에서 펄떡펄떡 뛴다. 나는 할아버지를 다시 놔두고 물고기를 잡으려 한다. 그러나 물고기는 손에서 계속 미끄러지듯 빠져나와 도로 위로 뛰어오른다. 개는 지렁이가 든 플라스틱 양동이를 뒤엎고 먹을 수 없는데도 미끼인 벌레들을 물고 늘어진다. 그사이 할아버지가 두 팔, 두 다리로 바닥을 짚고 몸을 일으킨다. 할아버지의 얼굴에서 진흙이 흘러내리는데 그냥 놔둔다.

할아버지는 그 자리에 아직 무릎을 꿇은 채로 바닥을 내려다보고 있다. 나는 물고기와 싸운다. 지렁이들은 진흙탕을 기어 다닌다. 개가 뛰어다니고 묶어 둔 사슬들을 끌고 다니며 집 쪽으로 가려 한다. 할머니는 그제야 집에서 나오는데 파마를 해서 수건으로 머리를 감싸고 있다. 할머니는 우물가에 모인 우리 셋에게 황급히 다가오려 한다. 그 셋이란 호수용 장화를 신은 여자아이, 도로 위에서 정신을 잃은 잉어, 그리고 마당의 진흙 속에 무릎을 꿇고 있는 늙은 선원이다. 할머니는 욕을 마구 퍼부으면서 늙은 할아버지를 일으켜 세워 집 안으로 데리고 들어간다. 비는 점점 더 세차게 오기 시작하고 내 두 귀에서 정말 말 그대로 왕왕거린다. 그 낡은 자전거가 펑크 난 앞바퀴로 벽을 따라 미끄러지다가 고꾸라지는 것을 나는 아직도 베일을 통해서 본다.

드디어 내가 움직이지 않는 물고기의 꼬리를 잡아 양동이로 옮겼다. 빗물은 이제 무릎까지 차올랐지만 물고기가 아직도 움직이는지를 보려고 양동이 옆에 서 있었다. 한동안은 아무 일도 일어나지 않았다. 그다음 물고기는 꼬리를 한 번 움찔했고 아가미가 장미색으로 꽃을 피우며 거품이 나기 시작했다.

날이 튄 할아버지의 오래된 칼이 꼬리 위 비늘에 박혔다. 어떻게 해야 하는지 알겠니? 언제나 비늘의 결과 직각으로 칼을 꽂아야 한다. 그 물고기는 적어도 3킬로는 나갔다. 은색 비늘에서 나오는 빛이 어두운 방을 밝혔다.

할아버지, 저 왔어요. 할아버지는 아무 대답이 없다. 밀랍 같은 얼굴을 하고 두꺼운 깃털 이불 아래 누워 있었다. 나는 할아버지의 이마에 손을 대 보았다. 차가웠다.

나는 할아버지의 얼굴을 관찰했다. 거부하는 얼굴. 죽어 가는 사람의 얼굴은 공격적이다. 엄마는 할아버지가 이제 조용히 잠이 들 거라고 말했다. 엄마는 뭔가 잘못 알고 있다.

할아버지의 얼굴. 나는 그 얼굴에서 여러 해 동안의 온갖 일들과 다양했던 표정을 찾아보았지만 할아버지는 술 때문에 얼굴의 특징을 하나하나 차례차례로 잃어버린 듯 보인다. 할아버지의 얼굴은 약쟁이 얼굴처럼 속 빈 누에고치 같다. 코는 힘이 없어 헐겁고 입은 경직되어 있다.

가벼움은 착각이다. 중력이 우리를 잡아당긴다. 엄마의 발걸음이 기름때가 배어 있는 복도에서 무겁게 울린다. 엄마가 내 뒤에 선다. 나는 몸을 돌려 엄마를 바라본다. 엄마는 움직이지 않고 서서 시신을 내려다보고 배 위에 놓여 있는 주름진 두 손을 본다. 엄마는 입을 찡그리고 있는데 목이 마른 듯 보인다. 언제나 뾰족한 저 작은 코, 콧방울은 언제나처럼 붉은색이다. 엄마의 피부, 머리카락에서는 술 때문에 차가운 땀이 나고 있다. 눈꺼풀은 엄마를 땅으로 끌어 내린다. 엄마의 얼굴. 부드러운 데라곤 한군데도 없다. 한 번도 그런 적이 없다.

엄마가 말한다. 나 죽을 때도 올 거니? 나는 응, 하고 말하고는 자리를 뜬다.

성

여기에 왔을 때 나는 슬펐다.

아니다.

여기에 올 때까지 나는 슬펐었다.

오래 걸리지는 않았다. 이 나라의 한끝에서 다른 끝까지의 5백 킬로미터는 사흘이 채 걸리지 않았다. 그런 일은 빨리 해치울 수 있다. 온통 검은 진흙탕 한가운데 소의 목에 다는 종처럼 생긴, 제후의 왕관이 튀어나온, 기이한 대장간 쇠문이 느닷없이 서 있다. 그 뒤로는 다시 진흙탕이 시작된다. 아니다. 그 뒤 어디에선가 이것도 있다. 이 낙엽 지는 성(城) 말이다. 사흘째 되는 날 저녁이었다. 막 어둠이 깔리기 시작하고서이다. 그리고 나는 등에 배낭을 메고 손에는 지팡이를 짚고 숲에서 빠져나왔다. 꼭 동화 같네, 라고 생각하고는 거의 웃을 뻔했다.

나는 내가 정확히 어디에 와 있는지를 모른다. 지도는 오는 길에 없어져 버렸고, 지리에 대한 지식, 우리가 사는 세계의 외양에 대한 것, 혹은 이 조그만 나라의 외양에 대한 내 지식은 빈약하다는 것 이상이었다. 그것은 내가 많이 배우지 않아서 때문만은 아니었다. 배우지 않은 것을 보더라도 나에겐 죄다 모르는 것투성이였다.

길을 떠나고 첫 이틀은 도보로 다녔지만 내가 자란 유년 시절의 소도시 주변을 계속 빙빙 도는 것 같았다. 거리의 한끝이나 마을의 한끝 정도만 소도시에서 벗어난 듯 보였다. 나는 도시를 벗어나 들판 뒤로 빙빙 헤맸다. 나는 방향을 잡으려고 애썼다. 아무 끝에서나 방향을 튼 것은 아니었다. 하지만 그 짓도 벌써 몇 번을 했다. 셋째 날에 나는 장거리 트럭 운전사를 붙들고 나 좀 데려다 달라는 부탁을 했다. 우리는 높은 운전석에 앉아서 그 땅을 떠났다.

나는 운전사에게 아버지가 있는 외국으로 가고 싶다고 말했다.

그가 물었다: 합법으로, 아니면 불법으로?

나는 말했다: 합법으로요. 저 여권 있어요.

네 나이에?

나는 그에게 말해 주었다: 벌써 열여덟 살이에요.

그다음에 쉬고 있을 때 그는 국경이 어떻게 이어지는지를 보라고 내게 지도를 보여 주었다.

가는 길목 어디에나 다 늪이 있어, 라고 그가 말했다. 나 같으면 안 가겠다.

걱정 마세요, 라고 내가 말했다. 제겐 여권이 있어요. 그 말, 진짜예요.

하지만 너도 아버지가 있을 텐데, 하고 그가 말했다.

아버지는 누구나 다 있지요, 라고 내가 말했다.

장거리 운전사는 어떤 성에 대해 이야기하며 국경이 그 성 근처에 있다고 말해 주었다. 그러나 이미 날이 어두워졌다. 게다가 나는 피곤하기도 했다. 오늘은 내가 떠난 지 셋째 날이고 마을 주위를 힘들게 빙빙 돌던, 길을 떠난 첫날보다는 덜 급한 마음이었다. 나는 벌써 사흘째 침대에 누워 보지 못했다. 이제 쉬고 싶다. 잠시라도.

높고 밝은 녹색의 문들은 바닥 쪽으로 주저앉고 있었다. 금속판들은 금방이라도 부서질 듯했고 손가락 하나로도 떼어 낼 수 있었다. 나는 두 문짝 사이에 손가락을 끼워 넣고 안쪽에서 빗장을 지탱하는 감긴 철사 줄을 찾았다. 들어선, 보이지 않는 안쪽 땅은 부드러운 느낌이었고 버석거렸다. 일종의 돗자리 같았다. 나는 부서져 가는 문 옆 바닥에 누웠다. 그리고 양쪽 문을 안쪽에서 다시 잠갔다. 어쩌면 여기엔 들짐승이 있을지도 몰랐다.

여행의 첫 이틀은 힘들었다. 점점 더 낯설어지는 마을들 뒤로 무서워하면서 돌아다녔다. 짐승 소리, 시체, 개 오줌이 묻어 있는 잔디. 우리의 체취가 개들을 깨운다. 첫 이틀 동안은 그 남자랑 같이 있었지만 큰 도움이 되지는 않았다. 그 역시 나처럼 도시 사람이었다. 나는 장님처럼 그의 뒤를 쫓아다녔다. 그는 더듬으면서 말했다. 걱정하지 마. 걱정하지 마. 나는 3년하고도 이틀을 그 남자와 살았다. 나는 그를 애인이라고 부른다. 내가 떠나려는 낌새를 알아차리고 그는 말했다. 내가 데려다줄게. 나는 어떻게든 해낼 수 있을 거라고 생각했다. 그에게 내가 원하는 것을 말하지 않았다. 그는 서두르지 마, 라고 말할 수 있었다. 늘 그렇듯 나는 그의 말에 반대하지 않았다. 우리는 마을 주위를 원을 그리면서 빙 돌아갔다. 잔디에 도시의 쓰레기가 있으면 내 마음이 조금 가벼워졌다. 나는 빈 남자 향수병을 집어 들어 분사기 향을 맡았다. 애인의 발이 아프기 시작했고 나에게 천천히 가자고 부탁했다. 걱정하지 마, 걱정하지 마.

자려고 눕기 전에 문빗장을 철사로 다시 맨다. 덮개들 사이에서 나는 갈색 스웨터를 찾아 입는다. 스웨터는 온기를 보존한다.

일어났을 때 나는 내 위에 누가 서 있는 걸 본다. 기둥 같은 하얀 다리. 나는 그 사이에서 잔 것이다. 소스라치게 놀라 문 쪽으로 가 보지만 철사는 여전히 잠겨 있다. 금속판만 몇 군데 벗겨져 있다. 안으로 들어온 빛 속에서 나는 본다. 이 공간은 가득 차 있다. 온갖 종류의 다리를 갖고 있는 것들로. 바로크식 원통 모양의 파엔차 도기로 만든 난로들이다. 방 가운데에 서로 배를 맞대고 있고, 벽을 따라 서로 어깨를 맞대고 있다. 부서진 것도 많고, 모퉁이가 주저앉은 것도 있고, 정원의 금이 간 난쟁이 조각처럼 금칠이 벗겨진 뚜껑을 가진 난로도 있었다. 불이 꺼진 난로들. 나는 입구 쪽을 헤쳐 보았다. 숯이 된 나무와 진흙 냄새가 났다. 연기처럼. 부서진 금속들 사이로 빛이 연기처럼 보였다.

아침 5시. 일꾼들. 미로 통로에서의 위태로운 발걸음. 난로가 있는 방에서 방문 하나가 난방용 복도로 향해 있다. 한쪽에는 채광용 안뜰이 있는데 좁고 하얀 사각형이 하늘로 향해 있고 다른 쪽에는 어두운 입구들이 줄지어 있다. 예전에는 난로들이 앞에 있어서 보이지 않게 난방을 할 수 있었다. 주인들의 공간에는 타일들이 어둡게 붙어 있다. 나는 난로 입구 뒤에 무엇이 있는지 볼 수 없다. 많은 난로들이 충분히 커서 내가 방 안으로 기어 들어갈 수도 있었지만, 숯이 된 나무와 진흙 뒤에서 새어 나온 방 냄새는 너무 이상했다. 그 방들에서는 마을 길처럼 기계와 동물 냄새가 났다. 나는 그 안으로 들어가지 않았다. 나는 하인들 복도의 계단을 통해 아주 높이까지 올라갔다.

계단이 끝나기 바로 전에 거의 사람 키만 한 난로 입구 뒤로 빛이 들어오고 있었다. 두 층 정도 높이의 공간은 창문 열이 두 줄 위아래로 있었다. 위의 창문들에는 대팻밥이 없었다. 빛은 약해 보이는 수리용 목재 틀 위와 천장의 껍질을 벗는 말 두 마리 위로 떨어졌다. 제비집 냄새가 났다. 나는 귀를 기울였다. 그러나 날갯소리는 없었다.

한 층 더 올라가면 다락방이 있었다. 낮은 격자 세공이 나의 머리끝을 긁었다. 바닥의 기둥 사이에는 먼지가 있었다, 아니, 더러운 때가 있었다. 눈에 보일 정도로. 이 때는 손으로 집어 올릴 수도 있었는데 거기서 떨어질 때에는 더 소리를 내지 않고 부서져 버렸다. 털 같은 먼지, 검은 잿빛, 박쥐 털, 새 깃털, 곡식 낱알 같은 쥐똥들. 무르익었지만 생산하지 못하는 것들. 그리고 다시 몸과 기계의 냄새. 그다음에는 때 속으로 내동댕이쳐진 것들. 그건 서로 얽혀 있는 니켈 안경테들이다. 마치 수용소같이, 감옥같이 말이다. 나는 털 같은 먼지에서 발을 들어 올린다. 증조할아버지의 부엌 가구에 그런 안경들이 있었다. 누가 알겠는가, 주인이 누구인지. 가족 중에는 안경 낀 사람이 없었고 그걸로 뭔가를 읽는 사람도 없었다.

천장에 나 있는 작은 창으로 동상의 등이 보였다. 그리로 가는 문은 없는 것처럼 보였다. 나는 어깨 정도 넓이의 창문으로 빠져나갔다.

그리고 나는 쇳녹과 미끄럽고 검은 나뭇잎들 사이에서 거친 피부를 가진 동자상 옆에 섰다. 잘 만들어진 편안해 보이는 두 발과 두 다리, 곱슬머리는 조금 컸고 돌로 된 눈동자는 안으로 패어 있다. 푸르스름하다. 나는 키를 맞추기 위해 몸을 숙이고 파인 눈동자의 선을 따라가 본다.

동자상에서 바라보기. 시체들이 있는 황량한 풍경이다. 내가 온 쪽으로 방향을 돌려 본다. 쇠 말발굽 모양의 진흙탕이다. 군주의 태가 난다. 예전에는 이곳이 정원이었겠지. 이제 틀을 벗고 자란

떡갈나무들이 그 안에 한때 있었던 길들의 엇갈림을 표시해 준다. 바퀴 자국 사이에는 작은 잔디밭과 죽어 버린 낯선 기계들이 있다. 트랙터와 지게차다. 이것들은 떡갈나무 아래 놓여 있다. 마치 큰 동물들의 타 버린 시체들 같다. 매머드, 고래, 동체(胴體)의 내장들. 그 뒤에는 커다란 문과 내가 지나온 숲이 있다. 숲을 둘러싼 부서질 듯 보이는 벽돌 담장이 있다. 이 담장을 통해 올라간다. 나에게는 숲이 시골길보다 안전해 보인다. 지나가는 자동차들이 나를 보는 것이 싫다. 비록 내가 해 뜰 무렵에 떠나온 내 애인이 나를 찾으러 오지 않을 거라고 확신하지만 말이다. 그래도 숲은 보기에는 날짐승들이 없을 것 같아 앉아서 싸 온 나머지 음식을 먹었다.

나는 본다. 내 옆의 동자상은 성기가 없다. 부서지거나 감추어진 것이 아니라 원래부터 만들지를 않았다. 나는 불쌍해하면서 그의 어깨에 팔을 얹는다. 우리는 떠오르는 태양을 멍하니 바라본다. 마지막인, 이상한 숙소.

갑자기 뭔가가 우리의 목덜미를 낚아챈다. 나는 건너편 쪽으로 넘어지는데 증오에 찬 목소리가 피부에 와닿는다. 내 관자놀이가 동자상의 머리에 부딪힌다.

그 남자는 다리 하나가 뻣뻣하다. 어떻게 그 남자가 오는 소리를 듣지 못했을까? 그는 내 배낭을 가지고 있다.

너 뭘 훔쳤어.

여기엔 원래 아무것도 없잖아요, 라고 내가 그에게 말한다.

그는 아래로 내려가는 문이 어느 것인지 알고 있다. 닭장 사다리 위 내 뒤에서 그의 다리가 달그락거린다.

이건 나무가 아니야, 라고 그가 말한다. 이건 살이고 뼈야, 한번 만져 본다, 뻣뻣하다.

나는 머리를 흔든다. 어쩌면 살일지도. 그건 아니다.

여기 위로부터, 라고 뻣뻣한 다리를 가진 남자가 말한다. 저기에.

그는 난방 구멍을 통해 이 높은 곳으로 온다. 윗열의 창문들은 기타 모양을 하고 있다.

아니다, 그건 칠현금이야.

안쪽으로 내가 떨어진다, 라고 그가 말한다. 대들보에서 쪽마루로. 아무것도 안 보인다. 살아 있는 것이라곤 없다. 떨어지는 것은 정말 눈 깜짝할 순간이다. 나는 참외처럼 쪽마루 위에 퍽 소리를 낸다.

쪽마루에서 독한 냄새가 난다. 그 남자가 뻣뻣하게 그 위를 걸어가면 쪽마루의 부채 모양 무늬들이 서로 분리된다.

그게 다리를 구했다고 그가 말한다. 이건 나무로 만든 게 아니야.

예예, 그렇겠지요, 나무다리 님.

여기에는 아직도 뭔가가 있다고 그가 말한다. 많은 사람들이 갖고 싶어 하는 많은 것들이. 그리고 1층으로 향하는 문을 연다. 문에는 빙 둘러싼 띠 모양으로 금박이 입혀졌는데 이제는 갈색이 되어 버렸다.

앞장서! 그가 말한다.

저게 뭐예요? 내가 물어본다.

그는 하얀 대리석 위의 노란 웅덩이를 지나 올라간다. 그러나 제대로 해내지는 못했다. 그는 뻣뻣한 다리로 좋지 않은 냄새를 풍기는 흔적을 남기며 질질 끌고 간다.

그건 그냥 기름이야, 라고 그가 말한다. 앞장서. 나는 네가 내 뒤에 따라오는 게 싫다.

거울과 실내 분수가 있는 방 안에서 대리석 기둥들 사이로 모터와 톱니바퀴를 쌓아 놓은 더미가 있다. 그 옆에는 붉게 녹슨 트랙터 범퍼가 꽃잎처럼 포개져 있다. 많은 사람들이 갖고 싶어 하는 많은 것들.

1층의 덧창문은 모두 닫혀 있었다. 우리는 이상한 냄새를 풍기는 방들을 하나하나 살펴보았다.

우리, 지금 어디로 가요? 라고 나는 나무다리에게 묻는다.

계속 똑바로, 라고 그가 말한다.

그 방은 휘어져 있어 우리는 커브를 튼다. 아마 성의 옆 날개 쪽으로 들어가는 복도일 것이다. 어둠 속에서 뭔가 끼익한다. 장식장 속에 도자기가 있다. 구석에는 누더기와 나뭇잎과 뭔지 모르는 것들이 한 무더기 있다. 고약한 냄새를 풍기는 무더기가.

이제 더 이상 못 가요, 라고 나는 말한다.

거기 숨겨진 문이 있어, 라고 그가 말하고 가운데 있는 금색과 검은색의 그림을 연다. 이 판자들은 일본에서, 바다 위에 있는 배에서 그려졌다. 선명한 공기 때문에.

나는 그림이 그려진 나무를 잡는다. 검은 바탕 위에, 그리고 내 손가락 위에 이슬이 남는다. 문 뒤로 이미 말라 버린 사람의 똥과 그 위에 검붉은 핏기가 있는 여성의 생리대가 있다.

그걸 보고 소리를 지르지 않을 수 없다.

뭐가 있어? 그는 웃는다. 저런 걸 본 적이 없나?

나는 생각한다. 당신, 이 저주받은 성을 관리나 좀 잘하시지!

그건 그래, 라고 그는 사각거린다. 하지만 나는 그런 거 깨끗이 핥아 먹지는 않지. 계속 가라고! 그가 말한다.

건드리지 말아요! 나는 내 등을 문지른다.

예쁜 닭 목을 가졌네, 라고 그가 말한다. 여기가 옛날엔 어땠을 거라고 생각하니? 성안으로 들어가서 맨 먼저 구석에 용변을 보았지. 개라면 오줌만 누었겠지만.

나는 배가 팽팽해지는 것을 느낀다. 오케이, 라고 나는 말한다. 다음에는 뭐지?

새의 찢어진 목.

둥지에서 떨어졌나 보군, 하고 그가 말한다.

나는 어두운 위쪽으로 귀를 기울인다. 아무 소리가 나지 않는다. 벌거벗은 새는 아직도 부패하지 않았다. 오래되었을 리가 없다. 나무다리는 어깨를 으쓱한다. 어쩌면 누가 새를 이 안에 던져 버렸을 수도 있다. 여기에는 늘 길을 잃은 누군가가 헤매고 다닌다. 고양이 새끼도 있고. 아니면 너 같은 사람들도 있고.

너는 어디서 왔니? 라고 그가 묻는다.

나는 대답하지 않는다. 나는 생리대, 새들, 시체들을 생각한다. 마을 길에 수백 마리가 있는데 심지어 이 안에도 있네. 나는 어떤 사진을 떠올린다. 열린 방공호 모퉁이에 사람 모양의 거품 얼룩이 있는 사진. 아마 우리 도시였을 거다. 거기에는 지하실이 많았다. 그러나 사실 그런 것은 어디에나 있다.

모든 장소들이 다 똑같고, 또 다 낯설다. 자기는 오래전부터 그걸 알았다고 나무다리가 말한다. 그래서 사람의 다리가 건강한지 아닌지는 별로 중요하지 않지. 이 장소에서 다른 장소로 이동하는 것이 의미없다면 재빠르다는 것도 마찬가지다.

그 말은 맞아요, 라고 내가 말한다.

나는 그가 정확히 뭐라고 했는지 모르지만 그의 말에 반대하지는 않는다. 그러는 편이 낫다. 그는 나를 지금 잡고 있다. 나는 그 남자나 그의 다리에서 도망쳐 버릴 수도 있지만 나는 아직 방향을 제대로 분간하지 못한다. 우리는 벌써 여러 번 커브를 틀었다. 이 복도는 앞서의 방들보다는 환하다. 바람이 안으로 들어온다. 이 금속 문들 중 하나는 바깥으로 향한 것이다.

그래서 나는 이 성에 대해 원망이 없다, 라고 나무다리가 계속 말한다. 아니, 그 반대지.

그는 자기가 하는 말에 확신을 가지고 있다. 그는 나보다 앞서간다. 뻣뻣한 다리 쪽 엉덩이가 더 올라가 있다.

점령이 끝나 갈 때 그들*은 마을에서 일하는 사람들 전부를 멀리 보내 버렸지. 갑자기 모든 일들을 서둘렀어. 심지어 기계도 모두 다 놔두고 갔어. 나만 남았지, 다리가 이 모양이라 남아서 이걸 관리하게 된 거야. 농부들이나 눈에 보이기만 하면 다 훔쳐 가는 나쁜 놈들 때문에. 너 같은 사람들 말이야.

그는 문을 앞쪽으로 밀어 열었다. 성은 우리 등 뒤에 노란 양 날개를 가지고 있다. 날개 끝마다 다시 내장간 쇠문이 있다.

이 모든 게 다 내 것인 것처럼, 이라고 나무다리가 말하고는 진흙탕을 철벅거린다.

성의 양 날개 귀퉁이에는 흐르는 작은 분수가 있다. 수염 난 늙은 남자들의 찌푸린 조각상 아래 있는 석조 분수대에는 갈색의 빗물이 고여 있다. 길 잃은 상수리나무 잎이 그 안에서 헤엄을 친다. 나무다리는 이 물에 오줌을 눈다. 오, 하고 찌푸린 얼굴들이 슬프게 말한다.

어디로 가려는 거야? 그가 내 배낭을 잡는다.

나는 말한다. 나도 화장실에 가야 해요.

기다려, 라고 그가 말한다. 내가 같이 가마.

화장실엔 창문이 없다. 화장실 날개 문은 녹색이다. 벽과 천장은 우편엽서로 가득하다. 석양, 백조, 간접 조명 속의 한 쌍, 오줌 냄새. 갈매기들. 안개 속의 동화 같은 성. 역광 속의 야자수. 배들. 고양이. 여자 발레리나. 개와 작은 버찌 입을 가진 소녀. 일어서면 눈높이에 긴 폭포수가 있다. 천장은 바다와 요트로 하얗고 파랬다. 그 가운데에 금빛 후광을 가진 성모 마리아. 그리고 아주 저 아래에는, 앉아 있더라도 사람들은 몸을 더 많이 굽혀야 했다, 작은 돼지 한 마리가 있다. 새해 복 많이 받으시라는 연하장이었다.

너는 수건을 찾았니?

저는 아무것도 안 먹어도 돼요. 진짜로요. 나는 여기에서도 그의 칼날 냄새를 맡는다. 쇳녹 그리고 베이컨 냄새. 빵가루가 달라붙어 있다. 먹어, 라고 그가 말한다.

괜찮아요. 나는 말한다.

그가 집을 떠난 지 얼마나 되었냐고 내게 물어 온다.

아저씨와 상관없잖아요, 라고 나는 생각한다.

그는 말을 하면서 먹는다. 그는 내 세대를 알고 있다고. 대답을 기대하면 안 된다는 것도 안다고. 안에도 밖에도 있지 않은 사람들에 대해. 내 말 알아듣겠니? 그러고는 나에게 눈을 찡긋한다. 너는 알아들어? 안에도 밖에도 있지 않다는 걸.

예, 라고 나는 말한다. 그가 또다시 무슨 말을 했는지 어떻게 알겠나. 하지만 나는 그에게 반대하지 않는다.

그가 나를 잡는다. 그는 칼 냄새가 나는 엄지손가락으로 나의 작고 빈약한 두 입술을 만진다.

빵가루 하나가 묻어서, 라고 그가 말한다.

이 방 안에도 창문이 없다. 내가 앉아 있는 소파는 푹 꺼진 듯 느껴진다. 기름으로 부들부들해졌다. 아무것도 더 빨아들이지 않는다. 나무다리의 눈은 시골길처럼 퍼렇고 장밋빛을 띤 지방의 주름 사이에서 빛이 난다. 나에게 자유란 어떤 가치가 있는가?

너 이름이 뭐니? 라고 그가 묻는다.

그가 내 대답을 기대하나? 그는 계속 나의 배낭을 뒤진다.

뭐냐고? 라고 그가 말한다. 그러면 너는 이름을 지어내겠지. 그러고는 웃는다.

내 마음에 드는 이름은 없어요, 라고 나는 생각한다.

그는 내 속옷을 배낭에 다시 집어넣는다. 사람들이 갖고 싶어 하는 것은 하나도 없구나. 그는 배낭 옆 주머니를 본다. 이게 뭐냐?

여권이에요.

그가 웃는다. 이 사진은 열세 살짜리다. 삐딱하게 묶은 조랑말 머리, 땋은 머리, 침으로 반짝거리게 만든 입술, 앞으로 약간 내밀고 있다. 그 때문에 입술이 도톰해 보인다. 그래, 나랑 이야기 좀 해 보자. 그러나 여권에는 이미 열여덟 살이라고 쓰여 있다.

그가 웃는다. 그런 걸 믿을 사람 하나도 없다. 부모님은 네가 여기서 무슨 짓 하고 다니는지 아냐?

나는 이미 열여덟 살이라고 그에게 말해 준다.

그걸 묻지 않았다고 그가 말한다.

나는 아버지에게 가는 길이었다고 말해 준다. 아버지는 외국에 살아요, 라고 나는 말한다.

그가 여권의 내 이름을 읽는다. 외국인 이름일 수도 있다. 그는 내게 여권을 돌려준다. 그리고 배낭도.

여기에 있어라, 라고 그가 말한다. 뭐든 먹고. 원하면 자고 가라. 그 사람들 없어지면 네게 가르쳐 주마.

없어진다고요? 누가요?

그의 열쇠 꾸러미에는 큰 나뭇조각이 하나 매달려 있다. 그가 바깥에서 문을 잠그며 말한다. 나는 너 때문에 골치 아픈 일 생기는 걸 원치 않는다.

원하면 자고 가라. 소파에는 빛바랜 금색 다리들이 달려 있다. 등받이 가죽에는 그림이 그려져 있다. 온 사방에 금이 가 있고 거의 완전히 시커메졌다. 꽃 장식 몇 개 외에는 아무것도 알아볼 수 없다. 표면이 느껴지는데 오래된 기름때와 남자들 오줌 냄새가 났다. 나는 내 손가락들을 서로 비벼 댔다. 내 피부 주름의 때는 3일 된 것이다. 나는 배낭을 머리 아래 놓고 신발은 벗지 않는다.

그 남자가 말했다. 너는 가진 게 별로 없어. 그는 지난 이틀 동안 발이 아픈데도 불구하고 같이 다녀 주었다. 우리는 자두나무 아래 길섶 구덩이에 누웠다. 그는 아무에게도 속해 있지 않다. 그는 3년 전부터 내 애인이다. 그가 내 배낭을 들여다본다. 너는 가진 게 별로 없어. 누가 아니래요, 라고 나는 말했다. 너는 도망 못 가, 그렇지 않니? 라고 그가 물었다. 누가 아니래요, 라고 나는 말했다. 야야, 라고 그는 말하면서 내 머리를 자기 가슴 쪽으로 끌어 당겼다.

이 남자는 3년 전부터 나를 자기 집에서 살게 하고 같이 잤는데 밤일도 잘했다. 그 때문에 나는 많은 것을 봐줄 용의가 있었다. 점심에 우리는 길섶 구덩이에서 휴식 시간을 가졌고 밤에는 덮개 아래에 움직이지 않고 누워 있었다. 그는 마치 나를 강간하는 것처럼 그걸 하는 걸 좋아했다. 너는 아무것도 할 수 없어. 아무것도, 라고 그가 말했다. 너는 아무 힘이 없어. 계속 그렇게 말했다. 그리고는 사람이 강간하는 도중에 오르가슴을 느끼는 게 이 세상에서 가장 비참하다는 걸 아니? 라고 나중에 말했다.

다음 날 아침에는 덮개에 이슬과 모기의 젖은 시체가 놓여 있었다. 파란 눈을 가진 애인의 눈썹은 하얀색이었다. 그는 하얀 눈썹으로 하늘을 보고 웃었다. 그래도 나는 오랫동안 그 남자랑 기꺼이 함께 살았다. 그리고 나는 그가 오로지 나를 보호하러 온 것도 알고 있다. 그리고 나를 강간하기 위해서도. 하지만 그에게는 그게 사랑이었다. 심지어 그는 특별한 사랑이라고까지 말했다. 걱정하지 마, 그가 더듬으며 말했다, 걱정하지 마.

나는 전차 맨 뒤쪽에 서 있었다. 전차는 낡았고 달걀 껍데기 색깔이었다. 그리고 사람들은 모두 귀를 막고 있었다. 전차가 커브를 돌 때 내 비닐봉지가 떨어졌다. 한때는 하얀 바탕이었지만 색깔이 바랜, 커피콩 무늬가 있는 어린이 속옷. 나는 막 열다섯 살이 되었고 엄마는 문지방에 그 비닐봉지를 내려놓고는 내 앞에서 문을 닫아 버렸다. 도대체 뭘 가르칠 수가 없어.

엄마는 아기들을 매달았다. 몸의 하체를 사진 찍기 위해서이다.

아기를 기둥에 매달고 두 팔을 하늘로 하고 다리를 묶었다. 두 눈은 붕대로 막았다. 이러면 사람들은 아기들의 일그러진 입만 보게 되지. 엄마는 하루 종일 아기들에게 붕대를 감고 묶었다.

이 남자에게 간 것이 나로서는 더 나았다. 그는 나를 내 여자애라고 불렀고 내 애인이 되었다. 많은 사람들이 갖고 싶어 하는 많은 것들. 나는 그걸 위해 많은 것들을 버릴 준비가 되어 있었다.

그걸 생각나게 한 것은 소파였다. 기름과 남자 냄새. 뻣뻣한 다리 위의 긴장한 엉덩이. 문은 열쇠로 잠가 버렸다. 시험해 보니 그랬다. 나에게 자유란 어떤 가치가 있을까? 나는 신발을 신고 있다.

나무다리의 음식을 먹고 그의 몸 위에 있다. 나는 멱을 딴 새의 목에 대한 꿈을 꾼다. 나는 그의 목뼈가 텅 비도록 빤다. 나는 닭발을 껍질째 빨고 발톱을 뱉어 낸다. 할아버지는 갈비뼈 사이로 닭 볏을 잡고 머리 껍질을 벗겨 낸다. 나에게 닭 머리를 보여 준다. 먹어, 라고 할아버지가 말한다. 그러면 똑똑해져. 사우어크라우트를 먹으면 춤을 잘 추게 되지. 나는 웃는다. 닭처럼 똑똑해진다고요? 라고 물으며 내가 웃는다. 사우어크라우트 속의 소시지처럼 춤을 춘다고요?

내가 일어나서 이 이야기를 해 주자 박쥐의 뇌를 갖다줄까, 라고 말하며 나무다리가 묻는다. 그가 웃는다. 나는 웃음을 멈춘다. 나는 기름때가 전 소파에서 일어나 배낭을 팔 아래 낀다. 이제 가도 되나요?

그는 나에게 등을 돌린 채 기름종이를 가지고 바스락거린다. 베이컨 기름 때문에 종이는 절었고 기름이 많은 빵은 마르기 시작했다. 나는 그걸 내려놓는다. 그는 그걸 다시 조심스럽게 싼다.

너는 지금 어디로 가려 하니? 그가 묻는다.

나는 그제야 본다. 그제야 보는데 인타르시아 장롱 옆에 작고 회려한 지도가 붙어 있다. 육지는 녹색이고 호수는 파란색이다. 늪은 검은 선이고 국경은 구불거리는 빨간 선이다. 자세한 것을 보기에는 너무 어둡고 지도는 너무 작다. 그리고 그 남자가 그 앞에 서 있다.

통과하는 문은 여기이고, 그가 말하면서 돌아보지도 않고 그곳을 가리킨다. 그는 나를 이제 본다. 하지만 이 문은 곧 닫힐 거야.

나는 벌떡 일어난다.

그는 나를 보지 않고 천천히 시계를 본다. 문은 이미 닫혔어.

그리고 다시 나를 본다. 그건 아주 작은 문이야. 밤에는 그 문이 닫히지.

쉰다.

너는 낮 동안 내내 잤지, 라고 그가 나지막이 말한다.

나뭇조각이 달린 커다란 열쇠 뭉치가 열쇠 구멍 밑에서 달그락거린다. 방에는 창문이 없다. 나는 배낭을 내려놓는다.

그는 거짓말하지 않았다. 밖은 이미 어두워졌다. 대장간 쇠문의 검은 꼭대기가 붉다. 내 입 안에서는 오래된 베이컨 맛이 난다. 나는 소파 냄새를 맡는다.

내일 너를 데려갈 거야, 라고 그가 내 뒤에서 말한다. 착해 보이는 깊은 목소리. 그러고 나서 그 목소리는 꺽꺽거리며 사라진다. 두 눈처럼, 두 뺨처럼 비스듬하다. 이쑤시개가 어둠 속에서 유일한 하얀색으로 그의 입 주위에서 왔다 갔다 한다. 너 급하니?

내가 급하냐고요? 아뇨, 예.

누가 너를 쫓아오니? 뭘 훔쳤어?

그는 왜 그런 걸 묻는 걸까, 답을 알면서. 내 모든 것을 뒤졌는데.

다음 문까지는 얼마나 멀어요? 라고 내가 묻는다.

이쑤시개가 둥근 원을 그린다.

30이라고 말한다. 킬로미터. 걸어가면 밤새 걸어야지. 여기서 살아도 돼. 지금 그게 중요해 보이진 않지만.

맞아요. 그게 중요한 게 아니에요. 나는 내 더러운 머리카락 냄새를 맡는다. 나는 좀 씻어야 한다.

나는 덮개 사이에서 자는 게 낫겠어요.

좋을 대로, 라고 나무다리가 말한다. 그는 큰 열쇠 뭉치를 가지고 흔든다.

내 배낭은요? 라고 내가 묻는다. 저 안에 있어.

그는 배낭을 가져온다.

고마워요, 라고 나는 말한다.

우리는 어둠 속에 서 있다.

벽을 계속 따라가라고 그가 말한다. 그러면 네가 문들을 다시 부술 일이 없지.

그가 작은 손전등을 켠다. 그의 턱 밑에. 이쑤시개가 그의 얼굴에 긴 그림자를 만든다. 가느다란 턱수염은 금발이다. 그가 웃는다. 그는 미소를 보려고 내 얼굴을 비춘다. 너는 조금만 노력하면 예쁠 텐데. 왜 이런 옷들을 입고 다니니? 너무 크잖아. 그리고 머리도. 왜 너는 사람들이 너에게 뭘 원하는 듯한 그런 표정을 짓고 있지?

그러고는 사람들이 소년들에게 하듯 내 뺨을 잡는다. 그냥 거기서 있는 것이 아니라 마음에 들고 싶어 부끄러워하는 소년들에게 성인 남자들이 하는 동작이다. 마음에 들고 싶지 않아. 나는 뺨을 빼낸다.

그래 좋아, 라고 그가 말한다. 그래, 좋다니까. 나는 누구에게도 강요하지 않아.

그는 나에게 손전등을 준다. 나는 그의 뒤에서 빛을 비춰 준다. 그는 비틀거리며 자전거를 밀고 간다. 자기 등 뒤에 맺힌 손전등의 원을 느끼고 있는 게 틀림없지만 몸을 돌리진 않는다.

그는 여기 성에서 자지 않는다. 나는 그에게 좀 더 다정하게 굴었어야 했다.

나는 배낭을 덮개 사이에 놓고 머리를 얹는다. 아무 소리도 들리지 않는다. 바람 소리도 귀뚜라미 소리도 개 짖는 소리도. 앞문 뒤에는 진흙 길만 보인다. 다음 마을까지는 얼마나 남았을까? 갈색 스웨터는 온기를 고맙게 잘 보존한다.

돈을 달라고, 라고 아버지일 수도 있었던, 하지만 나보다 더 가난한 애인이 말했었다. 먹을 걸 좀 살게. 걱정하지 마. 내가 너를 돌봐 줄게. 그는 통조림을 가져왔는데 오렌지색 기름이 들어 있고 뭐라 말하기 어려운 장밋빛 덩어리가 들어 있었다. 간 들어간 것은 안 먹어요. 나는 젖꼭지를 빨듯 봉지 우유를 한 모퉁이로 빨아 먹었다. 사람들은 아직도 빨아 먹는다. 당겨서 뜯은 플라스틱 조각이 입 안에서 맴돌고 있다. 나는 칫솔을 가져오지 않았다. 곧 젖니가 모두 빠질 것이다.

사진에서 나는 열세 살 소녀처럼 보인다. 내 손을 놓아줘, 라고 애인이 나에게 말했었다. 사진에서 어떻게 보이니, 남자와 아이. 그들은 당신을 아버지라고 생각할 거야, 라고 내가 말했다. 아버지이기도 하지, 그가 말했다.

그들은 네가 여권을 위조했다고 생각할 거다, 라고 말하고는 장거리 운전사가 웃었다. 그러려면 열여덟 살이 될 필요도 없지. 맞아. 그러나 내 귀 아래에 있는, 배낭 속의 여권은 진짜이다. 나는 덮개 사이에 누워 O에 대한 꿈을 꾸었다.

장거리 운전사는 그의 이름으로 된 길을 달린다. 그의 이름은 철자 하나를 앞에 가지고 있다. 바로 오(O)다. 나는 이 O가 무슨 뜻인지를 물어본다.

많은 사람들이 나와 이름이 같아. 그 철자는 우리를 구분하기 위해 필요한 거야.

O, 그러면 어떤 경우에는 같은 이름을 가진 사람이 그 앞에 열

넷이나 된다는 것을 의미한다. 그렇지만 그는 어느새 자기 집에 대한 이야기를 하고 사진들을 보여 준다. 거기에 가려면 아직도 몇 킬로미터가 남았다. 그러나 어쩌면 그는 그것을 팔고 다시 더 큰 것을 살지 모른다. 그리고 그 나머지를 다시 같이 모아 달릴 거다. 다시 얼마 얼마 킬로미터를.

집…… 그런 일들, 저도 이해해요, 라고 내가 그에게 말한다. 그 말이 맞다.

자기만을 위한 집.

자기만을 위한 성. 이 고장에서의 마지막 밤에 나는 암수 구별이 없는 두 개의 동상 사이에 앉아 있다. 그리고 나무다리를 기다린다.

해가 뜬 이후로 여기에 앉아 있다. 목을 위로 젖히고. 신사용 방들의 대들보 아래를 구경하며 걸어 다닌다. 찢어진 침대 천장 커튼이 걸려 있는 한 침실에서는 아직 대들보 사방에 작고 둥근 프레스코가 붙어 있다. 활과 화살을 들고 있는 큐피드. 원시인 앞가리개를 두르고. 납작하고 화려해서 마치 지울 수 있는 어린아이용 문신 같다. 다음 공간으로 가니 잘 보존되어 있고 벽에는 하늘색 중국 갈대와 용 모양의 작은 배가 그려져 있다. 그 위에 사라진 가구들의 윤곽이 흔적으로만 남아 있다. 마치 이웃집 담벼락에 무너진 집의 영상이 어른거리는 것 같다. 나는 거기에 내 입술을 대본다. 아름답고 차가운 벽, 먼지가 많고 수직이다. 비어 있다. 자동차 범퍼가 있는 대리석 방에는 성기 없는 천사들이 F와 N과 E라는 이니셜로 꽃 장식이 되어 있다.

위가 꼬르륵거린다. 뭔가 먹을 수 있다면. 나무다리를 기다려야 한다. 내 옆에 있는 동자상은 딱딱한 오렌지색 피부를 갖고 있다.

드디어 왔네, 라고 내가 말한다.

나는 이별하려고 온 것뿐이야, 라고 목소리가 말한다. 그의 목소리가 아니다.

한 소녀가 내 뒤 천장 창문에 서 있다. 도자기 그릇 같은 얼굴이고 머리에는 머리카락이 하나도 없다. 그러나 대머리는 아니다. 금빛 털이 머리를 덮고 있다. 머리가 태양에 번쩍거린다.

어디로 가요? 라고 내가 묻는다.

배우 학교에요, 라고 그 소녀가 말한다.

무거운 고무장화를 신고 어떻게 거기에 있을까, 쇳녹과 잎사귀 사이를 미끄러지면서, 머리카락도 없이 말이다. 그 소녀가 말했던가, 내 별에 대해, 이전이라면 믿었을 거다. 그 소녀는 코를 다시 위로 잡아당긴다. 오른쪽 콧방울이 빨갛고 딱지가 져 있다. 거기 달고 있는 것은 제대로 된 코걸이가 아니라 보랏빛 유리 조각이 달린 유행이 좀 지난 기다란 귀걸이다. 게다가 두 눈은 파란색이다. 그녀의 두 귀에도 작은 금빛 털이 자란다. 그녀는 그걸 알고 있을까?

나는 잘 어울린다고 그녀에게 말해 준다, 재주가 있군요, 라고.

그녀는 어깨를 움찔해 보인다. 보랏빛 돌이 그녀의 콧방울에서 떨린다.

나는 그녀에게 어떻게 생각하는지 물어본다. 왜 사람들이 그녀를 택했는지.

어쩌면 내가 대머리라서, 라고 그녀가 말한다.

그리고 덧붙인다. 내가 오두막집 앞에 서서 소리를 지르면 여기에서도 내 목소리를 들을 수 있어.

보랏빛 돌이 다시 흔들린다. 그녀는 흉터에 단 귀걸이를 살살 돌려 코에 바람을 들이마신다.

난 귀걸이를 가져 본 적이 없어, 라고 말한다. 이 귀걸이는 엄마 거야, 라고 그녀가 말한다. 엄마는 죽었어. 엄마는 이 귀걸이 한 짝밖에 없었어.

우리는 한참 말없이 있었다. 그다음엔 내가 어떻게 여기에 왔고, 어디로 가는 중인지를 이야기해 주었다. 그리고 지금은 나무다리를 기다린다고. 여자애는 머리를 끄덕였다. 그 여자애는 오로지 동자상 때문에 왔다.

동자상은 암수 구별이 없어, 라고 내가 말한다.

맞아, 그게 그들에게도 좋을 거야.

저 아래 까만 땅에 고무장화를 신은 금발 남자애가 있어.

걔는 나한테서 떨어지려고 하질 않아, 라고 그녀가 말한다.

걔가 누군데? 라고 내가 묻는다.

남동생이야, 라고 그녀가 말한다. 걔는 항상 아무것도 모르는 척 행동하지만 내가 떠날 걸 알고 있다는 걸 나는 알고 있지. 모두 다 아는데. 이모들이 우편물을 개봉한다. 그들은 편지 봉투를 다시 닫지 않는다.

행운을 빌게, 라고 내가 말한다. 그때 나무다리가 온다. 혼자가 아니다. 그는 자동차 옆에서 자전거를 타고 오는데 자동차는 자전거 바퀴 흔적에 쭉 홈을 파더니 어디엔가 서 있다. 막 도착한 것처럼 보이지 않고 그쯤에서 포기한 것 같다. 여자 한 명과 남자 두 명이 내린다. 나는 동자상의 어깨를 잡아 내 얼굴 앞으로 민다. 그러나 그럴 필요가 없었다. 방문자들은 평상화를 신고 있어서 진흙탕에 빠지지 않으려고 자기들 발만 내려다보고 있었기 때문이다. 그들은 금속 문을 열고 성안으로 들어온다. 나는 거기 두 난로 사이에 있는 내 배낭을 생각한다. 나무다리가 그 줄의 맨 마지막 사람이다. 그는 들어오기 전에 나를 올려다본다. 그는 나를 볼 수 없다. 나무다리는 지금 무슨 생각을 할까? 그는 무엇 때문에 나를 배신했을까?

동상의 줄은 빙 돌아가지 않는다. 성 앞쪽으로 가기 위해 나는 비스듬한 지붕을 넘어가야 했다. 말이 안 된다. 어찌 되었든 나는 내려가야 하기 때문이다. 그들은 나보다 빠르다. 지붕으로 가는 문은 밖에서 잠글 수가 없다. 나는 젖은 나뭇잎 사이를 미끄러져 내려간다. 나는 주인들 방에 있던 난로의 텅 빈 입구들을 생각한다. 나는 한 입구를 통해 지붕 방으로 미끄러져 들어간다. 아마도 나는 시종의 구역에선 빠져나갈 수 있을 것이다. 그러나 문이 숨겨진 주인 방에서는 나는 방향도 잘 모르고 그들에게 반항해 봤자 상대도 안 된다.

그들이 나무 덧창을 연다. 시종의 계단에 앉아 있던 나는 저 아래에서 문드러진 나무가 열리는 소리를 듣는다. 그들은 나무 덧창을 연다. 서두르는 기미가 없다. 그들은 서서 이야기를 한다. 하지만 무슨 소린지 알아들을 수가 없다. 그들은 그 여자라는 단어를 가장 많이 사용한다. 그리고 남자들의 웅얼거림. 나는 웅크린 채 계단참을 기어 내려온다. 내 손바닥에는 때 뭉텅이와 쥐똥이 달라붙는다. 나는 덮개 냄새를 맡는다. 그러나 내 냄새는 이 성에서는 나를 배신하지 않는다. 운 좋게도 그들은 개를 데려오지 않았다.

나무다리가 걸어가자 널마루가 소리를 낸다. 그 위를 똑똑거리는 여자의 발소리. 머리는 빨간색이다. 나는 위에서 그걸 보았다. 그들이 올라온다.

계단 위에서는 더 빨리 갈 수 있어요, 라고 말하는 나무다리의 소리가 들린다.

그들은 시종의 구역으로 온다. 나무다리가 앞장선다. 돌계단 위에서 한 걸음 한 걸음 내딛는 그의 달그락거리는 밑창 소리가 난다. 그리고 여자의 똑똑거리는 발소리. 그에 비해 나는 웅크린 걸음걸이로 계단의 어두운 끝자락까지 간다. 내 소리는 여기에서 나를 배반하지 않는다.

그 여자가 나무다리보다 빠르다. 그 여자의 똑똑거리는 소리가 나무다리의 덜그럭거리는 소리를 따라잡았다. 여자가 내 쪽으로 온다. 여자의 구두 끝이 머리카락처럼 빨갛다.

불 좀 밝혀 봐요, 라고 말하는 여자가 하는 말을 듣는다. 여기는 너무 어두워요. 나는 아무것도 안 보여요.

그쪽이 아니고요, 라고 나무다리의 소리가 들린다. 조용히 하시고요.

구두 끝이 선다.

여기예요, 라고 그가 말하는 소리를 듣는다. 저 위에는 지붕 빼놓곤 아무것도 없어요.

그가 맨 뒤에서 간다. 그가 높은 방으로 가는 난로 입구에 서서 무리를 이끄는지 나는 계속 지켜보고 있다. 나는 계단이 휘는 곳에 웅크리고 있다. 그는 방으로 들어오기 전에 나를 높이 쳐다본다. 그가 이 어두운 곳에서 나를 알아볼 수 있을까? 그가 위로 미소를 지어 보인다. 빨간 지방 덩어리 사이의 두 눈이 파랗다. 그는 절뚝거리며 들어간다. 카지모도,* 나의 보호자. 나는 그에게 좀 더 다정하게 굴었어야 했다.

나는 다시 지붕으로 올라가 내 팔을 동자상의 태만한 장딴지에 올려놓는다. 그리고 동자상 무릎에서 바라본다. 나는 다른 사람들이 가고 내가 나무다리와 단둘이 남기를 기다린다. 그는 나를 배반하지 않았다. 아니면 나중을 위해 그 카드를 아껴 두었을 수도 있다. 확실한 것은 내가 가기 전에 그가 나에게 바라는 무언가가 아직도 남아 있다는 것이다. 왜 아니겠는가. 나는 다정하게 이별할 것이다. 나는 거의 목적지에 다 왔다. 나는 너그러울 수도 있다. 급할 것이 없다. 나는 앉아서 다른 사람들이 가기를 기다린다.

그들은 진흙탕에서 실을 잡아당기고 있다. 남자들 중 하나가 자동차에서 고무장화를 가져와 신고 지금 검은 진흙탕 속에서 하얀 선을 긋고 있다. 그는 작은 나무 부표들을 박아 넣고 실을 가지고 미래 정원의 음화를 긋고 있다. 직선으로, 원으로, 조개 모양으로. 나는 지붕의 동자상들 사이에 이미 반나절이나 앉아, 그를 지켜본다. 나무다리와 다른 사람들은 내 아래의 성에서 일하고 있다. 내가 알아듣지 못하는 것에 대해 이야기한다. 진흙탕의 실 모양들은 거미집 나무로 하는 놀이를 생각나게 한다. 별들이 움직인다. 분수들. 나는 그 남자를 보는 것을 좋아한다. 내가 그 끝을 볼 수 없다는 것이 아쉽다.

이상하다. 여기까지 와서 나는 결국 서글픈 기분이 들었다.

가느다란 내 두 손과 두 발은 커다란 옷의 도랑처럼 보이는 끝에 매달려 있다. 검은 솜털이 그 위에 빈약하게 덮여 있다. 나는 그 위를 문지른다. 나흘 치 때가 나온다. 도대체 얼마나 오랫동안 나는 얼굴을 보지 않은 걸까. 머리가 헝클어진 것처럼 느껴지고 마치 모피나 깃털 둘 다가 된 것 같다. 너는 진짜 꾸미지 않는 여자아이처럼 보인다. 조금만 노력하면 예뻐 보일 텐데.

나는 여러모로 노력했지만 충분치 않았을 뿐이다. 도대체 가르칠 수가 없잖아. 너는 결국 네 아버지처럼 될 거다. 비겁하고, 사회성 없지. 내 애인은 내가 잘못했다고 자주 말하기를 바랐다.

미안해, 라고 내가 말했다.

그러면 그는 항상 아직도 화가 잔뜩 난 얼굴로 나를 바라보았다. 진심이 아니잖아.

그의 말이 맞는다고 나는 생각하지만 그걸 말로 하지는 않는다. 감히 그러지 않는다. 그러면 그는 금방 화를 낼 거고, 더 이상 나와 자지 않을 것이다. 미안해, 라고 내가 말한다. 그는 나를 자기 가슴으로 끌어당긴다, 그리고 부드럽고 자랑스럽게 나를 쓰다듬는다. 내 여자, 라고 그는 나에게 말한다. 열여덟 번째 생일에 나는 여권에 후견인 없이 서명한다.

국가는 나에게는 아무려나 상관없었다. 나는 이 나라의 마을들을 알고 싶지 않았다. 나는 마을들을 지나쳐 올 때 원하는 것이 아무것도 없었다. 그리고 이제. 내가 이 성의 지붕에 앉아 있는 게 벌써 이틀째다. 다음 국경 통과소까지는 채 두 시간도 남지 않았을 텐데. 나는 여기 앉아서 이 말도 안 되는 시체 풍경들을 바라보고 있고, 뻣뻣한 다리를 가진 남자가 나를 숨기고 먹여 주고 있다. 그리고 나는 거미집 나무 놀이의 끝을 더 이상 볼 수가 없어 안타깝다.

아, 너 그거 알아? 라고 나무다리가 말했다. 모든 사람들이 그걸 원해. 성의 주인이 되는 것. 그것에 대해 나는 똥 같아, 라고 말했다. 그는 나를 바라보았다. 딱 맞혔어. 여자아이로서 너는 정말 상스럽구나. 미안해, 라고 내가 말한다. 그리고 그의 베이컨 일부를 먹는다.

나는 너무 배가 고파 속에서 불이 날 지경이다. 식도와 위 속에서 말이다. 나는 가까이라도 오면 나는 새라도 잡아 날것으로 먹을 정도다. 부러진 목을 쪽쪽 빨아 먹을 것이다. 태양의 위치로 보아 오후가 된 지도 한참이다. 나는 입술 사이에 갈색 나뭇잎을 넣고 씹는다. 나뭇잎은 쓴맛이 나고 침과 섞여 이빨 사이에 낀다. 나는 그것을 다시 빼낸다. 내가 봐도 한심하다. 여기서 나는 도대체 무슨 짓을 하고 있는 건가?

아래서 자동차가 다시 소리를 내기 시작한다. 이제야 나는 알아챈다. 실 사이에 있던 남자가 사라졌다. 내 아래의 성은 벌써 한참 전부터 조용해졌다. 드디어 말이다. 나는 흔들거리는 사다리를 밟고 계단을 내려간다.

배낭은 아직도 난로 다리 사이에 놓여 있다. 어두운 쪽에 더 가깝게, 벽에 가까이 밀려 있다. 아무것도 움직인 것이 없다. 나는 금속 조각을 눌러 문을 연다. 태양은 저 아래 있다. 기계 동물들의 뼈대는 성처럼 노랗게 물들어 있다. 나무다리의 자전거는 더 이상 성벽에 기대어 있지 않다. 그래, 좋다, 라고 나는 생각한다. 그리고 배로 기어가 배낭을 낚는다. 서둘러야 한다. 그다음엔 작별 인사 없이 갈 것이다. 나는 내 여권이 옆 주머니에 꽂혀 있는지를 확인한다.

더 훨씬 아래. 주머니는 아래가 벌써 헤지고 있다. 못에 걸려 찢어졌다. 실밥들, 조금 더럽다, 하지만 그것밖에 없다. 난로 아래에도 역시 아무것도 없다. 나는 침대 덮개를 뒤집어 보았다. 물 빠진 어린이 속옷의 커피콩 무늬가 구석으로 날아간다. 아무것도, 아무것도 없다. 나는 덮개를 뒤집어 본다. 그리고 정강이뼈가 없는 난로 다리를 차 버린다. 비뚤어진 정원 난쟁이의 소음. 아무것도, 아무것도 없다. 내 고함이 주위를 통과해 보이지 않는 판잣집까지 간다.

그렇다고 해서 바로 그 나라를 뜨면 안 된다, 라고 머리카락이 없는 여자아이가 나에게 말한다.

그건 나라 때문이 아니야, 라고 내가 말한다. 장소는 나에게는 아무려나 상관없어.

쉬었다가.

쉬었다가. 쉬었다가. 하지만 그다음에 결국 말한다

내 주위의 모든 것이 폭력이었다.

떨고 있는 작은 코걸이가 나를 바라본다. 그리고 고개를 끄덕인다. 코걸이는 다른 곳이라고 해서 다를 것은 없어, 라고 생각한다.

우리는 아주 가까이 서 있다. 우리의 코가 서로 거의 닿을 뻔한다. 우리는 아주 많이 닮았다. 우리의 얼굴은 도자기 그릇 같다.

알아, 라고 내가 말한다. 알아. 나는 너무 화가 났다. 나는 울고 싶다.

그가 나를 바라본다. 보라색 돌. 나는 울지 않는다.

통조림에는 모두 간이 들어 있다. 가게 문이 닫히기 전에 다시 한 번 더러운 불이 켜진다. 한 명뿐인 계산하는 여자가 문 쪽을 내다본다. 소들이 지나간다. 나는 애인에게 내 돈을 모두 맡겼다.

네가 열여덟 살이 되면, 그가 나에게 말했다, 나는 더 이상 네 아버지가 아니다. 그러면 너와 진짜로 애를 낳을 것이다. 내 나이가 너무 들기 전에 말이다.

애인은 주유소 화장실의 찬물로 세수를 한다. 나는 그에게 내 돈을 맡기고 트럭에 올라탄다.

차는 외국으로 고기를 실어 나른다. 운전사가 나에게 자기 빵을 준다. 간이 든 것은 안 먹어요, 라고 나는 말한다. 그는 나에게 짐 빔 위스키와 콜라를 준다. 캔을 두 개 준다. 술은 안 마셔요, 라고 나는 말한다. 그가 나를 바라본다. 그리고 운전대를 잠시 놓고 클릭 소리를 내며 깡통을 딴다. 우리는 더 이상 아무 말도 하지 않는다. 휴게소에서 나는 수돗물을 마신다. 그는 그것을 보더니 더 이상 아무 말도 하지 않는다.

나중에 그가 나에게 여권이 있는지를 묻는다.

예, 라고 나는 말한다.

그는 자기 갈 길은 아직도 한참 남았다고 말한다. 나는 그와 같이 갈 수도 있다. 그러나 어찌 되었든 나는 외국으로 가고 싶다. 그는 기차에 자리가 많을 거라고 한다.

그러나 기차에는 침대가 하나밖에 없다고 말한다. 꽃무늬 슬리핑 백이 거기에 있다.

운전사가 이야기한다. 그는 국경으로 가는 거리에 집시 창녀들이 많이 서 있는 것을 보았다고 말한다. 그 여자들은 하얀 화장을 하고 어두운 골반을 흔들어 댄다. 더러운 여자들이야, 라고 그가 말하고는 나를 쳐다본다. 그의 얼굴은 옆으로 쏠려 있다.

여기에는 살 만한 게 아무것도 없어요, 라고 나는 한 명뿐인 계산하는 여자에게 말한다. 여자가 어깨를 움찔한다. 나는 손을 주머니에서 꺼내지 않는다. 나는 애인을 위해 집에서 오렌지를 훔쳤었다. 길에서는 자두를 훔쳤고. 나는 숲에 앉아 손을 빼고 통조림의 햄과 달걀을 꺼내 먹는다. 차갑고 누런 눈이 있는 지방이다. 남은 깡통을 어두운 곳으로 던져 버린다. 아무도 보지 못할 곳으로.

모든 게 달라질 거야, 라고 나무다리가 내게 말한다. 그들은 다시 성을 개관할 거다. 네가 본 그 여자가 관장이 될 거다. 나는 여기 남아도 된다고 그 여자가 말하더구나. 계산대에서 입장권을 팔면 돼.

침묵.

청소하는 여자도 필요하다.

여럿, 내가 말한다.

그가 웃는다. 왜 그런지 누가 알랴. 그다음에 그는 그만둔다.

나는 그에게 말한다. 외국에 있는 아버지한테 가야 해요.

내가 너의 아버지야, 라고 그가 말한다.

그때 나는 그가 전혀 그 나이 대가 아닌 것을 본다. 어쩌면 겨우 30대 중반인데. 그는 파란 눈과 땀에 젖은 금발의 머리칼을 가졌다. 머리칼은 그의 장밋빛 이마에 착 달라붙었다.

당신은 너무 젊어요, 라고 내가 말한다.

너는 너무 나이를 먹었고, 라고 그가 말한다.

그가 미소 짓는다. 내가 미소 짓는다. 괴물을 사랑한다는 것은 괴물을 구원한다는 뜻이다. 그런 괴물을 잡으면 그 사람에게 대가는 뭘까?

성안에 직원 숙소가 생길 거야, 라고 나무다리가 말한다. 그의 눈이 시골길처럼 빛난다. 그는 오늘 아침 기분이 좋다.

그는 도착했을 때 기분이 좋았다. 나는 마구간의 높은 방에 앉아 있었다. 윗열에는 기타 모양의 창문들이 있었다. 그리고 나는 그의 휘파람 부는 소리를 들었다. 그는 나에게 휘파람을 불었다. 나도 휘파람으로 답례했다. 작은 새, 라고 그가 말하면서 나무다리로 걸어왔다. 대들보, 사다리는 그 아래에 먼지가 쌓여 있었다. 나는 새 같은 이빨로 웃어 주었다.

우리가 함께 창밖의 실을 내려다보았을 때 나에게 예쁜 닭 목을 가지고 있네, 라고 그가 말했다. 실들은 바람에 떨고 있었다. 별들도 흔들거린다. 나는 그의 칼에서 베이컨 찌꺼기를 핥아 먹지만 베이지 않는다. 예쁜 고양이 혀를 가졌네, 라고 말하며 그가 웃는다. 나에게 자유는 얼마만큼의 값어치가 있을까.

네 여권, 내가 갖고 있지 않아, 라고 나무다리가 말한다. 너는 이야깃거리가 많을 텐데. 너 정말로 외국에 아버지가 있니? 사람들은 누구나 다 아버지가 있어요. 그래, 맞아. 그런데 너같이 생긴 아이 말을 누가 믿겠니? 사회 부적응자처럼 보이는데.

프레스코화의 눈들은 사람들이 방 안에서 어디를 가든 그 사람을 지켜본다.

먼저 가, 라고 나무다리가 말한다.

나는 그를 위해 사다리를 붙잡아 준다.

그가 쪽마루 위로 참외처럼 퍽 떨어진다. 사다리가 그의 목덜미 아래 놓여 있다. 그의 목이 앞으로 부러져 있다. 새의 찢어진 목. 뻣뻣한 다리 주머니에는 내 여권이 있다. 그는 나에게 여권을 돌려주었어야 했다.

나는 내 뒤로 금속 문을 닫는다. 들짐승들이 들어와 그의 뻣뻣해진 고기를 먹는 일은 없을 것이다.

주

17 **폴렌타** polenta. 죽 형태의 이탈리아 요리.

페피타 pepita. 닭 발자국 무늬를 넣은 천.

54 **오스텐더** Oostende. 독일의 북쪽에 있는 섬 이름. 벨기에의 항구 도시.

65 **그 나라** 오스트리아.

67 **모국어** 독일어.

145 **우리 집에서 쓰는 말** 독일어를 뜻함.

209 **배신자의 이름** 베드로를 뜻함.

미제레레 곡 Miserere. 「시편」 51편의 첫 구절로 시작하는 노래.

타락 뒤에는 교만이 온다 성서에는 교만이 타락보다 먼저 온다고 쓰여 있다.

235 **모래시계** Die Sanduhr. 1960년대 헝가리의 유행가 제목.

238 **파이오니어** Pioneer. 걸 스카우트 같은 공익 단체.

246 **오 파르티지아노, 포르타미, 비아** O partigiano, portami via. 오 파르티잔, 나를 멀리 데려다주오.

288 **그들** 소련군을 말함.

303 **카지모도** Quasimodo. 『노트르담의 꼽추』에 나오는 인물.

해설

느릿느릿 서글픈 변방의 유년 시절

최윤영(서울대 독어독문학과 교수)

1. 작가와 작품

테레지아 모라(Terézia Mora)는 1971년 오스트리아와 국경을 접하는 헝가리의 변경 지방인 쇼프론(Sopron)이라는 중소 도시에서 태어났고, 유년 시절은 그보다 훨씬 작은, 인구 5백 명이 사는 시골 마을 페퇴하자(Petöhàza)에서 보냈다. 이후 부다페스트로 대학 공부를 하러 갔다가 독일이 통일될 때 베를린으로 건너와 훔볼트 대학에서 헝가리어 문학과 연극학을 전공했다. 처음에는 시나리오 작가이자 헝가리 문학을 독일어로 옮기는 번역가로 데뷔했다.

『이상한 물질』은 1999년에 나온 모라의 첫 작품집으로 문학상을 여럿 수상했다. 이 작품집으로 아델베르트 폰 샤미소 장려상을 탔고, 이 중 한 단편인 「오필리아의 경우」로 1999년에 독일어권에서 가장 권위 있는 문학상 중 하나인 잉게보르크 바흐만 문학상을 수상하여 큰 화제를 몰고 왔다. 모라는 이후 『모든 나날들(*Alle Tage*)』, 『괴물(*Ungeheuer*)』 3부작 등 지속적으로 활발하게 작품을 발표하고 있으며 1997년 뷔르트 문학상과 베를린 문학 작업실의 오픈 마이크 문학상을, 2005년에는 라이프치히 도서전 시전상을, 2013년에는 독일서적상을, 2017년에는 브레멘 문학상, 졸로투르너 문학상, 문학의 집 문학상 등을 수상했다.

열 편의 단편소설을 담고 있는 작품집 『이상한 물질』은 변경의 고향에서 보낸 유년 시절에 대한 회상이 주를 이루며, 성년이 되기 전의 주인공들이 바라보는 외롭지만 섬세하며 차분한 시각이 두드러진다. 요소요소에서 작가의 유년 시절에 대한 자전적 삶의 색채를 짙게 풍기고 있다. 그러나 이 시골은 도시의 대척점에 서서 전원이나 고향 혹은 이상향 등의 대안으로 기능하지 않고, 정체되고 낙후되고 답답한 국경의 변두리 마을 풍경으로 나타난다. 이 풍경은 그곳에 사는 사람들에게도 영향을 미친다. 주인공이 보고 겪고 이야기하는 대상은 대부분 사회에서 소외된 사람들이다. 이들은 결손 가족, 장애인, 알코올 중독자, 월경자들과 집시, 이방인 그리고 폐쇄적이고 보수적인 마을 사람들이라 할 수 있다. 이들은 제목이 은유하듯 모두 사회의 이상한 물질들이다. '이상한 물질(Seltsame Materie)'은 원래 물리학에서 나온 용어이다. 물질이 과연 무엇인가에 대한 견해는 근대 과학 이후 계속 변해 왔고 물질의 핵심 요소도 더 이상 물질의 확고한 질량과 부피에 있는 것이 아니라 계속 새롭게 발견되는 더 작은 기본 요소들 그리고 기본 요소들 간의 관계로 바뀌고 있다. 예를 들어 '이상한 쿼크'도 그

중 하나이다. 이런 이상한 물질은 안정된 물질과는 반대 극에 서 있다. 소설 속의 인물들은 대체로 사회에서 소외된 주변부 존재들이지만 이들은 이상한 물질처럼 바로 이러한 그들의 타자성과 변방성, 주변성으로 인해 인간 존재의 의미를 새로이 성찰하게 만드는 군상들이다.

2. 국경 지방과 월경을 시도하는 사람들

소설의 공간적 배경은 큰 호수가 자리 잡고 있는 헝가리와 오스트리아의 국경 지대이다. 이 지방은 구사회주의 동구권 세계의 서쪽 끝이라 할 수 있다. 경제적으로나 사회적으로 쇠락한 마을의 자연은 보수적이고 폐쇄적인 마을 사람들의 존재 바탕을 형성한다. 사람들은 모두 더 나은 삶을 원하지만 이는 국경 저 너머에만 있는 것이고 이루기 어려운 헛된 꿈일 뿐이다. 많은 인물들이 이 고장에서 태어나 성장하고 혹은 이 고장을 선택하여 이주하지만 동시에 이 고장에서 배척되고 소외된 아웃사이더로 머문다.

마을의 이야기는 많은 경우 월경(越境)이라는 특수한 사건을 둘러싸고 전개된다. 많은 사람들이 저 건너편 나라인 오스트리아로 가고자 한다. 마을에서는 호수가 자연적 경계를 이루며 월경의 마지막 관문이 된다. 앞이 보이지 않는 호수의 빽빽한 갈대밭을 지나고 진흙 늪을 지나가야 한다. 그러나 이 자연 경계는 만만치 않아서 사람들의 월경을 쉽게 허용치 않는다. 심지어 그들의 생명을

앗아 가고, 그들의 시체는 호수가 집어삼킨다. 월경과 얽힌 인간 군상은 다양한 시각에서 그려진다. 월경을 시도하는 사람들뿐 아니라 월경자를 도와주는 일로 먹고사는 안내인 가족 이야기가 나오고, 호수를 건너다 죽은 사람들의 남은 가족에 대한 이야기도 나오고, 또한 국경 감시인들의 이야기도 전개된다. 목숨을 걸고라도 호수 너머로 건너가고자 하는 사람들은 이 마을에 와서 할아버지를 찾는다. 이들은 때로 헝가리 사람이 아니라 「고요한 밤, 거룩한 밤」의 루마니아 사람처럼 더 먼 동구권 국가에서 온 사람일 수도 있다. 국경은 무장한 경비원이 상주하여 지키고 있고 경우에 따라 발포할 수도 있다. 국경을 넘다가 잡히면 조사를 위해 감옥에 수감하고 이 과정에서 작은 전투가 벌어지기도 한다.

이 모든 사건과 상황은 성인으로서의 입문식을 앞둔, 혹은 갓 지난 인물들의 시각에서 관찰되고 있다. 그것은 큰 동요나 흥분이 없는, 외롭고 잔잔한, 그러나 사물과 사태를 투명하게 꿰뚫어 보는 시각이다. 하지만 동시에 이야기는 이 성숙하지 않은 인물들의 시각에서 전개되기 때문에 그 이해도나 지식이 제한적이다. 독자들은 월경을 시도하는 사람들이 무슨 목적으로 어떤 사정 때문에, 또한 어떻게 넘어가는지를 알 수 없다. 더 나은 삶을 위해서라고 추측해 볼 수 있지만 작품에서는 정치적 혹은 사회적, 외교적 배경이나 역사가 거의 다루어지지 않고 또한 개인사도 끝까지 밝히지 않아 확인할 수 없다. 이러한 제한된 시야의 답답함은 시골 마을의 고루함이나 답답함과 엇갈리면서도 또한 일맥상통한다. 월경하는 이들은 공식적으로 국외 여행 허가를 받을 수 없는 사람들이고 호수 길을 통해 불법으로 건너가고자 한다. 그들은 길 안내를 하는 할아버지에 대해 알고 오지만 국경 너머의 세계에 대해 어떤 정보와 무슨 희망을 가지고 있는지는 소설에서 밝혀지지 않는다. 심지어 국경 너머에 있는 나라인 오스트리아라는 국명 역시 한 번도 등장하지 않는다. 월경을 시도하는 사람들은 다들 경제적 사정이 여의치 않아 이름이 새겨진 결혼반지 같은 그들의 마지막 재산을 안내인에게 건넨다. 한 남자는 가이드에게 속아 자신의 전 재산을 이미 다 썼는데 국경 너머가 아닌 주인공의 집 앞마당에 도착한다. 신발마저 한 짝뿐인 그는 자신의 금이빨을 가리킨다. 할아버지는 처음엔 길 안내를 거부하지만 크리스마스에 결국 그를 인도해 준다. 할아버지는 호수 주변의 모든 길들을 샅샅이 알고 있어 이 위험한 직업을 통해 가족에게 유일한 수입원을 제공한다. 할아버지와 달리 큰오빠와 타지에서 온 선원은 첨단 나침반을 믿고 자신만만하게 호수를 통해 월경을 시도하지만 결국 모두 행방불명이 된다. 이처럼 호수의 국경은 쉽사리 열리지 않는다.

3. 집시 그리고 소외된 존재들

이 소설에 등장하는 인물들의 사회적 배경과 관련하여 흥미로운 것은 귀족과 집시 집단의 존재다. 공간적 배경으로 등장하는 성(城)과 특수 계층인 귀족은 그러나 이젠 아무런 힘도 발휘하지 못하는 과거에 속하는 유물들이다. 사회주의 국가에서 사라져 버린 봉건 과거로서 그들이 약탈하거나 남긴 유품들이 마을에 돌아다니고 사람들은 때로 인물들의 남다른 외모에서 귀족들과의 혈통적 연계를 추측해 보지만 지금은 모두 큰 의미가 없는 것이고 확인 불가능한 것일 뿐이다. 마지막 단편인 「성」에서도 성은 이제 몰려오는 관람객들을 위해 새로 재정비되고 보수되어야 할 관광지로서 기능할 뿐이다.

이에 반해 특수 계층인 집시는 현재에도 중요한 역할을 한다. 유럽을 이리저리 옮겨 다니며 사는 집시들은 대부분의 정주 민족들에게는 낯설고 의심스러운 이방인으로 여겨졌다. 이들은 유럽에서 오랫동안 소외되고 배제되는 삶을 살아왔고 나치의 제3제국 시절에는 다수가 집단 수용소에서 학살당한 끔찍하고 슬픈 희생의 역사를 갖고 있다. 작품 속에서도 이들은 여전히 전통에 따라 음악을 연주하고 춤을 추며 생계를 유지한다. 이들은 사회주의 동구권 국가에서 거주 지역을 배정받아 정착하지만 그 사회에 적응하거나 귀속되지 못했고 주류 사회 역시 이들을 인정하지 않고 타자화시킨다. 독일어권에서는 최근 '치고이너(Zigeuner, 집시)'라는 용어 자체가 인종 차별적이라고 판단하여 최근에는 이들의 기원과 소속을 밝히는 '진티(Sinti)'와 '로마(Roma)'라는 단어를 쓰고 있다.

집시는 작품 안에서 여러 번 등장한다. 인물들은 집시와 피를 나누고 있거나 그들과 교제한다. 후자의 경우 인물들은 집시만큼이나 사회에서 이질적인 존재로 취급받는다. 첫 번째 단편에서 어머니가 병원에 실려 가 마을 사람들이 마당에 모여 있는 와중에

이 집 딸은 집시 플로리안과 같이 들어선다. 이에 격분한 아버지는 딸의 머리카락에 불을 붙인다. 결국 집에는 여주인공과 남동생 둘만 남는다. 이들은 집시만큼이나 외롭고 사회에서 소외된 존재들이다. 이들은 이제 더 이상 돌봄을 받는 어린아이들이 아니라 서로 의지하며 삶을 이어 가야 하는 열악한 상황에 놓인다. 이들은 서투르게 그리고 때 이르게 아버지와 어머니의 상징적 자리에 들어서고 그 역할을 흉내 낸다. 마치 한국 소설 오정희의 『새』에 나오는 오누이처럼 말이다. 이들의 일상적인 삶의 영위와 성인으로의 성장은 어른들의 도움 없이, 사회에서 배제된 주변부 존재들끼리의 관계 속에서 이루어진다. 오누이는 「이상한 물질」의 첫 장면에서 농사를 짓기로 결정하고 퇴비를 주려고 변소의 분뇨를 옮겨 밭에 뿌린다. 누나는 어머니의 자리에서 이웃 아주머니가 주고 간 달걀로 음식을 준비하고, 밭일을 하고 난 후에 동생의 몸을 닦아 준다. 남동생은 부재하는 아버지 대신 상징적인 권력의 자리에 들어선다. 그는 할아버지의 외투를 입고 병원에 입원한 어머니에게 병문안을 간다. 그리고 누나에게 병문안을 올 때는 뭔가 들고 왔어야 했었다고 지적한다. 또한 그는 도시에 나가 배우 시험을 보려는 누나에게 출신을 숨기라고 충고한다. 「이상한 물질」의 서두에서 인용되는 말, “어떻게 그 일이 일어났는지 아무한테도 말하지 마. 그리고 이곳에 대해서도 아무 말도 하지 마”(7쪽)는 열악한 사회적 환경을 인지한 남동생이 자신의 가부장적 권력 아래 있다고 생각하는 누나에게 내리는 상징적인 금지 명령이다. 그가 자신의 출신과 정체에 대한 함구령을 내리는 것이다. 더 나아가 그는 상징적인 아버지의 자리에서 누나라는 집안 여성의 성(性)과 그 일탈에 간여한다. 아버지와 마찬가지로 누나가 마을의 이방인인 집시 플로리안을 사귀는 것에 대해 경고하고 그랬다간 결국 창녀가 될 거라고 언어로 예비 징벌을 내리지만 사춘기에 들어선 누나는 아랑곳하지 않고 집시와 춤을 춘다.

소설 「셋째 날에는 머리 고기 차례다」에서는 집시 출신 가족의 결혼식에 대한 묘사가 등장한다. 마을에서 드물게 성공한 신부의 아버지는 한편으로는 자신의 성공을 과시하고자, 다른 한편으로는 집시라는 출신의 약점을 감추고자 딸의 결혼식을 3일간이나 성대하게 연다. 심지어 그는 수도에서 유명한 집시 악사 밴드까지 부른다. 그러나 마을 사람 전체를 초대하고 온갖 산해진미를 내놓아도 마을 사람들은 기꺼이 한마음으로 결혼식을 즐긴 것이 아니다. 이들은 집시의 경제적 성공을 질시하며 여전히 그의 '다른' 출생을 지적하고 비웃는다. 그들은 집시가 딸의 집을 왜 하필 외딴 숲속에 짓느냐며 쑤군대고 집시 악사 자자가 음악을 연주할 때에는 자리에 앉아 있는다. 그러나 신부 집시 가족과 먼 친척으로 연결된 주인공인 여자아이는 '크레올 꼬마'라 불리며 잘생긴 집시 악사 자자에게 푹 빠져들고, 악사 역시 이 아이를 편애하며 자신의 음악에 맞추어 전통 춤을 추게 한다. 마을 사람들과 이방인 집시의 합주가 이끌어 내는 이질적이고 기묘한 조화와 부조화, 원심력과 구심력의 엇갈린 행보는 작품 말미에 경찰들이 등장하면서 끝을 맺는다. 집시 악사는 자기 아내를 폭행하여 쓰러뜨린 뒤 아들만 데리고 잔치에 왔는데 부상당한 아내가 이웃에게 발견되면서 경찰에 신고가 들어간다. 집시의 시민적 결혼 생활은 악사의 폭력으로 파괴된다. 경찰들은 집시를 체포하러 결혼식에 오고 집시 악사는 노래를 연주한다. **"시골길에 경찰이 두 명 온다네. 아, 하느님, 저는 어떻게 해야 합니까. 제가 남으면 그들은 저를 두드려 패고 제가 도망가면 그들은 저를 죽입니다. 아, 하느님, 제가 어떻게 해야 합니까. 제가 남으면 그들은 저를 체포하고, 제가 도망가면 그들은 저를 죽입니다. 그들은 저를 죽입니다."**

열 편의 소설에 등장하는 가족들 역시 거의 모두가 사회에서 소외된 주변인의 삶을 산다. 가족은 다양한 형태의 결손 가족으로 변주되어 등장하고, 이들의 목표는 '살아남기(Überleben)'이다. 이들은 여러 측면에서 근대의 정상 가족과는 거리가 멀다. 근대 사회의 아버지들은 직주 분리(職住分離)와 더불어 가정의 외부인 사회의 직장에서 일하게 되고, 사회의 일원이자 가정의 소득원으로서 가장의 역할을 맡고 있으며 가정과 사회를 연결한다. 이러한 관계 속에 부여받은 권력으로 아버지는 전통을 이어 가고 아이들의 롤 모델로서 사회화와 교육을 책임진다. 그러나 작품 속의 아버지들은 가정 밖의 직장 노동을 통해 가족을 먹여 살리는 경우가 별로 없고 또한 가족의 전통이나 질서, 규율을 책임지지도 않는다. 사회의 일원으로 아이들을 사회와 연계시키거나 이들의 롤 모델도 되지도 않는다. 「호수」에 등장하는 아버지는 제빵사이지만 식구들을 위해 빵을 구울 뿐이고 이를 팔아 경제적으로 가족을 부양하거나 이윤을 남기고 사업을 확장시키는 것은 거부한다. 「이상한 물질」의 아버지는 술주정뱅이에 노름꾼이며 집안이나 가족을 돌보지 않고 술집에서 하룻밤에 석 달 치 연금을 날려 버린다. 「틈새」의 아버지는 직장에 다니지만 아내의 여동생이나 마찬가지인 인물과 바람을 피운다. 더 나아가 아버지는 아이들의 생물학적 아버지가 아닌 경우도 많아 혈통 역시 확실한 가족 관계의 기반이 되지 못한다. 「모래시계」에서 보듯 언니 아니냐와 나는 아버지가 다르다. 언니의 아버지는 스페인 사람인 화가이며, 나의 아버지는 이탈리아 시칠리아 사람으로 온 유럽을 돌아다니다가 지금은 프랑스에 살고 있는 가수이다. 게다가 자매는 둘 다 친아버지를 본 적이 한 번도 없다. 소설 속에서 아버지들은 가부장의 역할을 적극적으로 주장하거나 수행하지 않으며 거의 부재와 결여로 재현되는 인물들이다.

이러한 결손 가정에서 어머니 역시 희생적인 전통적 어머니상이나 가정적인 근대적 어머니상과는 거리가 멀다. 작품에서 반복되어 강조되는 것은 어머니와 딸들의 관계에서 특이하게 서로 닮지 않은 외모이다. 「이상한 물질」이나 「고요한 밤, 거룩한 밤」, 「틈새」의 아이들은 어머니와 닮지 않아서 동네 사람들이 주워 온 아이들이라 쑤군댄다. 「모래시계」에서는 어머니가 직업을 가져 가족을 경제적으로 부양하고 주말에는 두 딸과 자동차를 타고 소풍을 가지만 직장 일이 끝나면 자신만의 밤 생활을 즐기고 늦게 귀가한다. 어머니는 지속적으로 주위 남자들의 구애를 받지만 더 이상 그 누구와도 고정적인 관계에 들어가지 않고 이 국경의 외진 마을에서 조용하지만 자유분방하게 살기를 원한다. 두 딸은 집 안에서 서로 돌보아 주며 하루하루를 보내지만 특별히 친하거나 속내를 나누지 않는다. 어머니와 두 딸은 이상한 물질처럼 묘한 변방의 가족을 형성한다.

「오필리아의 경우」에서는 할머니와 어머니와 주인공의 여성 3대가 같이 산다. 이 모계 가족은 학교나 교회, 관청 등 사회 질서를 규율하는 가부장적 기관과 제도의 바깥 테두리에서 움직이며 이를 존중하지 않는다. 어머니 중에서 가장 '이상한' 어머니라 부를 수 있는 사람은 「틈새」의 어머니이다. 어린 시절에 부모를 모두 잃고 자기를 거두어 준 이웃 루이자의 집에서 자라다가 남편을 만나 결혼하고 아들 둘을 낳는다. 그러나 남편은 친자매나 마찬가지인 루이자와 바람을 피우고, 몸매가 화려하고 언행이 남달라 항상 두드러졌던 어머니는 이러한 환경에서 갱년기 우울증과 정신병을 앓게 된다. 그 때문에 여러 차례 병원에 입원했던 어머니의 귀향은 누구에게도 반갑지 않다. 어머니는 계속 자살을 시도하고 결국 목을 매어 죽는다. 아들은 이러한 어머니의 마지막에 대한 불길한 예감을 늘 가지고 있었는데 결국은 자신의 눈으로 집 안에서 목을 매 자살한 어머니의 죽음을 목격한다. 아들은 꿈에서 아버지를 때리고 그의 목을 조른다.

이처럼 척박하고 건조한 자연과 사회 속에서 가족마저 마지막 버팀목이 되어 주지 않지만 주인공이 따뜻한 애정을 느끼는 가족 구성원들이 등장하는데 바로 할아버지와 큰오빠이다. 「호수」에서 주인공은 친핏줄이 아닌데도 어머니를 거두어 키워 주고 또한 그 손녀와 손자까지 돌보아 주는 월경자들의 길잡이인 할아버지에게 내밀하고 따뜻한 애정을 느낀다. 주인공은 할아버지의 고된 발을 씻어 주고 발싸개를 선물한다. 또한 가족들이 크리스마스이브를 즐기고 잠에 빠져들 때 손녀는 길 안내 때문에 집에 돌아오지 못하는 할아버지를 기다리고 그를 위해 빵을 준비해 놓는다. 주인공에게는 이미 사랑하는 예쁜 오빠가 호수를 건너가려다 행방불명이 된 아픈 가족사가 있다. 이 때문에 할아버지에 대한 걱정이 남다르다. 특히 단편 「모래시계」는 주인공이 할아버지에게 바치는 오마주라 할 수 있다. 이 단편소설에서 주인공은 할아버지와 같이 보낸 과거의 여러 다정했던 에피소드들을 회상하고 그를 마음으로 떠나보낸다. 술을 너무 좋아해서 금주를 시도하지만 실패를 거듭하면서 육체적으로나 정신적으로 파탄해 가는 할아버지의 마지막 삶을 손녀는 담담하게 이야기한다. 할아버지와의 이별은 이렇게 기억과 회상을 통해 완성된다. 프로이트 식의 애도라 할 수 있다.

4. 배제시키고 소외시키는 사회의 폭력

주인공 아이들은 여성이든 남성이든 열악하고 소외된 가정 환경에서 자라났고 모두 적극적인 행동을 하기보다는 주어진 상황에서 소극적으로 반응하는 인물들이다. 인물들은 이름이 밝혀지지 않으며 사회에서 일탈하는 존재로 두드러지지만 국가나 사회, 학교 같은 주류 사회는 이들에게 특별한 관심을 쏟거나 남다른 배려를 해 주지 않는다. 「이상한 물질」에서 남동생은 학교에서 멘델레예프의 화학 원소 주기율표를 배우게 되고 집에 와서 누나와 연습을 한다. 이들에게 이 원소 주기율표는 우주인의 언어처럼 '다른' 세계의 언어로 표상된다. 그러나 학교에서 주기율표 시험을 볼 때 자신들만의 방식으로 외운 대답은 거부당하고 선생님은 아이들뿐 아니라 가족 전체가 정상이 아니라고 경멸하고 배제한다. 배우 시험에서 자신의 장기로 주기율표 외우기를 적어 넣은 주인공 또한 심사위원들의 눈에는 전혀 고려의 대상이 될 수 없는, 사회에 적응하지 못한 열외 지원자일 뿐이다. 아이들은 마을이나 학교에서 따듯하게 대해 주는 친구도 없고 이해해 주는 선생님도 없어 자기들끼리만 소통한다. 또한 작품에서는 이러한 인물들의 주변성은 자주 '바보'라는 호명을 통하여 주도 동기처럼 반복된다. 「이상한 물질」에서 동네 사람들은 남동생을 바보라 부르며, 「뷔페」에서는 오빠와 가족들, 동네 사람들이 서술자인 누이동생을 바보라 부른다. 바보는 때로 가족의 애정을 담은 호칭이기도 하지만 대체로 본인들 스스로도 인식하듯 가정과 사회에서 무시받고 소외된 존재임을 대변한다. 혹은 미친 사람들에 대한 묘사도 같은 기능을 한다.

「오필리아의 경우」에서 할머니, 어머니, 주인공 3대의 여성이 사는 가족은 교회에서나 학교에서나 수영장에서나 조롱과 경멸의 대상이다. 교회 신부는 어린 주인공이 동네 사람들처럼 인사를 통해 자신을 존경하지 않는다고 비난하고, 학교에서는 독일어를 사용하는 이 결손 가족을 파시스트로 취급한다. 수영 교사는 어린 소녀인 주인공에게 성추행까지 서슴지 않는다. 이때 소설에 자주 등장하는 성추행은 일시적이거나 우발적인 것이 아닌 중심부와 주변부 사회의 권력의 경사(傾斜) 관계에서 나오는 제도적이고 지속적인 폭력이다. 힘 있는 자는 힘없는 약자에게 거리낌 없이 폭력을 행사한다. 남자들은 마을에서 바보 취급받는 여주인공을 공개적으로 성추행한다. 「뷔페」의 주인공은 숲에서 일하는 일꾼들과 같이 트럭을 타고 가다가 한 인부가 치마 속을 더듬는 성추행을 당한다. 다른 남자 일꾼들이 지켜보는 가운데 기습적으로 성추행을 당한 주인공은 창고에 가서 울지만 오빠는 이를 보고도 보호나 위로를 해 주거나 복수하는 것이 아니라 당하고 와서 우는 주인공을 나무랄 뿐이다. 「오필리아의 경우」에서 교사는 수영을 가르친다는 명목으로 주인공의 몸과 음부를 더듬지만 주인공은 거부하거나 반항할 수 없다. 그는 주인공의 3대에 걸친 모계 가족 모두를 비웃고 언어로 성희롱을 한다. 이 단편소설에서 수영 교사는 자신의 죄에 대한 징벌을 받게 된다. 그는 수영장 물을 빼는 요일을 착각하고 주인공이 겁을 먹고 하지 못하는 다이빙을 시도하다가 바닥에 부딪혀 머리에 큰 부상을 입고 수영장을 떠난다.

이러한 방식의 죄와 벌 혹은 복수는 「성」에서도 다시 유사한 형태로 재현되는데 보다 직접적이다. 여주인공은 18세 성인이 되자 남편을 버리고 자신의 길을 떠난다. 남편은 경제적으로나 사회적으로나 자립하지 못하여 주인공에게 별 도움을 주지 못했고 또한 아내를 사랑하지 않으면서 성욕의 대상으로만 여기며 자신의 지배하에 두려고 했다. 주인공은 외국에 사는 아버지를 찾아 국경 지방까지 오게 되어 한 외진 성에 도착하지만 거기서 다시 성지기에 의해 이전과 유사한 처지에 놓이게 된다. 그는 주인공의 여권을 무단으로 빼앗고 돌려주지 않으며 자신의 가부장적 권력에 다시 종속시키려 하고 성적으로 지배하려 한다. 주인공은 이에 대한 분노를 감정이나 언어로 표출하지 않고 그가 사다리를 타고 높이 올라오기만을 조용히 기다린다. 성지기가 사다리를 타고 올라왔을 때 주인공은 사다리를 확 밀쳐 그는 결국 목이 부러져 죽게 된다. 주인공은 쓰러진 그를 보고도 아무런 동정이나 연민, 안타까움을 느끼지 않고 자기가 가려 했던 길을 계속 간다. 단편소설의 주인공들이 보여 준 거의 유일한 적극적이고 주체적인 행동이자 의도적이고 직접적인 복수라 할 수 있다.

5. 주인공들의 성장과 성인 입문식

소설마다 주인공은 다르지만 이들은 유사성과 연속성을 지니고 있다. 대체로 성인 입문식을 앞둔 소녀로서 자기 주변의 퇴락한 환경을 벗어나고자 시도하는 인물들이고 성(性)에 대해 관심이 많은 인물들이다. 이 같은 주인공들의 주변 환경을 벗어나려는 노력의 서사는, 주변의 답답하고 변하지 않는 환경 서사와 평행선을 긋고 있다. 이 두 서사는 자주 교대로 진행되고 그러면서 서로 교차한다. 「뷔페」에서 주인공은 국립 공원의 식당 직원으로 취직되자 그 누구보다 열심히 일하지만 주위 환경은 거의 변하지 않는다. 이러한 상황에서 자신의 예쁜 오빠에게 각별한 애정을 가진 주인공은 거의 근친상간의 문턱에 이르지만 오빠는 실패한 사랑

때문에 주인공을 거들떠보지 않는다. 혹은 「오필리아의 경우」처럼 매일 수영장에 다니며 열심히 연습을 하거나, 「틈새」에서처럼 매일 권투 연습을 한다. 이들은 전문 선수가 되거나 목표를 달성하기 위해 하는 것이 아니다. 또한 이들은 코치로부터 다이빙을 못하거나 공격 본능이 약해 그 분야에서 장래가 없다는 부정적 판정을 받는다. 「이상한 물질」에서 누나는 배우가 되어 마을을 떠나고자 도시로 나가 시험을 본다. 남동생은 유일하게 믿는 가족 구성원인 누나가 시험에 붙을 리 없으며 집을 나가면 창녀가 될 것이라고 저주 섞인 예언을 하며 자신의 불안한 심경을 드러낸다. 이러한 주인공들은 온갖 방법으로 쇠락한 고향 마을을 떠나려 시도하지만 이들의 원심적 노력은 대체로 성공을 거두지 못하며 그 시도의 반경도 그리 크지 않다.

「고요한 밤, 거룩한 밤」에서 남성 주인공은 국경 감시인이다. 그는 자신의 임무를 제대로 수행하려고 노력하지만 주변 환경은 그렇지 않아 노력에 비해 거두는 성공은 보잘것없다. 그것은 특히 언어와 소통의 차원에서 두드러진다. 그는 5개 국어를 하지만 고향의 모국어에도 낯선 느낌이 들고 국경 감옥으로 대리 통역을 하러 갔을 때에도 하필 루마니아 사람을 통역해야 해서 그의 외국어 지식은 도움이 되지 못한다. 그는 이 사람의 정체를 밝혀내려 하지만 언어 소통의 부재로 인하여 결국 아무것도 알아내지 못한다. 또한 애인인 한나와의 관계도 불통과 소원으로 특징 지어져 있다. 한나의 방에서 일어나는 연애는 이제 더 이상 달콤하거나 행복하지 않고 결국 주인공은 한나가 국경 너머로 가 버리고 버림

받을 것이라는 불안으로 가득 차 있다. 또한 국경 감시인으로 일하는 주인공이 새로 알게 된, 물고기라는 별명을 가진 동료는 가까스로 친해지고 비밀 동굴까지 알려 준다. 그러나 물고기는 이날 월경하는 사람 때문에 벌어진 작은 전투에서 어이없게 죽고 만다. 이처럼 주인공들의 노력은 주변 환경을 변화시키지 못하고, 자신도 변화시키지 못한다.

6. 내면의 눈과 언어의 단순성

이 소설의 언어적 특징은 독일어 책 소개에서 나오듯 "서늘하고, 파고들어 가며, 감동적"이라고 특징지을 수 있다. 소설은 대체로 1인칭으로 진행되어 독자들은 서술자의 시각을 따라가도록 되어 있다. 인물들 간의 대화 부분은 분량이 그다지 많지 않으며 주인공은 자신이 본 관찰을 서술하거나 혹은 다른 사람의 말을 ~라고 말했다, 라는 형식을 통해 인용한다. 이때도 작품 속에서는 직접 인용을 뜻하는 겹따옴표를 사용하지 않고 부호 없이 간접 인용으로 옮겨 보다 절제된 느낌을 준다. 그럼으로써 독자들은 응시하는 주인공의 시각을 통하여 걸러 낸 다음에 사물과 사건, 현상을 접하게 된다. 사회와의 원만한 소통과 대화가 주인공의 사회로의 성공적인 입문식을 약속한다면, 이러한 응시와 관찰은 주인공을 소외시키고 고립시키며 그의 세계를 확장시키지 못한다. 드물게 「틈새」에서 대화를 강조하는 경우 원문에서 들여쓰기를 해서 대화임을 강조한다. 그러나 이 대화 또한 주인공을 성장시키거나 발전시키는 것과는 거리가 멀다. 이러한 잔잔한 응시 가운데 인물들은 자주 꿈을 꾸며 이를 통해 자신의 숨겨진 내면이나 소원 혹은 불안을 드러낸다. 그리고 자신이 바라는, 혹은 두려워하는 다른 현실을 구현한다.

소설의 또 다른 특징으로 언어의 단순함과 반복을 들 수 있다. 「이상한 물질」의 여주인공이 스스로에게 하는 다짐인 "분명하게 발음하자, 단어 하나하나. 감정을 세게 불어넣지 말자. 삼키지도 말자. 뭉개지도 말자"(19쪽)는 글쓰기의 원칙으로도 작용한다. 소설은 대체로 어린 소녀의 눈으로 바라본 세상을 옮기기 때문에 언어가 단순하고 짧으며 군데군데 소녀 특유의 '시적' 표현들도 눈에 띈다. 또한 번역자로서 자주 발견한 특징은 동일한 어휘와 어구, 문장이 반복되는 것이다. 예를 들어 「호수」에서는 "뭘 어쩌겠어요"가 세 번 등장한다. 처음과 두 번째에는 잘못 온 월경자에게, 마지막에는 숲에서 불법으로 나무를 베어 온 아이들을 숲지기 앞에서 변호하느라 아버지가 한 말이다. 이렇게 같은 말이 다른 상황에서 반복해서 쓰이지만 인물들의 세상을 대하는 태도는 매번 같음으로써 소설은 일관성과 연속성을 획득한다. 예를 들어 '예쁜 오빠'나 '예쁜 남동생'도 마찬가지다. 「이상한 물질」, 「호수」에 예쁜 남자 형제들이 등장하고 「고요한 밤, 거룩한 밤」의 물고기도 아주 예쁜 남자이다. 주인공은 이 남자 형제들에게 '잘생긴'이 아닌 '예쁜'이라는 형용어를 붙임으로써 본인의 호감을 나타낼 뿐 아니라 세상의 한구석에서 인정받지 못하고, 희망 없이 꽉 막힌 시골 마을에서 살아갈 안타까운 운명을 지시한다. 이러한 표현들은 여러 차례 반복되면서 소설의 리듬을 만들어 낸다. 마치 시나 노래의 운 같은 역할을 하며 소설의 언어적 특징을 이룬다. 번역자는 이를 살리려고 많이 노력했지만 다른 명사나 구 혹은 문장과 얽혀 있는 경우는 우리말에서 쓰는 관용구로 옮겨야 될 경우가 많아 매번 이를 똑같이 옮기기가 쉽지 않았다.

판본 소개

『이상한 물질(*Seltsame Materie*)』은 테레지아 모라(Terézia Mora)의 첫 작품집이며 1999년에 로볼트(Rowohlt) 출판사에서 초판본이 나왔다. 번역은 2013년에 같은 출판사에서 나온 4쇄를 사용했다.

테레지아 모라 연보

1971 헝가리에서 독일 소수 민족으로 태어남. 헝가리어와 독일어를 사용하는 이중 언어 환경에서 성장.

1990 통일 후 독일 베를린으로 이주. 훔볼트 대학에서 헝가리어문학과 연극 전공. 독일 영화와 텔레비전 시나리오 작가 수업(dffb).

1998 전업 작가로 데뷔. 시나리오 「갈증」으로 베를린 문학작품상 수상.

1999 「이상한 물질」로 소설가로 데뷔. 잉게보르크 바흐만 문학상 수상.

2000 아델베르트 폰 샤미소 장려상 수상.

2003 연극 시나리오 「방법은 그랬지」 발표.

2004 『모든 나날들』 발표.

2005 청취극 「미스 준 러비」 발표.

2006 빌라 마시모 장학금 받음.

2006~2007 튀빙겐 문학 객원 교수.

2007 프란츠 나블 문학상 수상.

2009 『대륙의 유일한 남자』 발표.

2010 아델베르트 폰 샤미소 문학상, 에리히 프리트 문학상 수상.

2011 노르트라인베스트팔렌 예술 재단 번역가상 수상.

2013 독일서적상 수상. 장편소설 『괴물』 발표.

프랑크푸르트 대학 문학 객원 교수.

2015 『죽지 않기』 발표.

2016 『외계인들 사이의 사랑』, 『단편소설집』 발표.

2017 브레멘 문학상, 졸로투르너 문학상, 문학의 집 문학상 수상.

새롭게 을유세계문학전집을 펴내며

을유문화사는 이미 지난 1959년부터 국내 최초로 세계문학전집을 출간한 바 있습니다. 이번에 을유세계문학전집을 완전히 새롭게 마련하게 된 것은 우리가 직면한 문화적 상황에 적극적으로 대응하기 위해서입니다. 새로운 을유세계문학전집은 세계문학의 역할이 그 어느 때보다 중요해졌다는 인식에서 출발했습니다. 오늘날 세계에서 타자에 대한 이해는 우리의 안전과 행복에 직결되고 있습니다. 세계문학은 지구상의 다양한 문화들이 평등하게 소통하고, 이질적인 구성원들이 평화롭게 공존할 수 있는 문화적인 힘을 길러 줍니다.

을유세계문학전집은 세계문학을 통해 우리가 이런 힘을 길러 나가야 한다는 믿음으로 만들어졌습니다. 지난 5년간 이를 준비하기 위해 많은 노력을 기울였습니다. 세계 각국의 다양한 삶의 방식과 문화적 성취가 살아 있는 작품들, 새로운 번역이 필요한 고전들과 새롭게 소개해야 할 우리 시대의 작품들을 선정했습니다. 우리나라 최고의 역자들이 이들 작품 속 한 문장 한 문장의 숨결을 생생히 전하기 위해 심혈을 기울였습니다. 또한 역자들은 단순히 번역만 한 것이 아니라 다른 작품의 번역을 꼼꼼히 검토해 주었습니다. 을유세계문학전집은 번역된 작품 하나하나가 정본(定本)으로 인정받고 대우받을 수 있도록 최선을 다했습니다. 세계문학이 여러 경계를 넘어 우리 사회 안에서 주어진 소임을 하게 되기를 바라며 을유세계문학전집을 내놓습니다.

을유세계문학전집

BC 458 **오레스테이아 3부작**
아이스퀼로스 | 김기영 옮김 | 77 |
수록 작품: 아가멤논, 제주를 바치는 여인들, 자비로운 여신들
그리스어 원전 번역
서울대 선정 동서고전 200선
시카고 대학 선정 그레이트 북스

BC 434 /432 **오이디푸스 왕 외**
소포클레스 | 김기영 옮김 | 42 |
수록 작품: 안티고네, 오이디푸스 왕, 콜로노스의 오이디푸스
그리스어 원전 번역
「동아일보」 선정 '세계를 움직인 100권의 책'
서울대 권장 도서 200선
고려대 선정 교양 명저 60선
시카고 대학 선정 그레이트 북스

1191 **그라알 이야기**
크레티앵 드 트루아 | 최애리 옮김 | 26 |
국내 초역

1225 **에다 이야기**
스노리 스툴루손 | 이민용 옮김 | 66 |

1241 **원잡극선**
관한경 외 | 김우석 · 홍영림 옮김 | 78 |

1496 **라 셀레스티나**
페르난도 데 로하스 | 안영옥 옮김 | 31 |

1595 **로미오와 줄리엣**
윌리엄 셰익스피어 | 서경희 옮김 | 82 |
미국대학위원회 선정 SAT 추천 도서

1608 **리어 왕 · 맥베스**
윌리엄 셰익스피어 | 이미영 옮김 | 3 |

1630 **돈 후안 외**
티르소 데 몰리나 | 전기순 옮김 | 34 |
국내 초역 「불신자로 징계받은 자」 수록

1670 **팡세**
블레즈 파스칼 | 현미애 옮김 | 63 |

1699 **도화선**
공상임 | 이정재 옮김 | 10 |
국내 초역

1719 **로빈슨 크루소**
대니얼 디포 | 윤혜준 옮김 | 5 |

1749 **유림외사**
오경재 | 홍상훈 외 옮김 | 27, 28 |

1759 **신사 트리스트럼 섄디의 인생과 생각 이야기**
로렌스 스턴 | 김정희 옮김 | 51 |
노벨연구소 선정 100대 세계 문학

1774 **젊은 베르터의 고통**
요한 볼프강 폰 괴테 | 정현규 옮김 | 35 |

1790 **페테르부르크에서 모스크바로의 여행**
A. N. 라디셰프 | 서광진 옮김 | 88 |

1799 **휘페리온**
프리드리히 횔덜린 | 장영태 옮김 | 11 |

1804 **빌헬름 텔**
프리드리히 폰 쉴러 | 이재영 옮김 | 18 |

1806 **조플로야**
샬럿 대커 | 박재영 옮김 | 91 |
국내 초역

1813 **오만과 편견**
제인 오스틴 | 조선정 옮김 | 60 |

1817 **노생거 사원**
제인 오스틴 | 조선정 옮김 | 73 |

1818 **프랑켄슈타인**
메리 셸리 | 한애경 옮김 | 67 |
뉴스위크 선정 세계 명저 100
옵서버 선정 최고의 소설 100
미국대학위원회 선정 SAT 추천 도서

1831 **예브게니 오네긴**
알렉산드르 푸슈킨 | 김진영 옮김 | 25 |

파우스트
요한 볼프강 폰 괴테 | 장희창 옮김 | 74 |
서울대 권장 도서 100선
미국대학위원회 SAT 권장 도서

1835 **고리오 영감**
오노레 드 발자크 | 이동렬 옮김 |32|
서머싯 몸 선정 세계 10대 소설
연세 필독 도서 200선

1836 **골짜기의 백합**
오노레 드 발자크 | 정예영 옮김 |4|

1844 **러시아의 밤**
블라지미르 오도예프스키 | 김희숙 옮김 |75|

1847 **워더링 하이츠**
에밀리 브론테 | 유명숙 옮김 |38|
서머싯 몸 선정 세계 10대 소설
서울대 선정 동서 고전 200선
미국대학위원회 SAT 권장 도서

제인 에어
샬럿 브론테 | 조애리 옮김 |64|
연세 필독 도서 200선
미국대학위원회 SAT 권장 도서
BBC 선정 영국인들이 가장 사랑하는 소설 100선
「가디언」 선정 가장 위대한 소설 100선

1850 **주홍 글자**
너새니얼 호손 | 양석원 옮김 |40|

1855 **죽은 혼**
니콜라이 고골 | 이경완 옮김 |37|
국내 최초 원전 완역

1866 **죄와 벌**
표도르 도스토예프스키 | 김희숙 옮김 |55, 56|
미국대학위원회 SAT 권장 도서
하버드 대학교 권장 도서

1880 **워싱턴 스퀘어**
헨리 제임스 | 유명숙 옮김 |21|

1886 **지킬 박사와 하이드 씨·존 니컬슨**
로버트 루이스 스티븐슨 | 윤혜준 옮김 |81|

1888 **꿈**
에밀 졸라 | 최애영 옮김 |13|
국내 초역

1889 **쾌락**
가브리엘레 단눈치오 | 이현경 옮김 |80|
국내 초역

1890 **인형**
볼레스와프 프루스 | 정병권 옮김 |85, 86|
국내 초역

1896 **키 재기 외**
히구치 이치요 | 임경화 옮김 |33|
수록 작품: 섣달그믐, 키 재기, 탁류, 십삼야, 갈림길, 나 때문에

1896 **체호프 희곡선**
안톤 파블로비치 체호프 | 박현섭 옮김 |53|
수록 작품: 갈매기, 바냐 삼촌, 세 자매, 벚나무 동산

1899 **어둠의 심연**
조지프 콘래드 | 이석구 옮김 |9|
수록 작품: 어둠의 심연, 진보의 전초기지, 『청춘과 다른 두 이야기』 작가 노트, 『나르시서스호의 검둥이』 서문
미국대학위원회 SAT 권장 도서
연세 필독 도서 200선

1900 **라이겐**
아르투어 슈니츨러 | 홍진호 옮김 |14|
수록 작품: 라이겐, 아나톨, 구스틀 소위

1903 **문명소사**
이보가 | 백승도 옮김 |68|

1908 **무사시노 외**
구니키다 돗포 | 김영식 옮김 |46|
수록 작품: 겐 노인, 무사시노, 잊을 수 없는 사람들, 쇠고기와 감자, 소년의 비애, 그림의 슬픔, 가마쿠라 부인, 비범한 범인, 운명론자, 정직자, 여난, 봄 새, 궁사, 대나무 쪽문, 거짓 없는 기록
국내 초역 다수

1909 **좁은 문 · 전원 교향곡**
앙드레 지드 | 이동렬 옮김 |24|
1947년 노벨문학상 수상

1914 **플라테로와 나**
후안 라몬 히메네스 | 박채연 옮김 |59|
1956년 노벨문학상 수상

돈키호테 성찰
호세 오르테가 이 가세트 | 신정환 옮김 |90|

1915 **변신·선고 외**
프란츠 카프카 | 김태환 옮김 |72|
수록 작품: 선고, 변신, 유형지에서, 신임 변호사, 시골 의사, 관람석에서, 낡은 책장, 법 앞에서, 자칼과 아랍인, 광산의 방문, 이웃 마을, 황제의 전갈, 가장의 근심, 열한 명의 아들, 형제 살해, 어떤 꿈, 학술원 보고, 최초의 고뇌, 단식술사
서울대 권장 도서 100선
연세 필독 도서 200선
미국대학위원회 SAT 권장 도서

1919 **데미안**
헤르만 헤세 | 이영임 옮김 |65|

1920 **사랑에 빠진 여인들**
데이비드 허버트 로렌스 | 손영주 옮김 |70|

1924 **마의 산**
토마스 만 | 홍성광 옮김 |1, 2|
1929년 노벨문학상 수상
서울대 권장 도서 100선
연세 필독 도서 200선
「뉴욕타임스」 선정 '20세기 최고의 책 100선'
미국대학위원회 SAT 권장 도서

송사삼백수
주조모 엮음 | 김지현 옮김 |62|

1925 **소송**
프란츠 카프카 | 이재황 옮김 |16|

요양객
헤르만 헤세 | 김현진 옮김 |20|
수록 작품: 방랑, 요양객, 뉘른베르크 여행
1946년 노벨문학상 수상
국내 초역 「뉘른베르크 여행」 수록

위대한 개츠비
프랜시스 스콧 피츠제럴드 | 김태우 옮김 |47|
미 대학생 선정 '20세기 100대 영문 소설' 1위
모던 라이브러리 선정 '20세기 100대 영문학' 중 2위
미국대학위원회 추천 '서양 고전 100선'
「르몽드」 선정 '20세기의 책 100선'
「타임」 선정 '20세기 100대 영문 소설'

서푼짜리 오페라 · 남자는 남자다
베르톨트 브레히트 | 김길웅 옮김 |54|

1927 **젊은 의사의 수기 · 모르핀**
미하일 불가코프 | 이병훈 옮김 |41|
국내 초역

1928 **체벤구르**
안드레이 플라토노프 | 윤영순 옮김 |57|
국내 초역

마쿠나이마
마리우 지 안드라지 | 임호준 옮김 |83|
국내 초역

1929 **첫 번째 주머니 속 이야기**
카렐 차페크 | 김규진 옮김 |87|

베를린 알렉산더 광장
알프레트 되블린 | 권혁준 옮김 |52|

1930 **식(蝕) 3부작**
마오둔 | 심혜영 옮김 |44|
국내 초역

안전 통행증 · 사람들과 상황
보리스 파스테르나크 | 임혜영 옮김 |79|
원전 국내 초역

1934 **브루노 슐츠 작품집**
브루노 슐츠 | 정보라 옮김 |61|

1935 **루쉰 소설 전집**
루쉰 | 김시준 옮김 |12|
서울대 권장 도서 100선
연세 필독 도서 200선

1936 **로르카 시 선집**
페데리코 가르시아 로르카 | 민용태 옮김 |15|
국내 초역 시 다수 수록

1937 **재능**
블라디미르 나보코프 | 박소연 옮김 |84|
국내 초역

1938 **사형장으로의 초대**
블라디미르 나보코프 | 박혜경 옮김 |23|
국내 초역

1946 **대통령 각하**
미겔 앙헬 아스투리아스 | 송상기 옮김 | 50 |
1967년 노벨문학상 수상 작가

1949 **1984년**
조지 오웰 | 권진아 옮김 |48|
1999년 모던 라이브러리 선정 '20세기 100대 영문학'
2005년 「타임」 선정 '20세기 100대 영문 소설'
2009년 「뉴스위크」 선정 '역대 세계 최고의 명저' 2위

1954 **이즈의 무희 · 천 마리 학 · 호수**
가와바타 야스나리 | 신인섭 옮김 |39|
1952년 일본 예술원상 수상
1968년 노벨문학상 수상

1955 **엿보는 자**
알랭 로브그리예 | 최애영 옮김 |45|
1955년 비평가상 수상

1955 **저주받은 안뜰 외**
이보 안드리치 | 김지향 옮김 |49|
수록 작품: 저주받은 안뜰, 몸통, 술잔, 물방앗간에서, 올루야크 마을, 삼사라 여인숙에서 일어난 우스운 이야기
세르비아어 원전 번역
1961년 노벨문학상 수상 작가

1962 **이력서들**
알렉산더 클루게 | 이호성 옮김 |58|

1964 **개인적인 체험**
오에 겐자부로 | 서은혜 옮김 |22|
1994년 노벨문학상 수상

1967 **콜리마 이야기**
바를람 샬라모프 | 이종진 옮김 |76|
국내 초역

1970 **모스크바발 페투슈키행 열차**
베네딕트 예로페예프 | 박종소 옮김 |36|
국내 초역

1978 **노인**
유리 트리포노프 | 서선정 옮김 |89|
국내 초역

1979 **천사의 음부**
마누엘 푸익 | 송병선 옮김 |8|

1981 **커플들, 행인들**
보토 슈트라우스 | 정항균 옮김 |7|
국내 초역

1982 **시인의 죽음**
다이허우잉 | 임우경 옮김 |6|

1991 **폴란드 기병**
안토니오 무뇨스 몰리나 | 권미선 옮김 |29, 30|
국내 초역
1991년 플라네타상 수상
1992년 스페인 국민상 소설 부문 수상

1996 **아메리카의 나치 문학**
로베르토 볼라뇨 | 김현균 옮김 |17|
국내 초역

1999 **이상한 물질**
테라지아 모라 | 최윤영 옮김 |92|
국내 초역

2001 **아우스터리츠**
W. G. 제발트 | 안미현 옮김 |19|
국내 초역
전미 비평가 협회상
브레멘상
「인디펜던트」 외국 소설상 수상
「LA타임스」, 「뉴욕」, 「엔터테인먼트 위클리」 선정 2001년 최고의 책

2002 **야쿠비얀 빌딩**
알라 알아스와니 | 김능우 옮김 |43|
국내 초역
바쉬라힐 아랍 소설상
프랑스 툴롱 축전 소설 대상
이탈리아 토리노 그린차네 카부르 번역 문학상
그리스 카바피스상

2005 **우리 짜르의 사람들**
류드밀라 울리츠카야 | 박종소 옮김 |69|
국내 초역

2007 **시카고**
알라 알아스와니 | 김능우 옮김 |71|
국내 초역